国家出版基金项目
NATIONAL PUBLICATION FOUNDATION

鲁迅与20世纪中国
文学教育

主编 郑家建　　副主编 施灏

百花洲文艺出版社
BAIHUAZHOU LITERATURE AND ART PRESS

图书在版编目（CIP）数据

鲁迅与20世纪中国文学教育 / 郑家建主编.— 南昌：
百花洲文艺出版社, 2018.3
（鲁迅与20世纪中国研究丛书）
ISBN 978-7-5500-2721-3

Ⅰ.①鲁… Ⅱ.①郑… Ⅲ.①鲁迅著作研究 Ⅳ.①I210.97

中国版本图书馆CIP数据核字（2018）第046122号

鲁迅与20世纪中国文学教育

LUXUN YU 20 SHIJI ZHONGGUO WENXUE JIAOYU

主编　郑家建　　副主编　施灏

出 版 人	姚雪雪
策　　划	毛军英
责任编辑	童子乐　张　越
书籍设计	方　方
制　　作	何　丹
出版发行	百花洲文艺出版社
社　　址	南昌市红谷滩世贸路898号博能中心一期A座20楼
邮　　编	330038
经　　销	全国新华书店
印　　刷	江西华奥印务有限责任公司
开　　本	720mm×1000mm　1/16　　印张　20
版　　次	2018年5月第1版第1次印刷
字　　数	310千字
书　　号	ISBN 978-7-5500-2721-3
定　　价	48.00元

赣版权登字　05-2018-106

邮购联系　0791-86895108
网　　址　http://www.bhzwy.com
图书若有印装错误，影响阅读，可向承印厂联系调换。

让鲁迅重新回到民族的现实生存中去

——"鲁迅与20世纪中国研究丛书"代序

谭桂林

鲁迅学在中国学界是一门显学，鲁迅与20世纪中国之关系的研究在国内外的中国现当代文学研究中，也都是一个持续热门的话题。成果汗牛充栋，意见纷纭杂陈，尤其是近20年来，国内外鲁迅研究趋势发生了一些重要的变化，归纳起来大致有三种现象比较明显。一是大众娱乐化现象。一些文化明星以鲁迅作商品，在各种大众传媒的平台上宣讲着各种似是而非的有关鲁迅的言论，消费鲁迅，利用鲁迅，其目的并不是宣传鲁迅，而是以鲁迅的牌号来包装自己，使自己的利益最大化；一些江郎才尽的作家则以开涮鲁迅甚至谩骂鲁迅来哗众取宠，迎合后现代文化思潮下社会公众对权威的消解狂欢；一些娱乐媒介甚至把鲁迅与朱安的婚姻、鲁迅兄弟的失和等私人生活事件加以种种的猜测、窥探和渲染，以此娱乐大众。二是价值相对化现象。国内思想文化界有一些学者利用重评20世纪文化论争的平台，或者抬高学术，贬抑启蒙，或者标举胡适，批判鲁迅；不少学者或文化人认为鲁迅的价值和意义在时空上是相对的，鲁迅的意义在于启蒙，在于对旧文化的批判和毁坏，这种批判和毁坏的力量在鲁迅的时代里是必须的，而当下的时代主题是建设，需要的是平和的理性精神，所以鲁迅是过时了的文化英雄，是功能退化乃至错位的文化符号。三是学术的边缘化现象。许多严肃的学者坚守在鲁迅研究领域，但是为了抗衡近20年来鲁迅研究中的浮躁状况，这些严肃的研究越来越学院化、边缘化、琐细化。研究的内容和研究成果的突出成就大多集中在研究史的总结、文本技术的解析、资料的整理考据，等等。这三种现象尽管对鲁迅研究的态度、对鲁迅精神的认知截然不同，但它们有一个倾向却是共同的，这就是从不同的方向把鲁迅这一民族精神的象征同当下民族的生存现实和文化建构疏离开来。正是针对鲁迅研究中的这三种现象，我们撰写了这一套丛书，目的就在于将鲁迅研究与20世纪中国社会的革命现实和民族命运重新联系起来。

我们认为，中国的20世纪是一个改革的世纪，政治制度的更迭变换是改革的外在形式，而整个世纪中有关改革的思想则总是围绕着若干基本问题而展开。鲁迅作为一个文学型的思想家与社会文化批评家，他与20世纪中国社会改革的关系当然是十分密切而深刻的。所以，本丛书以现代中国思想文化的发展为线索，提出了八个20世纪中国社会改革过程中的、鲁迅曾经深度介入的基本问题，从思想史的角度来清点、整理、发掘和重新解读鲁迅这一民族精神象征和文化符号与20世纪中国的联系。丛书不仅全面切实地梳理鲁迅研究界在这些基本问题上所取得的研究成果，深入地解读阐述鲁迅面对和思考这些基本问题时的思路、资源和观点，而且着重分析了鲁迅这一精神象征在20世纪中国历史中建构与形成的内在机制与外在因缘，深度阐释鲁迅这一文化符号在20世纪中国社会改革进程中的能指、所指和功能结构，突出一种从民族精神象征与文化符号的意义上对鲁迅与20世纪中国关系进行综合思考的问题意识和方法观念。我们希望通过这一思想史角度的采用和综合思考的方法观念，使本丛书既容纳又超越过去从文学史角度或者学术史角度进行鲁迅研究总结的局限性，在新世纪的鲁迅研究中，从理论上进一步深化思想、文化与现实融会贯通，多种学科交叉融合的鲁迅研究新思维。

在20世纪的中国，不少先进知识分子向西方寻求真理来解决中国的问题，结果形成了激进主义的文化思潮；也有不少刚正的知识分子固守民族的文化血脉，主张以儒家文化融汇新知来渐进改良，结果形成了保守主义的文化思潮。

我们认为，在"五四"一代中国的知识分子中间，也许只有鲁迅的思想真正超越了激进与保守的思维模式，根基的是本民族的经验和当下的个体生命感受。鲁迅的伟大就在于他用熔铸着民族本土经验和个体生命感受的思想为20世纪中国的社会改革与文化发展提供了一种无可取代的精神资源。改革开放初期，针对"左"倾思潮影响下鲁迅研究的机械政治化倾向，鲁迅研究界曾经发出鲁迅研究要"回到鲁迅那里去"的口号。现在30年时间已经过去，针对近年来鲁迅研究的学院化和娱乐化的倾向，我们认为，应该理直气壮地提出"让鲁迅重新回到民族的现实生存中去"的口号。所以，本丛书将通过对鲁迅思想的民族化和个体性特点的发掘与阐述，在民族精神象征和文化符号的基石上，重新建立起鲁迅与20世纪中国社会的密切联系，让鲁迅精神和鲁迅研究重新深度介入中国当下社会改革的民族生存现实中去。

基于这样的立场，在本丛书的写作中，我们强调了三个方面的方法理念。

一是突出问题意识。本丛书在研究思路上，以思想史为线索，以问题意识为切入口，来清点、整理、发掘和解读鲁迅这一象征和符号在中国民族复兴运动中的伟大意义、价值及其局限性。这种问题意识的突出，也许能对目前鲁迅研究界纯粹学术研究的学院传统有所突破。本丛书选择的八个问题经过精心选择，其中国民信仰的重建、政治文化的变迁、民族国家话语的建构等都是我国20世纪精神文化建设中举足轻重的问题，而鲁迅与中国的都市化进程，与20世纪中国的文学教育以及鲁迅在20世纪中外文化交流历史上的符号功能与象征意义等，则是本丛书提出的具有创新性的问题。譬如鲁迅与20世纪中外文化交流的子课题，我们的研究对象不仅是国外对鲁迅的学术性研究，也不仅是鲁迅对外国文学的译介活动，我们的重心是鲁迅在20世纪中国对外文化输出方面所起到的历史和现实作用及所达到的积极效果。其中包括收集整理和分析西方主流媒体的鲁迅报道、西方主流教育中的鲁迅课程开设情况以及西方主流大学中文系与文学系对鲁迅的学习介绍情况，尤其是要运用比较的方法来探讨西方主流教育鲁迅课程开设的特点，为国内鲁迅教育以及国外孔子学院的鲁迅推广提供参考。正是因为本丛书设计的重心不是单纯研究鲁迅在社会文化领域内诸多方面的成就和贡献，而是紧紧扣住20世纪中国社会文化发展的若干基本问题，着重研究鲁迅这一符号和象征在20世纪中国社会文化发展中所起到的作用、所具有的价值和意义，所以这一设计方向可能使本丛书的研究另辟蹊径，可以从鲁迅研究浩如烟海而且程度高深、体系庞大的已有成果中突围出来，建构起自己的原创性。

二是强调民族经验。我们认为，鲁迅作为20世纪中国伟大的文学家、思想家和社会文化批评家，他的伟大之处就在于他对中国现代社会问题的思考具有鲜明的独特性。他同无数现代先进知识分子一样，为了改变民族命运而积极介入中国社会问题的思考。而他与很多现代知识分子不一样的地方在于，他是在中国这块文化土壤里诞生出来的一个思想独行者，他从来就是立足在中国的土地上、立足在"当下"这一时间维度上，以自己对于中国民族生存现实的极其个性化的生命体验为基础，来考量、思索和辨析中国社会存在的问题。所以，鲁迅对于20世纪中国文化史的贡献乃是他提供了一种极其鲜明的、具有民族本土性和生命个体化的关于中国问题的思想。本丛书在设计上一个突出的特点就是在整个课题的论证过程中强调鲁迅思想的民族性，从民族本土经验与个体生命体验相熔铸的观点来阐释鲁迅思想在现代中国思想界不可取代的独特性。这一观念在鲁迅资源与20世纪中国社会改革之关系的研究中具有支撑性的创新意义，同时也能对于国内外近来比较流行的认为中国现代民族国家的历史是想象的历史，民族国家只是存在于知识分子的各种文字记叙中的学术观点给予理论上的回应。

三是解读批判精神。我们认为，鲁迅是20世纪中国伟大的文化巨人，而他的伟大性在于他是一个思想批判型的文化战士，他的特征是民众的立场、人本的理念、积极介入现实的公共情怀、独立思考的精神原则、不惮于做少数派的英雄气度以及信仰的纯粹意义。这种批判不是只问破坏与摧毁式的批判，而是康德的批判哲学中所倡导的在反思中求证、在扬弃中螺旋上升式的主体自由精神。社会建设需要鲁迅这样的具有纯粹信仰的批判型文化战士来承担社会文化批判的任务，来体现知识分子作为社会良知在社会文化发展中的中坚作用，使民族的发展、社会的建设始终保持一种人本的取向、清醒的精神和理性的态度。这一观点，我们认为对鲁迅资源在当代中国社会改革与文化建设的伟大价值的阐释方面，具有十分重要的意义。

在具体的研究方法上，本丛书的写作力图突出两个方面的特色。一是将历史述评与现实透视结合起来。这一研究方法包括两个层面的要求，第一是要求每一个子课题都必须有研究史梳理的论证环节，将研究历史的梳理评述与当下研究现状的透视分析结合起来；第二是要求每一个子课题都必须十分重视鲁迅生前与20世纪中国社会革命，与20世纪中国民族发展的命运的紧密关系的研究，也即重视鲁迅的生命史与中国现代革命史之间的紧密的关联，这是整个丛书研究的历史基础，没有这个基础，也就无法说清楚鲁迅的符号意义与精神象征在当代中国社会发展与民族文明建设上的资源价值所在。二是将社会调查与学理思辨结合：本丛书同时具有基础研究和应用研究这两方面的特质，是一种综合性的研究项目。因而，本丛书在研究方法上坚持学理思辨与社会调查相结合的论证途径。在具体研究中，尤其重视社会调查的环节，合理地设计调查内容，精确地统计与分析调查数据和资料，对鲁迅在公众心目中的形象定位、鲁迅资源在某个现实问题中的社会效应、鲁迅形象在国内外媒体传播中的实际状况、鲁迅资源在国内外文学教育中的功能呈现等等问题进行广泛的社会调查。由上海同济大学承担的国家社科基金特别委托项目"鲁迅社会影响调查报告"在这方面开启了一个先端，但这一项目目前成果侧重在学术与社会物质文化的层面，我们希望本丛书以社会文化问题为中心，将鲁迅的社会影响调查推进到国民精神与心灵现象的层面，从国内影响推进到国际影响的层面，实现在鲁迅社会影响研究方面的进一步补充与深化。

需要说明的是，本丛书是在国家社科基金重大项目"鲁迅与20世纪中国研究"结项成果的基础上编选出版的。2011年底，重大项目"鲁迅与20世纪中国研究"获得全国社科规划立项，这对我们既是一种巨大的鼓励，也是一份沉甸甸的责任。5年来，仰仗课题组各位同人的大力支持与辛勤劳作，这一重大项目取得了显著成就，各个子课题组成员总共发表出版阶段性研究成果120余项，其中著作6部，论文110余篇，论文集2部。不少论文发表在《中国社会科学》《文学评论》《鲁迅研究月刊》《中国现代文学研究丛刊》等国内重要的学术刊物上。最让我们难以忘怀的是课题组分别在2013年和2015年召开了"鲁迅与20世纪中国研究"国际学术研讨会和"从南京走向世界——鲁迅与20世纪中国研究青年学术论坛",这两次会议得到国内外鲁迅研究专家的热情支持,在鲁迅学界产生了热烈的反响。项目于2017年上半年顺利结项,作为项目的首席专家,我要特别感谢朱晓进、杨洪承、郑家建、汪卫东、何言宏、刘克敌、林敏洁、李玮等子课题的负责人,感谢参与此项目研究的各位作者,是你们的通力合作和智慧付出,才保证了此项目的圆满完成,也保证了本丛书的顺利出版。在2017年11月绍兴召开的中国鲁迅研究会年会上,新任会长孙郁在感言中说,研究鲁迅是自己一生的坚持。这句话,朴实而掷地有声,可以说代表了我们每个鲁迅爱好者的心声。能够坚持一生,不仅因为我们热爱鲁迅的作品,而且也是因为鲁迅研究是一个高水准的学术共同体。在这个共同体中,我们不仅能够始终仰望着一个伟岸的、给我们以指引和慰安的身影,而且能够经常性地与一些这个时代的优秀的、高境界的心灵进行对话。在这个共同体中,经常能够爆发出给人以思想震撼力的研究成果,这也是鲁迅研究一代代学人值得骄傲的事情。当然,这套丛书肯定存在许多缺点,我们不敢期待它能有多么杰出的成就,但如果能够为鲁迅研究这一学术共同体提供一点新的具有参考价值的观点与材料,为鲁迅这一民族精神象征重新回到民族现实生存中去起到一点促进的作用,于愿已足。

最后,要诚挚感谢国家出版基金对这套丛书的慷慨资助,感谢百花洲文艺出版社毛军英等领导和编辑们对此丛书出版给予的大力支持和付出的辛勤劳动。

目录

鲁迅与20世纪中国文学教育

前　言

1918年，时任教育部佥事的周树人，署名"鲁迅"在5月15日刊出的《新青年》第4卷第5号上，发出"救救孩子"的"呐喊"。于是，这一年在文学史叙事的后见之明中，便充满了丰富而繁复的隐喻。"孩子"当然不是故事层面上尚未吃过人肉筵席的孩童，它更可能指涉着作为黑格尔意义上的历史起点的中国文明体系。诉诸"文艺"，以"疗救""愚弱的国民"的思想姿态，尽管一度讽刺地凝固在后羿用曾经射日的弓箭射杀麻雀的无聊形象中，但"文以载道—启迪民智"对自古至今的中国文人而言，始终是最理想的自我定位，也是最恒久的终极诱惑。

现当代中国有关鲁迅的论述，不仅是部分专治鲁迅研究的学者的成果，同时也是迈入现代性门槛的中国知识生产的结果。这些论述所呈现的鲁迅造型是复数的。不同的情势，不同的立场，不同的视角，不同的景框，既构造着不同的鲁迅，也折射着现代中国知识界在不同问题脉络中不同的自我期许。鲁迅已然成为解证百年中国思想问题的一个有效参照框架。因此，与其去追问"鲁迅究竟是什么样的"，不如反思"鲁迅何以是这样或那样的"。

当"鲁迅"被符号化为"现代中国文学之父"后，"20世纪""中国文学""教育"等话语元素也就迅疾地被文学史"言语主体"分配到"现代中国文学之父"所从属的更庞大的符号系统或福柯所谓的"话语社团"中去了。"鲁迅与20世纪中国文学教育"是一个颇为宏大的标题，更是一种相当复杂的叙事。毫无疑问，这项研究依然摆脱不了为鲁迅"造型"的性质。其中一个显而易见的假设是，鲁迅生前的文学志业，启迪了20世纪中国的文学教育事业。然而，困难在于，"20世纪中国文学"并不是自明的概念，它更不是"20世纪""中国"和"文学"的物理组合，而是多重历史机缘的有机化合，彼此间是交相缠绕、互为界定的关系。

事实上，"20世纪中国文学"作为一个整体的描述性概念，黄子平、陈平原和钱理群早于1985年就着人先鞭，在《文学评论》和《读书》杂志上发表对谈，就此概念进行了充分的界说。三位学者在20世纪80年代中期提出这一概念，其学术价值及影响力自不待言。但在问题脉络与知识系统都已"天翻地覆"的当下，隔着二十年的思想历程往回看，不免令人意识到时地隔阂，人情已殊。1985年的"20世纪中国文学"论说的诞生，自有其得天独厚的"80年代"的历史性契机，而这些契机既为其诞生提供了条件，同时也为之设定了局限。这些都一目了然，不必赘述，这里必须强调的是：在今天，在本项研究中涉及的"20世纪中国文学"已然迥异于1985年的"20世纪中国文学"。当然，本项研究中涉及的"20世纪中国文学"终究也避免不了其被"历史化"的命运。

既然鲁迅在1918年是以实绩（而不是以介入论战）的方式展示了"新文学"的成就，那么，"20世纪中国文学"中的"20世纪"就必定不是"年代学的世纪"，而是一个沃勒斯坦意义上的"历史学的世纪"。这个用于限定"中国文学"的20世纪是一个"迟来的世纪"，它的起点是1918年。根据威廉斯的"关键词"研究，"文学"是西方19世纪末期以来的新词，在20世纪方始迈向当代狭义的文学含义。所以，"20世纪中国文学"中的"文学"应是西方知识专业化思潮在近代波及中国后的产物，使具有审美意义的创造性文化产品从一般性的经史子集杂合物中分离出来。1904年京师大学堂设立文学专科，标志着文学学科意识在中国的萌芽。学科即规训，"文学"在"20世纪中国"的专业化、制度化是一个现代性事件，它内在地暗隐着一个舶来的学科在中国本土的跨文化转换过程。换句话说，"文学"在"20世纪中国"是一个动词，它是20世纪中国在与"他者"文明的对话中，对自身的全球处境的观察、省思与协调，对现代民族国家话语的规划与构建是这个"文学"词语中的应有之义。

考虑到"文学"的专业化、制度化，以及现代中国作家（比如鲁迅本人就是）往往集学者、编辑等多重身份于一身等因素，这个"文学"自然也包含了思辨性的"文学学"，而不单纯是审美性的"文学作品"，因此，关于"20世纪中国文学"的学术研究同样在以专业的方式回应有关中国的时代性命题。"20世纪中国文学"中的"中国文学"，看似一个国别文学的概念，实则是一个跨国文学的概念。"20世纪中国文学"中隐藏着一个潜在的参照框架，即近代以来中国与西方文学、文化交流中的权力级差格局。近代以来的地理决定论，使用以欧洲为源点的丈量原则，把地理空间的距离作为尺度划分文化等级，构建世界观念秩序。以西方为中心构建起来的世界地理的时空观念秩序塑造了"世界文学"的时空观念秩序，即西方文学的先进性与东方文学的滞后性。在晚清以降的"西方主义"氛围中，从绝对时空框架中想象世界的实践也开始在不同层面实施。在文学研究领域，中国与西方（欧洲）文学的关系图式成为处于国族焦虑中的现代知识分子考量"世界之中国"（梁启超语）的重要参照之一。中国知识分子以"西方"文学为标杆单向评估"中国"文学。但这仅是一种"迂回"的民族主义策略。借助前述"迟来的20世纪"的历史长镜头，可以看到，中国的"文学"从业者们，从未中断过从人文的角度回应中华民族的伟大复兴的时代性命题：从灾难频仍的19世纪末期，直到今天中国经济在全球崛起，究竟什么是中国文学、文化的世界贡献？这事实上是一个重新构建"中国文学"的世界文学图景的艰难过程。

在当下的问题脉络与知识系统中重新思考和界定"20世纪中国文学"这一表述，不难发觉其中充满了修辞上的"自我指涉"。鲁迅在1918年发出的"救救孩子"的呼吁，在"自我指涉"的修辞中清晰地呈现为一个关于"文学教育"的叙事原型。这个原型释放的能量，穿透了"20世纪中国"不同的历史时空和"文学"文本。"鲁迅与20世纪中国文学教育"的相关研究，正是在这一智识前提下，再次为鲁迅造型的。

在鲁迅"文本的褶皱和沟回"中，其修辞的文质双赢对中国现代修辞学有着无限的启迪，《祝福》与《肥皂》分别提供了"狭义修辞"和"广义修辞"的范例。（郭洪雷：《跟着鲁迅学修辞》）在巴金、孙犁、邵燕祥等人的散文写作中，"或以'抉心自食'的思想深度、或'孤峭深广''发愤抒情'的文体"，无不汲取了鲁迅的营养，延续了鲁迅的传统。（吕若涵：《散点透视：当代随笔杂文大家与鲁迅传统》）鲁迅的《狂人日记》是否借鉴了莎士比亚的《考利欧雷诺斯》并不重要，重要的是在互文视野中，"莎士比亚"打开了《狂人日记》的一个叙事缺口：文本叙事者允诺了一个可以产生"真的人"的政治起点和语言结构，却又如此犹疑不定。（周云龙：《鲁迅"阅读"莎士比亚：〈狂人日记〉中的三种动物与"真的人"》）"在学科未曾完善之时，教材未曾统一之日，文学教育如何从传统走向现代？"鲁迅生前的文学课堂"记录"都为当代中国以文学史教育为核心的文学教育有丰富的启迪。（黄育聪：《文学如何教育：试论鲁迅的文学课堂与二十世纪文学教育》）一般的文学史叙述中，"现实主义"几乎成为鲁迅唯一的标签，但深入到鲁迅复杂的诗学思想世界，可以看到他并不仅仅策略性地思考现实问题，他在思考现实问题的时候力求探寻现实中种种问题的根本，直至追问各种问题的形而上学的基础。（雷文学：《鲁迅的形而上诗学思想》）"鲁迅及其文学在民国大学的新文学课程中是如何存在的？"这一思考关涉到当代鲁迅传统的型构问题。从清华大学朱自清的"中国新文学研究"到西南联大大一国文课以及"现代中国文学"的选修课中的鲁迅教学为文学家和学生们提供了重要精神与文学资源。（林强：《作为文学课程讲授对象的鲁迅：以清华大学、西南联大为考察对象》）鲁迅关于"'国民性'的批判以及现代民族国家的想象与建构，都使他的文学具有鲜明的'警世'功能和教育意义"。"面向大众立人"构成了鲁迅文学教育思想及实践的核心。（王炳中：《面向"大众"的"立人"：鲁迅的文学教育思想及实践》）鲁迅的文学教育思想"主要体现为遵从'与实用无所系属'的审美规律，创造独特的审美形式对国民加以启蒙教育，激发其自强和救亡热忱"。这一兼容审美与人文的双重教育思想对当今中学语文教育具有不可忽视的镜鉴作用。（谢刚、兰明花：《鲁迅的文学教育思想及其当代启示》）如果说中国现代文学中存在着"鲁迅传统"，那么孙犁的文学创作就得益于此。从孙犁的文学生涯可以看到，"鲁迅的精神世界正是以其丰富、复杂的可能性，召唤着不同的后来者与之对话，并因此激发更多的可能"。（徐阿

鲁迅与20世纪中国研究丛书

兵：《鲁迅与小说家孙犁的生成》）中国"儿童"的发明，是现代性规划的一部分。鲁迅笔下的闰土、迅哥儿等形象背后，是一个"背着因袭的重担，肩住了黑暗的闸门"的父亲形象。"有效把握鲁迅的儿童文学与思想及其与当代中国儿童文学教育的重大意义，如何使之成为历久弥新的精神资源与思想武库，这是摆在当代文学教育工作者面前具有深远意义的一大现实命题。"（颜桂堤：《"儿童"之发现：鲁迅与中国现代儿童文学》）

"鲁迅与20世纪中国文学教育"作为一项学术研究，其意义既不在于为鲁迅重新造型，也不在于重申某种"鲁迅精神"，而是要去试着揭示这么一个基本事实——当我们继承"鲁迅"这笔极其丰厚的思想遗产时，同时亦是对一笔沉沉如甸的债务的再度确认。这既是当代学人的宿命，更是我们的使命。

第一章　跟着鲁迅学修辞

　　修辞是文学教育的重要组成部分。1935年2月，鲁迅在致李桦的信中曾经写道："来信说技巧修养是最大的问题，这是不错的，现在的许多青年艺术家，往往忽略了这一点。所以他的作品，表现不出所要表现的内容来。正如作文的人，因为不能修辞，于是也就不能达意。但是，如果内容的充实，不与技巧并进，是很容易陷入徒然玩弄技巧的深坑里去的。"[1]信中所谈是版画，鲁迅以作文为比。鲁迅看到了问题的两面：没有修辞，不能达意；徒有修辞，没有内容的充实，作品会华而不实，走向形式主义。但有一点是肯定的：内容与技巧要平衡，要适切；作文，或者说进行文学创作，需要作者在修辞方面有足够的修养。但一个不容否认的事实是，在中国20世纪文学教育中，修辞并没有得到足够的重视，它往往与文学教育相分离，被放置在语言学范畴内。在中小学及大学教育中，修辞和语音、词汇、语法等一起，构成文法或"现代汉语"教学的一部分内容。更为重要的是，以陈望道《修辞学发凡》为代表，中国现代修辞学的建立，主要受到了西方"辞格派"影响，辞格成为文学修辞研究与教育的主体。陈望道也区分了"狭义"和"广义"修辞，但修辞的范围始终被框定在对"文辞""语辞"的"修辞"和"调整与适用"上。[2]上世纪80年代以来，随着西方修辞学历史和理论的大量译介，文学修辞研究与教育的视

---

　　① 鲁迅：《书信·350204致李桦》，《鲁迅全集》第13卷，人民文学出版社2005年版，第372页。

　　② 参见陈望道：《修辞学发凡》，上海世纪出版集团2006年版，第1页。

野也在不断拓宽，人们对"文学修辞"的理解更为深入，更为全面。例如，韦恩·布斯《小说修辞学》将修辞分为"狭义的修辞"和"广义的修辞"。他的狭义修辞指"小说之中的修辞，即公开的可辨认的手法"；广义修辞指"作为修辞的小说"，也就是将"整部作品的修辞方面视作完整的交流活动"。①布斯的修辞论说深受新亚里士多德学派影响，对亚里士多德的修辞观念有继承，也有发展；其发展表现在对修辞受众的重视，将亚里士多德的支配和劝服，发展为对话、交流。布斯的论述启示我们：在文学修辞中，修辞涵盖了文本内部的语言，文本外部的作者的修辞行为；修辞不仅关涉到"文辞""语辞"，还涉及作者的修辞动机、修辞策略、修辞伦理、修辞情境、修辞效果、修辞受众等诸多环节。而这些后来在理论上的新发展，在文学修辞教育中没有得到充分反映。

第一节　《祝福》的"狭义修辞"

值得注意的是，在20世纪文学修辞的研究中，鲁迅的创作始终受到关注。在狭义修辞方面，鲁迅作品作为范例，被研究者广泛征引，成为古今文学被引证最多的作家，几乎涉及了所有的辞格和修辞技巧；在广义方面，也有学者借径布斯的小说修辞学理论，对鲁迅小说展开了全面而深入的研究。②然而，在20世纪中国文学的修辞教育中，鲁迅作品所具有的示范的价值、潜力和意义，无论是在狭义修辞方面，还是在广义修辞方面，都没有得到及时的总结、整理和挖掘。后文选取《祝福》《肥皂》等作品，从狭义和广义两个方面，试图揭示在文学教育中往往被忽视了的鲁迅的修辞智慧。

任何文本都是由字词、标点、句段、篇章构成的，在某种意义上，它们构成了文本的能指。这些符号性、物质性的存在，一旦在阅读中向某种意义凝聚或生成，文本的所指便会在字里行间浮动、滑行。当然，由混沌到清晰，这

---

① ［美］韦恩·布斯：《小说修辞学》，广西人民出版社1987年版，第428页。

② 参见曹禧修：《鲁迅小说诗学结构引论》，中国社会科学出版社2010年版。

是一个充满成规和变异的复杂的过程，同时，这个过程还受到源于读者的不确定性的影响。但在以往文学教育中，由于各种原因，这个过程无法得到有效呈现，使文学教育成为文学知识的传达，在一般文学阅读和学校教育的教与学中，对"主题思想"和"艺术特色"的掌握，成为落脚点。例如，在《祝福》的教学中，小说的主题是揭露了"四权"（封建政权、族权、神权、夫权）对中国妇女的残酷迫害。而鲁四老爷是"四权"的代表，所以鲁四老爷是杀害祥林嫂的刽子手，是元凶。或者，认为小说通过对祥林嫂一生遭遇的描述，反映了旧中国劳动妇女的被压迫被侮辱的悲惨命运，揭露了封建礼教吃人的罪恶，表现了作者对被压迫的劳动人民的同情和对封建势力的憎恨。在艺术特色上，让学生认识到：小说采用了倒叙手法，深刻描绘了人物形象，出色的环境描写功力。[①]特别是在应试教育的大背景下，文学教育彻底功利化、应试化，掌握了知识，就意味着赢得了分数，而在这样的教学中，文本的褶皱与沟回根本无法展开，文学教育的审美诉求，作者创作中的局部技巧，修辞智慧，根本无法得到有效呈现。而所有这一切，又只能贯彻在讲解过程之中，有赖于教师的审美辨识能力，有赖于他们打开文本、阐释文本的能力。何况，这些又是所谓教辅无力提供的。尤其是鲁迅的作品，叙述中暗藏曲折，如果平读过去，根本感受不到小说技巧的密度，手法的多样，文字的微妙。下面我们以《祝福》为例，从狭义修辞出发，试着走进鲁迅小说手法与技巧的丛林。

祝福（1）

旧历的年底毕竟最像年底，村镇上不必说，就在天空中也显出将到新年的气象来。（2）灰白色的沉重的晚云中间时时发出闪光，接着一声钝响，是送灶的爆竹；近处燃放的可就更强烈了，震耳的大音还没有息，空气里已经散满了幽微的火药香。（3）我是正在这一夜回到我的故乡鲁镇的。虽说故乡，然而已没有家，所以只得暂寓在鲁四老爷的宅子里。他是我的本家，比我长一辈，应该称之曰"四叔"，是一个讲理学的老监生。

---

① 陈漱渝主编：《教材中的鲁迅》，福建教育出版社2013年版，第369页。

（4）他比先前并没有什么大改变，单是老了些，但也还未留胡子，一见面是寒暄，寒暄之后说我"胖了"，说我"胖了"之后即大骂其新党。

（5）但我知道，这并非借题在骂我：因为他所骂的还是康有为。但是，谈话是总不投机的了，于是不多久，我便一个人剩在书房里。（6）①

此段文字是小说开篇。（1）小说题目无定规，《祝福》的情节发展与"祝福"活动的过程紧密相关，而祥林嫂的悲惨命运与"祝福"的节日气氛恰成反照。这种反差，对主题具有反衬作用。（2）"旧历的年底毕竟最像年底"一句为同语修辞，平中求奇，以"像"代"是"；其后写新年气象为鲁迅常用修辞句式，写百草园景物亦用此："不必说碧绿的菜畦，光滑的石井栏……单是周围的短短的泥墙根一带，就有无限趣味。"（3）以视觉、听觉、嗅觉描写，维持小说中"真实"的幻觉，为小说修辞常用方式，鲁迅、沈从文、张爱玲、汪曾祺、莫言等皆精于此。这些地方，最能释放作者的审美感受能力，先看到，后听到，再闻到，感受的顺序决定叙述的顺序。（4）鲁迅小说人物命名多有影射或暗示，"鲁四老爷"或暗射"四权"。"讲理学的老监生"讲明身份，既可为后面对其心理言行的描写张本，又言带微讽。（5）"不变"是小说始终营造的气氛，渗透于文本各处细节，鲁四老爷面相和胡子即其一端；"一见面是寒暄"后面为顶真修辞（亦称"顶针""联珠""继踵""连式"），此一辞格文句上下相接，环环相扣，首尾相继，层层深入，语句流畅紧凑，写出了"我"对二人关系的感受及见面时的情状。（6）最后一句用"剩"字，写尽"我"的窘态和被动。这个字的运用，为汪曾祺等后来作家所激赏。另外，这段文字是小说开端，由9个句子组成，有多层意思需要表达。作者在文中大量使用了虚词（着重号标注诸字词），这些虚词使整段文字条理清晰，关系明确，作者的情感和思绪，在虚词运用所形成的语调的波折起落中，得到了直观而生动的体现。尤其是"他比先前没有什么大的改变"之后的三个复句，都是转折关系，各复句之间多元转递，极写鲁四老爷的顽固守

① 鲁迅：《彷徨·祝福》，《鲁迅全集》第2卷，人民文学出版社2005年版，第5页。

旧。

　　第二天我起得很迟，午饭之后，出去看了几个本家和朋友；第三天
也照样。他们也都没有什么大改变，单是老了些；家中却一律忙，都在准
备着"祝福"。（1）这是鲁镇年终的大典，致敬尽礼，迎接福神，拜求
来年一年中的好运气的。杀鸡，宰鹅，买猪肉，用心细细的洗，女人的臂
膊都在水里浸得通红，有的还带着绞丝银镯子。煮熟之后，横七竖八的插
些筷子在这类东西上，可就称为"福礼"了，五更天陈列起来，并且点上
香烛，恭请福神们来享用；拜的却只限于男人，拜完自然仍然是放爆竹。
（2）年年如此，家家如此，——只要买得起福礼和爆竹之类的，——今
年自然也如此。（3）天色愈阴暗了，下午竟下起雪来，雪花大的有梅花
那么大，满天飞舞，夹着烟霭和忙碌的气色，将鲁镇乱成一团糟。（4）
我回到四叔的书房里时，瓦楞上已经雪白，房里也映得较光明，极分明的
显出壁上挂着的朱拓的大"寿"字，陈抟老祖写的，一边的对联已经脱
落，松松的卷了放在长桌上，一边的还在，道是"事理通达心气和平"。
我又无聊赖的到窗下的案头去一翻，只见一堆似乎未必完全的《康熙字
典》，一部《近思录集注》和一部《四书衬》。（5）无论如何，我明天
决计要走了。（6）①

这段文字写"我"返乡后的活动，节日的气氛、情境、礼俗，鲁四老爷
书房的陈设；叙述、描写故乡的缺少变化，以及"我"对故乡人物的隔膜与不
适。（1）写返乡走亲串友，但"照样""没什么大变化""单是""一律"
"都"等语词，流露的还是一种无聊赖，无生气，少变化。（2）写风土、节
庆、礼俗、名物是乡土文学的成规，是小说追求"真实"在修辞运作上的必要
环节。许多作家为写乡土而写乡土，罗列铺陈，不得要领；这里的书写充满细
节，胳膊通红，"绞丝银镯子"等细节写出了节令，写出了平常人家过节的

　　① 鲁迅：《彷徨·祝福》，《鲁迅全集》第2卷，人民文学出版社2005年版，第5—6页。

气象。同时，节日气氛反衬祥林嫂的悲剧命运，节日的规矩、禁忌，暗示了男女不平等的身份地位。（3）依旧强调守旧和不变，但欧化的条件句的插入，使不变的日常生活状态出现裂隙，为后文叙事伏下"机芽"。（4）叙述中写雪，意在营造寒冷、阴郁的气氛。《在酒楼上》亦用此种修辞。叙述中随意点染，于叙事关节、间隙处闲笔出之，既可保"真"，又可迁延、过渡、变换叙述的节奏。此种手法的源头大概还在《水浒》"风雪山神庙"一节；同时，以"忙碌的气氛"写雪，属"移就"（亦称移用、移状、迁德）修辞，词语间临时超常规组合，实属通感修辞的初级形式。（5）写家居、陈设即是写人，讲道学的人的书房应当如此。墙上对联一边脱落，留下"事理通达心气和平"一句，与后文鲁四老爷的行为、言语、心理，形成一种局部的反讽。（6）变易句式，强调态度。但行文百密一疏，最后一句应为"我决计明天要走了"。可回护之处在于：汉语语法规范弱，字词调配比较自由，有些句子，特别是在口语中，不合语法，不合规范，但不妨碍意思的表达和交流。例如"知不道"之类。

况且，一想到昨天遇见祥林嫂的事，也就使我不能安住。（1）那是下午，我到镇的东头访过一个朋友，走出来，就在河边遇见她；而且见她瞪着的眼睛的视线，就知道明明是向我走来的。（2）我这回在鲁镇所见的人们中，改变之大，可以说无过于她的了：五年前的花白的头发，即今已经全白，全不像四十上下的人；脸上瘦削不堪，黄中带黑，而且消尽了先前悲哀的神色，仿佛是木刻似的；只有那眼珠间或一轮，还可以表示她是一个活物。她一手提着竹篮，内中一个破碗，空的；一手拄着一支比她更长的竹竿，下端开了裂：她分明已经纯乎是一个乞丐了。（3）[1]

此节写"我"与祥林嫂的相见及对话。（1）前一段写故乡的不变，写我的隔膜感和无聊赖，决计要走；后一段写遇到祥林嫂，补充要走的另一个

---

[1]　鲁迅：《彷徨·祝福》，《鲁迅全集》第2卷，人民文学出版社2005年版，第6页。

原因。"况且"是表示递进关系的联章语，使叙述、文气保持了必要的连贯。（2）鲁迅曾经说过："要极省俭的画出一个人的特点，最好是画他的眼睛。"[①] "她瞪着的眼睛的视线"是《祝福》画眼睛起手之处，起手平实，为后文留下余地。此后，对祥林嫂眼睛描写，成了全文重要的修辞伏线。（3）此节分两句，纯用白描，为现代小说肖像描写的经典。"白描"要义有二：简单，准确。第一句三层：第一层以发色变化，写衰老；第二层写脸型、脸色和神情，以"木刻"形容僵硬、木讷；第三层"画眼睛"。"间或一轮"将汉字表达的简洁推向极致，简单的四个字，充分容纳与利用了文言、土语所具有的表意的可能性。"一轮"为绍兴土语，名词作动词用，意为"一转"。《阿Q正传》"革命"一节，"赵太爷肚里一轮"同此。第二句分两层。第一层分别写两只手，简洁，工细。"她一手提着竹篮，内中一个破碗，空的"是感觉顺序的直写，如写"内中一个空的破碗"，已经有了语言对感觉的整理；"空的"定语后置，既是补充、强调，又是对最初感觉顺序的还原。"一手拄着一支比她更长的竹竿，下端开了裂"就近比较，直截了当。"下端开了裂"显示了鲁迅感觉的细微，白描手法的细腻，常为莫言等后辈作家所激赏。第二层，简极而繁，并且繁到极致："分明已经纯乎是"，虚词堆垛，产生了油画厚描堆积颜料般的效果。另外，整段文字的标点，令人印象深刻。全段均为简单句，语气、语感、语调、语义层次，被逗号、冒号、分号、句号标识得非常清晰，给人一种"言有序"的修辞美感。

> 我就站住，豫备她来讨钱。
>
> "你回来了？"她先这样问。
>
> "是的。"
>
> "这正好。你是识字的，又是出门人，见识得多。我正要问你一件事——"她那没有精采的眼睛忽然发光了。

---

① 鲁迅：《南腔北调集·我怎么做起小说来》，《鲁迅全集》第4卷，人民文学出版社2005年版，第527页。

我万料不到她却说出这样的话来，诧异的站着。

　　"就是——"她走近两步，放低了声音，极秘密似的切切的说，"一个人死了之后，究竟有没有魂灵的？"（1）

　　我很悚然，一见她的眼钉着我的，背上也就遭了芒刺一般，比在学校里遇到不及豫防的临时考，教师又偏是站在身旁的时候，惶急得多了。（2）对于魂灵的有无，我自己是向来毫不介意的；但在此刻，怎样回答她好呢？我在极短期的踌蹰中，想，这里的人照例相信鬼，然而她，却疑惑了，——或者不如说希望：希望其有，又希望其无……。人何必增添末路的人的苦恼，为她起见，不如说有罢。（3）

　　"也许有罢，——我想。"我于是吞吞吐吐的说。

　　"那么，也就有地狱了？"

　　"阿！地狱？"我很吃惊，只得支梧着，"地狱？——论理，就该也有。——然而也未必，……谁来管这等事……。"

　　"那么，死掉的一家的人，都能见面的？"

　　"唉唉，见面不见面呢？……"这时我已知道自己也还是完全一个愚人，什么踌蹰，什么计画，都挡不住三句问，我即刻胆怯起来了，便想全翻过先前的话来，"那是，……实在，我说不清……。其实，究竟有没有魂灵，我也说不清。"（4）[①]

　　这里是大段对话，中间插入了对"我"的心理描写。（1）祥林嫂问题的原话应该是："我要问你一件事，就是一个人死了之后，究竟有没有灵魂的？"作者用破折号截断她的问话，以突接方式表现了这一问题对她的重要，以及她内心的沉重和恐惧。（2）"遭了芒刺一般"是明喻，后一句则以比喻来比较，形成一种修辞手法的混合运用。对于"她"而言，"我"本来有知识所带来的优越，这是所谓"启蒙者"常有的姿态，但是，经祥林嫂一问，二人地位仿佛发生了对转，自己反像学生一样局促、被动。（3）这节文字值得注

───────────────

　　① 鲁迅：《彷徨·祝福》，《鲁迅全集》第2卷，人民文学出版社2005年版，第6—7页。

意的是标点的使用。在"中"之后，"想"之后，"她"之后，用了逗号，表明读时应稍微停顿一下。这些停顿，在语法上可有可无，从基本语义表达看，同样可有可无，但从修辞的音调考虑，却是非常必要的。这样的处理读起来不但上口，而且突出了"我"在极短暂的踌躇中思绪的起伏和"她"产生疑惑的异乎寻常，出乎"我"的意料。这样就使声音的调节和意义的表达协调一致，相得益彰。①这节文字很容易让人想到《呐喊·序言》中"铁屋子"那段话，只不过这里多了吞吞吐吐，闪烁其词。写出了启蒙者的尴尬。（4）"我也说不清"，有暗示，也有推诿，更有内心深处对责任的模糊。小说中对话是最为戏剧化的部分，要有在场感，要"人有其声口"。就整段文字而言，鲁迅将对话内容和对话者的神情、神色和心理交织在一起，极力发掘、呈现文字可能具有的"显示"性功能。特别值得注意的是，对话中省略号、破折号被反复使用，在不断的冲断和插入中，其修辞功能和效果在叙述中被表达得淋漓尽致。在现代小说家中，省略号和破折号使用最多、使用最好的，大概是鲁迅、张爱玲两位。

　　我乘她不再紧接的问，迈开步便走，勿勿的逃回四叔的家中，心里很觉得不安逸。（1）自己想，我这答话怕于她有些危险。她大约因为在别人的祝福时候，感到自身的寂寞了，然而会不会含有别的什么意思的呢？——或者是有了什么豫感了？倘有别的意思，又因此发生别的事，则我的答话委实该负若干的责任……。（2）但随后也就自笑，觉得偶尔的事，本没有什么深意义，而我偏要细细推敲，正无怪教育家要说是生着神经病；而况明明说过"说不清"，已经推翻了答话的全局，即使发生什么事，于我也毫无关系了。（3）

　　"说不清"是一句极有用的话。不更事的勇敢的少年，往往敢于给人解决疑问，选定医生，万一结果不佳，大抵反成了怨府，然而一用这说不清来作结束，便事事逍遥自在了。我在这时，更感到这一句话的必要，即

①　叶苍岑主编：《修辞基本知识》，北京教育出版社1986年版，第7—8页。

使和讨饭的女人说话，也是万不可省的。（4）①

　　这两段文字主要写"我"的心理活动。（1）写"我"的狼狈和歉疚，但整句话还是对外部行为的叙述。（2）进入到心理层面。但这里的心理描写，没有任何外在的符号标记，这恰是一种"自由间接引语"，反映了汉语心理描写的特点。（3）还是写心理活动，但叙述的聚焦与前一句已不属同一层面，已是退一步想。鲁迅这里的思考，对文学是很重要的一个问题：文学如何介入他人生活？其实，任何伟大的文学，都是对人类共同生活的参与，只不过作家的参与方式，更多是情感的、心灵的和精神的。祥林嫂命运与"我"发生关系的关键在此。这里，"我"虽然在情感伦理上、在责任意识上不断退却，不断进行自我辩护，寻求解脱，但解脱的方式却是在责任和伦理上的模糊。（4）"说不清"就像是内心挣扎能够抓到的最后一根稻草。但这里"说不清"也成了一条伏线，把我与淡然的短工连在一起。暗示"我"与别人的淡然、冷漠并没有本质的区别。"我"的自省和负疚，是在这里呈现的。

　　　　但是我总觉得不安，过了一夜，也仍然时时记忆起来，仿佛怀着什么不祥的豫感，在阴沉的雪天里，在无聊的书房里，这不安愈加强烈了。（1）不如走罢，明天进城去。福兴楼的清燉鱼翅，一元一大盘，价廉物美，现在不知增价了否？往日同游的朋友，虽然已经云散，然而鱼翅是不可不吃的，即使只有我一个……。（2）无论如何，我明天决计要走了。②

　　此段文字还是"我"的心理活动。（1）"说不清"并未完全解除我的心理负担，"不安"是对他者命运、他人苦难的最低限度的情感反应。（2）但是，作者马上将祥林嫂的命运和苦难，与"清燉鱼翅"，与鱼翅是否涨价连写

　　① 鲁迅：《彷徨·祝福》，《鲁迅全集》第2卷，人民文学出版社2005年版，第7—8页。
　　② 鲁迅：《彷徨·祝福》，《鲁迅全集》第2卷，人民文学出版社2005年版，第8页。

在一起，从而形成一种近乎反讽式的修辞。另外，"往日同游的朋友，虽然已经云散，然而鱼翅是不可不吃的，即使只有我一个……"这句话内部构成元素有欧化语，有口语，有倒装对"我一个"的强调，松散，随意，但又暗藏曲折。《祝福》整个故事讲述祥林嫂的悲苦命运，主人公是祥林嫂，但就作品意义的复杂而言，"我"也是其中的一个重要人物。美国小说家亨利·詹姆斯常在主要人物身边设置一个"反映者"，反映者与主要人物往往有较为亲密的关系，透过反映者，或者说透过二人关系，来完成对主要人物的塑造。这个反映者，可以及时报道并评价主要人物的行为。而在鲁迅的《祝福》《在酒楼上》《孤独者》《孔乙己》等小说中，我们也可以看到相似的情形。《祝福》的不同在于，"我"作为反映者，与主要人物祥林嫂之间，客观上形成了一种相互映衬、互相塑造的关系。小说前半部尤其如此。这样的人物设置，是小说局部修辞的重要步骤。

我因为常见些但愿不如所料，以为未必竟如所料的事，却每每恰如所料的起来，所以很恐怕这事也一律。（1）果然，特别的情形开始了。傍晚，我竟听到有些人聚在内室里谈话，仿佛议论什么事似的，但不一会，说话声也就止了，只有四叔且走而且高声的说：

"不早不迟，偏偏要在这时候，——这就可见是一个谬种！"（2）

我先是诧异，接着是很不安，似乎这话于我有关系。试望门外，谁也没有。好容易待到晚饭前他们的短工来冲茶，我才得了打听消息的机会。

"刚才，四老爷和谁生气呢？"我问。

"还不是和祥林嫂？"那短工简捷的说。

"祥林嫂？怎么了？"我又赶紧的问。

"老了。"（3）

"死了？"我的心突然紧缩，几乎跳起来，脸上大约也变了色，但他始终没有抬头，所以全不觉。我也就镇定了自己，接着问：

"什么时候死的？"

"什么时候？——昨天夜里，或者就是今天罢。——我说不清。"

"怎么死的？"

"怎么死的？——还不是穷死的？"他淡然的回答，仍然没有抬头向我看，出去了。（4）①

这段文字主要通过对话，写周边人的反应。（1）是写得很缠杂，读起来很拗口的一句话。也许这正是"我"的情绪和心理在语言形式上的一种反映。（2）写鲁四老爷对祥林嫂死的反应，这里的破折号不只表转折，更表省略，有"遮言为深，表言为浅"的妙处。如果直接把"死"写出来，反不似"忌讳"极多的鲁四老爷的口吻了。（3）"老了"是婉曲修辞。对于祥林嫂的死，短工说"老了"，"我"说"死了"。"老了"是乡下人口吻，节日里避讳说"死"。（4）相较于"我"与祥林嫂的对话，这段对话相对简单，只写了短工的"淡然"和"我"的惊诧；但"草蛇灰线"，短工的"说不清"，在某种程度上，映衬着前文"我"的"说不清"。

然而我的惊惶却不过暂时的事，随着就觉得要来的事，已经过去，并不必仰仗我自己的"说不清"和他之所谓"穷死的"的宽慰，心地已经渐渐轻松；不过偶然之间，还似乎有些负疚。（1）晚饭摆出来了，四叔俨然的陪着。（2）我也还想打听些关于祥林嫂的消息，但知道他虽然读过"鬼神者二气之良能也"，而忌讳仍然极多，当临近祝福时候，是万不可提起死亡疾病之类的话的；倘不得已，就该用一种替代的隐语，可惜我又不知道，因此屡次想问，而终于中止了。我从他俨然的脸色上，又忽而疑他正以为我不早不迟，偏要在这时候来打搅他，也是一个谬种，便立刻告诉他明天要离开鲁镇，进城去，趁早放宽了他的心。他也不很留。这样闷闷的吃完了一餐饭。（3）②

① 鲁迅：《彷徨·祝福》，《鲁迅全集》第2卷，人民文学出版社2005年版，第8—9页。
② 鲁迅：《彷徨·祝福》，《鲁迅全集》第2卷，人民文学出版社2005年版，第9—10页。

鲁迅与20世纪中国文学教育

这段续写"我"内心感受的变化。（1）这里写"我"面对他人命运、他人苦难的淡忘的过程，然而，内心深处，时不时地，还会冒出"负疚"感。（2）这里的"俨然"，也常为人所称道。鲁四老爷的虚伪和假道学在前面已有所描述，以"俨然"写其神情，充分利用了这个词义素的多重组合：整齐、庄严，而又是特别像的。鲁迅那一代小说家多有深厚的旧学功底，能很好吸纳文言字词，利用字词的古义，这使他们小说的行文别生意趣。（3）写"我"对"四叔"心理的揣摩。

> 冬季日短，又是雪天，夜色早已笼罩了全市镇。人们都在灯下匆忙，但窗外很寂静。雪花落在积得厚厚的雪褥上面，听去似乎瑟瑟有声，使人更加感得沉寂。（1）我独坐在发出黄光的菜油灯下，想，这百无聊赖的祥林嫂，被人们弃在尘芥堆中的，看得厌倦了的陈旧的玩物，先前还将形骸露在尘芥里，从活得有趣的人们看来，恐怕要怪讶她何以还要存在，现在总算被无常打扫得干干净净了。魂灵的有无，我不知道；然而在现世，则无聊生者不生，即使厌见者不见，为人为己，也还都不错。我静听着窗外似乎瑟瑟作响的雪花声，一面想，反而渐渐的舒畅起来。（2）
>
> 然而先前所见所闻的她的半生事迹的断片，至此也联成一片了。（3）①

这一段是沉寂时"我"独自对祥林嫂之死的静思。（1）以动写静。雪夜灯下的繁忙，雪落的瑟瑟声，反衬内心的"沉寂"。（2）对祥林嫂被弃在尘埃的一番思索，全由当时情景生出。卑微生命的消失，被打扫得干干净净，也是由雪对万物的覆盖得来。景与思融合在一起，"灵魂的有无"一句，全用反语，平静的思绪中潜隐着对"现世"的谴责和愤怒。（3）过渡性段落。从这里可以看到《祝福》的文本结构：俄罗斯套娃式的包裹结构。追述祥林嫂身世、境遇和命运的故事，被包裹在由第一人称叙述"我"的回乡及与祥林嫂

---

① 鲁迅：《彷徨·祝福》，《鲁迅全集》第2卷，人民文学出版社2005年版，第10页。

鲁迅与20世纪中国研究丛书

相遇事情的里面；而主体故事转换为第三人称，讲述祥林嫂在"四叔"家的境遇，其中又包裹着祥林嫂讲述的自己在贺家墺的悲惨故事。鲁迅小说几乎一篇一体，茅盾说他是"文体家"，鲁迅并不反对。

> 　　她不是鲁镇人。（1）有一年的冬初，四叔家里要换女工，做中人的卫老婆子带她进来了，头上扎着白头绳，乌裙，蓝夹袄，月白背心，年纪大约二十六七，脸色青黄，但两颊却还是红的。（2）卫老婆子叫她祥林嫂，说是自己母家的邻舍，死了当家人，所以出来做工了。四叔皱了皱眉，四婶已经知道了他的意思，是在讨厌她是一个寡妇。（3）但看她模样还周正，手脚都壮大，又只是顺着眼，不开一句口，很像一个安分耐劳的人，便不管四叔的皱眉，将她留下了。试工期内，她整天的做，似乎闲着就无聊，又有力，简直抵得过一个男子，所以第三天就定局，每月工钱五百文。（4）①

　　此段写祥林嫂初到四叔家。（1）在某一段落或意义单元之前，用极短单句，是欧阳修、归有光等人古文常用笔法。《藤野先生》《阿Q正传》等多用此法起笔。（2）此节文字混合着多种修辞手法，有白描，有示现，也有摹色。白描带来了简洁准确；示现是对一个人物的静态的整体描写。此处描写与前面和后面的相应描写形成有间隔的对照，暗示祥林嫂命运的变化。（3）"皱眉"和"然而"成为主体故事部分鲁四老爷形象塑造的修辞伏线，继续贯彻让鲁四老爷少说、不说的策略，维持其"俨然"的面目。在艺术上，四叔的"皱眉"不变，而祥林嫂眼睛不断变化，显示鲁迅极其深厚的刻画能力。（4）前文有"瞪着的眼睛""间或一轮"，这里"顺着眼"，简到极致，但却写出了祥林嫂的性情、身份及初来乍到时的神情。后辈作家对这种简切的笔法推崇备至。

---

　① 鲁迅：《彷徨·祝福》，《鲁迅全集》第2卷，人民文学出版社2005年版，第10页。

鲁迅与20世纪中国文学教育

大家都叫她祥林嫂；（1）没问她姓什么，但中人是卫家山人，既说是邻居，那大概也就姓卫了。（2）她不很爱说话，别人问了才回答，答的也不多。直到十几天之后，这才陆续的知道她家里还有严厉的婆婆；一个小叔子，十多岁，能打柴了；她是春天没了丈夫的；他本来也打柴为生，比她小十岁：大家所知道的就只是这一点。（3）

日子很快的过去了，她的做工却毫没有懈，食物不论，力气是不惜的。人们都说鲁四老爷家里雇着了女工，实在比勤快的男人还勤快。到年底，扫尘，洗地，杀鸡，宰鹅，彻夜的煮福礼，全是一人担当，竟没有添短工。然而她反满足，口角边渐渐的有了笑影，脸上也白胖了。（4）[①]

追述祥林嫂来历，写祥林嫂在鲁四老爷家做工及自身变化。（1）鲁迅小说人物的命名，继承了《水浒》《金瓶梅》《红楼梦》等古典小说传统，人物姓名或暗示，或隐喻，或讽刺，成为小说修辞运作的重要维面。"祥林"或谓"祥临"，与"祝福"相对应，与其自身悲惨的命运恰成反照。（2）祥林嫂和《阿长与〈山海经〉》中的长妈妈一样，都是没有身份和地位的女性，在礼教、宗法充斥的社会，她们始终处于无名或借名的状态。（3）性情老实，叙述平实。以"形式"反映内容。（4）初学写作者喜用形容词；成熟的写作者看重动词；优秀的写作者则更重名词。名词可以构筑一个结实的世界。所以，许多小说家，包括鲁迅，经常采用名词的连缀叙述事件。这里"扫尘，洗地，杀鸡，宰鹅，彻夜的煮福礼"，名词的罗列和穷举，反映了祥林嫂的勤快，也呈现了"祝福"时家庭的繁忙的情境。当然，名词的连缀并非随意组合。《阿Q正传》中写阿Q对革命和造反的想象："……来了一阵白盔白甲的革命党，都拿着板刀、钢鞭、炸弹、洋炮、三尖两刃枪、勾镰枪，走过土谷祠，……"表面列举武器，实则勾画出了阿Q们思想世界的构成。

新年才过，她从河边淘米回来时，忽而失了色，说刚才远远地看见几

① 鲁迅：《彷徨·祝福》，《鲁迅全集》第2卷，人民文学出版社2005年版，第11页。

个男人在对岸徘徊，很像夫家的堂伯，恐怕是正为寻她而来的。四婶很惊疑，打听底细，她又不说。四叔一知道，就皱一皱眉，（1）道：

"这不好。恐怕她是逃出来的。"

她诚然是逃出来的，不多久，这推想就证实了。

此后大约十几天，大家正已渐渐忘却了先前的事，卫老婆子忽而带了一个三十多岁（2）的女人进来了，说那是祥林嫂的婆婆。那女人虽是山里人模样，然而应酬很从容，说话也能干（3），寒暄之后，就赔罪，说她特来叫她的儿媳回家去，因为开春事务忙，而家中只有老的和小的，人手不够了。

"既是她的婆婆要她回去，那有什么话可说呢。"四叔说。

于是算清了工钱，一共一千七百五十文，她全存在主人家，一文也还没有用，便都交给她的婆婆。那女人又取了衣服，道过谢，出去了。其时已经是正午。

"阿呀，米呢？祥林嫂不是去淘米的么？……"好一会，四婶这才惊叫起来。她大约有些饿，记得午饭了。（4）

于是大家分头寻淘箩。她先到厨下，次到堂前，后到卧房，全不见淘箩的影子。四叔踱出门外，也不见，一直到河边，才见平平正正的放在岸上，旁边还有一株菜。（5）[①]

看见的人报告说，河里面上午就泊了一只白篷船，篷是全盖起来的，不知道什么人在里面，但事前也没有人去理会他。待到祥林嫂出来淘米，刚刚要跪下去，那船里便突然跳出两个男人来，像是山里人，一个抱住她，一个帮着，拖进船去了。祥林嫂还哭喊了几声，此后便再没有什么声息，大约给用什么堵住了罢。接着就走上两个女人来，一个不认识，一个就是卫婆子。窥探舱里，不很分明，她像是捆了躺在船板上。

"可恶！然而……。"（6）四叔说。

[①] 鲁迅：《彷徨·祝福》，《鲁迅全集》第2卷，人民文学出版社2005年版，第11—12页。

这一天是四婶自己煮中饭；他们的儿子阿牛烧火。

午饭之后，卫老婆子又来了。

"可恶！"四叔说。

"你是什么意思？亏你还会再来见我们。"四婶洗着碗，一见面就愤愤的说，"你自己荐她来，又合伙劫她去，闹得沸反盈天的，大家看了成个什么样子？你拿我们家里开玩笑么？"

"阿呀阿呀，我真上当。我这回，就是为此特地来说说清楚的。她来求我荐地方，我那里料得到是瞒着她的婆婆的呢。对不起，四老爷，四太太。总是我老发昏不小心，对不起主顾。幸而府上是向来宽洪大量，不肯和小人计较的。这回我一定荐一个好的来折罪……。"（7）

"然而……。"（8）四叔说。

于是祥林嫂事件便告终结，不久也就忘却了。

只有四嫂，因为后来雇用的女工，大抵非懒即馋，或者馋而且懒，左右不如意，所以也还提起祥林嫂。每当这些时候，她往往自言自语的说，"她现在不知道怎么样了？"意思是希望她再来。但到第二年的新正，她也就绝了望。①

这节文字写祥林嫂被绑架回婆婆家。（1）再见"皱眉"，是"俨然"细目。（2）前文写祥林嫂年龄二十六七，她婆婆三十多岁，小叔子十几岁，依当地婚俗，她和丈夫是怎样一种婚姻关系，值得细考。（3）"说话又能干"，似乎不通。疑"能干"为北京方言，"干"发gen儿化音，"说话又能干"意为"很能说"。（4）"婉而多讽"之笔。（5）写慌乱仓促，但不忘写一株菜。与前文"下端开了裂"同妙。（6）"然而"来了。（7）卫婆子说话周全，是好"中介"，有大观园干练婆子们的影子。（8）"然而"又来。这里的"然而"与"皱眉"一样，无论是语言还是神态，都是鲁四老爷"俨然"

① 鲁迅：《彷徨·祝福》，《鲁迅全集》第2卷，人民文学出版社2005年版，第11—13页。

神态的组成部分。这里作者始终实施着省略修辞，不言而言，不说而说，其皱眉的心理和然而省略掉的内容，读者联系前后，就能了然于胸。

　　新正将尽，卫老婆子来拜年了，已经喝得醉醺醺的，自说因为回了一趟卫家山的娘家，住下几天，所以来得迟了。她们问答之间，自然就谈到祥林嫂。

　　"她么？"卫老婆子高兴的说，"现在是交了好运了。她婆婆来抓她回去的时候，是早已许给了贺家墺的贺老六的，所以回家之后不几天，也就装在花轿里抬去了。"

　　"阿呀，这样的婆婆！……"四婶惊奇的说。（1）

　　"阿呀，我的太太！你真是大户人家的太太的话。我们山里人，小户人家，这算得什么？她有小叔子，也得娶老婆。不嫁了她，那有这一注钱来做聘礼？他的婆婆倒是精明强干的女人呵，很有打算，所以就将她嫁到里山去。倘许给本村人，财礼就不多；惟独肯嫁进深山野墺里去的女人少，所以她就到手了八十千。现在第二个儿子的媳妇也娶进了，财礼花了五十，除去办喜事的费用，还剩十多千。吓，你看，这多么好打算？……"

　　"祥林嫂竟肯依？……"（2）

　　"这有什么依不依。——闹是谁也总要闹一闹的；只要用绳子一捆，塞在花轿里，抬到男家，捺上花冠，拜堂，关上房门，就完事了。（3）可是祥林嫂真出格，听说那时实在闹得利害，大家还都说大约因为在念书人家做过事，所以与众不同呢。太太，我们见得多了：回头人出嫁，哭喊的也有，说要寻死觅活的也有，抬到男家闹得拜不成天地的也有，连花烛都砸了的也有。祥林嫂可是异乎寻常，他们说她一路只是嚎，骂，抬到贺家墺，喉咙已经全哑了。拉出轿来，两个男人和她的小叔子使劲的擒住她也还拜不成天地。他们一不小心，一松手，阿呀，阿弥陀佛，她就一头撞在香案角上，头上碰了一个大窟窿，鲜血直流，用了两把香灰，包上两块红布还止不住血呢。直到七手八脚的将她和男人反关在新房里，还是骂，阿呀呀，这真是……。"（4）她摇一摇头，顺下眼睛，不说了。

"后来怎么样呢？"（5）四婶还问。

"听说第二天也没有起来。"她抬起眼来说。

"后来呢？"

"后来？——起来了。她到年底就生了一个孩子，男的，新年就两岁了。（6）我在娘家这几天，就有人到贺家墺去，回来说看见他们娘儿俩，母亲也胖，儿子也胖；上头又没有婆婆，男人所有的是力气，会做活；房子是自家的。——唉唉，她真是交了好运了。"（7）

从此之后，四婶也就不再提起祥林嫂。[1]

侧面叙述祥林嫂在贺家墺的生活。（1）是四婶慨叹。（2）是四婶问题。（3）"闹是谁也总要闹一闹的，只要用绳子一捆，塞在花轿里，抬到男家，捺上花冠，拜堂，关上房门，就完事了。"动词准确连贯，给人鲜明的流动感，亦是干练婆子话口。（4）沈从文说过，小说中对话不是两个聪明脑壳打架。"人有其声口"就是人物只能说出他所能说的。前一大段话唯乡下婆子能说出；后一大段看人使话，是伶俐干练婆子口吻。（5）是四婶惊奇处。（6）口语对话，语序不同于书面语，更能显示一个人的思想、观念和思维状况。"男的"一个简单语序变化，对话者的观念世界就被细微地呈现出来。平常处方见修辞功力。（7）祥林嫂的贺家墺生活由卫婆子说出，较正面叙述，不知省去多少笔墨。这也许是小说"套盒"结构产生的原因之一。

但有一年的秋季，大约是得到祥林嫂好运的消息之后的又过了两个新年，她竟又站在四叔家的堂前了。桌上放着一个荸荠式的圆篮，檐下一个小铺盖。她仍然头上扎着白头绳，乌裙，蓝夹袄，月白背心，脸色青黄，只是两颊上已经消失了血色，顺着眼，眼角上带些泪痕，眼光也没有先前

[1] 鲁迅：《彷徨·祝福》，《鲁迅全集》第2卷，人民文学出版社2005年版，第13—15页。

那样精神了。（1）而且仍然是卫老婆子领着，显出慈悲模样，絮絮的对四婶说：

"……这实在是叫作'天有不测风云'，她的男人是坚实人，谁知道年纪青青，就会断送在伤寒上？本来已经好了的，吃了一碗冷饭，复发了。幸亏有儿子；她又能做，打柴摘茶养蚕都来得，本来还可以守着，谁知道那孩子又会给狼衔去的呢？春天快完了，村上倒反来了狼，谁料到？现在她只剩了一个光身了。大伯来收屋，又赶她。她真是走投无路了，只好来求老主人。好在她现在已经再没有什么牵挂，太太家里又凑巧要换人，所以我就领她来。——我想，熟门熟路，比生手实在好得多……。"（2）

"我真傻，真的，"祥林嫂抬起她没有神采的眼睛来，接着说。"我单知道下雪的时候野兽在山墺里没有食吃，会到村里来；我不知道春天也会有。我一清早起来就开了门，拿小篮盛了一篮豆，叫我们的阿毛坐在门槛上剥豆去。他是很听话的，我的话句句听；他出去了。我就在屋后劈柴，淘米，米下了锅，要蒸豆。我叫阿毛，没有应，出去一看，只见豆撒得一地，没有我们的阿毛了。他是不到别家去玩的；各处去一问，果然没有。我急了，央人出去寻。直到下半天，寻来寻去寻到山墺里，看见刺柴上挂着一只他的小鞋。大家都说，糟了，怕是遭了狼。再进去；他果然躺在草窠里，肚里的五脏已经都给吃空了，手上还紧紧的捏着那只小篮呢。……"她接着但是（3）呜咽，说不出成句的话来。

四婶起初还踌蹰，待到听完她自己的话，眼圈就有些红了。她想了一想，便教拿圆篮和铺盖到下房去。卫老婆子仿佛卸了一肩重担似的嘘一口气，（4）祥林嫂比初来时候神气舒畅些，不待指引，自己驯熟的安放了铺盖。她从此又在鲁镇做女工了。

大家仍然叫她祥林嫂。①

———————————
① 鲁迅：《彷徨·祝福》，《鲁迅全集》第2卷，人民文学出版社2005年版，第15—16页。

写祥林嫂回到四叔家。（1）对于祥林嫂的形象，作者运用了对比修辞。这里是第三次描写祥林嫂形象。三次描写形成鲜明的对比和微妙的变化。在时间上，三次描写的顺序是三、一、二；第三次（文本中出现最早的一次）祥林嫂已是"末路的人"，与前两次对比极为强烈；第一次和第二次之间有重复，也有变化，在形象描写或者说示现性修辞之中，每一个细微的差异，都是对祥林嫂命运的暗示。（2）祥林嫂后来的生活，也只有卫老婆子方能叙出。（3）鲁迅小说的语言中经常夹杂文言古义。"但""但是"经常表转折，这里"但"作"只"讲。要说的是，这些带有"古义"的字词，在修辞上给小说的语言带来了一种特殊的质感和涩涩的陌生感。它们是鲁迅小说语言之美的一个特殊的构成元素。这种语言感觉很难模仿，在后来小说家的小说语言中很难见到。

鲁迅与20世纪中国研究丛书

然而这一回，她的境遇却改变得非常大。上工之后的两三天，主人们就觉得她手脚已没有先前一样灵活，记性也坏得多，死尸似的脸上又整日没有笑影，四婶的口气上，已颇有些不满了。当她初到的时候，四叔虽然照例皱过眉，（1）但鉴于向来雇用女工之难，也就并不大反对，只是暗暗地告诫四婶说，这种人虽然似乎很可怜，但是败坏风俗的，用她帮忙还可以，祭祀时候可用不着她沾手，一切饭菜，只好自己做，否则，不干不净，祖宗是不吃的。（2）

四叔家里最重大的事件是祭祀，祥林嫂先前最忙的时候也就是祭祀，这回她却清闲了。桌子放在堂中央，系上桌帏，她还记得照旧的去分配酒杯和筷子。

"祥林嫂，你放着罢！我来摆。"四婶慌忙的说。

她讪讪的缩了手，又去取烛台。

"祥林嫂，你放着罢！我来拿。"四婶又慌忙的说。（3）

她转了几个圆圈，终于没有事情做，只得疑惑的走开。她在这一天可做的事是不过坐在灶下烧火。[①]

写祥林嫂再次遭遇生活打击后的变化，以及在四叔家遭受的嫌弃与歧视。（1）四叔依旧"皱眉"。（2）反照前文"事理通达心气平和"，让读者看到了"俨然"的背面。（3）用对话写对祥林嫂的嫌弃。四婶两句话，变易一个字，加了一个"又"字，不似口语对话情形，这种近距离的"重复"，还是让人想到了传统诗词，具体说是《诗经》中的复沓修辞。

镇上的人们也仍然叫她祥林嫂，但音调和先前很不同；也还和她讲话，但笑容却冷冷的了。她全不理会那些事，只是直着眼睛，（1）和大家讲她自己日夜不忘的故事：

"我真傻，真的，"她说。"我单知道雪天是野兽在深山里没有食吃，会到村里来；我不知道春天也会有。我一大早起来就开了门，拿小篮盛了一篮豆，叫我们的阿毛坐在门槛上剥豆去。他是很听话的孩子，我的话句句听；他就出去了。我就在屋后劈柴，淘米，米下了锅，打算蒸豆。我叫，'阿毛！'没有应。出去一看，只见豆撒得满地，没有我们的阿毛了。各处去一问，都没有。我急了，央人去寻去。直到下半天，几个人寻到山墺里，看见刺柴上挂着一只他的小鞋。大家都说，完了，怕是遭了狼了。再进去；果然，他躺在草窠里，肚里的五脏已经都给吃空了，可怜他手里还紧紧的捏着那只小篮呢。……"她于是淌下眼泪来，声音也呜咽了。（2）

这故事倒颇有效，男人听到这里，往往敛起笑容，没趣的走了开去；女人们却不独宽恕了她似的，脸上立刻改换了鄙薄的神气，还要陪出许多眼泪来。有些老女人没有在街头听到她的话，便特意寻来，要听她这一段悲惨的故事。直到她说到呜咽，她们也就一齐流下那停在眼角上的眼泪，

---

① 鲁迅：《彷徨·祝福》，《鲁迅全集》第2卷，人民文学出版社2005年版，第16—17页。

叹息一番，满足的去了，一面还纷纷的评论着。（3）①

写祥林嫂讲述自己"日夜不忘"的故事。（1）继续"画眼睛"，延伸"眼睛"这条修辞伏线。"间或一轮""瞪着眼""顺着眼""顺了眼""直着眼"，没有多余的修饰，往往一个字的变化，就能写出当时的神情和精神状态。（2）作者在此实施了较大规模的重复修辞。有论者认为，鲁迅这里的重复，可能受到了契诃夫的《苦闷》的启发和影响。这里应该进一步思考的是，这里的重复修辞产生了怎样的效果？比较前文祥林嫂对四婶的讲述，这里只有个别字句的变化和增减，但这种重复恰恰让读者看到了生活打击的沉重，在某种程度上，这时祥林嫂的精神和生活已处于崩溃的边缘。（3）鲁迅善写看客，这里写"听"客。通过简单分类和准确的刻画和描写，作者揭示了各色人等怜悯、同情背后灰暗的心理：寻找趣味；体验生活中难得的道德优越；眼泪带来的不只是"净化"，更有宽恕和满足。

她就只是反复的向人说她悲惨的故事，常常引住了三五个人来听她。但不久，大家也都听得纯熟了，便是最慈悲的念佛的老太太们，眼里也再不见有一点泪的痕迹。后来全镇的人们几乎都能背诵她的话，一听到就烦厌得头痛。（1）

"我真傻，真的，"她开首说。

"是的，你是单知道雪天野兽在深山里没有食吃，才会到村里来的。"他们立即打断她的话，走开去了。

她张着口怔怔的站着，直着眼睛（2）看他们，接着也就走了，似乎自己也觉得没趣。但她还妄想，希图从别的事，如小篮，豆，别人的孩子上，引出她的阿毛的故事来。倘一看见两三岁的小孩子，她就说：

"唉唉，我们的阿毛如果还在，也就有这么大了……"（3）

孩子看见她的眼光就吃惊，牵着母亲的衣襟催她走。于是又只剩下她

① 鲁迅：《彷徨·祝福》，《鲁迅全集》第2卷，人民文学出版社2005年版，第17页。

一个，终于没趣的也走了，后来大家又都知道了她的脾气，只要有孩子在眼前，便似笑非笑的先问她，道：

"祥林嫂，你们的阿毛如果还在，不是也就有这么大了么？"

她未必知道她的悲哀经大家咀嚼赏鉴了许多天，早已成为渣滓，只值得烦厌和唾弃；但从人们的笑影上，也仿佛觉得这又冷又尖，（4）自己再没有开口的必要了。她单是一瞥他们，并不回答一句话。①

写鲁镇人对祥林嫂故事的厌烦。（1）在祥林嫂所讲述的故事上，鲁迅实施了重复修辞。而重复往往带来的就是信息量的衰减。从信息传递角度看，信息的变化与出现频率成反比，这样，重复就会带来"羡余信息"——超过传递最小需求量的信息量。祥林嫂的故事，开始非常有效，四嫂和周边人无不感动，同情怜悯她的境遇；一旦"大家也都听的纯熟了"，她的讲述的羡余成分不断增加，信息的有效性不断衰减，最后，她一开口，"听客"便知下文，对于他们而言，有效信息无异于零了。②（2）"直着眼睛"。（3）表面看，这里是祥林嫂给自己的故事加入新的信息，以适应故事讲述的语境和对象，希望能重新赢得人们的怜悯和同情，但是，这里我们还能看到她"死尸似的"生命状态之下的希冀和微光。（4）鲁迅小说的修辞极富变化，灵活多样。在现代修辞教育中，各种辞格研究，都能从鲁迅作品中找到佳例。"笑影"无感无形，但在祥林嫂心里，却获得了感觉和形状："又冷又尖"。由"眼泪""叹息"到"笑容"，带来的是冷漠，是刺痛。

鲁镇永远是过新年，腊月二十以后就火起来了。四叔家里这回须雇男短工，还是忙不过来，另叫柳妈做帮手，杀鸡，宰鹅；然而柳妈是善女人，吃素，不杀生的，只肯洗器皿。祥林嫂除烧火之外，没有别的事，却闲着了，坐着只看柳妈洗器皿。（1）微雪点点的下来了。（2）

---

① 鲁迅：《彷徨·祝福》，《鲁迅全集》第2卷，人民文学出版社2005年版，第17—18页。

② 参见张炼强：《修辞论稿》，人民教育出版社2000年版，第377—378页。

"唉唉，我真傻，"祥林嫂看了天空，叹息着，独语似的说。

"祥林嫂，你又来了。"柳妈不耐烦的看着她的脸，说。"我问你：你额角上的伤痕，不就是那时撞坏的么？"

"唔唔。"她含胡的回答。

"我问你：你那时怎么后来竟依了呢？"（3）

"我么？……"

"你呀。我想：这总是你自己愿意了，不然……。"

"阿阿，你不知道他力气多么大呀。"

"我不信。我不信你这么大的力气，真会拗他不过。你后来一定是自己肯了，倒推说他力气大。"

"阿阿，你……你倒自己试试看。"她笑了。（4）

柳妈的打皱的脸也笑起来，使她蹙缩得像一个核桃，（5）干枯的小眼睛一看祥林嫂的额角，又钉住她的眼。祥林嫂似很局促了，立刻敛了笑容，旋转眼光，自去看雪花。（6）

"祥林嫂，你实在不合算。"柳妈诡秘的说。"再一强，或者索性撞一个死，就好了。现在呢，你和你的第二个男人过活不到两年，倒落了一件大罪名。你想，你将来到阴司去，那两个死鬼的男人还要争，你给了谁好呢？阎罗大王只好把你锯开来，分给他们。我想，这真是……"

她脸上就显出恐怖的神色来，这是在山村里所未曾知道的。（7）

"我想，你不如及早抵当。你到土地庙里去捐一条门槛，当作你的替身，给千人踏，万人跨，赎了这一世的罪名，免得死了去受苦。"（8）①

此一节文字写祥林嫂与柳妈对话。（1）"男短工"和"柳妈"是功能性人物。"男短工"既可回应前面"简直抵得过一个男人""比勤快的男人还勤快"等文字，又可为后面四老爷家驱逐祥林嫂张本；柳妈全为祥林嫂最后

① 鲁迅：《彷徨·祝福》，《鲁迅全集》第2卷，人民文学出版社2005年版，第19页。

的挣扎设置。这两个人与鲁智深上五台山一节中的金员外，风雪山神庙中店小二夫妇，在修辞上具有相近的功能。（2）雪适时而来，细密。（3）是善女人关心处。（4）"你……你倒自己试试看。"神来之笔！揭开了普通人生命深处的活力。即使承受多重压抑，也会在两个女人最私密的对话中，流露出来。（5）鲁迅善喻，比喻中虽有微讽，但在一瞬之间，善女人紧绷的道德观念现出了裂隙。（6）瞬间捕捉微妙的心理变化，死灰下的微火，生命的瞬间舒展，这里可以看到生命的坚韧，近乎本能的羞赧，呈现着生命最低限度的尊严。（7）柳妈描述了一个"罚"的世界，带来了恐惧。（8）柳妈的"抵当"也给祥林嫂到来了机会和希望。

　　她当时并不回答什么话，但大约非常苦闷了，第二天早上起来的时候，两眼上便都围着大黑圈。（1）早饭之后，她便到镇的西头的土地庙里去求捐门槛，庙祝起初执意不允许，直到她急得流泪，才勉强答应了。价目是大钱十二千。（2）她久已不和人们交口，因为阿毛的故事是早被大家厌弃了的；但自从和柳妈谈了天，似乎又即传扬开去，许多人都发生了新趣味，又来逗她说话了。至于题目，那自然是换了一个新样，专在她额上的伤疤。

　　"祥林嫂，我问你：你那时怎么竟肯了？"一个说。

　　"唉，可惜，白撞了这一下。"一个看着她的疤，应和道。（3）

　　她大约从他们的笑容和声调上，也知道是在嘲笑她，所以总是瞪着眼睛，（4）不说一句话，后来连头也不回了。她整日紧闭了嘴唇，头上带着大家以为耻辱的记号的那伤痕，默默的跑街，扫地，洗菜，淘米。快够一年，她才从四婶手里支取了历来积存的工钱，换算了十二元鹰洋，请假到镇的西头去。但不到一顿饭时候，她便回来，神气很舒畅，眼光也分外有神，高兴似的对四婶说，自己已经在土地庙捐了门槛了。（5）[1]

---

① 　鲁迅：《彷徨·祝福》，《鲁迅全集》第2卷，人民文学出版社2005年版，第20页。

写祥林嫂的最后的努力，最后的挣扎。（1）还是"画眼睛"。"大黑圈"三个字写出一夜的辗转思量。（2）急切。（3）善女人也是长舌妇。一语带出。（4）"瞪着眼睛"。（5）中国式的"救赎"。

冬至的祭祖时节，她做得更出力，看四婶装好祭品，和阿牛将桌子抬到堂屋中央，她便坦然的去拿酒杯和筷子。

"你放着罢，祥林嫂！"四婶慌忙大声说。（1）

她像是受了炮烙似的缩手，脸色同时变作灰黑，也不再去取烛台，只是失神的站着。直到四叔上香的时候，教她走开，她才走开。这一回她的变化非常大，第二天，不但眼睛窈陷下去，（2）连精神也更不济了。而且很胆怯，不独怕暗夜，怕黑影，即使看见人，虽是自己的主人，也总惴惴的，有如在白天出穴游行的小鼠，否则呆坐着，直是一个木偶人。不半年，头发也花白起来了，记性尤其坏，甚而至于常常忘却了去淘米。

"祥林嫂怎么这样了？倒不如那时不留她。"四婶有时当面就这样说，似乎是警告她。

然而她总如此，全不见有伶俐起来的希望。他们于是想打发她走了，教她回到卫老婆子那里去。但当我还在鲁镇的时候，不过单是这样说；看现在的情状，可见后来终于实行了。然而她是从四叔家出去就成了乞丐的呢，还是先到卫老婆子家然后再成乞丐的呢？那我可不知道。（3）[①]

写祥林嫂希望的破灭。（1）四婶的话给了祥林嫂最后一击，成了"压死骆驼的最后一根稻草"。（2）还是"画眼睛"。（3）对于祥林嫂走向末路、成为乞丐的原因，作者进行了模糊处理。在修辞学视野中，"伦理"始终是要追究的问题。《祝福》中一个重要的问题是：究竟谁是祥林嫂走向死灭的凶手？表面看，四婶、柳妈是最后的推动者，但就整篇小说看，任何一个人都不

① 鲁迅：《彷徨·祝福》，《鲁迅全集》第2卷，人民文学出版社2005年版，第20—21页。

是直接的、真正意义上的"凶手"，但每个人，包括"我"，都有不可推卸的责任。这里模糊化的处理，恰恰揭示了这一点。实际上，真正的凶手，正是鲁迅自己所说的那个"无著名杀人团"。

我给那些因为在近旁而极响的爆竹声惊醒，看见豆一般大的黄色的灯火光，接着又听得毕毕剥剥的鞭炮，是四叔家正在"祝福"了；（1）知道已是五更将近时候。我在蒙胧中，又隐约听到远处的爆竹声联绵不断，似乎合成一天音响的浓云，夹着团团飞舞的雪花，拥抱了全市镇。（2）我在这繁响的拥抱中，也懒散而且舒适，从白天以至初夜的疑虑，全给祝福的空气一扫而空了，只觉得天地圣众歆享了牲醴和香烟，都醉醺醺的在空中蹒跚，豫备给鲁镇的人们以无限的幸福。（3）①

叙述重新回到主体故事外部，写鲁镇"祝福"的气氛。（1）反衬修辞。（2）移就修辞。（3）反衬修辞。对于"我"和鲁镇人而言，最后一段也构成了一种整体性的反讽。

从以上评点式解读看，鲁迅小说在"狭义修辞"方面，显示了出众的修辞能力。他的修辞实践为后世小说家，为后来文学教育、修辞教育提供了难得的修辞艺术的典范。

第二节　《肥皂》的"广义修辞"

鲁迅小说的修辞艺术，不只体现在"狭义修辞"方面，他在"广义修辞"方面，在微观处理与宏观处理的结合方面，也显示出了非凡的修辞智慧。这里，我们可以《肥皂》为例，来领略和学习鲁迅小说在"广义修辞"方面呈现的才华和智慧。

以往对《肥皂》的解读往往沿着两个方向展开：一是小说所展示的讽刺艺

---

① 鲁迅：《彷徨·祝福》，《鲁迅全集》第2卷，人民文学出版社2005年版，第21页。

术：一是从象征、隐喻和心理分析角度出发，揭示小说中人（四铭）的行为、心理，物（肥皂）的深层意蕴。而在阅读过程中引起笔者注意的则是《肥皂》中人物的命名。一般而言，鲁迅小说人物的命名可分两类。一类是有讲究的，如阿Q、孔乙己、高尔础、夏瑜之类。这些人物姓名的意思，或者作品中已经随文提破，或者鲁迅在别处做过专门解释，或者读者只要稍作联想便能了然于胸。另一类则没有什么讲究，作者创作时本就无所用心，如吕纬甫、魏连殳、祥林嫂、涓生、子君等等。当然，在后者中我们不能排除一种情况的存在，那就是鲁迅在命名时渗透了某种意思，只不过意思比较隐晦，鲁迅又未做专门解释，读者也就无从领会了。就《肥皂》而言，小说中重要的人名命名有四个：学程、何道统、卜薇园和四铭。《肥皂》是讽刺复古派和假道学的，显然"学程"指向的是二程，何道统指向的理学道统，结合《采薇》，读者大概也能理解所谓"薇园"指的是以"翁"互称、以隐士自居的道学先生。这里的难题是，小说主人公"四铭"的命名究竟来自何处？究竟有何意指？我以为，这是解读《肥皂》的关键所在。

依照学程、何道统、卜薇园三人命名所指示的方向，结合小说的思想内容，我们认为"四铭"这个名字来自理学经典文献《西铭》。我们知道，儒家道统有自己的思想、人物谱系，而这个谱系的建立孟子、韩愈、朱熹三人起到了关键作用。朱熹门人黄榦对这一道统谱系的描述最为简要："窃闻道之正统，待人而后传，自周以来，任传道之责，得统之正者，不过数人，而能使斯道章章较著者，一二人而止耳。由孔子而后，曾子、子思继其微，至孟子而始著。由孟子而后，周、程、张子继其绝，至先生而始著。"[1]这里的"张子"指的就是声言"为天地立心，为生民立命，为往圣继绝学，为万世开太平"的张载。在宋代理学家中，张载的地位不如程朱，但影响却非常大。《西铭》《东铭》就出自张载《正蒙·乾称》的开始和结束部分。黄宗羲《宋元学案》载："先生（张载）尝铭其书室之两牖，东曰《砭愚》，西曰《订顽》。

① 黄榦：《勉斋集》卷三十六《朝本大夫华文阁待制赠宝谟阁直学士通议大夫谥文朱先生行状》，《文渊阁四库全书》本。

伊川曰：'是起争端，不若曰《东铭》、《西铭》。'"程颐对《西铭》极为推崇，称其"极纯无杂，秦汉以来学者所未到。意极完备，乃仁之体也"，以《西铭》立心，"便可达天德"。①后来朱熹作有《西铭论》，陈亮作有《西铭说》，清代大思想家王夫之也曾作《张子正蒙注》，对"二铭"部分有过精湛注解。对于《西铭》《东铭》这两篇简短的儒家道统的经典文献，鲁迅肯定非常熟悉。②

如果只因其他人物的命名与道学相关，而"四铭"又与"西铭"音近形似，我们便推定鲁迅在人物命名上以前者暗射后者，那还只是一种猜测。③这一推定更为重要的理由是：《肥皂》与《西铭》之间思想意旨上的关联。在道学传统中，《西铭》所以被推重，主要因为它以简要的语言，标举了儒家"天人合一""民胞物与""存顺没宁"的精神境界，而《肥皂》与《西铭》之间的直接咬合点正在第二方面：

> 民吾同胞，物吾与也。大君者，吾父母宗子；其大臣，宗子之家相也。尊高年，所以长其长；慈孤弱，所以幼其幼。圣其合德，贤其秀也。凡天下疲癃残疾，惸独鳏寡，皆吾兄弟之颠连而无告者也。于时保之，子之翼也。乐且不忧，纯乎孝者也。违曰悖德，害仁曰贼。济恶者不才，其践形，唯肖者也。④

---

① 黄宗羲：《横渠学案上》，《宋元学案》第一册，中华书局1986年版，第796页。

② 在《怀旧》《祝福》等作品中，鲁迅对与张载有关的典故和言论曾有直接引用，他对朱熹、吕祖谦选录周敦颐、二程和张载四人言论的理学入门书籍《近思录》非常熟悉，而张载的《西铭》《东铭》就被选录在该书卷二"为学"篇中。此外，鲁迅与理学传统之间的关系，郜元宝先生曾有专文论述。参见《为天地立心——鲁迅著作所见"心"字通诠》，《鲁迅六讲》，上海三联书店2000年版。

③ 这样的猜测很容易受到质疑，例如鲁迅就曾说过："人名也一样，古今文坛消息家，往往以为有些小说的根本是在报私仇，所以一定要穿凿书上的谁，就是实际上的谁。……还有排行，因为我是长男，下有两个兄弟，为豫防谣言家的毒舌起见，我的作品中的坏脚色，是没有一个不是老大，或老四，老五的。"就此而言，"四铭"实在是鲁迅再正常不过的一个人物命名。参见《且介亭杂文·答〈戏〉周刊编者信》，《鲁迅全集》第6卷，人民文学出版社2005年版，第149页。

④ 张载：《张载集》，中华书局1978年版，第62页。

明确了这层关系，我们就会抵达小说文本深处，对《肥皂》中的一些细节有更明确的把握。例如，小说后面写四铭有些悲伤，"似乎也像孝女一样，成了'无告之民'，孤苦伶仃了"。"无告之民"在上面这段文字中就有了落脚。在儒家文献中，有三部经典说到了"无告"，除《鲁迅全集》相关注释中提到的《礼记·王制》外，还有《孟子·梁惠王下》和《西铭》。其中《礼记·王制》最早，《孟子·梁惠王下》是对前者所提到的"鳏、寡、独、孤"的具体解释，《西铭》则延续了前两者的仁爱精神，将所关爱的对象扩展为"疲癃残疾，惸独鳏寡"。如果考虑到《肥皂》与《西铭》之间的关系及小说中提到的孝女和瞎眼睛的祖母，小说中的"无告之民"更直接的来源应该是《西铭》中的这段话。同时，这样的关联还使我们认识到，小说中没有正面描写的孝女和她瞎眼睛的祖母，实由"疲癃残疾"一语脱化而出，作为功能性、事件性叙事符号，以便凸显四铭之流假道学"悖德""害仁"的言行心理。

如仅从文字表面看，我们也能领略《肥皂》的讽刺艺术，也能感受到鲁迅通过四铭言行、心理的反差所营造的反讽效果，但这样的反讽只是一种表面的反讽，一种露骨的反讽。我们只有明确了《肥皂》与《西铭》的内在关联，才能真正领悟到鲁迅匠心独具的文本策略，领略到小说立意和构思——也就是在"作"的方面的巧妙运思。在四铭猥琐、卑污、肮脏的言行和心理与《西铭》所标举的"民吾同胞，物吾与也"的仁爱大同境界之间，存在着强烈的道德和精神反差，而这样的反差将《肥皂》的修辞由局部引向了整体，由微观引向宏观，由表层引向了深层，加之作者在小说中刻意实施的客观化叙述，使《肥皂》呈现出巨大的修辞张力。① 只有在这里，在这种张力体验中，我们才能领会鲁迅的修辞智慧，真正欣赏到《肥皂》所独具的修辞之美。这样，我们也就能够明白，鲁迅为什么说《肥皂》脱离了外国作家的影响，"技巧稍微圆熟，

---

① 这里的修辞是指"作为修辞的小说"，亦称"广义修辞"或"宏观修辞"，它不同于"小说之中的修辞"，即"狭义修辞"，后者是指小说中公开的可辨认的手法或辞格。而小说的广义修辞被视为作者与读者之间完整的交流活动。参见韦恩·布斯：《小说修辞学》，广西人民出版社1987年版，第428页。

鲁迅与20世纪中国研究丛书

刻画也稍加深刻……但一面也减少了热情，不为读者们所注意了"。其实，这句话还表达着鲁迅隐隐的担忧，担心自己讽刺和批判的热情为技巧所掩，读者对自己婉曲的反讽不能心领神会。而这恰是反讽修辞的两难：在"技巧圆熟"与意义彰显之间，作者很难达到一种理想的平衡。反讽效果的达成是需要读者参与的，而鲁迅对此实在没有把握，这样的修辞又不好随文提破，否则便如"走了气的啤酒"，没有味道了。李长之、竹内好否定《肥皂》的原因，大概也在这里。①

需要补充的是，如果说从思想内容方面《肥皂》与《西铭》之间有着内在的关联，那么，从"作"的角度看，《肥皂》在立意、构思和宏观修辞上，恰恰受到了《东铭》的启发：

> 戏言出于思也，戏动作于谋也。发乎声，见乎四支，谓非己心，不明也。欲人无己疑，不能也。②

对照《肥皂》原文我们就能明白，鲁迅正是通过"咯支咯支"的"戏言"，买肥皂、作"孝女行"等表面郑重其事、实则荒诞不经的"戏动"，来实施反讽修辞的。因此，我们可以说《东铭》中的这段文字，隐藏着鲁迅创作《肥皂》时的"文心"之秘。

综合以上的分析和解读，我们可以得出这样的结论：《肥皂》是鲁迅针对当时社会上涌动的复古潮流，秉承《水浒传》《金瓶梅》《红楼梦》中就已存在的中国古典小说人物命名的传统，参照儒家道统的经典文献《西铭》《东铭》，并加以艺术的想象和虚构创作而成的。《肥皂》是鲁迅讽刺批判复古派

---

① 李长之认为《肥皂》的毛病在于"故意陈列复古派的罪过，条款固然不差，却不能活泼起来"，而竹内好则把《肥皂》看成"愚蠢之作"。不知竹内好的个人"好恶"是否也受到了李长之的影响，但他们否定《肥皂》最主要的原因还是在于未能真正打透作品，否则肯定会有不一样的评价。参见李长之：《鲁迅批判》，《李长之文集》第二卷，河北教育出版社2006年版，第63页；竹内好：《鲁迅》，《近代的超克》，生活·读书·新知三联书店2005年版，第77页。

② 张载：《张载集》，中华书局1978年版，第320页。

道学先生卑污、肮脏言行和心理的"订顽""砭愚"之作。而"愚蠢"和"顽劣"恰是四铭行为、心理的两个侧面,小说中"恶毒妇"等巧妙的情节穿插,也是围绕着这两个侧面展开的。①

　　鲁迅小说的修辞艺术是细微的、深邃的。跟着鲁迅学修辞,局部的、表面的技巧,是比较容易模仿的,但技巧背后由古代文化、文字训诂、中外经典小说等形成的深厚的学养,是后来的"青年艺术家"、小说家难以窥见门径的地方。当然,对于文学创作而言,每一个作者都有属于自己的经验世界,都有自己的阅读视野,我们也不必亦步亦趋,一定要重构鲁迅的经验世界,寻找、重组鲁迅的修辞艺术资源的每一个构成的环节和元素。在我看来,这里的关键是,我们一定要在文本的褶皱和沟回里,在文本的深处,接近鲁迅小说创作时的原初性思维状态。只有在这样,我们才能真正领略鲁迅小说修辞的智慧和艺术。

---

　　① 在这里我有一个猜想:《肥皂》中"恶毒妇"一节,很有可能是在什么书里或者周氏兄弟及周边诸人之间传说过的一个现成的"段子",经鲁迅"夺胎换骨"后安插在了小说里,只不过它的源头后人实在无从查考了。过于现成、过于刻露的段子感,很有可能是李长之、竹内好等人否定《肥皂》的原因之一。不过,这样的段子能够安插进故事的连接点,还是在四铭行为、心理中"愚"的一面。

第二章　散点透视：当代随笔杂文大家与鲁迅传统

——以巴金、孙犁、邵燕祥等为中心

第一节　被规训的"鲁迅杂文"

散文（包括数量更多、影响深广的杂文）是鲁迅思想最直接、最集中的艺术存在方式。鲁迅散文、杂文的思想与艺术，无疑是鲁迅文学中最能泽被后世的传统。这一传统曾不断地在中国受到假吹捧而实封杀，又不断地在特定时空下成为话题，或附着于某些个体上而"显灵"——如《药》中的那只乌鸦一样。

延安时期开始，鲁迅杂文的存在意义不断受到质疑和挑战。相同的话题共和国初年又一次出现，如何继承鲁迅杂文传统，怎样写杂文，写什么样的杂文，成为1949年以后散文界最先出现的讨论，此后知识分子不断讨论杂文的生存，是真正感到了"小品文的危机"。1950年4月4日，前国统区记者、杂文家黄裳在《文汇报》上发表《杂文复兴》一文，认为新中国杂文可以用"含着浓烈的热情的讥讽"来区别于那种对敌人无情打击式杂文，提出具有积极性和建设性的论点来纠正工作错失，改变工作现状。"报刊上不仅提倡过杂文，讨论过杂文，也发表过精彩的杂文，虽然不算多，但在沉寂中更显得难能可贵，应该给予足够的评价，指出它在当代杂文史上应有的地位。"[①]他认为"杂文是

---

① 黄裳：《杂文复兴》，《文汇报》1950年4月4日。

和时代结合的最密切的武器，那么，跟着时代的发展，它的型式自然得变。过去的说话绕弯子，是不得已的事。不过杂文的最重要成功，还不是隐晦曲折，而是在它的锋锐，能一笔下去可以刺着时弊的要点"①。黄裳维护杂文的"讽刺"特质，但已经兼容延安时期所反复强调的对同一战线上战友的批评这类杂文。可是，即便收敛了杂文的锋芒，所谓热情的批评、同一阵线的战友等限定，终未能获得支持。包括曾与鲁迅关系亲密的冯雪峰，也以《谈谈杂文》一文，将"杂文"性质进行了新划定：我们今天还是需要杂文的，问题是需要什么样的杂文呢？如果"只把鲁迅的杂文或者鲁迅式的杂文，才看成杂文"，那是"一种偏见和一种狭隘的心情"。②忠厚而诚笃的冯雪峰认为，鲁迅笔法的"曲折""隐晦""反语"，那些"弯弯曲曲、隐隐晦晦的杂文，是的确应该过去了，因为那样的时代是已经过去了"。③这显然不是为了纠正人们对鲁迅杂文的狭隘认识，而是质疑新时代里鲁迅式杂文有无存在的必要，"我们今天仍旧需要杂文，就是必须适合于今天人民所需要的那种形式、内容和精神的杂文，如毛主席所说"，"新的杂文，在人民民主专政的时代，却完全不需要隐晦曲折了。也不许讽刺的乱用，自然并非一般地废除讽刺"。④这与周扬在《新的人民的文艺》中所说的"新的国民性正在形成之中"⑤，因而要抱着"保护人民，教育人民"的热情态度去批评去创作，表达的是同样的意思。随后，孔罗荪《关于杂文》、夏衍《谈小品文》等文章，无非既强调鲜明的政治立场，又结合各自创作经验而得出某些文体认识，如提出新中国杂文要有新的语言，要清除过去杂文中"'伊索寓言式'的奴隶的语言"⑥，强调作家的幽默与讽刺能力，将杂文作为武器，"对我们自己队伍里的这种政治上的麻痹和

① 黄裳：《杂文复兴》，《文汇报》1950年4月4日。

② 雪峰：《谈谈杂文》，《文艺报》（半月刊）第二卷第九期，1950年7月25日出版。

③ 雪峰：《谈谈杂文》，《文艺报》（半月刊）第二卷第九期，1950年7月25日出版。

④ 雪峰：《谈谈杂文》，《文艺报》（半月刊）第二卷第九期，1950年7月25日出版。

⑤ 周扬：《新的人民的文艺》，洪子诚主编：《中国当代文学史·史料选：1945—1949》（上），长江文艺出版社2002年版，第154页。

⑥ 罗荪：《关于杂文》，《决裂集》，作家出版社1959年版，第119页。

冷淡，展开剧烈的斗争"①等等，多半是似是而非的自说自话。共和国初年一下子展开的关于"杂文复兴"的讨论，意味深长，想发表独立的思想与见解的，仍然向往着鲁迅风杂文威力的知识分子终于坐实了鲁迅式杂文在新社会不合时宜的事实。

黄裳来自国统区，他的发问之文，显得"幼稚"而不合时宜。冯雪峰的立场和态度，却是代表着许多知识分子和作家对于"时代、社会与鲁迅杂文"这一重要命题的认识。几乎在与上述讨论同时，1949年全国第一次文代会后，茅盾关于国统区文艺工作的报告很快引起来自国统区作家的严重不满，胡风与他的老朋友们虽然敏感，但面对新鲜而又陌生的新政权与新事物，大都沉醉在胜利的辉煌、解放的幸福、革命的伟大等抽象的情绪里，对自己日后可能的遭遇从来没有做过任何考虑。②吴中杰在《中国现代文艺思潮史》中也提到，解放初期的知识分子，学习马克思主义，用唯物史观来改造自己的社会观、学术观和文艺观的热情是非常高尚的。为了学习苏联的经验和苏联出版的马列主义书籍，许多老学者和青年人一起学习俄语，其认真程度，可爱情景，有如光绪年间那些老新党们硬着舌头学英语。③努力转换思维和笔调的，还有冰心、巴金、老舍、曹禺等。这种情形下，人们心中的鲁迅杂文确乎成为过时的经典了。

小品文的生机再次出现的时候，已是1956年。毛泽东提出"艺术问题上百花齐放，学术问题上百家争鸣"的"双百"方针，诸多报刊纷纷开辟"小品文"栏目，使批评性杂文数量从谷底升至峰顶，挟雷带电，颇见尖锐与激情。茅盾、巴金、吴祖光、叶圣陶、唐弢、马铁丁、舒芜、邓拓、徐懋庸、邵燕祥等作家，有的是三四十年代杂文高手，有的一向带着率直的自由主义思想气息，在一度宽松的政治气氛和相对自由的思想空气里重新活动筋骨、伸展手脚。在这样的政治时刻，那些带着锐利的思想与艺术的笔墨的散文杂文家，多半是把鲁迅当成自己的"导师"的人。如唐弢，他不满于学术的因袭与懒惰，

---

① 夏衍：《谈小品文》，《杂文与政论》，北京出版社1959年版，第61—64页。

② 绿原：《胡风三十万言书》，湖北人民出版社2003年版，第4—5页。

③ 吴中杰：《中国现代文艺思潮史》，复旦大学出版社1996年版，第326页。

发出"我们现在也需要有一把火，它的名称是：独立思考"①。如著名杂文家徐懋庸，以《小品文的新危机》《不要怕民主》等文章，肯定"小品文在今天的社会里还有存在理由"②，为杂文辩护。而此阶段，出现了最有鲁迅风气质的杂文家，他是"景仰的作家是鲁迅和罗曼·罗兰""的确存在着克利斯朵夫式的人生态度"③的黄秋耘。在黄秋耘看来，批评、指责和限制、束缚作家创作的情况固然普遍存在，但更可怕的是作家们的精神状态出现了危机，他一连发表了《锈损了灵魂的悲剧》《不要在人民的疾苦面前闭上眼睛》《犬儒的刺》《刺在哪里》等堪称1956年、1957年间最有思想锋芒和语言锋芒的杂文，直言"仅仅满足于表面的歌颂和空虚的赞美""虚假的美，装腔作势的美"的艺术品，犬儒式随波逐流的文人作家，"锈损了灵魂"的文学家和艺术家，"只能叫人恶心！"。④在那个短暂的"春天"里，没有哪位杂文家，像黄秋耘那样，不写无关痛痒的文字，不发不咸不淡的牢骚，不为浅薄的乐观主义所迷惑，下笔就奔涌出鲁迅的执拗、胡风的主观战斗精神和30年代左翼杂文家的真诚与勇猛，其底色却又分明透露出超越阶级的人道主义特色：作为一个有着正直良心和清明理智的艺术家，是不应该在现实生活面前，在人民的疾苦面前心安理得地闭上眼睛、保持缄默的。⑤

　　黄秋耘的杂文足以留在当代杂文史上。其他，也无非是议论式随笔，多摆事实、讲圆道理、谈谈知之美与趣，即使有批评，往往也只是涉及日常生活中体制内的各种缺点问题，如官员与大众之间的等级鲜明、徒有形式的学习讨论会、公费赴上海养病的干部，以及一些"愈是不关心别人的人，愈是关心自

　　① 唐弢：《孟德新书》，《唐弢文集》（第二卷），社会科学文献出版社1995年版，第461页。

　　② 徐懋庸：《小品文的新危机》，《人民日报》1957年4月11日，署名回春。

　　③ 参见洪子诚：《1956：百花时代》，北京大学出版社2010年版，第78—83页。洪子诚认为黄秋耘（杂文）、刘宾雁（特写）、王蒙（小说）是"干预生活的理论与创作"中最有代表性的三位年轻作家。

　　④ 黄秋耘：《不要在人民的疾苦面前闭上眼睛》，《锈损了灵魂的悲剧》，人民文学出版社1980年版，第6—10页。

　　⑤ 黄秋耘：《不要在人民的疾苦面前闭上眼睛》，《锈损了灵魂的悲剧》，人民文学出版社1980年版，第6—10页。

己"的现象等等"新式杂文"。随笔杂文数量一度井喷，随后右派数量也达到同样的峰值。杂文家后来的命运，证明了杂文随笔既是"百家争鸣"的急先锋，也是"万马齐喑"的晴雨表。1958年1月26日，《文艺报》将丁玲、王实味等人40年代延安时期的杂文重新整理配发"编者按"，共和国杂文随笔的第一次小阳春就此结束。

杂文在起起伏伏中，短暂地复兴，又陷入长期沉寂。与此同时，鲁迅的形象反被拔离人间，高高悬在众人头上，成为"神"。巴金后来写道："我还记得在乌云盖天的日子，在人兽不分的日子，有人把鲁迅先生奉为神明，有人把他的片语只字当成符咒；他的著作被人断章取义、用来打人，他的名字给新出现的'战友'、'知己'们作为装饰品。在香火烧得很旺、咒语念得很响的时候，我早已被打成'反动权威'，做了先生的'死敌'，连纪念先生的权利也给剥夺了。"[1]而1949年以后便不写新诗与杂文的聂绀弩被打倒，他转而顺应时势，偷偷写起了旧体诗。邵燕祥因政治讽刺诗而被打成右派。王小波那时还是一个迷恋逻辑思维的孩子。

在这样的文学史面前，重新探讨鲁迅思想与文学传统对当代为数不多的，成就卓著、独具一格的散文家的影响，多少是冒险的。当然，此一论题可以扩展为一个更大的名单，如巴金、孙犁、邵燕祥、张承志、残雪等，甚至包括把杂文写入"散宜生诗"、以阿Q之气为精神依靠的聂绀弩，都可纳入研究视野。由于所经历的时代不同、个人秉性不同，代际有别，这里只能做散点透视，探讨的作家或与鲁迅是同时代人，鲁迅留在他们的文学记忆中难以淡去；或者，从历史的荒谬情境中走来，发现杂文才是自由言语的最直接的工具，而鲁迅给予他们以创作的源泉和写作的参照。当然，能够自成一家风格的，往往不是表面的亦步亦趋，鲁迅本身无法复制。他们只是一个个有意味的个案，观其神、辨其形、探其源、择其意，便可发现鲁迅在场或不在场、显或隐、明或暗、直接或曲折的呈现，找寻到鲁迅因子在文学创作中的影响力与生命力。当然，我们还可以从文体的角度，发现当代思想文化与文学的变迁之径，发现作

---

① 巴金：《怀念鲁迅先生》，《收获》1981年第5期。

家们如何经由鲁迅文学传统而抵达新的路口，且带着自己的负重重新出发。在此，鲁迅并非"标准和尺度"，论文的意图也不在于进行"鲁迅与某某作家"的比较研究，而是将散点纳入透视镜中，检视鲁迅在当代文学中的真正意义以及师承鲁迅者的创造性转化。

第二节　巴金：抉心自食与伤逝

在巴金（1904—2005）的研究中，鲁迅之于他的影响很少被高估，并不总是被看作带来巴金文学成就的最重要的部分。人们讨论巴金思想，更多地探讨他与法国思想家卢梭的关系、与俄罗斯革命党人的关系，以及无政府主义的影响。但是进入晚年，以《随想录》《再思录》而取得其思想意义与文学地位的巴金，鲁迅的影响是无论如何不能绕过去的。巴金是鲁迅的同时代人，早年的小说主题与鲁迅个人文学或思想关系不大。直到1934年后，他与鲁迅才有直接接触。《悼念茅盾同志》中说："我还记得三十年代中在上海文学社安排的几次会晤，有时鲁迅先生和茅盾同志都在座，在没有人打扰的旅社房间里，听他们谈文学界的现状和我们前进的道路，我只是注意地听着，今天我还想念这种难得的学习机会。"[1]鲁迅去世后巴金所写的回忆文章数量不少，既包括巴金与吴朗西共同主持文化生活出版社后，向鲁迅寻求支持，得到鲁迅先生大力支持与关怀等事实，也写到了鲁迅晚年著译全由文化生活出版社包办出版的回忆；鲁迅日记和文章里也谈及巴金。因此，1980年代后，"鲁迅与巴金"这一主题不断出现在学界。

下文所引巴金晚年所写的《怀念鲁迅先生》，是一篇寓意深微的文字，仅从题目来看，人们会将它归入忆旧文章。然而，正像当年巴金在巴黎卢梭像前的自我反思一样，这篇冠着"怀念"之题的文章却暗含怀疑、讽刺、愤怒、深沉等多种情感。回忆当年与鲁迅交往的故实，巴金并非下笔就"怀着崇敬的心

---

　　①　巴金：《悼念茅盾同志》，《随想录》，生活・读书・新知三联书店1987年版，第339页。

情"，与其他怀念鲁迅之文很不相同，巴金竟是从自己对鲁迅的陌生和疏离写起，他被迫接受劳动改造，而鲁迅则是他劳动的园地里抬头即见的"塑像"，作为"神"被高高祭起。这个鲁迅，当然不是他当年认识的和蔼可亲的小老头，在这样的情形下，被高高祭起的"神"与被打倒的"牛鬼蛇神"，正是那个颠倒世界的真实写照：

> 在作协分会的草地上有一座先生的塑像。我经常在园子里劳动，拔野草，通阴沟。一个窄小的"煤气间"充当我们的"牛棚"，六七名作家挤在一起写"交代"。我有时写不出什么，就放下笔空想。我没有权利拜神，可是我会想到我所接触过的鲁迅先生。在那个秋天的下午我向他告了别。我同七、八千群众伴送他到墓地。在暮色苍茫中我看见覆盖着"民族魂"旗子的棺木下沉到墓穴里。在"牛棚"的一个角落，我又看见了他，他并没有改变，还是那样一个和蔼可亲的小小老头子，一个没有派头、没有架子、没有官气的普通人。①

只有在"空想"中，鲁迅才来到这个牛棚的"角落"，成为"没有派头、没有架子、没有官气"的普通人，是导师，也是朋友。先生升得很"高"时，"我"被贬至尘土，高低上下，看似反差极大，然而无论是谁，都有一个共同的身份，即被派作了木偶和工具的角色，如此，"先生"与"我"被打压与被掌控的命运有什么不一样呢？无论是什么"神"，都不应拜。拜神者，正出自被鲁迅先生无数次批判的奴才心理。奴性起于何方？巴金说，"我"唯有忆起鲁迅当年的嘱咐，"忘掉我"。然而此前几十年"我"真的忘掉了鲁迅，忘掉鲁迅意味着丢失了自己。巴金简朴的文字里含着深奥，将可能有的回忆中的抒情全部节制了，暗示与象征，赋予文章沉甸甸的思想含量。

经由曲折深幽的内在逻辑，巴金才能重新将鲁迅与自己一生思想上与精神上的导师相提并论，与鲁迅并置于前的，有"勇士丹柯"，有卢梭，在这几位

鲁迅与20世纪中国文学教育

---

① 巴金：《怀念鲁迅先生》，《随想录》，生活·读书·新知三联书店1987年版，第399页。

精神导师的引领下，"我听见火热的语言：为了真理，敢爱，敢恨，敢说，敢做，敢追求"①。一篇不长的回忆文字，富于思想力与穿透力，无情地解剖个人奴性心理的政治成因与文化成因。

鲁迅之于巴金的意义，或正在于此。1978年12月至1986年8月，八年间凡一百五十篇的《随想录》文章中反复出现的一些主题，是学界不断地将巴金的晚年思想与鲁迅思想相联系的原因，或称之为鲁迅之后的现代散文又一座高峰，或称为思想意义远远超过文学价值的作品，或用鲁迅的"思想界的战士"来指称晚年的巴金："如果说，鲁迅的杂文是我国新民主主义革命时期我国文学界一位伟大的'精神界之战士'的言说，那么，巴金晚年散文则是我国世纪之交的社会主义时期文学界一位杰出的'精神界之战士'的言说了。"②

"精神界战士"的意义，体现在巴金提倡的"说真话"，这发挥了鲁迅对"瞒与骗"文化的反抗精神。"瞒与骗"文化养成了中国人的奴才性。作为"文革"后最执拗的、最具有韧性精神的作家，无论回顾过去还是针砭当下，巴金用笔如椽，体现出对民族毒瘤坏疽决不姑息妥协的强大精神。他把"十年文革"比作但丁《神曲》中的"地狱""活墓葬"；他提出建立"文革博物馆"以存放这人间地狱的重重惨状；他借鉴鲁迅那寥寥几笔而神情毕现的文学笔法，用高度概括的形象化语言来揭示非人世界的荒谬与可怖，"抓住自己的同胞'食肉寝皮'"③的兽性。巴金笔下是乌托邦的愿景与愚昧封建的图像的交织重叠，"以'野蛮'征服'文明'，用'无知'战胜'知识'"，"把'知识'当作罪恶尾巴"；④鲁迅杂文中具有高度概括力的"变戏法"意象，更具体地变成了个人崇拜与狂热迷信的"催眠术""魔法""迷魂汤"，他甚至用上了"烧香念咒"等词来形容阴魂不散之鬼，把被剥夺了自由思想、自动放弃自由思想的人，概括成了极具形象性的"奴""木偶"和"机器人"。

① 巴金：《怀念鲁迅先生》，《随想录》，生活·读书·新知三联书店1987年版，第402页。

② 姚春树、江震龙：《世纪之交的"精神界之战士"的言说——论巴金晚年散文创作》，《中国现代杂文散文杂论》，人民出版社2014年版，第270页。

③④ 巴金关于"人"与兽性的思考，可参见《人道主义》《我的日记》《"没什么可怕的了"》诸篇；又见《十年一梦》《纪念》等文章，《随想录》，生活·读书·新知三联书店1987年版。

巴金对"文革博物馆"的疾呼，直指这个民族的"健忘"痼疾，而"健忘"是鲁迅杂文曾反复批判的国民性特征。巴金反复说"牢牢记住"："正因为我又记起先生，我才有勇气活下去。正因为我过去忘记了先生，我才遭遇了那些年的种种的不幸。我会牢牢记住这个教训。"① 当年巴金写信给三联书店主编范用说："是你们用辉煌的灯火把我这部多灾多难的小著引进'文明'书市的。"② 可见说真话之不易，而他无法在一场刚刚过去的民族的黑色浩劫前选择遗忘。巴金的写作目的，既是"为了认清自己"、"不得不解剖自己"、重新"铸造自己"，也是为十年惨痛"做总结"，他的"随想"与"再思"在思想与语言的意义上，引领了80年代散文"说真话"的潮流。从思想的层面上，巴金悲悼怀人与历史反思、个人忏悔融合为一，在世纪末交上了一份极有思想分量的知识分子反思录。从语言的层面上，无论病痛、焦灼、失眠、死亡还是黑夜的恐惧，或忆友人"黄金般的心"，都以最质朴直白的"真话"贯穿始终，根本否定了前几十年"说着他人的话"的奴性文字。巴金晚年充满焦虑，原因在于"终于找到箭垛有的放矢了"，就是"在荆棘丛中开出了一条小路。我已经看到了面前的那座大楼，'文革博物馆'"，③ 而构建这座大楼的砖、瓦和基石，就是他的一支笔，"它们却不是四平八稳，无病呻吟，不痛不痒，人云亦云，说了等于不说的话，写了等于不写的文章"④。用笔墨所建立起的"文革博物馆"，正是一种不仅赋予散文意义而且是真正的磨砺意志的行动。

晚年巴金杂文有浓厚的忏悔，忏悔既得自卢梭，也可以与鲁迅式的抉心自食的执着与痛楚相提并论。鲁迅在《野草》中的"抉心自食"，是思想中那些明明暗暗的光影下的投射，而巴金的《随想录》《再思录》是一部知识分子狂热、虔信、受难而后痛定思痛的心史。巴金作为当代鲁迅式的"精神界之战士"，对社会与现实的批判，用力处主要不在当下，而是"十年文革"，借此他反观自身，直面强权世界与奴性文化的遗留。或显或隐，或大或小，意在为

① 巴金：《怀念鲁迅先生》，《随想录》，生活·读书·新知三联书店1987年版，第402页。
② 范用：《存牍辑览》，生活·读书·新知三联书店2015年版，第30页。
③ 巴金：《随想录·合订本新记》，生活·读书·新知三联书店1987年版，第Ⅵ页。
④ 巴金：《随想录·总序》，生活·读书·新知三联书店1987年版。

当代、为后人总结深刻的历史教训。巴金对"文革"和极左思潮的批判、在写作中真实的自我颠覆与自我救赎，是对新中国成立后中国的社会史、文化史、知识分子心灵史的真实而具洞察力的概括。从中年到老年，他一步步在历史与现实中的荒诞、虚妄中警醒过来，从此开始毫不苟且地、如堂吉诃德般一次次地与"人吃人""非人生活"搏斗，在这个过程中不断反省人性遗忘、背叛与疯狂的根源，重建理性的清明与道德的完善。

《随想录》《再思录》里有一股悲哀而愤怒的调子，也往往让人联系起鲁迅文学中深沉的情感之文。巴金写于80年代初期的一批散文，在回忆、叙事中夹杂议论与抒情，大多冠以"怀念"之题，所怀之人多是"文革"期间被迫害离世的亲人和朋友，包括妻子萧珊、文艺界艺术家、文学界成就斐然的作家朋友，作家直抒胸臆，真诚坦率，真挚而一往情深。巴金的抒情个性早在1930年代的小说中就有明显的体现，但《随想录》中的怀念之文，却是用文字建成的哀乐低沉环绕的灵堂，巴金在那里怀念着一个个冤屈的灵魂。众人所最熟悉的《怀念萧珊》，堪称当代散文中的《伤逝》。鲁迅的《伤逝》是涓生写给子君的"手记"，《怀念萧珊》是巴金写给亡妻的"手记"。《伤逝》中涓生说："如果我能够，我要写下我的悔恨和悲哀，为子君，为自己。"[1]这种沉郁顿挫的歌哭与忏悔，同样出现在巴金的文章里。在萧珊去世的六年间，"我每天坐三四个小时望着面前摊开的稿纸，却写不出一句话"[2]。长达六年的沉默，更为沉郁悲苦。与涓生时时沉入记忆的深处一样，巴金也用看似平淡的笔墨，琐琐记下二人在"文革"中"挨打""日子难过""叹气""无助""担心"和"张皇失措"的日子。子君在婚后无聊的生活里挨着精神上的空虚，萧珊在日夜为家人的担心中，忍受病体的病痛。子君在路上"时时遇到探索，讥笑，猥亵和轻蔑的眼光"[3]而无所畏惧，而萧珊不能不在"人们的白眼，人们的嘲笑热骂蚕蚀着她的身心"时"不断给我安慰，对我表示信任，替我感到不

① 鲁迅：《彷徨·伤逝》，《鲁迅全集》第2卷，人民文学出版社2005年版，第113页。
② 巴金：《怀念萧珊》，《随想录》，生活·读书·新知三联书店1987年版，第16页。
③ 鲁迅：《彷徨·伤逝》，《鲁迅全集》第2卷，人民文学出版社2005年版，第117页。

鲁迅与20世纪中国研究丛书

平"。①巴金反复描写着萧珊的叹息和愁容，难得的欢颜与孤单踽踽的脚步，笔意纠结而无奈；他的眼睛紧紧跟随萧珊的身影，有时放大，有时特写，展现萧珊生命中最后一程的无助、不舍与牵挂，以及"我"的被动与怯懦。巴金最终定格了病危时萧珊那双很大很亮很美的眼睛，留给读者极深的印象和感动，也正如鲁迅对子君的眼神的细描："孩子似的眼里射出悲喜，但是夹着惊疑的光，虽然力避我的视线，张皇地似乎要破窗飞去。"②尽管文体不同，但两篇文字都以高超的艺术手法和情感的力量，将两位女性的不同悲剧，留在文学史中。对于巴金来说，能够以最无修饰的笔墨写出内心的绝望、悲愤、自责与悔恨，正是真话的力量。巴金去世后，与他素有交往的黄裳也写下一篇忆悼文字，题目就叫《伤逝》。同是回忆，《再忆萧珊》的写法又很是不同。巴金因眼前的病房和病体而忆起当年萧珊的病房与病体，深夜的寂静与巴金的难以安寝构成动静对比，直到满怀委屈、负着疼痛的萧珊出现在"我"的病床前。散文写着梦里梦外、似睡似醒、阴阳幽冥之间"我"的想象、"我"的情绪、"我"的梦、"我"的挣扎，既是情致悱恻，一往逾深的另一种表现方式，也表明对噩梦般的过往，终究无从解脱、无法释然。

散文艺术中所说的无技巧，仍然应该置于"真"的或伦理的美学范畴内认识。巴金晚年散文不复年轻时那般有激情又清新健朴，他擅长的多姿多彩、含义显豁的意象以及文学性修饰手法也极少再用，但我们很难用"老年文体""老人话语"来概括他的杂文随笔。与一批晚年文字淡泊从容节制的作家不同，巴金依然如年轻时峻急、焦灼，没有走向与历史认同后的"平和"，反而陷入更为深切宽广的忧虑。1949年前的巴金，恨不得用一把火烧毁整个旧世界，他的那种浪漫主义激情与探索中国未来之路的思想者气质，曾经不断地化作文学中南国的榕、"海上的日出"、"激流"以及"日""月""星""灯"等代表希望与光明的意象，无处不在的丰沛的思绪与湍急的语言，从语言中可以看到作家内在的紧张与矛盾、诗意与激情。四十年后巴金再写《随想

---

① 巴金：《怀念萧珊》，《随想录》，生活·读书·新知三联书店1987年版，第19页。

② 鲁迅：《彷徨·伤逝》，《鲁迅全集》第2卷，人民文学出版社2005年版，第116页。

录》，却是作为一生的总结，"一生的收支总账"[1]，既是算账，就难能心平气和。因此，人们评价《随想录》作为"一部'力透纸背、情透纸背、热透纸背'的'讲实话的大书'，是一部代表当代文学最高成就的散文作品，它的价值和影响远远超出了作品本身和文学范畴"[2]。如何理解"代表当代文学最高成就的散文作品"这样的评价？有研究者认为，巴金晚年散文所达到的"震撼力、穿透力和启发力"，与他晚年散文的言说风格和艺术高度有直接关系，即发扬了中国特色的"春秋笔法"，具体特点是："史家大胆无畏的秉笔直书的'实录'原则"；"一字褒贬、劝善惩恶的'诛心之论'"；"隐微曲折语言中所包含的意义深远的'微言大义'"。[3]散文中所有摇曳笔墨的花招都洗练一净，只余下思想的尖锐批判与自省性的精神力量。十年的创伤与剧痛如同磨石，将巴金原本热烈的文字磨砺成平实、简劲却有个人思想锋芒的投枪，"春秋笔法"成为他晚年自己使用的武器库，这也与现实政治环境对杂文采取的明松暗紧的钳制有关。从这点看，他的散文杂文在艺术上的翻越腾挪的能力或远不及鲁迅，但"本性情，限辞语"的散文追求，从另一方面证明巴金更看重像鲁迅杂文那种强有力的"行动性"，而非愉悦的文学性。

巴金晚年散文杂文也是以鲁迅的思想作为参照系，试图建构个人道德、人格风范与历史文化反思的综合体，与此同时，他借助其他的人格榜样，走出他自己的而非完全重复鲁迅式杂文的思想与艺术之路。影响他晚年写作的文体与表达的，有他阅读并翻译的赫尔岑的《往事与随想》（第一卷），赫尔岑一生致力于建立社会主义的俄国，坚持个性自由与人的权利的思想核心，政治著作中浪漫主义激情与雄辩、智慧的广度、智性的深度以及历史直觉的精深，曾给予年轻的巴金以深刻影响。渡尽劫波的巴金，应该说主要在这部宏大作品上，寻找到了心仪的写作榜样。《往事与随想》一书，少有赫氏一贯的雄辩色彩，它更像是一部与读者和朋友的交谈之书；对读者来说，最具有吸引力的是赫尔

① 巴金：《无题集·后记》，《随想录》，生活·读书·新知三联书店1987年版，第899页。

② 《随想录·出版说明》，人民文学出版社1986年版，封底。

③ 姚春树、江震龙：《世纪之交的"精神界之战士"的言说——论巴金晚年散文创作》，《中国现代杂文散文杂论》，人民出版社2014年版，第293、294、297页。

鲁迅与20世纪中国研究丛书

岑思想上的自由与有目共睹的真诚。在俄国文学史家眼中，这部皇皇大作"是对19世纪上半期俄国社会史和文化史最广阔、最真实、最具洞察力的概括。它们构成一部伟大的历史经典"[①]。或许，在早年创作中，巴金未必具备赫尔岑那样一个思想家精深的历史直觉，但到晚年，"思想上的自由"与"有目共睹的真诚"成为《随想录》《再思录》等散文随笔的思想与艺术的精华所在，这是巴金对"文革"十年的社会史、文化史与心灵史的最广阔、最真实、最具洞察力的概括。

20世纪30年代沈从文一度批评巴金的情绪患着"热和乱"之症，因为他"太偏爱读法国革命史"。他认为巴金的封闭性阅读完全脱离了真正的中国现实生活和实际，因狂热和偏执而发生种种所谓革命的幻象，造成作家"感情的浪费"。沈从文理想中伟大的文学人格，应该是对世间的人事处以哀静的理性心理，而巴金显然是在追求"高超伟大的理想"，他渴望雷电式的美丽炫目的人生瞬间和瞬间过后全新天地的出现，甚至希望法国大革命在中国重演，这是不切实际的"游侠者的感情"。知识分子到底是做烈火雷电还是一盏静静地在时间的长河中长久照明的灯？沈从文当年所取之譬，将两个不同类型的作家对于人类"理想"及其实现途径的不同、个人在历史中的作用的认识表达得泾渭分明又颇有意味。[②]不过，有了《随想录》式文字，巴金可能实现沈从文所期许的，做一盏在人类的思想长河中燃烧的长明灯。在这个意义上，巴金从表面上或许与鲁迅的文学气质很不一样，但在"迫切的回应现实，简劲锐利，其文学趣味部分正来源于它对既定的文学品味本身的反思与抗拒，它容许'有破绽'"[③]这一点上，是实实在在、唯一一位承继了鲁迅杂文之"力"、杂文之"行动性"的当代文学大家。

① ［俄］德·斯·米尔斯基：《俄国文学史》（上卷），刘文飞译，人民出版社2013年版，第292页。

② 参见沈从文：《给某作家》，刘慧英编：《巴金：从炼狱走来》，中国工人出版社2001年版。

③ 黄锦树：《论尝试文》，（台湾）麦田出版社2016年版，第394页。

第三节　孙犁：芸斋琐谈与耕堂文章

鲁迅传统之于孙犁，很难从一般的形式或内容去探讨表现的相似。鲁迅传统之于孙犁，化为血脉与无形。这也是孙犁可以在晚年成就其散文大家的一个极重要的条件，也可能是人们在此方面的研究始终无从走向深入的一个原因。

孙犁是巴金的后一代人，几乎不能算是鲁迅的同时代人，但他可能比任何一个声称是鲁迅弟子的作家，更有偷师学艺的笨办法与发展自己的天才的勇气。那些声称鲁迅的弟子、亲炙于鲁迅的人，倒可能离鲁迅很远。孙犁与鲁迅的联系是文学血缘的关系，鲁迅读什么书，他读什么书，这或许是孙犁最终成为一个"革命文学中的'多余人'"[①]的真正原因。同时，这也是孙犁走出自己清新明净的抒情小说而成就耕堂文体的原因。[②]孙犁晚年杂文中的鲁迅因子，呈隐性特征，有这样一种悖论存在于孙犁与鲁迅的文学关系中：一方面，他是鲁迅最忠实的学生，从学生时代起即痴迷于鲁迅的作品，随手翻阅。1949年后大量搜集文史古籍，搜书指南就是鲁迅日记中的各种书账。到了晚年，厚积薄发。另一方面，他盗来火种，却没有成为鲁迅文学的模仿者，鲁迅的文化、文学精神沦肌浃髓地渗透着他，令孙犁浴火重生，铸造了他个人的文学灵魂。最明显的相似或成为最不重要的特点，而隐于深处的可能才是那最核心的部分。

孙犁生命中也有一段类似辛亥革命后的鲁迅在北京绍兴会馆蛰居"沉默"的时期。五六十年代孙犁小说受到批判，而他又正患着严重的神经衰弱症，长年的"幽忧之疾"既是身体病症，也与他对新中国成立后接二连三的思想政治运动严重不适有关。"十年荒于疾病，十年废于遭逢"[③]的二十年间，他披经阅典、沉入古籍，由此寻找到一条不与人同之路："与其拆烂污，不如岩穴孤

---

① 参见杨联芬：《孙犁：革命文学中的"多余人"》，中国文联出版社2004年版。

② "文革"结束后，孙犁先后编定出版了《晚华集》《秀露集》《澹定集》《尺泽集》《远道集》《老荒集》直至《曲终集》等十部散文集，即"耕堂劫后十种"。贾平凹在《孙犁的意义》中说："孙犁敢把一生中写过的所有文字都收入书中，这是别人所不能的。"（《孙犁的意义》，见贾平凹：《倾听笔墨》，时代文艺出版社2015年版，第103页。）

③ 孙犁：《信稿（二）》，《晚华集》，人民文学出版社2012年版，第134页。

处"①"黄卷青灯，寂寥有加"②"闭户整书，以俟天命"③。进而形成人生的"残破"心态，这是一条看起来无奈实际上是自我选择的人生与文学之路。

孙犁晚年散文的魅力不在于他的理性反思有多么严峻与深刻，他甚至很少"直面惨淡的人生"，他有创伤回忆，却把回忆推至更远处，让秀露之晶莹与短暂、远芳侵古道的意境、天荒地老或曲终人散的沧桑笼罩文章，人生之哀感与孤独超越了个人的遭际与现实的荒诞，终于在20世纪最后二十年，成为接续中国现代抒情传统一脉、有着强烈的个人美学特征的散文家。与沈从文、废名等原本是自由派抒情作家却努力融入革命队伍相反，他日渐隐退，退向主流政治文化的边缘，只留下越来越远的孤寂背影。《曲终集》有离群索居、向世界告别之意。孙犁晚年散文文体大体上以往事回忆、读书随笔、议论性杂文为主，疏离与萧索中有微温悯人的情韵，格调有时低回清逸，有时孤峭峻拔，借用钟惺在《诗归·序》中评竟陵派诗文所说的"幽情单绪，孤行静寄于喧杂之中"也很恰当；孙犁晚年文章语言或是清淡素静的白话，或是简约古朴的文言，自有一种与众不同的风致。

在经由鲁迅"书目"所引导阅读的中国古籍中浸染多年后，孙犁已经形成了自己的文章标准与文章趣味。他提出散文的美感要求是："我以为中国散文之规律有二：一曰感发。所谓感发，即作者心中有所郁积，无可告语。遇有景物，触而发之，形成文字。韩柳欧苏之散文名作，无不如此。然人之遭遇不同，性格各异，对事物的看法不同，因之虽都是感发，其方面，其深浅，其情调，自不能相同，因之才有各式各样的风格。二曰含蓄。人有所欲言，然碍于环境，多不能畅所欲言；或能畅所欲言，作者愿所读有哲理，能启发。故历来散文，多尚含蓄，不能一语道破，一揭到底。"④感发与含蓄的散文美学，

① 孙犁：《文虑——文事琐谈之二》，《曲终集》，人民文学出版社2012年版，第68页。

② 孙犁：《书衣文录·金陵琐事》，《孙犁选集·杂文、书信》，陕西师范大学出版社2003年版，第4页。

③ 孙犁：《〈书衣文录〉拾补》，《陌巷集》，人民文学出版社2012年版，第231页。

④ 孙犁：《散文的感发与含蓄——给谢大光同志的信》，《陌巷集》，人民文学出版社2012年版，第134—135页。

一方面来自中国文章学的滋养，一方面来自他对当代散文的反思。他批评一个朋友写人记事时滥用"彩笔"，以为这种虚饰矫情的写法，总归难以描出真相。因此，倘若有人要记他写他，那么"我想得到的，只是一幅朴素的，真实的，恰如其分的炭笔素描"①。叙事体散文《亡人逸事》，是孙犁为亡妻画的"炭笔素描"，他们的夫妻情分，只是偶然的"天作之合"，聚少离多，患难无数，情意是在漫长的艰辛岁月里不知不觉地生长。"我"为家付出甚少，妻子却"对我们之间的恩爱，记忆很深"②。文章回忆的是岁月中最平常的往事，琐琐道来，重细节少夸饰。作家厌倦那种"重复那些表面光彩的词句或形象"③的散文，认为："人越到晚年，他的文字越趋简朴，这不只与文字修养有关，也与把握现实、洞察世情有关。"④孙犁的"感发"与"情调"，落实到自己的写作中，就是在一篇散文里，将真实的历史叙述、史笔式议论和含蓄深隐的情感抒发三者融合在一起，这种错综本身并非刻意于形式，反而体现出文章的本色与简朴。

孙犁的往事回忆少有欢言而多人生无奈，一个重要的原因在于他晚年萌生的人生残破感："我的一生，残破印象太多了，残破意识太浓了。大的如九一八以后的国土山河的残破，战争年代的城市村庄的残破。'文化大革命'的文化残破，道德残破。个人的故园残破，亲情残破，爱情残破。"因此，"司马迁引老子之言：美好者不祥之器。我曾以为是哲学之至道，美学的大纲"⑤。原本是精美的古董却变成"残瓷"，令他由"物哀"到哀人生："瓦全玉碎，天道难凭。未委泥沙，已成古董。茫茫一生，与磁器同。"⑥但孙犁向来"不语怪力乱神"，这保证了他在残破人生中，正视历史本身的荒谬，对一切浮夸虚妄话语保持警觉与排拒。在"文革"期间，鲁迅的绝望可能也使孙

① 孙犁：《朋友的彩笔》，《如云集》，人民文学出版社2012年版，第149页。

② 孙犁：《亡人逸事》，《尺泽集》，人民文学出版社2012年版，第30页。

③ 孙犁对田间晚年的诗的批评，见《陋巷集》，人民文学出版社2012年版，第51页。

④ 孙犁：《芸斋琐谈·谈简要》，《老荒集》，人民文学出版社2012年版，第60页。

⑤ 孙犁：《残瓷人》，《曲终集》，人民文学出版社2012年版，第28—29页。

⑥ 孙犁：《芸斋小说·鸡缸》，《尺泽集》，人民文学出版社2012年版，第4页。

犁在现实前希望走向幻灭，他甚至曾走到自杀的边缘，但他的性情决定了他不取鲁迅那种"直面惨淡的人生"的决绝，对于无力拒绝却又明知无意义的"残破"，只能勉力"修修补补"。老一代作家纷纷"解放""归来"后，文坛的"伤悼""怀人"显得有些空浮飘虚时，孙犁的《芸斋小说》以及相当数量的怀念故人与回忆往事，迥异于他人的地方，就是现实那种美破灭而丑无处不在的幻灭。当然，他仍然记下了一些真情，他们大多是生命中一些"平凡的人，普通的战士，并不是什么高大的形象、绝对化了的人"①。他自陈写作宗旨，"我的文章，不是追悼会上的悼词，也不是组织部给他们做的结论，甚至也不是一时舆论的归结或摘要"②，在为这些普通人"饱含泪水""以寄哀思"的同时，传达出人生苍凉的况味，虽然所写"只是大天地里的一处小天地，却反映着大天地脉搏的一些波动"③。《悼曼晴》《记邹明》等散文，"与其说是记朋友，不如说是记我本人"。同事邹明，为人处世并不聪明圆滑，与作者关系不算亲近，一辈子官运不亨，但"文革"中"也没有发见他在别的地方，用别的方式对我进行侮辱攻击。这就很不容易，值得纪念的了"。文章中，他为包括自己在内的邹明式软弱、不传奇、不容易的人生做了这样的总结："我们的一生，这样短暂，却充满了风雨、冰雹、雷电，经历了哀伤、凄楚、挣扎，看到了那么多的卑鄙、无耻和丑恶，这是一场无可奈何的人生大梦，它的觉醒，常常在瞑目临终之时。"④孙犁与笔下友人或亲人互为镜像，志隐味深，自然真诚。

孙犁显然如鲁迅一样，不惮于抒写最深处的情感。然而，鲁迅所具有的暗夜的幽深与火与冰的极致情感，在孙犁的抒情之文中却变得情韵幽长，而缺少大开大阖的气势。在抒情的文章里，那是一种类似文人词式的抒情，他的个人情感在文中郁郁苍苍，文中的抒情主体，沉静、诚挚、恋旧、卑以自牧。在表现个人情意的委曲细微时，多以淡淡闲笔出之，波澜不惊，又盈然动

---

① 孙犁：《近作散文的后记》，《晚华集》，人民文学出版社2012年版，第153页。

② 孙犁：《近作散文的后记》，《晚华集》，人民文学出版社2012年版，第153页。

③ 孙犁：《病期经历·青岛》，《陌巷集》，人民文学出版社2012年版，第24页。

④ 孙犁：《记邹明》，《如云集》，人民文学出版社2012年版，第41—42页。

人，回转间蕴藏丝丝情意，又有无限的人生况味。他擅长在深切精微的情思与事理间辨析寻觅，文章因事抒感、叙议结合，十分耐读。他不止在一篇文章里记载过一段"中年的情欲"，如《病期经历》，回忆60年代赴青岛疗养时出现在他孤寂空虚生活中的一个女孩子，她"长得也不俊，面孔却白皙，眼神和说话，都给人以妩媚，叫人喜欢"，且有一股"到了一定场合，嘴也来得，手也来得"的难得的灵巧。①寒冬里乡下女孩没有棉袄，却带着母亲亲手绣的"鞋垫"，母亲的意思是，叫她送给要好的"首长们"——年过七十的孙犁，回忆这段"情意"时发出慨叹："女孩子的青春，无价之宝，遇到机会，真是可以飞上天的。"②底层出身的孙犁不只是感叹一位乡村女孩对于生活本能的向上的欲望，更是深深地悯惜乡村百姓要打破城乡壁垒、改变命运之不易。孙犁看世情的眼光，或时有几丝黯然情伤，却纯净坦诚，因为了解人性的弱点而带着同情与温情。这为他的散文添加了哲理的隽永。他这样看待世间一切的"萍水相逢"："萍水相逢，就是当水停滞的时候，萍也需要水，水也离不开萍。水一流动，一切都成为过去了。"③水已过去，但留下淡淡的痕迹。飘萍与水，是人世间多少相逢的真相，虽然无奈，但仍是有情文字。他在情与理间不断地析理回旋，真挚而不避讳自己的胆小退缩："蛛网淡如烟，蚊蚋赴之；灯光小如豆，飞蛾投之。这可说是不知或不察。对于我来说，这样的年纪，陷入这样的情欲之网，应该及时觉悟和解脱。我把她送我的一张半身照片，还有她给我的一幅手帕，从口袋里掏出来，捡了一块石头，包裹在一起，站在岩石上，用力向太湖的深处抛去。以为这样一来，就可以把所有的烦恼，所有的苦闷，所有的思念纠缠和忏悔的痛苦，统统扔了出去。情意的线，却不是那么好一刀两断的。夜里决定了的事，白天可能又起变化。断了的蛛丝，遇到什么风，可能又吹在一起，衔接上了。"④对情的渴望，一点点地化成忧郁和惆怅。写萍水之情，究疏离之理，是孙犁晚年散文珍惜人情的另一种表达方式："彩云流散

---

① 孙犁：《病期经历·青岛》，《陋巷集》，人民文学出版社2012年版，第26—27页。

② 孙犁：《病期经历·青岛》，《陋巷集》，人民文学出版社2012年版，第26—27页。

③ 孙犁：《病期经历·青岛》，《陋巷集》，人民文学出版社2012年版，第26—27页。

④ 孙犁：《病期经历·太湖》，《陋巷集》，人民文学出版社2012年版，第31页。

鲁迅与20世纪中国研究丛书

了，留在记忆里的，仍是彩云。莺歌远去了，留在耳边的还是莺歌。"[1]老年孙犁有双人人惊叹的明亮的眼睛，他回眸曾擦肩而过的女性，纪念匆匆逝去的生命，将自己犹豫、胆怯、被动、自闭的个性以及求爱若渴的情之悸动——写来，多半淡影微痕，意长语约，有不言之妙。这些散文的语言和格调，如冬日的荷花淀，寒烟轻笼，水波不惊，那些出人意表的感叹、曲折斡旋的情思，隐约闪现出"五四"时代那种"自我表现"、内心探索的幽光与风姿。这是孙犁与鲁迅很不一样的情感特征与情感表现。

从杂文创作的个性来看，孙犁不可能不受到鲁迅杂文的深刻影响。以他个人的脾性，他极推崇"方正削利，很有风骨"的欧书，显然有其外柔内刚的一面。他多从一生所经历的各种政治运动里去反思乖戾的政治对人性、对生命的无情。因此，他的"芸斋琐谈""风烛庵文学杂记"，多包含丰富的杂论杂议、历史批评与现实观察的因子，即使是读书随笔，也借历史来烛照现实。这与当代文学作家总与政治脱不了干系的身份、血统和经历有关。20世纪80年代以后，孙犁杂文中的狷介与孤傲日益显露，对社会或文艺界不良风气的针砭，犀利而富有力量，以至于"友朋常有以多过激，失平和相责者"[2]。这是他师承鲁迅文明批评和社会批评杂文传统的表现。由于读书日渐驳杂，思考更趋深刻，他更多的杂文偏向以古鉴今、在历史中发现中国思想史与政治史中的幽暗与野蛮，尤其是各类文史札记，无不带着"远离尘世，既不可能，把心沉到渺不可寻的残碑断碣之中，如同徜徉在荒山野寺，求得一时的解脱与安宁"[3]的心情，这里，似乎正暗示着与鲁迅的境遇和思想的相通。

孙犁通过50年代至70年代的大量阅读而重建了自己的知识结构、美学结构和历史观察角度，他将个人的人生况味融入历史观照，使文章中的反思远较一般作家的"反右"或"文革"记忆更具有深度。比如，阅读政治家文集，看历代朋党之争，他感慨"岂人之一生，穷极潦倒之时，则与道近；而气势焰盛

① 孙犁：《鸡叫》，《无为集》，人民文学出版社2012年版，第49页。
② 孙犁：《旧抄新识小引》，《远道集》，人民文学出版社2012年版，第148页。
③ 孙犁：《我的金石美术图画书》，《无为集》，人民文学出版社2012年版，第111页。

之时，则与道远乎！"①。《读〈棠阴比事〉》后的"耕堂曰"，他引司马迁言，引鲁迅言，再引"乡谚"，秉笔直书："此为过去人民对政法之印象。法本为民而立，而民与之隔阂，畏而远之。疑狱多而难明，由来久矣！"②在《芸斋小说》中，他思考能保有革命"初志"者寥寥无几，背离革命初衷者是多数，葛覃那样的人"他不是我们这个时代的隐士，他是一名名副其实的战士。他的行为，是符合他参加革命时的初志的。白洋淀的那个小村庄，不会忘记他，即使他日后长眠在那里，白洋淀的烟水，也会永远笼罩他的坟墓。人之一生，那怕是异乡的水土所记忆、所怀念，也就算不错了"③。他细数"革命"与"政治"带来的人性之乖谬，如老赵的"沉沦枯萎"、小D的小人得志、王婉的"一步登天"，统统都是"失去的灵魂"。

孙犁师承了鲁迅对文学性的高度自觉，他的每一种类型的写作都有着同时期散文家并不多见的语言与文体的自觉，且主要取鉴于中国传统的文章。孙犁关于散文各种文体的认识相当多，杂文、随笔、报告文学、传记文学乃至散文的抒情与哲理问题，以及如何认识与继承古文传统等等。比如，他认为杂文是一种包容极广的文体："杂文是一种比较灵活的文体。它的动向，不只有纵的开发，还有横的渗透。把一些原有自己疆土的文体，变化归纳在自己的版图之内。"④实际上认可的是中国传统的"杂文学"。因此，他认为现代杂文的写法，"绝非鲁迅一家"，如果以为杂文只有一种鲁迅式笔法，既是对鲁迅杂文的误解，也是对中国源远流长的文章传统和"包罗万象，运用自如"的杂文文体的无知。这与他个人在中国杂文学传统中酝酿蓄积，沉浸而不轻发的漫长积累过程有关。因为不拘一格，他的文体实践杂多而丰富，如数量不菲的随笔，体式多样但因为有文体意识而并不散漫不拘。在他看来，"其实随笔最不易写好，它需要经验、见解、文字，都要达到高水平。而且极需严肃。流俗之辈，

---

① 孙犁：《读〈李卫公会昌一品集〉》，《无为集》，人民文学出版社2012年版，第148页。

② 孙犁：《读〈棠阴比事〉》，《无为集》，人民文学出版社2012年版，第144页。

③ 孙犁：《葛覃》，《老荒集》，人民文学出版社2012年版，第7页。

④ 孙犁：《谈杂文》，《无为集》，人民文学出版社2012年版，第78页。

以为下笔即可换钱，只是对随笔的亵渎"①。这一认识，与1983年欧洲随笔奖的获得者让·斯塔罗宾斯基在《可以定义随笔吗？》一文中提出的随笔并非随便轻率之作的要求很相似。在《耕堂劫后十种》中，孙犁曾按照芸斋小说、书衣文录、乡里旧闻、怀人忆旧、文学杂记、文林谈屑、读书随笔、购书记、日记、书简、自传、文学批评等多种体式来创作或编辑文章，形式丰富驳杂却又条目清晰，无须深究，就能看出他的散文随笔均非"随意"而作，每一文集中由此形成相对固定的"有意味的形式"。以新时期开始甫一发表就引人注目的《芸斋小说》来说，冠以小说之名曾引发争议，按孙犁的说法，题为"小说"但实为小品："我晚年所作小说，多用真人真事，真见闻，真感情，平铺直叙，从无意编故事，造情节。但我这种小说，却是纪事，不是小说。强加小说之名，为的是避免无谓纠纷。"②《芸斋小说》中"纪事""实录"不虚构，写人，记其品行、言谈、性格、命运；写事，依照个人生活经历去观照时代的某些面相。这里有刘义庆《世说新语》和中国传统笔记小说的影子，也有了笔记与小说界限不分的文体传统。孙犁曾在文章中，引用鲁迅《中国小说史略》对《世说新语》的评价，鲁迅说，"孝标作注，又征引浩博。或驳或申，映带本文，增其隽永"③；孙犁更具体地落实到《世说新语》的文体上："虽是小品，有时像诗句，有时像小说梗概，有时像戏剧情节。三言两语，意味无尽。这是中国一种特殊的文体，一种文史结合，互相生发的艺术表现形式。"④于是在《芸斋小说》中仿之用之，此其一。其二，《芸斋小说》末尾，附有"芸斋主人曰"，或褒贬或嗟叹，前叙后议，这当然来是传统的"史赞"体式。

传统史书中的"史赞"，虽然历代风格各异，但多半通过体例、笔法，来传达作者的褒贬、好恶，这以司马迁在《史记》中的"太史公曰"影响最大，故后世文论家称司马迁"以其己意而寄之编简，或借往事以吐其胸中之磊落，是为

---

① 孙犁：《理书续记·两般秋雨庵随笔》，《曲终集》，人民文学出版社2012年版，第191页。

② 孙犁：《读小说札记》，《老荒集》，人民文学出版社2012年版，第76页。

③ 鲁迅：《中国小说史略》，《鲁迅全集》第9卷，人民文学出版社1981年版，第61页。

④ 孙犁：《买〈世说新语〉记》，《无为集》，人民文学出版社2012年版，第127页。

奇伟"①。孙犁在《与友人论传记》中，大加赞赏司马迁"寓褒贬于行文用字之中"的"春秋笔法"，尤其推崇史家在正文之后的"太史公曰"："有'太史公曰'一小段文字，谈他对这一人物的印象和评价，也是在若即若离之间，游刃于褒贬爱憎之外。又有时谈一些与评价无关的逸闻琐事，给文字增加无穷余韵，真是高妙极了。"②孙犁对司马迁《史记》的极高评价，与鲁迅有关。鲁迅的"史家之绝唱，无韵之离骚"的绝妙断语以及鲁迅杂文"不平则鸣"的气质，可以说，从作家的风骨与诗史追求上，给孙犁以极大启示。因此，他学来《史记》在正文以史笔叙忆人事，在文后采用"太史公曰"等中国史书论赞的形式，抑或借来叙议古文常见的篇末点题、议论的形式，完成了他的"芸斋曰"或"耕堂曰"。在这个形式内，月旦人物，褒贬世情，品评诗文，抒情感发，真正在语言上达到精简纯粹、深刻透辟、简洁遒劲，突出了与古人、与鲁迅一样自觉的史家角色，可谓文质俱佳，当然，也能产生鲁迅所说的"映带本文，增其隽永"之作用。这些文章也成为耕堂文章中的标志性文体。

"书衣文话"是耕堂文体中的别裁，数量很多。传统藏书家、治学者得到珍籍后常在书衣上写下各种关于书的识见，正是书话的一种形式。孙犁爱书成癖，常为辛苦搜集购买来的书细心包上"书衣"，那些写在"书衣"上的文字，就是孙犁的书话小品。"书衣文录"记下日常心情、读书偶得、得书经历、版本装帧、书文评点、批评议论等，"其间片言只语固多，皆系当时当地文字。情景毕在，非回忆文章，所能追觅"③。这种或文或白的残简短章，形式长短不拘，用热奈特的理论来看，也可视作书的"副文本"。同是藏书家和版本学家的黄裳也有这一癖好，他曾总结中国传统的"书话""书跋"："书跋曾经有过种种样式：经生的考订，史家的辩证，目录家罗列版本源流，收藏家赏析纸墨优劣，古董家历数流传端绪，掠贩家夸说宝货难求，……花样

① ［明］朱荃宰：《文通卷十二 史赞》，王水照编：《历代文话》（第三册），复旦大学出版社2007年版，第2847页。

② 孙犁：《与友人论传记》，《澹定集》，人民文学出版社2012年版，第52页。

③ 孙犁：《〈书衣文录〉拾补》，《陋巷集》，人民文学出版社2012年版，第230页。

多得很。"①黄裳有文章忆及"五石居士邓之诚"时谈到"邓先生晚年努力搜集清初人的别集，得到了几百种，读者所得随时写为'书衣杂识'"，这些"书衣杂识"后来辑成处处有自己独立见解的诗人"小传"。②而孙犁的书衣文录类似黄裳所说的另外一种："此外还有一种，或记卷册遇合因缘，或说身边种种琐屑，偶发感慨，却往往文情俱胜，于书籍本身倒并无多大关联，但当做文章看却每每令人难忘。这一类题跋，过去尤其不为人重，但要写得好却极难。"③这倒与唐弢书话比较相似，可见作家书话与学者书话有不同特点。孙犁从70年代开始累月经年在"书衣"上写文字，内容各异，但多半记载难以排解的孤寂、人际关系的摩擦以及不可名状的抑郁，与世纪末文坛的喧哗与热闹形成鲜明的对照。这与他其他的杂文随笔、乡间植物笔记、往事与故人回忆等，大体同调，是一个不断向后回望的老作家与现实无法和解的心灵表征。

借助孙犁，我们实际上看到了杂文大家生成的另一种可能性。

第四节　从邵燕祥到王小波：互为镜像的意义

邵燕祥（1933年生）对鲁迅的模仿，与他作为"十七年"文学时期出现的热情诗人，对鲁迅杂文遗产最直接的认知有关。与巴金写散文杂文的热情一直受着法国和俄国的革命党人影响以及孙犁由现代散文传统转向全面接受中国文章学体系不同，邵燕祥对杂文的最初认识，正是"十七年"那种被不断规训的鲁迅杂文传统。在1957年的思想运动中，年轻诗人的心性不受拘束，终因诗而获罪。1979年以后，"开始在写诗的同时大写杂文随笔，后者数量上超过前者。80年代是作品'遍地开花'的时期"④。包括诗歌在内的各类作品集达80余种，数量惊人。诗人邵燕祥亲身经历过他这一代人如何因杂文而遭到灭顶之灾，但八九十年代依然要重整旗鼓，以复兴、继承鲁迅式杂文为己任，把强

①　黄裳：《翠墨集》，生活·读书·新知三联书店1985年版，第346页。

②　黄裳：《珠还记幸·五石居士》，生活·读书·新知三联书店2006年版，第255页。

③　黄裳：《翠墨集》，生活·读书·新知三联书店1985年版，第346页。

④　邵燕祥：《切不可巴望"好皇帝"》，金城出版社2015年版。

烈的启蒙理性与直面历史、干预社会、针砭时弊的批判，作为当代知识分子的责任担当，这在《忧乐百篇》、《会思想的芦苇》、《当代杂文选萃·邵燕祥之卷》、三卷本《邵燕祥文抄》以及随笔集《沉船》《邵燕祥杂文自选集》等几十种文集中，非常明确。人们一眼就可看出他的杂文与鲁迅的相似度，"就品类说，相当于鲁迅的《伪自由书》和'且介亭系列'，其一重现实生活，是社会批评；一为文史随笔，是文明批评"①。奠定了他作为世纪末最重要的杂文家之一的地位。而杂文的题旨也非常集中：其一，贯穿对当代政治（反右与"文革"、历史记忆与遗忘、现代中国知识分子人格等）的反思；其二，对所生活的现实社会种种丑陋与荒诞的社会批评与文明批评；其三，致力建设民主与自由的启蒙理性。

　　言必称鲁迅，这是邵燕祥杂文的最醒目的标签。《夜读偶记》《三谈骂人》《假如阿Q还活着》《避席畏闻篇——读书札记：关于文字狱的传统》《关于苍蝇的联想》《也是"可怕的现象"》等，仅从题目上就可看出无不是拿鲁迅的旧题或旧文为武器，或从鲁迅杂文的意旨出发，不断地以鲁迅杂文作为思想的来源与精神的动力，切入现代社会弊端与文化痼疾，"杂文是无用的，但我们在杂文之外能做些什么，又做了些什么？"②的追问，大概可以窥得他杂文写作的出发点。建立"文革学"、当代中国的文字狱、"为新权威主义补充几条论据"、"为巴金一辩"、"知识分子的'有用'与'听话'"等带着政治敏感的杂文主题，表明邵燕祥所受到的泛政治社会结构对个人精神与心理的无处不在的影响，杂文是他对于这些无处不在的影响的强烈"反弹"：对于历史上官方无处不在的修改历史的行径，杂文家不能避而不见，只能不断地发出对历史的质疑："我绝不是历史虚无主义者，但是对有史以来的官修的历史越来越发地怀疑了。我知道曾有董狐之笔，太史之简，不畏斧钺，秉笔直书的故事，每个朝代都有；唯其这样的故事传为美谈，传为佳话，显出物以稀

① 林贤治：《中国散文五十年》，漓江出版社2011年版，第50页。

② 邵燕祥：《大题小做》，《切不可巴望"好皇帝"》，金城出版社2015年版，第219页。

为贵，才见得能舍身求实的人历来属于少数，而多的是假话和伪证了。"①

正是深感"鲁迅式杂文"半个多世纪来的曲折和坎坷，邵燕祥不断地长文探讨杂文的当代命运。《赵超构话延安》是作者重新查找阅读1944年赵超构的延安访问记《延安一月》后的心得。他披露难得一见的史料，目的则是梳理当年的访问者对鲁迅杂文在延安的一种记录："但我要说几句公道话，延安文艺界并非不尊崇鲁迅"，"然而在目前的延安却不到鲁迅的武器"，"这就决定了延安文坛对鲁迅的态度，不免有些'敬而远之'"。②强调用真实的史料说话，他的征引显然表明了兴趣所向，为鲁迅杂文与中共红色政权的关系找到更多实证材料。正因为"鲁迅的杂文和'鲁迅式杂文'的'残痕'是清洗不掉的，因写杂文而获罪罹难的如王实味、邓拓以至吴晗、萧军、徐懋庸等的血痕泪痕也是冲淡不了的"③，他的《趣味逻辑》反驳以鲁迅式杂文作为对立面的所谓"新基调杂文"，而《批判精神与杂文的命运》的副标题是"关于杂文史和当代杂文研究的一些思考"，历时性地全面梳理延安时期杂文家的命运，目的是以历史来谈现实，语言不可谓不烈："直到80年代以来，在杂文领域还有人鼓吹'警惕和克服鲁迅式杂文基调的'积习'，要'清洗''鲁迅式杂文基调的残痕'之论，正是对遥远年代的圣谕的'为我所用'的回声。"④

鲁迅式杂文不断受到清洗与挑战，带来邵燕祥杂文写作的焦虑，他接着鲁迅所留下的一个个话题继续讲下去，目的是让这个"健忘"的民族，多些自己的思考，跟着鲁迅精神前行。如此，作者对90年代知识分子新的精神状态便带着强烈的忧惧与批判。《呜呼！冷漠、苟安与自欺》是他重读鲁迅《"题未定"草》，借评周作人的"苟全性命于乱世"而批评知识分子对世情的凉薄态

---

① 邵燕祥：《杂文作坊（四）》，《切不可巴望"好皇帝"》，金城出版社2015年版，第328页。

② 邵燕祥：《赵超构话延安》，《切不可巴望"好皇帝"》，金城出版社2015年版，第101页。

③ 邵燕祥：《批判精神与杂文的命运——关于杂文史与当代杂文研究的一些思考》，《切不可巴望"好皇帝"》，金城出版社2015年版，第333页。

④ 邵燕祥：《批判精神与杂文的命运——关于杂文史与当代杂文研究的一些思考》，《切不可巴望"好皇帝"》，金城出版社2015年版，第332—333页。

度的重要文章。邵燕祥在杂文中不断反思自己的"人生败笔"，不断地"找灵魂"，具有与巴金相似的自剖勇气。1988年的《梦醒后的启蒙》，是针对80年代的启蒙话语而作，在噩梦醒后，他认为只能"自我启蒙"："谁启蒙？启谁的蒙？所有意识到启蒙的意义的人，都既是启蒙者，又是被启蒙者。不是少数自称'精英'的人充当启蒙说教者，连这些自称'精英'其实也同整个知识界一样身上带着老传统和新传统深深浅浅的戳记的人们，也要跟'非精英'们一起接受时代的启蒙。"①因为有着痛切的个人经验，才不断强调启蒙的意义。

邵燕祥的杂文笔法，有理趣的一面，但他显然更长于论理："杂文的灵魂是真理的力量，逻辑的力量。"②在杂文的思维逻辑上，他走"直"路，即抓住曾经流行的政治语汇，直奔主旨，无情解剖，锐利率直，少有鲁迅式层层深入的智性与反讽，或周作人式的绵里藏针。《人是有尾巴的吗？》以50年代以来知识分子最熟悉的"翘尾巴""夹尾巴"以及"脱了裤子割尾巴"等粗暴语汇，揭示几十年来知识分子人格尊严消失殆尽的本质原因："那动辄指责别人'翘尾巴'者，正是自认为我翘则可，你翘则不可；动辄训斥别人'夹尾巴'者，正是自命有常'翘'不'夹'的特权"；③动辄勒令别人"割尾巴"，"其实可能恰恰忽视了自己拖着一条长长的封建主义的、官僚主义的尾巴"。④反其道而治其身，也是典型的杂文议论的理性思维方式。1980年《切不可巴望"好皇帝"》是杂文重启其"启蒙"声音的重要文章：当人们寄托希望于"好皇帝"，那么"随之而来的就是百分之百的封建主义"，人们以为好专制胜过坏专制，恰恰表明专制与奴性的根深蒂固，民主意识与公民意识的缺失。结论是不要在"好皇帝"和"坏皇帝"之间进行选择，应该在民主与专制、法治与人治之间做选择。在另一篇杂文中接着发挥，盼望好皇帝的，自然

① 邵燕祥：《梦醒后的启蒙》，《切不可巴望"好皇帝"》，金城出版社2015年版，第276页。

② 邵燕祥：《为陈小川杂文集作的序》，《梦也说梦》，作家出版社1997年版，第230页。

③ 邵燕祥：《人是有尾巴的吗？》，《切不可巴望"好皇帝"》，金城出版社2015年版，第20页。

④ 邵燕祥：《人是有尾巴的吗？》，《切不可巴望"好皇帝"》，金城出版社2015年版，第20页。

地带上了"臣性":"臣性悠悠,不绝如缕。""有愚昧的地方,就有臣性,就有人要过皇帝瘾,也还真有'臣民'匍匐捧场呢。呜呼!"①与那些历经政治风浪而圆滑避世的老作家不同,与要把鲁迅这块"又老又臭"的石头搬开的一些年轻作家不同,邵燕祥的杂文几乎随时引用鲁迅文章,那些鲁迅的语言、杂文的片段,置于邵燕祥的文章中而推动了杂文的力量以及思想的深刻性。从某种意义上说,他要不断重复,以达到警省的目的,也要以不断引用,达到以发扬鲁迅杂文传统为己任的目的。

邵燕祥与鲁迅一样,无所不谈的同时,从不惮于"谈政治"。这种把锋芒深入到政治的深水禁区,揭开某些看似合理实则荒谬的逻辑,也源于鲁迅杂文。当他自豪地称自己的杂文是诗也是史,此与鲁迅同;他抨击奴性、臣性,与鲁迅同;他身为诗人,在杂文中文字坦诚、富有思想的激情,也与鲁迅相近。甚至散文诗一样的断片文字,警钟格言,往往能看出仿鲁迅的痕迹:"损着别人的牙眼,而行若无事,并且主张忘却的人,万万再勿和他接近。"②"人之贵有思想,乃因思想是独立的、自由的;独立思想来自独立的而不是依附的扭曲的人格,自由思想,来自自由的而不是被禁锢的奴役的精神。为了能够思想,哪怕会像脆弱的芦苇一样折断,也应是在所不惜。思想会使人的如芦苇一样脆弱的生命变得有力。面对'凶手'而高于'凶手',面对死亡而超越死亡。"③在"思想"与"自由"间反复回旋着诗的韵律。邵燕祥杂文与同时期的严秀、陈四益、鄢烈山、王蒙等杂文家有相似之处,持"五四"以后的启蒙立场,批判新中国成立后无休止的运动,尤其是"文革"所造成的政治伦理的缺失、人祸的贻害与中国知识分子的精神与心理创伤,而邵燕祥的诗人气质,使他的杂文既以感性经验和理性思路,努力拆解几十年来为杂文而设定的种种围墙与藩篱,包括自己为自己设定的安全界限,又时带激情与悲愤。80年代思想解放思潮的奔突躁进以及极左造成的"梦想破灭"的历史经历带给了这批阅历深厚的杂文家深广的思维利器。

① 邵燕祥:《臣性》,《切不可巴望"好皇帝"》,金城出版社2015年版,第172页。
② 邵燕祥:《审诗》,《旧时燕子》,河北教育出版社1997年版,第97页。
③ 邵燕祥:《大题小做集·自序》,《大题小做集》,上海文艺出版社1994年版,第2页。

鲁迅与20世纪中国文学教育

当邵燕祥90年代中后期仍然不断地高速地推出他写的数量可观的杂文随笔时，所能够带来的影响已经与80年代的巴金、孙犁不可同日而语。尽管也有《嫖客有福了》《红袖章》《谈"姑隐其名"》等大量在90年代散文家中非常盛行的世态讽刺小品，加上更多长长短短的及时反映现实、带着鲁迅那种"感应的神经，攻守的手足"特征的匕首与投枪，但是读者大众对于杂文的要求，尤其要求文学语言与思想观念的更新，是更多的年轻读者选择阅读王小波杂文的原因。这到现今仍然是个值得继续观察与深入思考的问题。

杂文文体本身并没有问题，也并不存在鲁迅杂文会不会过时或过气的问题，思想的自由与深度、表述思想的艺术性、理趣与思想如何相得益彰等，可能才是杂文生存的命门。而王小波的温和说理、嘲谑反讽、善用寓言、爱讲故事，在话语方式上以独特的批判理性与智性幽默区别于鲁迅风式杂文的犀利峭拔，带着与他所秉承的古典自由主义气息相匹配的成熟舒展的文风，这种文风对于90年代读者来说是一种相对陌生化的阅读体验。在讨论王小波杂文的精神来源时，许纪霖认为："在中国文化的精神谱系上，王小波似乎是某种异数；不仅其文学风格无法归类，而且这个人也难以理喻。从年龄来说，王小波属于红卫兵一代人，但偏偏缺乏红卫兵的狂热激情，反过来倒多了一份英国式的清明理性；从思想脉络来说，他似乎是半个世纪以前中国自由主义的精神传人，但又不似胡适、陈源那样带着自命清高的绅士气。我们很难想象在中国文化的内部，会有王小波这样的人出现，但其人其书又分明不是西方文化的产物。"[①]王小波散文并不是鲁迅式杂文阅读群体的竞争者，反倒可能成为读者重新迈向鲁迅文学前的一次自由集结。

一个用杂文探讨常识、追求自由主义精神的人，能与鲁迅有多少不同呢？如果有，也只是侧重点不同。鲁迅走向暗处，直接面对着暗黑的闸门里的奴役、枷锁、瞒和骗、苟活、自欺欺人，而鲁迅引导人去往的是另一片光明的天地，这是一种否定性的思维。而王小波却指向黑暗闸门的另一边，点指着什么才是值得人生追求的东西，那里有智慧、理性、尊严、艺术、科学和自由，有

---

① 许纪霖：《他思故他在——王小波的思想世界》，《上海文学》1997年第12期。

了自由，才能拥有思维的乐趣，这种自由，同样值得用生命去追求。它与鲁迅杂文传统，不妨视之为一枚币的双面，实为一体，而不是非此即彼的选择题。

第五节　不是结语的结语

聂绀弩1980年在《聂绀弩杂文集》之"序"中写道：

> 　　鲁迅的杂文，其实已及身而绝了。不错，他发展了中国的杂文，把杂文推向了极致，也正因为如此，也结束了他所扬弃的中国杂文。在他的杂文中，中国旧有的那种摇笔即来的怀才不遇，恃才傲物，才子佳人，寻仙觅道，阿谀权门，粉饰现实，人生飘忽，兴尽悲来之类的东西，一扫而空。而代之以"目下的当务之急，是：一要生存，二要温饱，三要发展。苟有阻碍这前途者，无论是古是今，是人是鬼，是《三坟》《五典》，百宋千元，天球河图，金人玉佛，祖传丸散，秘制膏丹，全都踏倒他！""还有要活下去的人么，首先就要在可诅咒的地方，击退这可诅咒的时代！"全是传统杂文中所不曾有过的东西。它所包含的思想和战斗精神，已溶化于优秀的诗人的诗歌中，优秀的小说家的小说中，优秀的剧作家的剧本中，优秀的理论家的论文中。杂文的形式，存在不存在，发扬不发扬，有人继承没有人继承，已经不是重要的事了。鲁迅，鲁迅的时代，遭遇，他的敌人和友人都发生了变化，也都因为他，因为他的杂文而发生了变化，他的杂文至少是很难再有了。
>
> 　　然而这不排斥与他同时代的人，他的后辈景仰他，学习他，学习他的思想，精神以及他的杂文，乃至模仿他的笔调之类。[①]

但是，这部由他自己编定的杂文集中的压卷之作，却是1950年7月在香港

---

① 聂绀弩：《〈聂绀弩杂文集〉序》，《聂绀弩杂文集》，生活·读书·新知三联书店1981年版。

九龙写的《论悲哀将不可想象》的杂文，今天看来，文章不仅有预言，且意味深长。在邵燕祥看来，那是一篇充满"天真的乐观主义和热烈的理想主义"[①]的文章，因为作者坚信屈原、杨家将、岳飞以及有家难奔的有国难投的梁山英雄鲁智深、林冲、杨志所遭遇的悲哀，将来都不会有了，"将来是欢乐的时代，一切人都欢乐"，既如此，杂文又有何用呢？因此，20世纪50年代的聂绀弩用这篇文章，终结了自己这个被称作"鲁迅之后最好的杂文家"的杂文写作。数年后他陷入一场终将长达二十年的"悲哀"与冤案中，"文章信口雌黄易，思想锥心坦白难"，终以独具一格的"散宜生体"，度过幽暗的历史岁月。诗人在旧体诗中写知识分子的劳动改造，借历史典故与历史人物隐晦地议论兴衰，将熟稔的杂文笔法运用于旧体诗中，从而独步于当代旧体诗，翻出文体的新意。这些旧体诗随后被无数人传抄、珍惜、解读，恰是因为那些旧体诗，也有春秋笔法，也能实现对现实场景的讽刺，也能具备以古鉴今的史家眼光，以及在被主流政治抛弃后，发抒"于浩歌狂热之际中寒"的鲁迅式热烈与冷隽。这是杂文之幸抑或不幸呢？

经历过思想规训的当代文学家，称学鲁迅者多，而成大家者少。论文选择巴金、孙犁、邵燕祥等几位散文杂文家作散点透视，可以说，虽然风格相差甚大，成就或也高低有别，但算得上是公认的、为数并不多的鲁迅思想、鲁迅文学、鲁迅个性的继承者、转化者、成大家者，从中还可以看出非常清晰、值得深入探讨的杂文写作思维方式上的代际别异。对于1949年以后鲁迅杂文影响因子的强弱变化，当然可以有各种判断的标准，现实中杂文随笔的发展也未必乐观，但这些或以"抉心自食"的思想深度，或"孤峭深广""发愤抒情"的文体，或始终难弃的那流放世界的细草与风雷，或时时借来鲁迅杂文智慧诘问现实的作家，终将鲁迅的文学思想、情感、艺术、理趣汲取来，化作血液，从而实现了自己通往自由之路的艺术创造。尽管时代的锋利剪刀，时时剪去杂文的思想利爪，但鲁迅的文学传统却如幽灵，一段段地复活、更生、重现。

鲁迅与20世纪中国研究丛书

---

① 邵燕祥：《重读聂绀弩的诗》，《柔日读史》，作家出版社2013年版，第305页。

第三章　鲁迅"阅读"莎士比亚：《狂人日记》中的三种动物与"真的人"

——一个开放型教学设想

"狮子似的凶心，兔子的怯弱，狐狸的狡猾，……"①

这三种动物及其性质，在当下的中学语文教学中，被解读为国民性的整体喻说。也许因为中学语文课堂已经有所解析，在大学较为通用的两本文学史教材②中，这句话均未（再）被提及。当然，作为通识性课程，大学文学史教学也不宜在某个文本的角落里踟蹰良久。但是，作为"中国现代文学史上第一篇用现代体式创作的白话短篇小说"，"中国现代小说的伟大开端"，③《狂人日记》的大学文学课程应该在深广度上全面超越中学语文教学。而且，整个文本中，除了最后的第十三节，"狮子似的凶心，兔子的怯弱，狐狸的狡猾，……"所在的第六节，是篇幅最短，也是意义最为隐晦的一节。否则，中学语文教学不会对此"念念不忘"。其实鲁迅生前极力反对把自己的小说作为

教科书给高小学生读，"最不愿意的是给小孩读《狂人日记》"①。鲁迅对此事的态度，除了要避免来自文化界的非难，②也许更多的是不愿自己的写作被某种庸俗而单一的解析改头换面，进而在课堂上整体化地向他人讲授、散布。至于国民性的整体暗喻，是否适切，不是本文关注的问题，因为《狂人日记》是一个意义开放的文本。但是，即使如此，这一观点也不应该挟持"义务教育"的优势，成为唯一的解读，或者至少不能演变为禁锢大学生视野的先见"不"明。

鉴于此，本文设想一个研究型的教学草案，从狮子、兔子和狐狸及其特性出发，试着重新打开另一种开放的"文学"视野。

第一节　三（两）种动物的踪迹：从西塞罗、马基雅维利、莎士比亚到鲁迅

本文首先立足于一个未经检验的假设：狮子、兔子和狐狸及其特性不是鲁迅的原创，它们来自莎士比亚的《考利欧雷诺斯》，而狮子和狐狸的性格同样亦非莎士比亚的原创，它们应该来自马基雅维利（旧译马基雅维里）的《君主论》，然而，这些仍不是马基雅维利的原创，它们来自西塞罗的《论义务》。比较文学学科意义上的"影响研究"有着严格的方法论界定：必须在有实证的前提下，方可断言作家作品之间的"影响"关系。关于西塞罗的《论义务》与马基雅维利的《君主论》之间的关联，西方政治学学界早有定论。③而莎士比亚写作《考利欧雷诺斯》时，马基雅维利的《君主论》已经问世七十年，混迹伦敦文化名流间长达二十多年的莎士比亚也许至少听说过这本聚讼纷

①　鲁迅：《不是信》，王世家、止庵编：《鲁迅著译编年全集》第7卷，人民出版社2009年版，第39页；孙伏园、孙福熙著，章征天、张能耿、袭士雄编：《关于鲁迅先生》，《孙氏兄弟谈鲁迅》，新星出版社2006年版，第146页。

②　鲁迅：《不是信》，王世家、止庵编：《鲁迅著译编年全集》第7卷，人民出版社2009年版，第39—40页。

③　Harvey C. Mansfield, *Machiavelli's Virtue*.Chicago:University Of Chicago Press,1998.

绘的政治理论杰作及其中那个著名的比喻。目前尚无资料证明鲁迅读过西塞罗或马基雅维利，而且根据1918年发表的《狂人日记》中的"狮子""兔子"和"狐狸"，以及其他省略未述的动物来看，如果鲁迅写作时有所参照，那么，莎士比亚的《考利欧雷诺斯》可能性最大。当然，鲁迅一生钟爱莎士比亚，但鲁迅可能未曾全面、深入地阅读过莎士比亚。这两点，鲁迅在自己的文章里均清楚明了地告诉了我们：从1907年的《科学史教篇》到1935年的《"题未定"草》，从"狭斯丕尔"到"莎士比亚"，[①]莎士比亚几乎成为鲁迅近三十年写作生涯中时时在场、徘徊不去的幽灵。因为鲁迅"于英文是漠不相识的"[②]，加之当时莎士比亚戏剧中译尚处于荒芜阶段，[③]鲁迅应该没有太多机会真正接触到莎士比亚作品。所以，我们虽然看到鲁迅在写作中多次提及莎士比亚，却总是借用他人的评论，或一笔带过，或借题发挥。那么，如果不是自创，鲁迅如何得知《考利欧雷诺斯》中的三种动物及其性格，就无从判断。鲁迅与莎士比亚之间"剪不断、理还乱"的纠葛，以及《狂人日记》与《考利欧雷诺斯》之间有关三种动物及其性格的高度暗合，虽然提示了某种借用的可能，但因没有明确的实证线索，本文将避免使用"影响"的概念来串联不同文本，而是要努力彰显一种跨文本、跨学科的文学阅读方法。在此前提下，一个微妙奇特的文本链接出现了。

西塞罗在《论义务》第一卷中指出：

> 甚至有些个人为情势所迫，给敌人作了某种承诺，那也应该忠诚于

---

① 在早期写作中，如1907年的《科学史教篇》《文化偏至论》，1908年的《摩罗诗力说》，鲁迅采用严复的译名"狭斯丕尔"。1922年的《不懂的音译》中，鲁迅采用译名"沙士比亚"。自1925年《华盖集·题记》，鲁迅一直使用梁启超建议的译名"莎士比亚"。

② 鲁迅：《〈出了象牙之塔〉后记》，王世家、止庵编：《鲁迅著译编年全集》第6卷，人民出版社2009年版，第471页。

③ 根据目前现有的资料，中国最早的莎士比亚作品中译本是上海达文社1903年出版的《澥外奇谭》，1904年又有林纾、魏易翻译、改写的《英国诗人吟边燕语》，然后是1913年文明戏舞台上陆续出现莎剧改编演出，1922年田汉翻译、中华书局出版的《哈孟雷特》是第一部较为完整的莎剧中译本。朱生豪较为系统的莎剧翻译则迟至1947年方由上海世界书局出版，而日本在1928年就有了坪内逍遥翻译的莎士比亚全集。鲁迅生前没能看到莎士比亚戏剧全集的中文翻译。

自己的诺言。……要知道，当事情涉及忠信时，应该考虑的永远是你的意图，而不是你说了什么。祖辈们为我们提供了一个对敌人保持公正的杰出的例子：当皮罗斯的一个叛逃者向元老院保证，他将给国王递上毒药，把国王毒死时，元老院和盖·法布里基乌斯把那位叛逃者交给了皮罗斯。由此可见，他们甚至不赞赏罪恶地杀死敌人，而且是一个强大的、主张给我们带来战争的敌人。就这样，关于战争义务已经作了足够的说明。我们应该记住，甚至对处于最下层的人也应该保持公正。最下层的地位和命运，有些人关于奴隶的提议是很对的，他们要求像使用雇工那样使用奴隶，即让他们劳动，同时提供应提供的东西。有两种行不公正的方式，一是使用暴力，二是进行欺骗，欺骗像是小狐狸的伎俩，而暴力则有如狮子的行为：这两种方式对于人最为不合适，而欺骗更应该受到憎恶。在所有的不公正行为中，莫过于有些人在作最大的欺骗，却想让自己显得是高尚之人。关于公正问题已经说够了。①

在罗马共和政体的坚定支持者西塞罗那里，狮子般的暴力和狐狸似的欺诈都是不道德的，而不道德者也不可能真正理解并履行义务。然而，马基雅维利在《君主论》第18章——也是历来最具争议的"论君主应当怎样守信"中，依据历史和"时代的经验"，对西塞罗的古典道德哲学进行对话协商和"政治"挪用，他告诫"君主"们：

> 世界上有两种斗争方法：一种方法是运用法律，另一种方法是运用武力。第一种方法是属于人类特有的，而第二种方法则是属于野兽的。但是，因为前者常常有所不足，所以必须诉诸后者。因此，君主必须懂得怎样善于使用野兽和人类所特有的斗争方法。关于这一点，古代的作家们早已谲秘地教给君主了。……

① ［古罗马］西塞罗：《论义务》，王焕生译，中国政法大学出版社1999年版，第43—45页。

君主既然必需懂得善于运用野兽的方法，他就应当同时效法狐狸与狮子。由于狮子不能够防止自己落入陷阱，而狐狸则不能够抵御豺狼。因此，君主必须是一头狐狸以便认识陷阱，同时又必须是一头狮子，以便使豺狼惊骇。然而那些单纯依靠狮子的人们却不理解这点。所以，当遵守信义反而对自己不利的时候，或者原来使自己作出诺言的理由现在不复存在的时候，一位英明的统治者绝不能够，也不应当遵守信义。假如人们全都是善良的话，这条箴言就不合适了。但是因为人们是恶劣的，而且对你并不是守信不渝的，因此你也同样地无需对他们守信。一位君主总是不乏正当的理由为其背信弃义涂脂抹粉。关于这一点，我能够提出近代无数的实例为证，它们表明：许多和约和许多诺言由于君主们没有信义而作废和无效；而深知怎样做狐狸的人却获得最大的成功。但是君主必须深知怎样掩饰这种兽性，并且必须做一个伟大的伪装者和假好人。人们是那样地单纯，并且那样地受着当前的需要所支配，因此要进行欺骗的人总可以找到某些上当受骗的人们。①

　　古罗马政治家西塞罗所贬抑的动物性格，为文艺复兴时期的马基雅维利在政治层面大加褒扬，这似乎成为人们从道德层面责难后者的依据。然而，诚如迈内克所分析的，在方法原则上，马基雅维利与超验的精神化的基督教伦理决裂，并采纳纯粹经验的（思想）历史方法；在道德尺度上，马基雅维利把"美德"一分为二，即国家理想和公民道德，而且把后者视为前者的派生。②因此，与其说这两个层面是马基雅维利与西塞罗的区别，不如说这是马基雅维利的伟大之所在。或者可以说，马基雅维利并不真正反对西塞罗，因为他从未打算舍弃西塞罗设定的"道德"问题框架和判断尺度，只不过马基雅维利把国家理想视为最高的"美德"。借助迈内克的解读，现代君主的命运其实是悲剧性

---

①　［意］尼科洛·马基雅维里：《君主论》，潘汉典译，商务印书馆1985年版，第83—84页。

②　［德］弗里德里希·迈内克：《马基雅维里主义》，时殷弘译，商务印书馆2008年版，第99、90页。

的，因为"他本人在国家必须的情况下，承担国家利益与个人道德之间的全部冲突"①。在《君主论》的意义脉络中，狮子的残暴与狐狸的欺诈只是（悲剧性的）手段，而（国家）美德才是目的。换句话说，现代君主为了道德，必须先不道德。

1609年，伦敦瘟疫肆虐，病中的莎士比亚写出了其诗人生涯中最后一部悲剧《考利欧雷诺斯》。第一幕第一景的开场，罗马国内阶级纷争即处于一触即爆的境地。手持武器的平民啸聚街头，志在除掉"人民公敌"——为抵御伏尔斯族人的外侮而立下赫赫战功的大将军凯耶斯·马尔舍斯。马尔舍斯甫一出场，就表现出他对骚乱的罗马平民丝毫不加掩饰的憎恶与鄙夷：

> 马　……什么事情，你们这些不安分的乱民，想把你们发痒的谬见搔成为脓疱吗？
> 民甲　我们晓得你开口就有好话说。
> 马　谁要是肯对你说话，谁就是下贱到极点了。你们想要什么，你们这群狗，既不喜欢和平，又不喜欢战争？战争使你们怕，和平使你们狂妄。谁若是信赖你们，他就会发现他原来以为你们是雄狮，其实是怯兔；以为你们是狡狐，其实是蠢鹅；你们不比冰上的炭火、阳光下的冰雹为更可靠。你们最擅长的是把因犯法而受罪的人看成为英雄，并且诅咒那执法的官员。谁应受推崇，谁就受你们的嫉恨；你们的愿望恰似病人的胃口，专爱吃使病情加重的东西。想讨你们欢心的人，无异于用铅鳍游水，用灯草砍伐橡树。该死的东西！信赖你们？你们的心情随时改变，可以把方才愤恨的人称为高贵，把方才赞颂的人斥为卑鄙。究竟是怎么回事，你们到处辱骂元老，是元老们协助神明使你们有所敬畏，否则害怕不自相吞食？他们要的是什么？②

①　[德]弗里德里希·迈内克：《马基雅维里主义》，时殷弘译，商务印书馆2008年版，第101页。

②　[英]莎士比亚：《考利欧雷诺斯》，梁实秋译，中国广播电视出版社2001年版，第27—29页。

鲁迅与20世纪中国研究丛书

显而易见，在莎士比亚这里，与怯兔和蠢鹅相对，雄狮、狡狐是正面价值的暗示。特别是这两种动物及其性格从位高权重的罗马执政候选人马尔舍斯口中说出时，不仅令人联想到，难道马尔舍斯也许就是马基雅维利意义上的理想"君主"？但根据剧情，我们知道马尔舍斯仅具备狮子的暴力，而缺乏狐狸的狡诈，他最终因为过于执着于自己的个体秉性，而成为罗马共和制的牺牲品。马尔舍斯的命运不是马基雅维利式的个人道德牺牲的悲剧，而是个人道德张扬的悲剧。虽然马尔舍斯不是理想的现代"君主"，但剧作本身以及马尔舍斯的悲剧命运提供的教训则是马基雅维利式的。由此看来，莎士比亚和马基雅维利的确在分享着他们那个时代的基本政治命题。

第二节　以"莎士比亚"为方法

　　前文已经说明，本文将不草率地使用比较文学的"影响"概念来界定《考利欧雷诺斯》与《狂人日记》间的关系，而是把莎士比亚的《考利欧雷诺斯》作为重新解读鲁迅《狂人日记》的参照系，或者说，以"莎士比亚"为方法来解析鲁迅。本文假定，《狂人日记》是鲁迅对莎士比亚《考利欧雷诺斯》的一种"阅读"，那么，要解读《狂人日记》，就要先了解《考利欧雷诺斯》，然后再迁回到鲁迅。

　　《考利欧雷诺斯》的写作背景容易提示一种充满诱惑但又危险的理解。16世纪末到17世纪初期，英国的新富阶层与平民之间围绕圈地、粮荒等问题，在英格兰中部多次发生相当规模的冲突，[①]而莎士比亚本人就是当时新富阶层中的一员。剧作中，考利欧雷诺斯是一位孤独的英雄，因为坚持自我，为心怀叵测的护民官煽动起来的群众所驱逐，最终死于敌人的毒手。上述背景与剧情纽结在一起，很容易得出如下观点：作为新富阶层的莎士比亚借助《考利欧雷诺斯》表达他内心对平民的恐惧与憎恶。其实，《考利欧雷诺斯》在"五四"时

鲁迅与20世纪中国文学教育

---

　　① 陆谷孙：《莎士比亚研究十讲》，复旦大学出版社2005年版，第186页。

期，很可能会被鲁迅等人挪用为"个人与庸众"的对立——考利欧雷诺斯的处境很容易引起新文化倡导者的共鸣，其命运像极了鲁迅在1908年的《摩罗诗力说》中，对易卜生笔下的斯托克芒大夫的评价："死守真理，以拒庸愚，终获群敌之谥。"①毫无疑问，任何一种写作都会被注入围绕主体的环境因素，所以，上述观点是有道理的，但这种解析的途径在本文看来，不是一种真正意义上的文本"阅读"。真正的阅读，一定是读者以文本为媒介，去捕捉文本与其产生历史间的契合点，同时感受自身与现实存在间的想象关系，而不是停留在文本的"故事"层面，操持一种"反映论"。

诚然，把《考利欧雷诺斯》视为"英雄与暴民"／"个体与庸众"的冲突，也有一定的价值——它提示我们，鲁迅笔下的狂人和考利欧雷诺斯一样，是一个个人主义的理想范型。这似乎也更符合我们一贯对鲁迅的"阅读"经验。然而，一旦循着这一观点或阅读经验，也就等于不证自明地接受了一种先在的二元分类学，用以讨论诸如个体、群体等暧昧不明的范畴。"狂人"何以能够从"非常"走向"正常"？他的"个体性"是如何泯灭的？仅仅是新文化运动阵营的松散、知识分子的软弱，或"黑暗势力"的过于强大吗？还是"个人主义"话语在（历史）哲学根基上就结构性地暗隐了自我消解的素质和悖论？下文拟从《考利欧雷诺斯》中的个体与群体／国族共同体之间的关系辨析开始，然后抽绎出一般性的参照框架，来重新审视《狂人日记》中常常被视为不证自明或可以存而不论的议题。

第三节　《考利欧雷诺斯》中的个体／共同体

整部剧作中，马尔舍斯个体意识的顶点，无疑是他决定叛国投敌的那一瞬间。然而，莎士比亚的《考利欧雷诺斯》恰恰在这个顶点和瞬间，为读者呈现了一个不可思议又充满挑战的叙事梗阻。

① 鲁迅：《摩罗诗力说》，王世家、止庵编：《鲁迅著译编年全集》第1卷，人民出版社2009年版，第260页。

马尔舍斯离开母国罗马时，对驱逐他的平民说道："别处另有世界在。"①然后去和母亲道别，放逐了同胞，也放逐了自己。从此，马尔舍斯成为一个身份漂浮的旅行者，其"世界"由单一变得多元。最初，马尔舍斯似乎并不清楚自己此后的去向，只是想"到处流浪"。但在流浪途中，他找到了方向——敌国伏尔斯族的领地。莎士比亚写作《考利欧雷诺斯》时所参照的《希腊罗马名人传》里面，普鲁塔克写道："他花了几天的时间在邻近的乡村过着离群索居的生活，怀着愤怒和忧伤的心情不断在思索各种问题，除了要报复罗马人获得满足，其他一切他已经毫不在意。"②这段简短的叙述是我们理解马尔舍斯此后"投敌"行为的重要依据。可是，在莎士比亚对这个古罗马历史故事进行一番"文艺复兴"后，这段过渡性的叙述消失了。虽然马尔舍斯在安席姆与奥非地阿斯对话时，对自我动机做了说明，③但此刻的"投敌"行为既成事实，这种说辞只能视为一种"后见之明"，不足以充分解释此前的行为。而且，马尔舍斯在离开罗马前曾向母亲承诺："只消我尚在人间，你们会不时的得到我的消息；并且永远不会得到任何与我平夙为人不相符合的消息。"④这显然也与他后来的"投敌"行为相悖。意外的是，莎士比亚增加了另一场和主人公马尔舍斯没有直接关联的戏，即《考利欧雷诺斯》第四幕第三景：在"罗马与安席姆之间的公路"上，罗马人奈凯诺尔与伏尔斯人爱德利安相遇、交谈的情形。⑤这一场景虽然简单而短暂，但在《考利欧雷诺斯》的文本脉络中，也许可以视为莎士比亚对马尔舍斯思想转折原因的提喻式解释。换句话说，这一场景讲述了马尔舍斯生命中的"阈限区域"（liminal zone）——处于罗马人

---

① ［英］莎士比亚：《考利欧雷诺斯》，梁实秋译，中国广播电视出版社2001年版，第183页。

② ［古希腊］普鲁塔克：《希腊罗马名人传》，席代岳译，吉林出版集团有限责任公司2011年版，第418页。

③ ［英］莎士比亚：《考利欧雷诺斯》，梁实秋译，中国广播电视出版社2001年版，第205—207页。

④ ［英］莎士比亚：《考利欧雷诺斯》，梁实秋译，中国广播电视出版社2001年版，第187—189页。

⑤ ［英］莎士比亚：《考利欧雷诺斯》，梁实秋译，中国广播电视出版社2001年版，第195—197页。

与伏尔斯人之间的自我认知状态。

《考利欧雷诺斯》第四幕第三景讲述了一名叛国的罗马人奈凯诺尔充当伏尔斯人的间谍，和前来接应的伏尔斯人爱德利安相遇后的交谈。这场戏的对话内容可以分为两个部分：一是两个角色之间的互认互识，二是奈凯诺尔告知爱德利安罗马国内的混乱状况。谈话的第二部分内容，即罗马的内乱，正是该剧开场就已经呈示了的。此处奈凯诺尔只是为履行自己的职能，而对罗马国内已经发生的事情做出的重述。真正对我们构成吸引力的，反而是两人谈话的前半部分中那段看似无关紧要的内容：

> 罗　我认识你，先生，你也认识我：你的名字大概是爱德利安。
>
> 伏　是的，先生：老实讲，我忘记你了。
>
> 罗　我是罗马人；可是我的职务是和你的一样，反对罗马人的：你还不认识我么？
>
> 伏　是奈凯诺尔？不是吧。
>
> 罗　正是，先生。
>
> 伏　我上次见到你的时候你的胡须要多一点；但是你的声音证实你是他。罗马有什么消息？我得到伏尔斯政府的通知到罗马去找你：你使我省却了一天的路程。①

该场景中出场的两个角色，即罗马人奈凯诺尔和伏尔斯人爱德利安，在亚里士多德"情节整一"的视域中，给人一种平地而起的突兀感。尽管在《考利欧雷诺斯》第一幕第二景中，奥非地阿斯提及有密探告知他罗马人的情况，②但在战争中派人刺探敌方军情是司空见惯的事情，而且，此处奥非地阿斯并未透露这位密探的国族身份或特指密探就是奈凯诺尔。所以，第四幕第三景中的

①　［英］莎士比亚：《考利欧雷诺斯》，梁实秋译，中国广播电视出版社2001年版，第195页。

②　［英］莎士比亚：《考利欧雷诺斯》，梁实秋译，中国广播电视出版社2001年版，第37页。

奈凯诺尔和爱德利安的戏剧动作在整部剧作中可以说是既没有铺垫，亦不见下文。这无疑为我们理解这一场景带来了较大的难度。

值得注意的是，在爱德利安认出奈凯诺尔时，依赖的是"听"对方的声音，而非"看"对方的样貌。事实上爱德利安开始根本没有认出奈凯诺尔，当奈凯诺尔说出"我是罗马人，可是我的职务是和你的一样，反对罗马人的"时，爱德利安才凭借陈述"职务"的声音知道对方是奈凯诺尔。伏尔斯人爱德利安的行为，清晰地体现了他对西方哲学的形而上学传统的恪守。

在西方哲学的形而上学传统中，"自前苏格拉底到海德格尔，始终认定一般的真理源自逻各斯"，而逻各斯则与语音的原始本质相联系。[1]这种知识传统认为："言语，第一符号的创造者，与心灵有着本质的直接贴近的关系。作为第一能指的创造者，它不只是普普通通的简单能指。它表达了'心境'，而心境本身则反映或映照出它与事物的自然相似性。在者与心灵之间，事物与情感之间，存在着表达或自然指称关系；心灵与逻各斯之间存在着约定化的符号关系。最初的约定与自然的普遍的指称秩序直接相关，这种约定成了言语。"[2]言语或声音能够无中介地直达意义的本源，根本原因在于它对能指的超越和对所指的"最接近"。言语的这一特性，是在与文字的比较中确立的："所有能指都是派生的，文字能指尤其如此。文字能指始终具有技术性和典型性。它没有构造意义。这种派生过程正是'能指'概念的起源。"[3]换句话说，文字是"中介的中介，并陷于意义的外在性中"[4]。从"语音中心主义"的角度看，文字作为一种人为的符号，是派生的能指，与所指和本质之间有着不确定的关系。而声音则可以抛却能指，直达心灵、本源或意义，它就是所指本身。

爱德利安"看"到并通过"听"声音辨析出奈凯诺尔时，发觉他的"胡

---

① ［法］雅克·德里达：《论文字学》，汪堂家译，上海译文出版社1999年版，第4、13页。

② ［法］雅克·德里达：《论文字学》，汪堂家译，上海译文出版社1999年版，第14页。

③ ［法］雅克·德里达：《论文字学》，汪堂家译，上海译文出版社1999年版，第15页。

④ ［法］雅克·德里达：《论文字学》，汪堂家译，上海译文出版社1999年版，第16页。

须"比上次见面时少一些。这意味着，通过眼睛"看"到的对方的形象，是不可靠的，仅凭它无法直抵本质。正如可多可少的"胡须"，外在的形象可以变动不居，就像文字符号那样，总是"陷于意义的外在性中"，是不稳定的。所以爱德利安不敢，也不能仅从外貌或凭"符号"辨识奈凯诺尔。声音稍纵即逝的性质，使其物质性减到了最小，而它与本质之间的中介性也被压缩到了最少。"听"瞬间获得了对"看"的优先性。爱德利安"听"到奈凯诺尔的声音时，才确定"你的声音证实你是他"。爱德利安的逻辑可以简化为：奈凯诺尔的声音才是奈凯诺尔本身。

也许，我们会觉得伏尔斯人爱德利安操持的观念似曾相识。事实上，在罗马将领马尔舍斯那里，我们就已经见识过这种对直抵本质的"无中介"语言的执迷，因为他最重要的性格特征就是极度厌恶任何具有伪饰色彩的言语修辞行为。可以说，正是这种对符指的"确定性"（certainty）的执迷，让马尔舍斯自我放逐，并最终把他召唤到了伏尔斯族人中间。

当马尔舍斯在考利欧里以令人难以置信的英勇打败伏尔斯人之后，不仅为自己赢得了"考利欧雷诺斯"的尊名，更被推举为"执政"。但按照制度程序，他必须到市场上对人民讲几句话，以赢得其首肯。对此，马尔舍斯十分抗拒："扮演这样的角色会使我脸红的，大可不必在人们面前表演。"[1]马尔舍斯真正厌恶的不是选举执政的程序，而是这个程序中的表演或伪饰成分，也就是他痛恨的某种乌合之众的素质——"游移不定"（uncertainty）。这显然违背了马尔舍斯信奉的符指意义的"确定性"。

整部戏中，马尔舍斯有两个对立面：一个是"外部的"对手奥非地阿斯，另一个是"内部的"罗马民众。马尔舍斯的主体意识就是依赖这两个"他者"而维持的：伏尔斯族将领奥非地阿斯是罗马人同仇敌忾的敌人，他赋予马尔舍斯以族群共同体意识；罗马市场上的普通民众是民族共同体内的底层，他们赋予马尔舍斯以高贵、可靠的自我品性意识。族群共同体意识将因为伏尔斯族的

---

① ［英］莎士比亚：《考利欧雷诺斯》，梁实秋译，中国广播电视出版社2001年版，第109页。

显在威胁，而具有相对的"不证自明"性，因此，在马尔舍斯的自觉层面几乎可以忽略。而他所痛恨的罗马民众的"游移不定"，从精神分析的角度，则可以视为他对"游移不定"的焦虑感在他者身上的"投射"（projection）。①换句话说，"游移不定"与其说是罗马底层民众的某种素质，不如说是马尔舍斯自身无法克服的某种诱惑性力量或自己的性情之一，使他为之深感恐惧且自我憎恨。那么，无比坚定地信奉"确定性"、无限忠诚于罗马共同体，并甘心为其利益而舍生忘死的马尔舍斯，在内心何以对"游移不定"如此焦虑不安？

《考利欧雷诺斯》剧作开始部分似乎已经初步为此提供了答案。一群因饥饿而叛变的罗马民众聚集在集市上，就是否要去杀死尚未获得"考利欧雷诺斯"尊称的马尔舍斯而争论不休。其中，"民甲"认为，马尔舍斯"所作的声名赫赫的事业，只是为了一个目的：存心忠厚的人说是为了他的国家，其实只是为了取悦他的母亲，一部分也是为了自己借此傲人"②。而"民乙"则从"本性"（nature）的角度对"民甲"的饱含戾气和敌意的评价进行均衡与调和："他本性如此，他自己也无能为力，你却认为是他的罪过。你总不能说他贪财。"③这两种评价在一定程度上已经暗示了马尔舍斯所置身的旋涡，即他的个体意识、俄狄浦斯情结和共同体意识之间的紧张撕扯。

莎士比亚笔下的古罗马历史正是走向全球的英国内政的替代物。④我们若从"讲述故事的年代"，而不是从"故事讲述的年代"切入文本，就不能把该剧视为罗马共和政体形成初期的政制反映，相反应该视为"近代早期"（early modern）欧洲"知识型"（episteme），即此时此地诸种知识所共享的特定结

① Jean Laplanche, Jean-Bertrand Pontalis. *The Language of Psycho-analysis*. New York:W. W. Norton & Company, 1973, p.351.

② ［英］莎士比亚：《考利欧雷诺斯》，梁实秋译，中国广播电视出版社2001年版，第19页。

③ ［英］莎士比亚：《考利欧雷诺斯》，梁实秋译，中国广播电视出版社2001年版，第19页。

④ Neil MacGregor. *Shakespeare's Restless World*. London:Penguin Books, 2014, p.166, pp.1-9.

构①的表征。近代早期正是"现代思想的一个关键性时刻"②，伴随着此时期欧洲的海外拓殖，欧洲在发现"世界"的同时，也发现了自我。在"别处的世界"的参照下，现代民族共同体意识开始萌芽，而个体意识在其中的位置亦开始成为问题。马尔舍斯的困境，正是现代共同体中的个体与自我渐趋分离的"极端的断裂"经验的写照。这种"现代"的断裂经验体现为："一方面是存在着的事物之总体——这个总体被当作绝对来看待，也就是说，与所有其他的'事物'相分离；另一方面则是存在（存在并不是'事物'），这些事物在总体上以它的名义或由于它而存在。"③顺延该"断裂"的视角，从内部看，作为"总体"的族群共同体的"绝对"逻辑首先要求其内部成员前赴后继、献祭生命，正如罗马人为抵抗伏尔斯族所做出的巨大牺牲，伏尔斯族人亦如此。于是，共同体"成员不再与自身相同一，而是要结构性地服从一种趋势，这个趋势要求打破个体界限，并面对他们的'外围'"④。借用巴塔耶的表述，就是："我们每一个人于是都被赶出其人格的局限，并尽可能地在其同类的共通体之中丧失自己。"⑤虽然马尔舍斯也曾说"国家高于个人"⑥，但这句话是在战场上进行士气动员时所言，而且其前提是"爱我身上涂抹的这一层油彩，怕恶名有甚于怕遭生命危险，……"⑦这里的"油彩"和"名誉"正是巴塔耶所谓的"个人人格的局限"的外在化身。马尔舍斯的问题就在于此："把国

---

① ［法］米歇尔·福柯：《词与物：人文科学的考古学》，莫伟民译，上海三联书店2012年版，第10—11页。

② ［法］列维-斯特劳斯：《忧郁的热带》，王志明译，生活·读书·新知三联书店2000年版，第420页。

③ ［法］让-吕克·南希：《解构的共通体》，郭建玲等译，上海人民出版社2007年版，第18页。

④ ［意］埃斯波西多：《共同体与虚无主义》，王行坤译，汪民安、郭晓彦主编：《生产第九辑：意大利差异》，江苏人民出版社2014年版，第66页。

⑤ ［法］让-吕克·南希：《解构的共通体》，郭建玲等译，上海人民出版社2007年版，第31—32页。

⑥ ［英］莎士比亚：《考利欧雷诺斯》，梁实秋译，中国广播电视出版社2001年版，第63页。

⑦ ［英］莎士比亚：《考利欧雷诺斯》，梁实秋译，中国广播电视出版社2001年版，第63页。

鲁迅与20世纪中国研究丛书

家的奴役与熠熠生辉的神圣荣耀混杂在一起。"[1]他把战功视为自我实现的途径，但这个见识过战场上累累死尸的将军，从未也不可能实现自己的个体意识，他永远都是以罗马的名义而"存在"的。马尔舍斯的母亲服龙尼亚曾对儿媳说过一句"真心话"："假使我有十二个儿子，……我宁愿见十一个为国家光荣战死，也不愿见其中一个耽于安逸而无所事事。"[2]马尔舍斯对作为罗马（共同体）象征的"母亲"那种俄狄浦斯式的爱恋，正是一个巨大的讽刺——他最初离开进而背叛罗马，效忠伏尔斯族，原本是要恪守自我的秉性，但为了"母亲"/共同体的诉求而放弃初衷，其行为反而成为自己痛恨的"游移不定"的最佳注脚。在《考利欧雷诺斯》结尾处，马尔舍斯正是在"母亲"服龙尼亚——罗马共和国的代言人的劝说下，放弃了继续进攻罗马的计划，为伏尔斯族将领奥非地阿斯有机可乘，最终他背负着罗马和伏尔斯族双重的"叛徒"之名，含恨献祭"母/国"。

族群与阶级分别同时处在同一个联结内与外的"跷跷板"两端。虽然如此，但前文已经提及，马尔舍斯投靠伏尔斯族并非罗马民众驱逐他的直接结果。至于他为何转投敌营，莎士比亚略去了普鲁塔克的明晰"叙述"，给我们留下了一个莫大的驰骋想象力的空间。从共同体与个体关系的角度审读文本，第一幕第一景中，马尔舍斯上场后的第一句话就做出了暗示——民众不"可靠"。马尔舍斯的这一个性是威胁共同体内部和谐或"可靠"性的致命因素；与此同时，共同体也在威胁着马尔舍斯的"确定性"——他没有可能在自己的个体意识内生存。这就是马尔舍斯对"游移不定"焦虑不安的根源。当这种个体意识不可能的时候，共同体就面临着撕裂的命运。"共通体拒绝绽出，绽出撤出共同体。"[3]马尔舍斯无法在罗马追寻到他出生入死的"荒谬的意义"，"被迫去别的地方寻求这个在死亡的意义之外的意义，而不是在共通

---

①　[法]让-吕克·南希：《解构的共通体》，郭建玲等译，上海人民出版社2007年版，第35页。

②　[英]莎士比亚：《考利欧雷诺斯》，梁实秋译，中国广播电视出版社2001年版，第41页。

③　[法]让-吕克·南希：《解构的共通体》，郭建玲等译，上海人民出版社2007年版，第40页。

体中寻求"。①因此，就出现了他离开罗马时的那句台词——"别处另有世界在"。我们可以说，不是罗马民众放逐了马尔舍斯，诚如他所言的"我放逐你们"②，事实上是他放逐了罗马民众。马尔舍斯的行动展示了共同体／个体的必然命运。

马尔舍斯念念不忘的"确定性"无法同时在共同体和个体两个层面同时实现。共同体不是个体的集合，而是个体的取消。共同体的"确定性"的前提就是剥夺其成员的"自由"，③而个体的"确定性"的实现则威胁共同体的"总体性"，正如朋友麦匿尼阿斯对马尔舍斯的评价那样："他性格太高傲，不适宜于这个世界。"④这暗示了共同体中的个体"确定性"将把个体本身反弹到"另一世界"的可能性。从外部看，共同体的"总体性"的"绝对"逻辑是自相矛盾的。"绝对之逻辑侵犯了绝对。绝对之逻辑使绝对陷入它本质上拒绝并排除的关系之中。而这个关系则强行打开和撕破——同时从里面也从外面，或者从外面，这个外面不过是对某种不可能的内向性的拒斥，——绝对想要用来构成自己的那个'不带关系'。"⑤《考利欧雷诺斯》中，绝对的逻辑使罗马共和国从未"绝对"过。罗马共和国的"内在"的非自足性体现在它与伏尔斯族的战争"关系"中——为了自足，必须不自足；为排除他者，必须依赖他者。《考利欧雷诺斯》对该问题的揭示，主要是从放逐了同胞的马尔舍斯和奥非地阿斯的关系开始的。

作为罗马人确立共同体意识的对立面的奥非地阿斯，则为我们进一步解析马尔舍斯的精神状态提供了路径。除了共同体意义上的他者，在个体的意义层

①　［法］让-吕克·南希：《解构的共通体》，郭建玲等译，上海人民出版社2007年版，第29页。

②　［英］莎士比亚：《考利欧雷诺斯》，梁实秋译，中国广播电视出版社2001年版，第181页。

③　［英］齐格蒙特·鲍曼：《共同体》，欧阳景根译，江苏人民出版社2007年版，第21—22页。

④　［英］莎士比亚：《考利欧雷诺斯》，梁实秋译，中国广播电视出版社2001年版，第153页。

⑤　［法］让-吕克·南希：《解构的共通体》，郭建玲等译，上海人民出版社2007年版，第16页。

面，奥非地阿斯还可以视为马尔舍斯的一面镜子。我们回到第一幕第八景，马尔舍斯与奥非地阿斯第一次遭遇的瞬间：

> 马　我只想和你对打，因为我恨你，比恨一个无信的人还要厉害。
>
> 奥　我们彼此一样的恨：非洲的毒蛇都不比你的美名与嫉恨更使我憎恶。请站稳了吧。
>
> 马　谁先逃躲，谁就算是败死在对方手下，永世不得超生！
>
> 奥　如果我逃，马尔舍斯，把我当作兔子一般的追喊。
>
> 马　在过去的这三个小时内，特勒斯，我独自在你们的考利欧里城里作战，我为所欲为；你看我脸上涂抹的并不是我自己的血；如果你要报仇，鼓起你最大的勇气来吧。
>
> 奥　你纵然是你们的光荣的祖先中的英雄海克特他自己，你今天也休想能逃得掉。——**[他们对打，一些伏尔斯人前来支援奥非地阿斯。]**你们太多事，算不得勇敢，这样的来帮助我，反倒使我丢脸了。**[马尔舍斯驱赶众人，且战且下。]**①

这段对白表面上展示的是共同体的自足性，事实上是在暗示共同体的自反性。马尔舍斯所谓的"无信的人"大概可指代罗马集市上"游移不定"的同胞。遭遇奥非地阿斯的马尔舍斯似乎可以为共同体放弃自己的"确定性"，并随时为之献祭（"永世不得超生"）。当马尔舍斯说"我脸上涂抹的并不是我自己的血"，言外之意是奥非地阿斯同胞的血，族群共同体的情感在此被凸显。但是，奥非斯阿斯的回应与其说坚固了共同体间的壁垒，毋宁说是松动了个体"绽出"的边界。虽然"我们彼此一样的恨""你们的光荣的祖先"这类表述同样出自一种共同体意识，但当伏尔斯人前来支援奥非地阿斯时，事情发生了不可思议的扭转。若仅从共同体利益出发，奥非地阿斯此刻应该趁机和支

———————
① ［英］莎士比亚：《考利欧雷诺斯》，梁实秋译，中国广播电视出版社2001年版，第65—66页。加粗部分为原文所有。

援自己的同胞一起杀死对手，他却羞于此道，转而愤愤指责自己的同胞。这一行为事实上已经撕裂了共同体——和马尔舍斯一样，奥非地阿斯混杂了"奴役与荣誉"。这里我们看到，共同体内部与外部的分野并非泾渭分明，既有的内部趋同与内外差异均不"可靠"。

第一幕第八景至此结束，马尔舍斯心境如何，我们无从得知。但是，第三幕第一景告诉我们，马尔舍斯是多么依赖、在意这个既是对手，又是"自我"的双重他者奥非地阿斯。当泰特斯·拉舍斯向马尔舍斯汇报奥非地阿斯卷土重来的军情时，马尔舍斯的心中似乎只有奥非地阿斯。他一再问起属下是否看到了对方，而且对方是否"说起"自己，"说了"什么，对方现在身处何方；得知一切后，马尔舍斯说"我愿能得到机会到那里去找他"①。而在第一幕第一景马尔舍斯也曾表达过他对奥非地阿斯那种无法抑制的仰慕："……我确是嫉妒他的高贵的品格，如果我不是我自己，我只愿我是他。……如果这世界的一半和另一半冲突起来，而他在我这一面，那么我就叛变，我只要和他作战：他是一头狮子，能猎取他这样的一头狮子我觉得足以自傲。"②只要恪守"确定性"的马尔舍斯无法实现个体意识，从既有的罗马共同体中"绽出"，那么，他的理想方向就必定是走向另一个自我——奥非地阿斯。于马尔舍斯而言，奥非地阿斯既是外部，亦是内部，既是壁垒，更是深渊。奥非地阿斯是马尔舍斯个体生命中缺席的在场，又是具有排他性和压抑性的族群共同体的缺口和诱惑所在。甚至可以说，只有借助奥非地阿斯，马尔舍斯才能找到个体（在共同体中）的意义，前者是后者存在的依据和确证。至此我们可以解释莎士比亚何以彻底略去普鲁塔克对马尔舍斯"背叛"同胞的心理动机叙述——《考利欧雷诺斯》意在借助古罗马历史故事对近代早期的共同体问题进行探究和演绎。

再回到本文开始论及的第四幕第三景，从戏剧动作发生的时间上推测，在奈凯诺尔和爱德利安交谈、同行的时候，可能正是自我（被）放逐的马尔舍斯

---

① ［英］莎士比亚：《考利欧雷诺斯》，梁实秋译，中国广播电视出版社2001年版，第132—133页。

② ［英］莎士比亚：《考利欧雷诺斯》，梁实秋译，中国广播电视出版社2001年版，第33页。

疲惫而忧伤地游荡在郊野的道路上，"怀着愤怒和忧伤的心情不断在思索各种问题"的时候。因为到第四幕第四景，蓬头垢面但高贵依然的马尔舍斯已经赫然出现在奥非地阿斯位于安席姆的府邸前了。在第四幕第一景，也就是马尔舍斯在投靠伏尔斯人之前，马尔舍斯还向母亲承诺了自己的"确定性"，但在第四幕第四景，我们再看到马尔舍斯时，一切竟毫无征兆地发生了惊人的变化。换句话说，莎士比亚把普鲁塔克对马尔舍斯背叛罗马因由的交代放在了第四幕第三景的幕后——马尔舍斯正和奈凯诺尔一起背向祖国，任由脚下的道路向伏尔斯族人的领地延伸。幕前与幕后在"语音中心主义"或"确定性"的意义维度上，形成一种相互指涉、彼此注解的"平行蒙太奇"关系。

马尔舍斯到达奥非地阿斯在安席姆的府邸门前时，上演了一场"（伪）世界主义"式的戏剧。仆人问及衣衫褴褛的马尔舍斯"住在哪里"时，后者回答说"在苍穹之下"。①这一回答令人想起古希腊犬儒派哲学家第欧根尼那句著名的"我是世界公民"。而此前的马尔舍斯在打听到奥非地阿斯的住处时，曾感慨"啊世界！你真是变化无常"，这种多元的世界观念既呼应了他离开罗马时所说的"别处另有世界在"，也预示了他到达奥非地阿斯营帐后得到的慷慨接纳。可是，奥非地阿斯／伏尔斯族真的给马尔舍斯提供栖居的空间了吗？

康德在论及"永久和平第三项正式条款"时指出："友好（好客）就是指一个陌生者并不会由于自己来到另一个土地上而受到敌视的那种权利。"②但马尔舍斯所感受到的"友好"的前提是他可以协助伏尔斯人攻打罗马。换句话说，这一"友好"和康德的"友好"一样是有条件的，马尔舍斯在"另一世界"的"权利"是被某个共同体所赋予的。接纳对手的行为背后悄然进行着共同体间的利益交换——这意味着"另一世界"并非马尔舍斯想象的那样，是容纳"确定性"的乌托邦。

"永远不会得到任何与我平夙为人不相符合的消息"是马尔舍斯对自我命

---

① ［英］莎士比亚：《考利欧雷诺斯》，梁实秋译，中国广播电视出版社2001年版，第203页。

② ［德］康德：《永久和平论》，《历史理性批判文集》，何兆武译，商务印书馆2013年版，第118页。

运的严酷诅咒。"在绽出和共通体之间。……通过互相非实在化，——它们也在彼此限制，而这就产生了另一种'非实在化'，对它们的连接所参与其中的内在性的悬搁。"①马尔舍斯临行前对"母亲"的承诺，赋予其自我"放逐"以虚幻的"非实在"特质。对死亡和荣誉的重视，使马尔舍斯的"母亲"具有（罗马）共同体的压抑性素质。因为对"母亲"——"罗马的生命之源"②那种俄狄浦斯式的爱恋，马尔舍斯对自我"确定性"的承诺变得荒诞无稽。也就是说，马尔舍斯还没有开始"绽出"共同体，他的"另一世界"就已经虚无缥缈了。

行走在罗马与伏尔斯族之间的漫漫长路上，马尔舍斯带着一副面具。在现实层面，这是自我保护的必要伪装；在美学层面，这是对古典演剧方式的"文艺复兴"；在政治层面，这副面具则是"对内在存在的模拟"。站在奥非地阿斯面前，马尔舍斯认为自己已经找到了"内在存在"的"确定性"，所以他在对奥非地阿斯说话前，第一个动作就是"取下面幕"（unmuffling）。讽刺的是，马尔舍斯把自己的"确定性"交付给了另一个"共同体"。马尔舍斯遭遇同胞的恶意后背叛母国罗马，源自他对"确定性"的绝望或执念。也就是说，他把伏尔斯族的领地视为伸展自我个体意识的可能空间，但马尔舍斯没有意识到的是，投奔伏尔斯族的自我同样面临着族群共同体的"总体化"逻辑和力量。在奥非地阿斯"拥抱"马尔舍斯的瞬间，后者的悲剧性命运就被决定了。在这个意义上，我们也可以说马尔舍斯并没有背叛自己离开罗马前对母亲承诺的自我"确定性"，即他永远不会做出与其"平夙为人不相符合"的事情。根据奥非地阿斯后来对马尔舍斯的定罪，即马尔舍斯是"叛徒"，其理由正是因为马尔舍斯太过于忠诚（自我）而同时成为（罗马和伏尔斯族）共同体的背叛者。

当个体在共同体间游走，试图以不同的主体性撕裂共同体的"绝对化"

---

① ［法］让-吕克·南希：《解构的共通体》，郭建玲等译，上海人民出版社2007年版，第39页。

② ［英］莎士比亚：《考利欧雷诺斯》，梁实秋译，中国广播电视出版社2001年版，第269页。

与同质性时，共同体的"总体性"逻辑总是已经或把他者自我化，或把自我他者化。《考利欧雷诺斯》是现代个体／共同体命运的隐喻。那些"住在苍穹之下"的现代人的主体位置本身也是可疑的。表面上这个主体的位置在不断流动，但事实上它们总是以共同体为欲望对象，最终个体被压抑、碾碎。正如马尔舍斯在可能"绽出"共同体的一刻，对"母亲"／祖国的承诺粉碎了可能的主体性建构。可以说"确定性"或个体性是共同体的诡计，是共同体意识的共谋。被压抑的个体是一个隐喻，其独一无二性被总体化的命运，暗示着共同体的绝对化和排外性。

第四节 鲁迅"阅读"莎士比亚，或《狂人日记》中的"真的人"

把近代中国与近代早期的欧洲相比附，在后殖民史学的批判视野中，有"欧洲中心主义"之嫌。事实上，彼时的中国知识界就特别擅长使用这一"比附"的修辞，跨文化译介近代欧洲的世界观念和政治论述，在本土生产出一种所谓的"后发现代性"（the later-emerged modernity）或"另类现代性"（the alternative modernity）知识论述，以对抗压抑性的主流"封建"意识形态，进而构筑现代民族国家的共同体话语。在这一中西跨文化碰撞的历史前提下，我们可以说，近代中国既然分享了西方的现代性知识，那么，移植自西方的中国个人主义／国族主义叙事，也将不可避免地落入（正如上文论述《考利欧雷诺斯》暗隐的权力装置结构所昭示的那种）无法调适个体与共同体间紧张关系的思想困境。

显而易见，鲁迅的《狂人日记》与莎士比亚的《考利欧雷诺斯》在故事与叙事上均遥相呼应。"现代"个人主义与"传统"主流意识形态之间的想象性对立，在故事层面很容易辨认，即发病后的狂人与社会之间的严重的对峙。由此可知，"狂人"只是那个抽象的"现代"个人在故事层面的面具。既然小说结束时仍执念于"真的人"和"救救孩子",^①那么,真正的问题就在于,这个"现代"个人取下面具后又会是何种模样?有可能是精神错乱中的狂人所见之狮子、狐狸、兔子吗?抑或,是小说开始用文言讲述的那个已经痊愈的"候补"者?根据文本的提示,其实痊愈的"候补"者就是狮子、狐狸和兔子中的一员。鲁迅的深刻就在于此:在启蒙阵营尚未全线崩溃的时候,他就异常坚定地不给这个"现代"个人任何自足、自外于吃人"传统"的机会——即使是狂人,亦有了"四千年吃人履历"^②;而且,连狂人这一可贵的自省意识,都未必可靠,它在病愈后完全可以烟消云散——已经吃过人的狂人随时都可能再次加入吃人者行列。强大而顽固的"传统"轻而易举就可以卷土重来,瓦解"现代",这是《狂人日记》的叙事者挥之不去的梦魇,也是整个故事的前提预设。因此,解读出《狂人日记》的这一层寓意,既不困难,亦没有多少启发性,因为这一思路仍然嵌陷在"现代"与"传统"间对立、转化的二元框架中。考虑到叙事者对"真的人"或未吃人的"孩子"的呼唤声,在文本结尾处此起彼伏,连绵未尽,可以说叙事者孜孜以求的"现代"在文本中从未受到质疑。所以,上述解析思路其实仍然因循了叙事者的逻辑圈套和(现代主义的)知识立场,停留在故事层面(讲述了什么),而未能深入到叙事层面(如何讲述)。

在本文的知识立场上,取下面具的"现代"个人的真实模样,既非狮子、狐狸、兔子,亦非病愈后的"候补"者,而是文本结尾处的"真的人"或"孩子",但这"真的人"或"孩子"仍然是面具下的面具……最终,我们可能发现,作为"现代"个人的狂人竟拥有一个洋葱般的身体结构,其面具之下空无一物。

近现代中国"个人"的脆弱,学界早已有充分的论述。其中,李泽厚和刘禾的研究尤其值得注意。李泽厚在其《中国现代思想史论》中论证道:

① 鲁迅:《狂人日记》,王世家、止庵编:《鲁迅著译编年全集》第3卷,人民出版社2009年版,第27、28页。

② 鲁迅:《狂人日记》,王世家、止庵编:《鲁迅著译编年全集》第3卷,人民出版社2009年版,第27页。

问题的复杂性却在，尽管新文化运动的自我意识并非政治，而是文化。它的目的是国民性的改造，是旧传统的摧毁。它把社会进步的基础放在意识形态思想改造上，放在民主启蒙工作上。但从一开头，其中便明确包含着或暗中潜埋着政治的因素和要素。如上引陈独秀的话，这个"最后觉悟之觉悟"仍然是指向国家、社会和群体的改造和进步。即是说，启蒙的目标，文化的改造，传统的扔弃，仍是为了国家、民族，仍是为了改变中国的政局和社会的面貌。它仍然既没有脱离中国士大夫"以天下为己任"的固有传统，也没有脱离中国近代的反抗外侮，追求富强的救亡主线。扔弃传统（以儒学为代表的旧文化旧道德）、打碎偶像（孔子）、全盘西化、民主启蒙，都仍然是为了使中国富强起来，使中国社会进步起来，使中国不再受欺侮受压迫，使广大人民生活得更好一些……。所有这些就并不是为了争个人的"天赋权利"——纯然个人主义的自由、独立、平等。所以，当把这种本来建立在个体主义基础上的西方文化介绍输入以抨击传统打倒孔子时，却不自觉遇上自己本来就有的上述集体主义的意识和无意识，遇上了这种仍然异常关怀国事民瘼的社会政治的意识和无意识传统。[①]

　　李泽厚正确地指出了近现代中国"个人主义"的底色，即国家、民族。但是不难发现，李泽厚依然在"现代"与"传统"的二元框架中解释"个人主义"的式微，所以他把"个人主义"视为与民族国家全然对立、相克的范畴，而且，后者压倒前者（或"救亡压倒启蒙"）是"传统"在近现代知识分子心智中的蝉联不断所致。换句话说，李泽厚仅指出了近现代中国的"个人主义"是什么，却未能全面地解释为什么。

　　从"历史化"（historicized）的角度看，无论是李泽厚在1980年代的现代中国思想史梳理，还是随处可见的当下从中学语文课堂延续到大学文学史教学

①　李泽厚：《中国现代思想史论》，东方出版社1987年版，第11—12页。

中把三种动物解读为"封建"意识形态麻醉下的国民性隐喻的思路，其实都深深地陷溺在1980年代"（新）启蒙主义"的问题意识中。"现代"与"传统"对立的时间意识背后隐藏着义无反顾地拥抱作为蔚蓝色的海洋文明象征的"西方"，并背弃作为黄土文明的"中国"的空间实践指涉。表面看上去，这一整套的话语运作机制似乎复制了"五四"时期的"西方主义"文化实践，事实上，它更多地倚重了冷战终结、新一轮全球化进程全面启动的历史脉络。李泽厚对近现代中国"个人主义"的解释与当代大学文学史课堂教学成为"全球本土化"（glocalization）的一个缩影，或者说是全球化意识形态"询唤"（interpellation）出来的一种主体想象。在这个意义上，李泽厚的观点以及当下大学文学史课堂教学，仍然在（包括《狂人日记》在内的）"启蒙主义"文本的故事层面徘徊不前，仅看到叙事者说出了什么，却看不到叙事者压抑了什么，以及叙事者是如何说出／压抑的？

相对于李泽厚，刘禾从跨文化译介的视角，有力地质询了既有的对"个人主义"的本质主义式理解。在与李泽厚的"对话"中，刘禾以清晰的问题和凌厉的文风批评道："近来，在致力于重新反思历史的许多学者中有一种普遍倾向，即将'五四'时代的个人观冠诸'伪'字，理由是这种个人观与源自西方的个人观不相符。根据这种观点，李泽厚称新文化先驱是个人自由思想的传播者，从根本上就没弄对。持这种看法的人认为，本世纪中国知识分子的悲剧性就在于，他们心目中最高的价值标准是社会、民族、人民及国家，而不是个人。我同意这种论述的半个看法，即'五四'式的个人观总是与民族、国家及社会的观念密不可分。但我很难赞同说'正宗'的西方个人观就与外在的国家社会毫无关联，更不认为中国的个人观是对西方观念的一个歪曲。……从这个角度看，批评中国的个人观不够正宗本身就复制了'中国群体主义'与'西方个人主义'的简单化说法，它无法解释为什么西方个人观或个人主义会被介绍到中国来的这个前提性的历史问题。"[1]在解析了大量"五四"时期关于"个

① ［美］刘禾：《跨语际实践：文学，民族文化与被译介的现代性（中国，1900—1937）》，宋伟杰等译，生活·读书·新知三联书店2002年版，第121页。

人主义"论争的文献后，刘禾进一步说明：

> 个人主义话语所做的可能远不止把个人从家庭中剥离出来交给国家：它导生了一个为实现解放和民族革命而创造个人的工程。在这个意义上，尽管个人主义话语在表面上与民族国家势不两立，它与民族主义之间却有着千丝万缕的关联。个人与民族国家的黏结关系，作为现代性的一个话语构成物，总是会寻求某种自圆其说的方式平复它带来的冲突。这解释了为什么对民族国家凌驾个人意志的批判本身会如此轻易地被批判的对象所利用。[①]

在刘禾这里，无所谓民族国家压倒个人的问题，因为个人主义话语与民族国家原本就是现代性话语一体两面式的构成，或者说，个人主义之所以能够浮现于话语层面，它其实深刻地依赖了民族国家的话语体系。这一关系扭结投射在此时期的文学创作中，就体现为两种情形：一是现代个体一旦在异国遭遇存在的困境，这个现代个体就立即将之"归咎于祖国的孱弱"，郁达夫"五四"时期的自传体小说就很典型；[②]还有，就是《狂人日记》中塑造的那种"现代自传性的叙事主体"——"对于现代作家而言，这个个人的自我是可以无限制地扩张的，因为这一自我可以使作者创造一种对秩序内的身份具有杀伤力的对话性语言。……但同时，这个自我的范畴又十分不稳定，因此个人常常发现自己最终在社会秩序的迅速崩溃中失去了归属"[③]。结果，在郁达夫那里，个人最终成为畸零的"多余人"，而鲁迅的个人，则常常重新投靠其曾经对抗的秩序，恰似《考利欧雷诺斯》中的马尔舍斯，先从罗马共同体自我放逐，复又寄身于伏尔斯族人的共同体一样。

---

① ［美］刘禾：《跨语际实践：文学，民族文化与被译介的现代性（中国，1900—1937）》，宋伟杰等译，生活·读书·新知三联书店2002年版，第128—129页。

② 秦立彦：《中国现代作家笔下的世界图景》，载《圆桌》2015秋冬卷，人民出版社2016年版，第85页。

③ ［美］刘禾：《跨语际实践：文学，民族文化与被译介的现代性（中国，1900—1937）》，宋伟杰等译，生活·读书·新知三联书店2002年版，第132页。

刘禾的观察深刻而精准，但本文要补充的是：《狂人日记》使用的带有强烈自传性色彩的白话日记体，与小说开始的文言体之间，从来都不曾真正存在过一个清晰的秩序边界。当刘禾断言"范畴十分不稳定"的自我"常常发现自己最终在社会秩序的迅速崩溃中失去了归属"时，已经假设了现代个体在文本层面至少还有过一次"出走——回来"的实践过程，尽管其"出走"（比如狂人"发病"的日子）具有十足的乌托邦色彩，因为这个个体"生存在一个与超越性的、非现世的框架互动的文本中"[①]。但在本文看来，这个个体从来就没能"出走"过，或者说，狂人从来就没有生病——他即使发病，依然在规范的捕捉范围之内，其实并没有真正生病/对抗秩序的机会。

在福柯看来，西方现代社会承诺的自由个体，事实上是权力重新组合配置以重构社会进程的结果："以个人为构成元素的社会模式是从契约与交换的抽象法律形式中借鉴而来的。按照这种观点，商业社会被说成是孤立的合法主体的契约结合。情况或许如此。诚然，17世纪和18世纪的政治学说往往似乎遵循着这种公式。但是，不应忘记，当时还存在着一种将个人建构成权力和知识相关的因素的技术。个人无疑是一种社会的'意识形态'表象中的虚构原子。但是他也是我称之为'规训'的特殊权力技术所制作的一种实体。"[②]自由其实是惩罚的另一种温和形式，而个人则是日益精密的权力技术制作出的工艺品。顺延福柯的这一洞见，现代个人的自我"文学"式的表述亦是一种自欺欺人：

  由是，文学中发生了蜕变：人们从对勇武与圣徒品格的"考验"的叙述与英雄行为的口说与耳闻获取快感，走向从人的内心语言中间、以及从被告解形式视为奇妙的海市蜃楼的坦诚中汲取素材为其永无休止的使命的文学。于是，我们还有了这样一种新的哲学思维方法：探究与真实的根本关系，不是仅仅从自己出发——不是从什么早已被人遗忘的知识或某种原

---

  ① ［美］刘禾：《跨语际实践：文学，民族文化与被译介的现代性（中国，1900—1937）》，宋伟杰等译，生活·读书·新知三联书店2002年版，第132页。

  ② ［法］米歇尔·福柯：《规训与惩罚：监狱的诞生》，刘北成、杨远婴译，生活·读书·新知三联书店2007年版，第217—218页。

初痕迹出发——而是通过大量的不确定印象和基本上确定的意识，到自我反省中去找。如今，坦白忏悔这一义务通过多方转达，已深深扎根在我们心中，使我们再也意识不到它是压制我们的权力带来的后果；相反，在我们看来，真理与真相深藏于我们最隐秘的本性之中，只是"请求"我们去揭示它；如果它没能这么做，那是因为压制使它呆在原地，权力的暴虐压倒了它，最后，它只有牺牲自身的解放来获得阐述。忏悔即解放，而权力却强迫人缄口，真理、真相并不属于权力的序列，但它原初却与自由有着极其密切的关系。这是哲学的传统主题。对于这些主题，"真理的政治历史"不得不将其推倒。其方法，便是向人表明真理在本质上并不自由——谬误在本质上也不受什么主宰——它的产生完完全全受制于权力的关系。坦白便是这方面的例证。①

比如，"《伤逝》作为'涓生的手记'，是叙事者'我'的策略——尽可能混淆叙事者与人物涓生，以增加忏悔的真诚度"②。而《狂人日记》则刻意并置两种文体和语言形态，形成对照与对抗。根据福柯提供的视角，叙事者拟仿狂人发病后的日记体部分，看似张扬了个体意识，其实恰恰是制度权力更为隐秘、有效的统治。因此，日记体部分的自我陈述，并没有对文言部分或病愈后的"候补"者构成任何对抗；相反，在文体意义上，发病后、拒绝吃人的狂人／个人可能正是一个更为"清醒"的"候补"者。

《狂人日记》并置两种文体和语言形态以构成对抗叙事的无效性，还可以从另一个角度加以解析。德里达对福柯关于疯癫历史的研究③的评论，为我们带来诸多有益的启迪。德里达敏锐地发现，在福柯的写作中存在一个致命的

① ［法］米歇尔·福柯：《性史》（第一、二卷），张廷琛等译，上海科学技术文献出版社1989年版，第58—59页。

② 笔者在另一处曾尝试过对该"忏悔体"的有效性进行质疑与解构。周云龙：《厌女与忧郁：漫笔〈伤逝〉》，载涂秀虹、陈芳主编：《细读》2016夏之卷，人民出版社2016年版，第109—110页。

③ 可参看［法］米歇尔·福柯：《古典时代疯狂史》，林志明译，生活·读书·新知三联书店2005年版。

悖论："这因此意味着逃离那种试图借用那些曾作为历史工具捕捉疯狂的概念及被理性磨光捕捉的语言并借用古典理性语言去书写原初疯狂史及它在被古典理性捕捉禁锢之前状的陷阱或客观主义的天真。这种避开圈套的愿望始终贯穿着福柯的写作。它也是整个尝试中最大胆最诱人的地方，而且使福柯的写作充满令人赞叹的张力。但它也是整个方案中最为疯狂的部分，我这么说并非开玩笑。然而这个避开罗网的执拗愿望是非凡的，因为那是个古典理性用来捕捉疯狂的罗网，然而这个罗网现在正等着这个写一部疯狂史而又不重蹈理想主义冒犯覆辙的福柯，福柯想要绕开理性的企图从一开始就以两种很难调和的方式表现出来。也就是说它显得不那么得心应手。"①其实鲁迅在《狂人日记》中的冒险与福柯相似，他充满悲情地把白话文置于文言的围困中，并赋予二者以疯狂和世故、真理与昏聩、现代和传统的对立价值意谓象征。鲁迅（包括这个时期其他倡导白话文的知识分子）的假设是，白话与文言是扞格不入的两个体系，而且白话是从"传统"突围、拯救个体的唯一书写通道。这一假设显然（有意无意地）忽视了白话与文言之间的亲缘性和暧昧性。《狂人日记》开始那段文言写作，其实是叙事者的白话文书写规划中的一个组成部分。但在形式上，《狂人日记》中白话文却又被置于文言的框架／捕捉中，这一动机和后果的矛盾呈现，也许正是因无法调和二者关系的叙事者无比苦恼的无意识在修辞层面的泄露。

无论是文言还是白话，在意指实践功能上并无二致，而且，借用福柯的视角，更为易读易写的白话可以更好地掩饰规范性的力量。语言包含着一个"预设性的结构"："语言把非语言的东西预设为它必须与之保持一种虚拟关系（以一门语言的形式，或者更确切地说，一个语法游戏的形式，即一个其实际指涉被保持在无限悬置状态的话语形式）的东西，从而它此后便可以在实际表述中去指涉非语言的东西；……，语言同时在它自身之外，又在它自身之内；并且，直接而然的东西（非语言的东西）显示了它自己不过是语言的一个预

①　[法]雅克·德里达：《书写与差异》上册，张宁译，生活·读书·新知三联书店2001年版，第56—57页。

设，而不是其他任何东西。……语言是这样一个主权者：它在永恒的例外状态中宣称，没有任何东西是在语言之外，并宣称语言总是越出自身。"①文言、白话均暗含着这一"预设性的结构"，并隐喻着人类社会亘古不变的生命治理模式。因此，《狂人日记》开篇的文言与狂人的日记之间，除了叙述上的转述效果，二者间并不真正存在对抗的关系，"候补"者与狂人之间，共享着语言中暗隐的秩序构成。无论是"传统"的"候补"者，还是"现代"的"个人"／狂人，在语言提供的象征秩序和囚笼中，其实都是阿甘本所谓的"赤裸生命"，二者间不存在任何秩序边界。

再折返莎士比亚的《考利欧雷诺斯》剧终时的戏景，奥非地阿斯在准备杀死马尔舍斯前，一语洞穿了整部剧作的要害："我所控诉的那个人，此际已经进了城门，准备在民众面前露面，希望能用语言洗刷他自己（hoping to purge himself with words）……"②马尔舍斯当初为了寻求他理想中的"确定性"世界，从罗马共同体出走，但始料未及的是，表面上这个主体的位置在不断流动，但事实上它总是以共同体为欲望对象，最终个体被压抑、碾碎并付出惨痛代价——不应该忘记奥非地阿斯最初接纳四处流浪的马尔舍斯的前提是他可以协助伏尔斯人攻打罗马。换句话说，马尔舍斯在"另一世界"的"权利"是被某个共同体所赋予的。接纳对手的行为背后悄然进行着共同体间的利益交换——这意味着"另一世界"并非马尔舍斯想象的那样，是容纳"确定性"的乌托邦。如此，马尔舍斯还怎可能用"语言""洗刷"（purge／纯净化）他自己？无论在哪里，马尔舍斯都只不过是一个为语言所捕获的"赤裸生命"而已。

当衣衫褴褛的马尔舍斯到达奥非地阿斯在安席姆的府邸门前时，仆人问及他"住在哪里"时，后者回答说"在苍穹之下（Under the canopy）"。③ 在英

① ［意］吉奥乔·阿甘本：《神圣人：至高权力与赤裸生命》，吴冠军译，中央编译出版社2016年版，第30—31页。

② ［英］莎士比亚：《考利欧雷诺斯》，梁实秋译，中国广播电视出版社2001年版，第271页。

③ ［英］莎士比亚：《考利欧雷诺斯》，梁实秋译，中国广播电视出版社2001年版，第203页。

若诚的译本中，canopy被译作"仪仗伞"[①]。canopy不妨视为一个双关语。梁实秋的"苍穹"，意味着此地上演了一场"（伪）世界主义"式的戏剧。"在苍穹之下"这一回答令人想起古希腊犬儒派哲学家第欧根尼那句著名的"我是世界公民"。但奥非地阿斯／伏尔斯族并没有给马尔舍斯提供一个真正的可供现代个人栖居的空间。英若诚先生的"仪仗伞"，是象征帝王威仪的一个符号，这一意义面向，其实与"苍穹"一样，都是笼罩在个体／赤裸生命之上的语言结构／至高权力，或者是马基雅维利意义上的现代"君主"。

《狂人日记》中，最像马尔舍斯的其实不是狂人，而是文本的叙事者——尽管他们多数情况下合二为一。这位叙事者也曾"希望能用语言洗刷他自己"，但他并不怎么自信，在小说结束时，以不甚肯定的语气说"难见真的人"，然后又假想"没有吃过人的孩子，或者还有"。叙事者在此似乎意识到，狂人与白话的关系，一如"候补"者与文言的关系，作为至高权力隐喻的符号秩序的结构，始终如一，与使用文言或白话无涉。狂人在白话的语言氛围中，完全是一个"正常"人。现代个人置身于此结构中，仍然不得不依赖这个"大他者"（［M］Other）的"询唤"来确认自我。而要想摆脱这一困境，只有回到"前语言"的秩序中去，即孩童甚至婴儿状态，才有可能成为"真的人"。但"救救孩子"，谁去救，用什么去"救"？除了语言似乎别无他物——这是一个可怕的怪圈。寻找"真的人"或"救救孩子"，其实是叙事者期望以一种"新"的语言，重构一个现代中国的蓝图规划的全新起点。这与鲁迅在其他小说（如《故乡》《社戏》等）中呈现的那个无力回天的现代知识分子叙事者，不无自恋地寄予记忆与现实中的"底层"孩童以"希望"，[②]如出一辙，而"没有吃过人的孩子"就是现代性文化起点的隐喻。"对真实的激情"，也"总是对新事物的激情"。[③]然而，这正是现代主义的悖论所在：

---

① ［英］莎士比亚：《大将军寇流兰之悲剧》，英若诚译，北京人民艺术剧院（演出底本，内部资料）2007年版，第54页。

② 详见周云龙：《东方文艺复兴思潮中的梅兰芳访美演出》，《戏剧艺术》2013年第3期。

③ ［法］阿兰·巴迪欧：《世纪》，蓝江译，南京大学出版社2011年版，第65页。

"现代性的欲望形式就是淘汰早期的一切，它渴望最终实现一种所谓的纯粹当下，这个当下就成为再出发的新起点。现代性观念的全部力量就来自这个新起点与刻意遗忘的联手合作。"但是，"这一超历史的运动过程的自我欣喜从一开始就被一种深植于历史因果率的悲观认识所抵消"。[①]《狂人日记》的叙事者和莎士比亚笔下的马尔舍斯一样，将自我放逐出既有的共同体，以达到刻意遗忘（隐喻意义上的）过去，找到一个"纯粹当下"的目的；但只有已经存在的事物才能够被（现代主义美学实践）"陌生化"为全新的起点，现代的"新起点"从来就无法独立于历史／"早期的一切"而自足。所以，《狂人日记》叙事者最终呼唤的"真的人"其实是"现代"个人的又一副面具，面具之后依然空无一物。

我们再回到本文开始的疑问，《狂人日记》中的三种动物究竟该如何理解？如果这三种动物来自《考利欧雷诺斯》，我们就需要首先在上文的论证基础上，辨析马尔舍斯说出的三种动物有何种意涵。在第一幕第一景，马尔舍斯面对市场上的罗马乌合之众骂道："谁若是信赖你们，他就会发现他原来以为你们是雄狮，其实是怯兔；以为你们是狡狐，其实是蠢鹅……"在罗马贵族马尔舍斯这里，雄狮、狡狐其实被赋予了（相对于怯兔和蠢鹅的）正面的价值暗示——马尔舍斯以为对方是，其实他们不是，这令人想起马基雅维利在《君主论》中的态度，因此可以理解为尚处于罗马共同体权力核心的马尔舍斯所钦慕的至高权力者的优秀特质。在《狂人日记》中，三种动物被并置，分别被赋予"凶心""怯懦"与"狡猾"三个清晰的反价值特征。需要注意的是，这是叙事者假设狂人已经成功逃离了既有的符号秩序，在白话文语境中，意识到自己所处的旧世界氛围；而其他正常人，因为没有发狂，所以他们感受不到这一恐怖的价值系统。因此，与其说狮子、兔子和狐狸是国民性的整体喻说，不如说是狂人眼中的文言符号系统／至高权力者的特征，但叙事者始料未及的是，他使用的白话其实并非一个语言的乌托邦，而是同样有着一个凶狠、怯懦又狡猾

① Paul De Man. "Literature History and Literature Modernity", in Daedalus, Vol.99, No.2, Spring, 1970. 引文参考了李自修译的《解构之图》（中国社会科学出版社1998年版，第165—189页）。

的至高权力者，随时随地在准备捕获他。而他所念念不忘的"真的人"，不过是福柯所谓的海边沙滩上的一张脸。

第五节　结语

行文至此，鲁迅是否读过《考利欧雷诺斯》仍悬而未决，因此，本章并非一篇结构严谨的论文，而是一场思维训练。在这个意义上，笔者愿把《狂人日记》视为鲁迅对《考利欧雷诺斯》的一种"阅读"。借助该"阅读"行为，《考利欧雷诺斯》从侧面为我们打开了《狂人日记》的一个缺口：它虽然部分地延续了《考利欧雷诺斯》的决绝，但不够彻底。《狂人日记》半信半疑地允诺了一个可以产生"真的人"的政治起点和语言结构，而不似前者，坚定地"杀死"了马尔舍斯——尽管"别处另有世界在"，却没有为他留下任何余地。

第四章 文学如何教育：试论鲁迅的文学课堂与20世纪文学教育

在传统中国，文学教育并不是简单仅关涉一个学科的事情。从汉代开始独尊儒术到科举制的建立，文学教育其内容、形式都跟封建制度的意识形态紧密相连，特别是八股取士之后，"四书五经"、八股时文几乎占据了传统文学教育的整个世界，成为维系封建政权的重要手段。陈平原指出："教育既是一种社会实践，也是一种制度建设，还是一个专门学科、一种思想方式、一套文本系统，有必要进行深入的探究。"[①]因此，当时代发生剧烈变化时候，教育也会因此发生重大变化。晚清时期，随着西方文化的进入与时代变革的加剧，文学教育越来越无法适应时代变化。士人有意识地针对文学教育进行许多有益的尝试，不管是独立于八股制艺之外阮元的诂经精舍、学海堂，还是力图"脱前人之窠臼"的康有为万木草堂，都是试图以转化传统的方式来面对西方文化全面冲击。这些努力改变了原本陈旧、僵化的文学教育系统，但并没有根本解决时代提出的挑战。而随着1901年9月14日，"兴学诏"的颁布，全国"除京师已设大学堂应行切实整顿外，着各省所有书院，于省城均改设大学堂，各府及直隶州改设中学堂，各州、县均改设小学堂，并多设蒙养学堂"[②]。而随着民国建立，特别是受"壬子癸丑学制"与蔡元培"五育"思想的影响，民国时

---

① 陈平原：《知识生产与文学教育》，《社会科学论坛》2006年第2期。

② 光绪帝谕令，引自璩鑫圭、唐良炎编：《中国近代教育史资料汇编：学制演变》，上海教育出版社2007年版，第7页。

期从教育制度上清除了读经传统，改为普及民主、平等与实用性训练的知识性培养。时代因素、士人认识、制度建设的全面改变，推动了文学教育在教材编写、课堂讲授、教室安排、教具选择上，都发生了全方位的变革。

作为一个既受过严格的传统文学教育，又受到西式文化教育的鲁迅，其对文学教育的思考与实践能充分体现传统课堂向现代教育转变的过程，特别是他还有多次任教的经历，使其对现代教育制度下的文学如何教育有其独到的发现。有关鲁迅教育思想方面的研究较为充分①，他的文学史等学术著作均被较为深入研究②，但鲁迅文学课堂的呈现却还未曾较为深入探讨，一方面因为文学课堂是不可重复的艺术，在没有录音、录像的时代里，它是一次性的"表演"，没办法"真实"地再现课堂，研究其现场教学教法。再则，鲁迅的课堂在后来回忆者往往表彰较多，有些时候因各种原因过于夸大，现场感较强的"如实"记录较少，特别是一些演讲甚至都没有相关记录流传。再加上，鲁迅对自己的课堂与演讲有所区分，演讲要通过他的审定与修改之后才能发表、留传，那些没有经过他审定的，在鲁迅看来往往跟他的本意不合，他并不认可这些记录。对于课堂来说，鲁迅对其态度与演讲差不多，他强调讲义必须由自己审定后，才能流传。因此许多课堂上的师生互动、拓开一笔、信手拈来、顺手发挥在他日后审定的讲义里被删除殆尽，以致我们无法很好地复原鲁迅的课

---

① 代表有由顾明远、俞芳、金锵、李恺等著的《鲁迅的教育思想和实践》一书。该书从鲁迅的教育实践、鲁迅的教育思想、鲁迅的学生忆鲁迅、鲁迅教育活动大事年表四部分阐述了鲁迅的教育思想体系，认为鲁迅把教育战线当成了革命战线的一部分，在其教育里充分贯彻了革命思想。该书试图建立革命的鲁迅文学教育思想体系，有其局限性，其长处在于史料扎实。顾明远等：《鲁迅的教育思想和实践》，人民出版社1980年版。此后，陆续有两专著关注到鲁迅的教育思想。何志汉认为鲁迅的教育基本思想在于提高全民族的文化教育。（何志汉：《鲁迅教育思想浅探》，四川教育出版社1987年版。）孙世哲从鲁迅教书生涯入手，着重强调鲁迅的旧教育批判、道德教育、教学思想等，特别是强调了鲁迅在现代教育史上的地位，显示他对鲁迅教育思想的整体把握。（孙世哲：《鲁迅教育思想研究》，辽宁教育出版社1988年版。）近年来，还有侯甫知：《鲁迅教育思想概论》，电子科技大学出版社2014年版。但其思想体系与史料完备性均不足，也未能如前两位研究深入。此外还有一些单篇论文与硕士论文，均结合鲁迅相关论著以关注鲁迅的教育思想，但未能超越前面两书的见解。

② 陈平原在《清儒家法、文学感觉与世态人心——作为文学史家的鲁迅》里指出鲁迅的文学史著作对于中国文学教育起到重要作用。鲍国华对《中国小说史略》有数篇较为深入的文章论述也可供参考。

堂。虽然鲁迅的文学课堂很难"复原"，但他还是留下许多可供推敲的细节与零星史料，搜集、解读与判断这些史料，加上后人的回忆，可以勉强触摸到他课堂的细节，使人看出在学科未曾完善之时，教材未曾统一之日，文学教育如何从传统走向现代。而其对文学史的设想与建构，对文学教育方法的探索，在文学课堂上对传统文学教育的反思与吸收，都将对当下的以文学史教育为核心的文学教育有丰富的启迪。

第一节　鲁迅文学课堂的"听"与"讲"

鲁迅的教师生涯并不长，第一次专职是1909年9月至1912年2月，经许寿裳推荐，到浙江两级师范学堂任教，担任初级师范的化学教员，优级师范的生理卫生学教员，兼任日籍植物学教员铃木珪寿的助教。这时鲁迅对教学很是认真，自编教材为《化学讲义》《生理学讲义》，其教学效果在许寿裳回忆中，较为理想："鲁迅教书是循循善诱的，所编的讲义是简明扼要，为学生们所信服。"[①]而他的课堂根据当时的条件与科学传授的要求，氛围是相当严肃的。夏丏尊回忆说鲁迅开设较为前卫的生理学课，对学生的要求是："在这些时候，'不许笑'是个重要条件。因为讲的人态度是严肃的，如果有人笑，严肃的空气就破坏了。"[②]而在承担这些科学教学的同时，鲁迅并没有放弃文艺事业。周作人回忆说："归国后他就开始钞书，在这几年中不知共有若干种，只是记得的就有《穆天子传》，《南方草木状》，《北户录》，《桂海虞衡志》，程瑶田的《释虫小记》，郝懿行的《燕子春秋》，《蜂衙小记》与《记海错》，还有从《说郛》抄出的多种。其次是辑书。清代辑录古逸书的很不少。"[③]鲁迅在教学之余根据其收集的文史资料写成《古小说钩沉》，该书辑录先秦至隋的古小说三十六种，并有细致的校勘。在《古小说钩沉·序》里，鲁迅就已经注意

① 许寿裳：《亡友鲁迅印象记》，峨嵋出版社1947年版，第37页。
② 夏丏尊：《鲁迅翁杂忆》，《文学》第七卷第五期（1936年11月）。
③ 北京鲁迅博物馆编：《苦雨斋文丛：周作人卷》，辽宁人民出版社2009年版，第279页。

到小说的现实意义："人间小书，致远恐泥，而洪笔晚起，此其权舆。况乃录自里巷，为国人所白心；出于造作，则思士之结想。心行曼衍，自生此品，其在文林，有如舜华，足以丽尔文明，点缀幽独，盖不第为广视听之具而止。"①这些看法，后来在《中国小说史略》里得到相应的延续。从浙江两级师范辞职后，鲁迅还到绍兴府中学堂及浙江山会初级师范学堂做教师、监学或监督。这次任职应该说并不是鲁迅主观意愿，许寿裳回忆称鲁迅曾对他说："你回国很好，我也只好回国去，因为起孟将结婚，从此费用增多，我不能不去谋事，庶几有所资助。"②经济需求迫使鲁迅不得不任职于学校，在他看来，教育并不是拯救中国的一条道路，再加上学校人事复杂，特别是与校长夏震武等发生的所谓"木瓜之役"，使鲁迅感觉到教育界也并非理想的工作场所。

鲁迅第二次教师经历是在1920年8月至1926年上半年，供职于北洋政府教育部时期。鲁迅陆续受聘于北京大学、北京师范大学、北京女子师范大学、世界语专门学校、集成国际语言学校等多个教育单位，以客座讲师或教授的身份，为学生讲授中国小说史和文艺理论，编著了《中国小说史略》，翻译了《苦闷的象征》等。此后，以专职教师身份任教的还有1926年9月至1927年6月，先后出任厦门大学教授和广州中山大学教授及文学系主任兼教务主任，时间虽短，但也编出一系列文学讲义。如厦门大学时期的《汉文学史纲要》。这一时期，鲁迅已表现出对教师生涯的极不满足："然而编了讲义来吃饭，吃了饭来编讲义，可也觉得未免近于无聊。别的学者们教授们又作别论，从我们平常人看来，教书和写东西是势不两立的，或者死心塌地地教书，或者发狂变死地写东西，一个人走不了方向不同的两条路。"③在鲁迅看来，写作与教书是两相不宜的，但其取舍却又没那么简单，因为这是涉及他以后道路如何选择的问题，其中还关涉到他的家庭经济来源与未来定居场所等问题。他在厦门大学

① 鲁迅：《古小说钩沉·序》，《鲁迅全集》（编年版 第1卷 1898—1919），人民文学出版社2014年版，第202—203页。

② 许寿裳：《亡友鲁迅印象记》，峨嵋出版社1947年版，第36页。

③ 鲁迅：《厦门通信（二）》，《鲁迅全集》（编年版 第4卷 1926），人民文学出版社2014年版，第277页。

时期，显然还未做好相关准备，只是不断地谈到两者的冲突：

> 但我对于此后的方针，实在很有些徘徊不决，那就是：做文章呢，还是教书？因为这两件事，是势不两立的：作文要热情，教书要冷静。兼做两样的，倘不认真，便两面都油滑浅薄，倘都认真，则一时使热血沸腾，一时使心平气和，精神便不胜困惫，结果也还是两面不讨好。看外国，兼做教授的文学家，是从来很少有的。我自己想，我如写点东西，也许于中国不无小好处，不写也可惜；但如果使我研究一种关于中国文学的事，大概也可以说出一点别人没有见到的话来，所以放下也似乎可惜。但我想，或者还不如做些有益的文章，至于研究，则于余暇时做，不过倘使应酬一多，可又不行了。①

如果说这只是在私人信件里抱怨，还不能全信，那么到了广州，鲁迅开始清楚地意识到他没办法在创作与教书之间进行协调。他在公开的演讲里说："我要做教员，我便不能创作。我要创作便不能做教员。编讲义的工作是用理性的，而创作需要感情。如今天编讲义用理性，明天来创作用感情，后天又来编讲义又变为用理性，大后天又来创作，又来用感情，这样放了理性来讲感情，或放了感情，便来讲理性，一高一低，是很使人不舒服的。或者我将来的讲义编得不好，而创作也弄得不好，所谓一无所成，这是没有法子的事。"②一方面是担心自己两方面都处理不好，另一方面则是教育界的人事关系常使他

---

① 鲁迅：《六六》（致许广平），《鲁迅全集》（编年版 第4卷 1926），人民文学出版社2014年版，第506页。

② 参见林辰记录的《鲁迅先生的演说——在中山大学学生会欢迎会席上》。鲁迅未审定此次演讲稿，所以未收入集，在《集外集·序言》里鲁迅曾解释："而记录的人，或者为了方音不同，听不很懂，于是漏落，错误，或者为了意见不同，取舍而不确，我以为要紧的，他并不记录，遇到空话，却详详细细记了一大通；有些则简直好象是恶意的捏造，意思和我所说的正是相反。凡这些，我只好当作记录者自己的创作，都将它由我这里删掉。"但根据马蹄疾的考证，这篇演讲稿内容和观点与鲁迅审定过的另一篇文章《读书与革命》在基本思想与基本观点上是一致的，所以他认为这篇讲稿之所以未收入《集外集》是有其他原因，并非"漏落"与"错误"。本文认同此观点，因此加以引用。具体参见马蹄疾：《鲁迅讲演考》，黑龙江人民出版社1981年版，第129—130页。

觉得束缚，而本来打算在"余暇"时候做的学术研究，此后基本放弃。这与教师生涯结束也有很大关系，不需要编讲义，那就没有动力催促自己再用心辑书与冷静研究，再加上上海的外部环境，鲁迅再也未曾长时间任职或兼职。1927年鲁迅到上海后，只有短暂的兼职，①除了演讲之外，基本不再专门讲授中国文学，也未再到学校兼职。此后，只有一次单独的讲授，即1931年4月11日至7月17日为增田涉讲解《中国小说史略》《呐喊》《彷徨》。②

　　鲁迅的教书生涯充满了动荡与不安，这一方面是学界外部的因素，另一方面也是因其对社会介入与现实关怀的热衷，导致其无法平静地写作文学史，也无法平静地在学校里教书。而在进入鲁迅的课堂实践之前，必须先弄明白，他是如何被"养成"的？任何一个教师在上课堂前均应备课，备课除了梳理知识点与结构、思路之外，还在于要设计如何使课堂更为丰富与清晰，其中蕴含着基本的教学方法，那么鲁迅的课堂教学技巧是如何被培养出来的？晚清时期，文学教育里普遍推行的是经过日本改造的德国赫尔巴特学派的"五段教授法"，但实际教学过程中常采用的三段式，即将整个教学过程分化为预备或复习、教授新课和练习三个阶段。③1909年蒋维乔等编的《各科教授法精义》实际上还是五段教授法，此外还有上海文明书局1906年出版的《最新教育学教科书》，在五段教授法之上增加了"目的指示法"，更强调了对儿童心理的尊重与知识系统性的学习。④没有证据显示鲁迅曾受过这些教育方法的训练，但从他的回忆性散文与小说里可以窥见对他影响较大的教学方法。《怀旧》较早反映了他对中国传统教育的态度，而《藤野先生》则体现了他对西式教育的接受。从两者接受效果来看，鲁迅对中式教育非常反感，似乎西式教育对他的教学方

　　① 1927年11月7日《致章廷谦》里说："我到沪以来，……因不得已，担任了劳动大学国文每周一小时。"同月22日的信里又说："我近半年来，教书的趣味，全没有了，所以对于一切学校的聘请，全都推却。只因万不得已，在一个学校里担任了一点钟，但还想辞掉他。"（鲁迅：《书信·271107致章廷谦》，《鲁迅全集》第12卷，人民文学出版社2005年版，第85页。）

　　② ［日］增田涉：《鲁迅的印象》，钟敬文译，湖南人民出版社1980年版，第7—9页。

　　③ 耿红卫：《革故与鼎新：科学主义视野下的中国近现代语文教育改革研究》，山东教育出版社2008年版，第86页。

　　④ 张仲礼主编：《近代上海城市研究（1840—1949年）》，上海人民出版社2014年版，第745页。

法影响更大。在《怀旧》里"秃先生"的教学方法是典型的中国式方法："彼辈纳晚凉时，秃先生正教予属对，题曰：'红花。'予对：'青桐。'则挥曰：'平仄弗调。'令退。时予已九龄，不识平仄为何物，而秃先生亦不言，则姑退。"[①]老师对于平仄规律不予解释，而且还对学生非常严厉："初亦尝扳王翁膝，令道山家故事。而秃先生必继至，作厉色曰：'孺子勿恶作剧！食事既耶？盍归就尔夜课矣。'稍迕，次日便以界尺击吾首曰：'汝作剧何恶，读书何笨哉？'"[②]看来不只严厉，压制学生提问，甚至还对学生采用体罚手段，以至于小孩晚上还做读书的噩梦。不过从传统文学教育来看，这种诵读与严师的气氛是很正常的。在《藤野先生》里，鲁迅对于藤野先生的教育方法很是感激，有研究者指出："藤野教授的批改与解剖学的内容没有什么关系，几乎都是有关日语表达和修辞方面的批改。"[③]这种修改有可能引起学生的反感，但是鲁迅却觉得："我拿下来打开看时，很吃了一惊，同时也感到一种不安和感激。原来我的讲义已经从头到末，都用红笔添改过了，不但增加了许多脱漏的地方，连文法的错误，也都一一订正。"[④]藤野先生的这种对科学的认真与上课的严谨，让鲁迅在感激之时，显然也深刻地影响了他对课堂教学的态度。

从对中西方不同的教学方法来看，似乎鲁迅对于中国传统的教学很是不以为然，甚至内心在理性上是很排斥的，但毕竟多年的文学教育里，这种追求美感、体悟与诵读式的传统教学方法还是在他的人生里留下很深的影响。在《从百草园到三味书屋》对寿镜吾先生的教学虽有批评却带着温情。鲁迅评价寿先生道："他是一个高而瘦的老人，须发都花白了，还戴着大眼镜。我对他很恭敬，因为我早听到，他是本城中极方正，质朴，博学的人。"但寿先生的教

---

① 鲁迅：《怀旧》，《鲁迅全集》（编年版 第1卷 1898—1919），人民文学出版社2014年版，第185页。

② 鲁迅：《怀旧》，《鲁迅全集》（编年版 第1卷 1898—1919），人民文学出版社2014年版，第186页。

③ ［日］坂井建雄：《从鲁迅医学笔记看医学专业学生鲁迅》，解泽春译，《鲁迅研究月刊》2007年第11期。

④ 鲁迅：《藤野先生》，《鲁迅全集》（编年版 第4卷 1926），人民文学出版社2014年版，第73页。

学方式也依然是传统式："他有一条戒尺，但是不常用，也有罚跪的规则，但也不常用，普通总不过瞪几眼，大声道：——'读书！'" 在学生读书时，寿先生同样沉浸在读书的乐趣之中："先生自己也念书。后来，我们的声音便低下去，静下去了，只有他还大声朗读着：'铁如意，指挥倜傥，一座皆惊呢——；金叵罗，颠倒淋漓噫，千杯未醉嚧……。'我疑心这是极好的文章，因为读到这里，他总是微笑起来，而且将头仰起，摇着，向后面拗过去，拗过去。"①寿镜吾先生的教学方式显然是诵读传统的延续，他对学生提问"怪哉"这样不涉经书的问题同样表现得非常不高兴。只是鲁迅不再像《怀旧》里那般对先生的教学方法百般讽刺，这可能跟他进行一段文学教育后，开始对传统的教学有所反思。而且从回忆里看来，虽然他对诵读这种教学方式还是不以为然，但依然记得"秩秩斯干"，记得先生当年陶醉于诵读之中的样子，可见其印象的深刻。与西方式以"讲授"知识为目的教学方法相比，传统教学方法更强调以审美、感悟为主，鲁迅偶尔也会为其辩白："从前教我们作文的先生，并不传授什么《马氏文通》，《文章作法》之流，一天到晚，只是读，做，读，做；做得不好，又读，又做。他却决不说坏处在那里，作文要怎样。一条暗胡同，一任你自己去摸索，走得通与否，大家听天由命。但偶然之间，也会不知怎么一来——真是'偶然之间'而且'不知怎么一来'，——卷子上的文章，居然被涂改的少下去，留下的，而且有密圈的处所多起来了。于是学生满心欢喜，就照这样——真是自己也莫名其妙，不过是'照这样'——做下去，年深月久之后，先生就不再删改你的文章了，只在篇末批些'有书有笔，不蔓不枝'之类，到这时候，即可以算作'通'。"②在后来的教学过程里，鲁迅实际上是充分吸取了传统写作里以"悟"为主的教学方法。例如汪静之回忆："当我在中学读书时，寄诗向他请教，他认为孺子可教，就诲人不倦地指导我，仔细替我改诗，精心培植刚吐尖的萌芽。"③像对李霁野的《生活》改动，

---

① 鲁迅：《从百草园到三味书屋》，《鲁迅全集》（编年版 第4卷 1926），第57页。

② 鲁迅：《做古文和做好人的秘诀》，《鲁迅全集》（编年版 第4卷 1926），第410页。

③ 汪静之：《回忆·杂文卷（没有被忘却的欣慰）》，方素平编：《汪静之文集》，西泠印社出版社2006年版，第72页。

鲁迅与20世纪中国研究丛书

也往往是采用启发式的："我略改了几个字，都是无关紧要的。可是，结末一句说：这喊声里似乎有着双关的意义。我以为这'双关'二字，将全篇的意义说得太清楚了，所有蕴蓄，有被其打破之虑。我想将它改作'含着别样'或'含着几样'，后一个比较的好，但也总不觉得恰好。这一点关系较大些，所以要问问你的意思，以为怎样？"①鲁迅不仅愿意花时间去推敲李霁野的文章，还会探讨式地讨论其中改动的部分，细致地分析采用哪个词更好、更贴切，并充分考虑作者的意见。鲁迅在对待学生提问、求助上是力尽所能，而在修改过程里充分采用启发式、引导式的方法，这跟传统的"悟性"教学有很大关系。

当文学家置身于教育体制之内时，实际上其可发挥的空间并不大，鲁迅也毫无例外地受到这种体制的影响。民国初期即使学制未能统一，但西式的讲授与教学体制均已随着现代学校的建立笼罩在每个教师身上。所以鲁迅自己的学术创作可以叫《古小说钩沉》——这里还有传统"类书"的意味，但一旦到了学校上课，他所编的教材就是《中国小说史略》《汉文学史纲要》等。"史略"与"纲要"显然与"钩沉"的思路是不同的，如何处理文学教育从"诵读"向"讲授"转变，如何处理传统文学教育里的"记性"与西式"悟性"之间的关系？这就必须对鲁迅的文学课堂，特别是文学课堂相关教材进行梳理与分析。

第二节　鲁迅文学课堂的教材编写：史略与纲要的简繁与选择

文学教育是审美教育，因此如何选择教材将决定审美传达的作用与效果。传统的文学教育因为是服务于科举制度，它兼具了构筑思想体系与规范社会秩序等多重功能，只要封建制度存在，那么它的教材基本不需要改动。而进入现代文学教育之后，文学教育的功能更为复杂，一方面需要教师通过对文学作品的总结、引导、点拨，使学生能品读、感受、体验到文学之美；另一方面更加强调教师通过文学教育培养学生的思想自由与个性解放。"五四"白话文运动

① 鲁迅：《250517致李霁野》，《鲁迅全集》（编年版 第4卷 1926），人民文学出版社2014年版，第523—524页。

的兴起，既指向文学教育的审美改变，同时也让文学担负起启迪智思、培养道德的重担。文学的审美功能减弱，而实用功能在民族危机面前被放大，这种情况一直贯穿着20世纪中国文学教育。正因社会的改变，文学教育也必须改变，其中关键的文学教材也因此必须全方面地进行改变。文学教材的改变不是像晚清教会学校那般直接搬用外国的教材就可以，晚清至民国的知识者，并不一味认为照搬国外教材就是理想的，他们批判传统文学教材，比如"桐城谬种""选学妖孽"；另一方面则需因应需要迅速编写出贯彻新观点、新方法、新结构的教材，像胡适的《中国哲学史大纲》《白话文学史》，朱希祖的《中国文学史》《中国史学通论》，刘师培的《中国中古文学史讲义》《中国近三百年学术史论》等均是当时急切需求下的产物。这些教材既要剖析与整理古典文学，又必须将西方的文学理论、创作实践、政治理想、审美体验整合进文学教育的体系与知识结构里，其编写难度不言而喻。

鲁迅在1920年8月至1926年上半年，受聘于北京大学、北京师范大学等高校，其中也面临如何重新编写教材问题。因此，鲁迅的课堂考察将首先关注这个时期。其次，鲁迅在北京上课时期，已能较熟练地掌握课堂教学方法，也很善于因材施教，即使是同样的内容，会因对象不同而作调整，而取得较理想的效果。比如《中国小说史略》，在北京大学等高校除了发出的讲义外，还随时增补许多内容，而到西安暑假学校讲学，仅用8天，教材只将文史线索理清，而细致的史料引用与辨析较少，其中文学史知识概括得当，基本把小说史精华授给学生。那么，他对教材的编写就成为观察其课堂的一个较好的视角。

鲁迅的教材编写首先体现了他对传统教学与教材的吸收与反思。鲁迅从传统文学教育出来，深刻体会到传统文化给学生思想带来的限制，因此在对大众发言时，往往对传统教材表现得较为激烈。例如1924年的《京报副刊》"青年必读书目"一事上，鲁迅跟俞平伯、江绍原等人交了白卷，与他们不同的，他还有一段补充说明："中国书虽有劝人入世的话，也多是僵尸的乐观；外国书即使是颓唐和厌世的，但却是活人的颓唐和厌世。我以为要少——或者竟不——看中国书，多看外国书。少看中国书，其结果不过不能作文而已。但现在的青年最要紧的是'行'，不是'言'。只要是活人，不能作文算什么大不了的事。"①从"少看"甚至"不要看"这个观点来看，鲁迅确实很是偏激地对待中国书。只是注意到他这是对着报纸这种媒体的言论，往往采用更为激进的说话策略，以引起人们的关注与争议。但他却在言语里承认"作文"这一传统文学所附带的功效。而且一旦真正转入学习与介绍时候，他对待传统文学是十分谨慎的。比如在广州演讲时，他说："我以为倘要弄旧的呢，倒不如姑且靠着张之洞的《书目答问》去摸门径去。倘是新的，研究文学，则自己先看看各种的小本子，如本间久雄的《新文学概论》，厨川白村的《苦闷的象征》，瓦浪斯基们的《苏俄的文艺论战》之类，然后自己再想想，再博览下去。因为文学的理论不像算学，二二一定得四，所以议论很纷歧。"②鲁迅在这段话里实际指出了传统文学教育的学习路径——从书目入手，从中寻找路途，再结合西方的文学史与文学概论。他并不是一上来劈头就是文学史的思路，反而是提倡传统的文学教育方式。他在私底下给朋友的孩子开书目，则更鲜明地体现他对于传统文学的判断与思考，如给刚刚考取清华大学中文系的许世瑛开列十二种书的目录③：

> 计有功　宋人《唐诗纪事》四部丛刊本又有单行本
> 辛文房　元人《唐才子传》今有木活字单行本
> 严可均　《全上古……隋文》今有石印本，其中零碎不全之文甚多，可不看。
> 丁福保　《全上古……隋诗》排印本
> 吴荣光《历代名人年谱》可知名人一生中的社会大事，因其书为表格之式也。可惜的是作者所认为历史上的大事者，未必真是"大事"。最好是参考日本三省堂出版之《模范最新世界年表》。

①　鲁迅：《青年必读书——致〈京报副刊〉的征求》，《鲁迅全集》（编年版 第3卷 1925），人民文学出版社2014年版，第180页。

②　鲁迅：《读书杂谈——七月十六日在广州知用中学讲》，《鲁迅全集》（编年版 第5卷 1927—1928），人民文学出版社2014年版，第111—112页。

③　鲁迅：《开给许世瑛的书单》，《鲁迅全集》（编年版 第6卷 1929—1932），人民文学出版社2014年版，第392—393页。

胡应麟　明人《少室山房笔丛》广雅书局本亦有石印本

《四库全书简明目录》其实是现有的较好的书籍之批评，但须注意其批评是"钦定"的。

《世说新语》　刘义庆　晋人清谈之状

……

这些书目体现了鲁迅对于中国文学的判断，其实与报纸上或者演讲中开给青年的"必读书目"的思路基本一致。[①]陈平原指出这是鲁迅从"世态人心"的把握转而进入文学史的独特观察方式，[②]也体现了他对于传统的吸收与转化。具体在教材里，可以看出鲁迅在辑录过《古小说钩沉》、《会稽郡故书杂集》、《岭表录异》、谢承《后汉书》等书的基础上，才可能有后面的《中国小说史略》。例如在讲到每个小说时，通常会以大量的史料与版本来说明该小说的起源。比如说到《三国演义》，鲁迅举例说："日本内阁文库藏至治（一三二一———一三二三）间新安虞氏刊本全相（犹今所谓绣像全图）平话五种，曰《武王伐纣书》，曰《乐毅图齐七国春秋后集》，曰《秦并六国》，曰《吕后斩韩信前汉书续集》，曰《三国志》，每集各三卷。"[③]鲁迅充分利用了用了自己积累的史料，体现他对史料的重视与运用。当然，对于自己没有看过的史料，他也坦承："惜未能目睹，无以知其与后来小说之关系。以意度之，则俗文之兴，当由二端，一为娱心，一为劝善。"[④]

对传统的文学教育吸收，还有一个较为特殊的地方就是"清儒家法"[⑤]的

①　有研究者指出："如果取前十位作为'青年必读书十部'的话，问题就会显得更明显，十本中有七本是古代典籍，而且也占据了前三的位置。"参见田露：《20年代北京的文化空间：1919～1927年北京报纸副刊研究》，社会科学文献出版社2015年版，第175页。

②　陈平原：《作为文学史家的鲁迅》，《学人》1993年第4辑。

③　鲁迅：《中国小说史略》，《鲁迅全集》（编年版　第2卷　1920—1924），人民文学出版社2014年版，第460页。

④　鲁迅：《中国小说史略》，《鲁迅全集》（编年版　第2卷　1920—1924），人民文学出版社2014年版，第445页。

⑤　陈平原：《作为文学史家的鲁迅》，《学人》1993年第4辑。

传承。在讲学过程里，他秉承了对史料的尊重，辨析其中真伪，鲁迅说："废寝辍食，锐意穷搜，时或得之，瞿然则喜，故凡所采掇，虽无异书，然以得之之难也，颇亦珍惜。"[1]这方面，有关研究已有较为深入的阐释，而体现在鲁迅的文学课堂上，除了重视资料长编的"清儒家法"外，还十分重视史料的补充。从1920年课上讲小说史开始，他就十分注意对自己讲义史料的补充与辨析。例如重视国外学者的史料，鲁迅在《中国小说史略》里多次提及日本学者盐谷温，在考证时引用了他的一些史料："（《斯文》第八编第六号，盐谷温《关于明的小说'三言'》），今惟《三国志》有印本（盐谷博士影印本及商务印书馆翻印本），他四种未能见。"[2]而对于身边的"五四"同人的新发现，也往往大胆采用，如1922年，在《致胡适》信里说："关于《西游记》作者事迹的材料，现在录奉五纸……同文局印之有关于《品花》考证之宝书，便中希见借一观。"[3]在看胡适《白话文学史》时，他不忘记向胡适索取相应的小说，补充到小说史之中。以这种求真、求实、求新的精神进入课堂自然可以展现较为清晰的学术性、条理性，也使课堂的知识普及更为扎实。在"清儒家法"之下，鲁迅的文学课堂还非常重视对史料的考证与辨析。例如1922年《破〈唐人说荟〉》一文中就有："近来在《小说月报》上看见《小说的研究》这一篇文章里，有'《唐人说荟》一书为唐人小说之中心'的话，这诚然是不错的，因为我们要看唐人小说，实在寻不出第二部来了。然而这一部书，倘若单以消闲，自然不成问题，假如用作历史的研究的材料，可就误人很不浅。我也被这书瞒过了许多年，现在觉察了，所以要趁这机会来揭破他。"[4]此后，还

① 鲁迅：《〈小说旧闻钞〉再版序言》，《鲁迅全集》（编年版 第9卷 1935），人民文学出版社2014年版，第72页。

② 鲁迅：《中国小说史略》，《鲁迅全集》（编年版 第2卷 1920—1924），人民文学出版社2014年版，第460页。

③ 鲁迅：《220814致胡适》，《鲁迅全集》（编年版 第2卷 1920—1924），人民文学出版社2014年版，第319页。

④ 鲁迅：《破〈唐人说荟〉》，《鲁迅全集》（编年版 第2卷 1920—1924），人民文学出版社2014年版，第291页。

陆续将相关研究放入讲义并发表出来。①将讲义与研究发表，既体现他对自己的学术成果的整理，其实也是让学界检验与了解。从中可以窥见鲁迅对于课堂的重视与对学术性不断更新的自我要求。

鲁迅对于教材的编写还体现了他对西方理论的学习与整合。小说史或者说文学史均是从西方照搬过来，中国第一部文学史与小说史均是西方试图了解、进入中国而编著的。因此，鲁迅说："中国之小说自来无史；有之，则先见于外国人所作之中国文学史中，而后中国人所作者中亦有之，然其量皆不及全书之什一，故于小说仍不详。此稿虽专史，亦粗略也。然而有作者，三年前，偶当讲述此史，自虑不善言谈，听者或多不憭，则疏其大要，写印以赋同人；又虑钞者之劳也，乃复缩为文言，省其举例以成要略，至今用之。"②显然，他对于自己的著作是颇有得意之处。但具体如何让这些西方知识落实在课堂之上，他所采用的策略又有所不同。鲁迅在西安讲授小说史时，进行了较为大胆的删减与调整，显现了良好的教学设计与对西式课堂、西方研究方法的融合。与在北京上课不一样，西安的授课时间较短，对象是"国立西北大学"的暑期学校，因此，在短时间内不可能像北京那般挥洒，但其中更能体现他对文学教育转化的思考与实践。在北京，他开篇就是"史家对于小说之著录及论述"，从概念的来源与整体文学史观念出发把握中国小说史的源与流。但到了西安，他的开篇明显就是以纲要为主，开门见山道："我所讲的是中国小说的历史的变迁。"其中讲学关键的是"从倒行的杂乱的作品里寻出一条进行的线索来，一共分为六讲"。③这是西式文学教育的特点：从作品里寻找到小说发展演变的规律。以往的文学教育大致是题材式的概括与分类，而对"小说"其分类既有从文学角度，也有从"杂录"角度分类，以致"小说"成为一个非常不清晰的概念。研究者指出古代小说分类较复杂的特点：如罗烨《醉翁谈录》

---

① 如1923年发表于《晨报》的《宋民间之所谓小说及其后来》等。

② 鲁迅：《中国小说史略·序》，《鲁迅全集》（编年版 第2卷 1920—1924），人民文学出版社2014年版，第370页。

③ 鲁迅：《中国小说的历史的变迁》，《鲁迅全集》（编年版 第2卷 1920—1924），人民文学出版社2014年版，第779页。

分说话或话本为灵怪、烟粉、传奇、公案、朴刀、杆棒、神仙、妖术、其他九类，可略见现代小说分类的模样，但分类从题材出发，而且是历代合并一起，使小说发展的线索并不清晰。明清时期，人们则惯常将小说分为历史演义、英雄传奇、神魔小说、世情小说四大类。①而在鲁迅讲课过程中，以小说题材为基础，进一步通过西方小说理论的引入，将其分为志怪、传奇及神魔、世情、人情、狭邪、侠义、公案等文体，在西安讲课时更是将其明分为两大潮流："一、讲神魔之争的，二、讲世情的。"清小说则分为四大类："一、拟古派；二、讽刺派；三、人情派；四、侠义派。"②这样分法当然有其可商榷的地方，但与传统小说分类相比，其线索清晰，更是揭示了前后发展与承继的脉络，有助于学生在短时间内掌握中国小说史的变迁。

与学术性的《中国小说史略》比起来，《中国小说的历史的变迁》更像是鲁迅文学课堂的真实记录，因此也更能体现他对西方小说理论的吸收与转化。比起著作来，课堂讲授更为鲜明地提出自己的判断，比如小说创作的"有意"与"无意"成为鲁迅判断小说史变化的一个重要标准，这种看法在以前的小说论著里是没有的，而在《中国小说史略》里则是通过了反复论证。在课堂上总结小说史发展规律时，也可以看出鲁迅对西方小说理论的吸收，如对诗歌源于劳动和宗教，他辨析说劳动产生了韵文，但是民众太劳苦却导致中华民族的神话无法流传下来："劳动虽说是发生文艺的一个源头，但也有条件：就是要不过度。劳逸均适，或者小觉劳苦，才能发生种种的诗歌，略有余暇，就讲小说。假使劳动太多，休息时少，没有恢复疲劳的余裕，则眠食尚且不暇，更不必提什么文艺了。"③而在分析世情小说在中国模式化后慢慢为人所诟病，但在国外却成为一种时尚时说："那些书的文章也没有一部好，而在外国却很有名。"他分析说："若在一夫一妻制的国度里，一个以上的佳人共爱一个才子

①　有关论述参考自胡士莹：《话本小说概论》，中华书局1980年版，第102—108页。

②　鲁迅：《中国小说的历史的变迁》，《鲁迅全集》（编年版 第2卷 1920—1924），人民文学出版社2014年版，第804、810页。

③　鲁迅：《中国小说的历史的变迁》，《鲁迅全集》（编年版 第2卷 1920—1924），人民文学出版社2014年版，第782页。

便要发生极大的纠纷，而在这些小说里却毫无问题，一下子便都结了婚了，从他们看起来，实在有些新奇而且有趣。"①鲁迅对《红楼梦》的评价典型地体现了他的学识、鉴赏与西方理论的结合，他认为："至于说到《红楼梦》的价值，可是在中国底小说中实在是不可多得的。其要点在于敢于如实描写，并无讳饰，和从前的小说叙好人完全是好，坏人完全是坏的，大不相同，所以其中所叙的人物，都是真的人物。总之自有《红楼梦》出来以后，传统的思想和写法都打破了。"②这里的"如实描写""传统的思想和写法"都是建立在对小说史发展的清楚把握之上，同时再与西方的小说理论相结合产生的判断。而《中国小说史略》里重点则在于辨析曹雪芹的身世与版本，同时点评后世的续作。两个小说史版本不一样，可以看出鲁迅对于现场教学的调整，同时也看出他掌握了小说史课堂的特点——将小说发展条理清晰地表达出来，并对文本进行判断，使之成为小说史上的经典，无疑这是西式文学史课堂经常使用的方法。

鲁迅的教材是常讲常新。冯至回忆说："有人听了一年课以后，第二年仍继续去听，一点也不觉得重复。"③文学史课堂要做到"一点不重复"是不太可能的，其中取舍可以根据对象来删减，但是要使同一个学生重复听同一门的"小说史"的课程，而且要"不觉得重复"，那就要求教师不断地更新知识，加入新的材料，不断地对教材进行变化与取舍。比如在《中国小说史略》里，他多次引用了胡适的成果，说到《水浒》，他引用了胡适的判断："至于刊落之由，什九常因于世变，胡适（《文存》三）说，'圣叹生在流贼遍天下的时代，眼见张献忠李自成一班强盗流毒全国，故他觉得强盗是不能提倡的，是应该口诛笔伐的。'"④有意思的是，在《中国小说史略》里并没有对胡适的观点

---

① 鲁迅：《中国小说的历史的变迁》，《鲁迅全集》（编年版 第2卷 1920—1924），人民文学出版社2014年版，第809页。

② 鲁迅：《中国小说的历史的变迁》，《鲁迅全集》（编年版 第2卷 1920—1924），人民文学出版社2014年版，第815页。

③ 冯至：《笑谈虎尾记犹新》，《鲁迅研究资料》编辑部编：《鲁迅研究资料》（1），文物出版社1976年版，第29页。

④ 鲁迅：《中国小说史略》，《鲁迅全集》（编年版 第2卷 1920—1924），人民文学出版社2014年版，第478页。

鲁迅与20世纪中国研究丛书

进行评价，而在后来在《中国小说的历史的变迁》课堂上时，他随即在后面评价说"这话很是"①。在《中国小说史略》里说到《红楼梦》，认为："然胡适既考得作者生平，而此说遂不立，最有力者即曹雪芹为汉人，而《石头记》实其自叙也。"②一笔带过，强调两个方面，一是胡适考证较符合事实，另一方面则是强调"自叙"这个观点，但并未展开。而到西安说到《红楼梦》，他增加了许多的评价与分析，例如评价胡适对曹雪芹的研究很是重要："现经胡适之先生的考证，我们可以知道大概了。"③而对于当时还很流行的"影射说"，评价是较低的，认为："然此说未免近于穿凿。"④显然，课堂上的讲述比起学术著作来显得更鲜明和决断，体现鲁迅对学术著作、课堂演讲等不同场合介绍不同观点的把握。除了吸收同时期的成果外，他还把自己的研究成果带入课堂。冯至说："一九二四年暑假后，我第二次听鲁迅的课时，鲁迅一开始就向听众交代：'《中国小说史略》已印制成书，你们可去看那本书，用不着我在这里重复了。'同时，他把他翻译的厨川白村的《苦闷的象征》油印的活页发给我们，作为辅助的教材。但他也并不完全按着《苦闷的象征》的内容讲，主要是发挥他自己对许多问题的看法和意见。我们听他的讲，和读他的文章一样，在引人入胜、娓娓动听的语言中蕴蓄着精辟的见解，闪烁着智慧的光芒。"⑤鲁迅能常讲常新，对于有定评的文学史经典作品，减少介绍，以纲要性的东西为主干，不再重复讲授。其次，利用"讲义"这个形式，使学生对内容有大体了解，在此基础上，加大了新的思想与研究方法的介绍，如将《苦闷的象征》引入到小说史课堂里，使小说史课堂能不断地避开重复知识而传播新的观点，也

鲁迅与20世纪中国文学教育

---

① 鲁迅：《中国小说的历史的变迁》，《鲁迅全集》（编年版 第2卷 1920—1924），人民文学出版社2014年版，第802页。

② 鲁迅：《中国小说史略》，《鲁迅全集》（编年版 第2卷 1920—1924），人民文学出版社2014年版，第550页。

③ 鲁迅：《中国小说的历史的变迁》，《鲁迅全集》（编年版 第2卷 1920—1924），人民文学出版社2014年版，第813页。

④ 鲁迅：《中国小说的历史的变迁》，《鲁迅全集》（编年版 第2卷 1920—1924），人民文学出版社2014年版，第814页。

⑤ 冯至：《笑谈虎尾记犹新》，《鲁迅研究资料》编辑部编：《鲁迅研究资料》（1），文物出版社1976年版，第29页。

使学生能充分关注到小说史研究的进展，激发相关的研究兴趣。

鲁迅将教材的编写与课堂现代化结合起来，使文学史的现代教授方式与学术研究得以结合，而也正是因为教学需要，才不断地促成他完成对小说史的补充与研究。正如陈平原指出的："鲁迅因在北大等校兼课需要课本而撰写《中国小说史略》，因在厦门大学任教'须编讲义'而完成《汉文学史纲要》；上海十年，鲁迅没有重返讲台的设想，还有必要苦苦追求文学史的编纂吗？大学教授编文学史是一种本职工作，是完成教学任务并获取劳动报酬的一个组成部分，不指望靠出版教材谋生。作为自由撰稿人的鲁迅则不能不考虑从事文学史研究的投入与产出——这无疑是一项无法迅速获得稿费或版税的'长线工程'。并非真的有钱且有闲的鲁迅，其实不应该选择此类课题。"① 所以，鲁迅没能再担任教职教师，这使他再也无力去编著文学史，现代文学教育的探索在他那里也就此中断，但是另一个"课堂"则在不断地在回忆中被建构起来——学生的反应与回忆将更为现场感十足地还原他的课堂，辨析回忆的真伪，从中重现鲁迅文学课堂的氛围对研究他的教学方法将很有帮助。

第三节　学生的反应：文学课堂的审美与知识传授

鲁迅的课堂演讲并不是一开始就是成功的，在浙江成功的课堂经验，在北京并没有一开始就奏效。最突出的表现为1912年教育部夏期讲习会所开设的《美术略论》讲演。鲁迅日记里记载："二十一日　下午四时至五时赴夏期讲演会演说《美术略论》，听者约三十人，中途退去者五六人。"六月二十八日，又演讲了一个小时，七月五日，"讲员均乞假，听者亦无一人，遂返"。七月十日，"听者约二十余人"。七月十七日，"初止一人，终乃得十人，是日讲毕"。② 对于这次授课，有研究者指出是因为蔡元培"主张美育"的内容

---

① 陈平原：《作为文学史家的鲁迅》，《学人》1993年第4辑。

② 鲁迅：《壬子日记》，《鲁迅全集》（编年版　第1卷 1898—1919），人民文学出版社2014年版，第215—218页。

鲁迅与20世纪中国研究丛书

被删除，听众便不再重视，故人越听越少。虽然许寿裳曾表彰这次课堂是："因之鲁迅在民元教育部暑期演讲会，曾演讲美术，深入浅出，要言不烦，恰到好处，这是他演讲的特色。"①但从鲁迅对于自己演讲所留存下来的情况看，他自己对这个课堂可能不满意。鲁迅后来还发表过两篇相关文章——《儗播布美术意见书》《艺术玩赏之教育》，应当与这几次演讲相近。从《儗播布美术意见书》可以充分看出鲁迅讲美术课的设想与思路——他以文学史相类似的结构来讲美术史："何为美术""美术之类别""美术之目的与致用""播布美术之方"②。从这个结构来看，鲁迅可能已完成了相当的设想甚至书稿，因为《儗播布美术意见书》只有几百字，而《艺术玩赏之教育》是翻译文章，在长达三四个小时的课堂教授过程里，他不可能完全没有准备相关资料与备课。鲁迅没有保留演讲稿的原因，研究者认为有不同的可能，但从接受者的反应来看，可能鲁迅自己也觉得兴趣索然："终乃得"三个字，颇有些无奈。陈平原认为："没有材料证明鲁迅接受过'演说学'方面的专门训练，但从1926年在厦门大学的演说，我们可以断言，起码从那时起，鲁迅已经很好地掌握了广场演说的技巧。"③演讲与课堂还有一定差别，但可以说自《美术略论》这个可能是失败的课堂之后，鲁迅对其教学进行了有意的调整与设计，这其中就表现在对授课十分慎重。从现存的鲁迅演讲里，可以看出在面对公众出版物与课堂、演讲时，他采用了不同的策略。出版物文字可以激烈，但课堂、演讲具有煽动性与不确定性，陈述的内容反而更要谨慎，体现了鲁迅对教育一贯的慎重："我自己，是什么也不怕的，生活是我自己的东西，所以我不妨大步走去，向着我自以为可以走去的路；即使前面是深渊、荆棘、狭谷、火坑，都由我自己负责。然而向青年说话可就难了，如果盲人瞎马，引入危途，我就该得

---

① 许寿裳：《亡友鲁迅印象记》，峨嵋出版社1947年版，第46页。

② 鲁迅：《儗播布美术意见书》，《鲁迅全集》（编年版 第1卷 1898—1919），人民文学出版社2014年版，第251—255页。

③ 陈平原：《有声的中国——"演说"与近现代中国文章变革》，《文学评论》2007年第3期。

鲁迅与20世纪中国文学教育

119

谋杀许多人命的罪孽。"①显然，每次他必须审定与修改自己的演讲稿与课堂记录，除了对自己文字负责外，还对青年成长有一种责任与重视。这就决定了他的课堂演讲策略与其文字写作有着重大不同，而从其中也能看出鲁迅的课堂教学方法在不断调整与提高。

1920年在鲁迅接受北京大学聘书，决定到北大教授小说史时，已在史料、学术等方面做了充分准备。所以一到北大开设《中国小说史略》就受到学生的热烈欢迎。尚钺1921年进入北京大学英国文学系预科，他因教师推荐而接近鲁迅，并较早地听了《中国小说史略》的课。他回忆这时鲁迅的课已很受欢迎："同学们最爱听鲁迅的课。每逢他讲大课，总是座无虚席。"②北大有给学生发讲义的传统，所以鲁迅能很从容地将其所讲授的内容有所发挥。1923年，《中国小说史略》出版后，学生更容易在课前就掌握相关知识要点，鲁迅的讲课风格又发生变化。学生回忆说："讲唐人小说，张鷟的《游仙窟》。我们去听课都要先买到《中国小说史略》，他稍微念上那么一、两段，不是照着书上讲，与书有关系，但是又发挥一些见解，这个见解又不走得太远，他教学教得真好！他讲：那是写一个人，晚上到了一个仙窟里边去，所谓仙窟，就是晚上看上去像一个大宅院的地方，主人招待他，女主人出来歌舞，献酒还要献舞咧！他给我们讲，中国的'男女授受不亲'，那是宋代以后的事，以前男女之间还没那么严格，唐朝的公主有好几个都是守寡后再嫁，连皇家都是这样，他讲这些例子而后说，所以这里写女主人出来敬酒、献舞，完全符合当时的生活。这一讲非常好，使学生获得许多历史知识和社会知识。"③可以看出鲁迅的课堂以客观的语言，对作品进行描述，而且特别重视勾勒当时的社会场景与风俗习惯，这体现了他治学的特点，同时也体现了他驾驭课堂气氛技巧的日益成熟。

在《中国小说史略》的课堂里，鲁迅在大量的史料收集、整理、考校基础

① 鲁迅：《北京通信》，《鲁迅全集》（编年版 第3卷 1925），人民文学出版社2014年版，第264页。

② 吴晓梅整理：《尚钺经历自述》，引自北京图书馆《文献》丛刊编辑部、吉林省图书馆学会会刊编辑部编：《中国当代社会科学家》第1辑，书目文献出版社1983年版，第239页。

③ 徐小玉：《徐霞村访谈录》，《新文学史料》1999年第2期。

上，结合中式的"文章类别"与西式的文学史结构，以时代为轴，结合小说演变，条理清晰地展现小说史的知识体系，同时展现了他注意引导学生重视"世态人心"，重视对作家、作品的内心世界与情感世界的考察。鲁迅还会根据学生对象的不同，不断地调整课堂演讲习惯，在西安讲授《中国小说的历史的变迁》时的删减与增补非常有特点。将《中国小说的历史的变迁》与《中国小说史略》相对比可以发现，鲁迅在授课时，强调总结性、判断性的观点，如小说的演进："这些口传，今人谓之'传说'。由此再演进，则正事归为史；逸史即变为小说了。"而在《中国小说史略》里则调动了各种史料对这个判断进行详细而逻辑严密的论证。其次，在课堂上，鲁迅更注重对作品的地位评价和审美判断。比如讲到《三国演义》他评价说：

　　　　若论其书之优劣，则论者以为其缺点有三：（一）容易招人误会。因为中间所叙的事情，有七分是实的，三分是虚的；惟其实多虚少，所以人们或不免并信虚者为真。……（二）描写过实。写好的人，简直一点坏处都没有；而写不好的人，又是一点好处都没有。其实这在事实上是不对的，因为一个人不能事事全好，也不能事事全坏。譬如曹操他在政治上也有他的好处；而刘备，关羽等，也不能说毫无可议，但是作者并不管它，只是任主观方面写去，往往成为出乎情理之外的人。（三）文章和主意不能符合——这就是说作者所表现的和作者所想象的，不能一致。如他要写曹操的奸，而结果倒好像是豪爽多智；要写孔明之智，而结果倒像狡猾。——然而究竟它有很好的地方，像写关云长斩华雄一节，真是有声有色；写华容道上放曹操一节，则义勇之气可掬，如见其人。后来做历史小说的很多，如《开辟演义》，《东西汉演义》，《东西晋演义》，《前后唐演义》，《南北宋演义》，《清史演义》……都没有一种跟得住《三国演义》。所以人都喜欢看它；将来也仍旧能保持其相当价值的。①

　　① 鲁迅：《中国小说的历史的变迁》，《鲁迅全集》（编年版 第2卷 1920—1924），人民文学出版社2014年版，第800—801页。

在《中国小说史略》里对《三国演义》并没有如此详细的评价。可以看出在这个评价里，他给《三国演义》很高的文学史位置："没有一种跟着住""保有相当价值"都是从文学经典的意义上下的判断。其次，他强调了小说的审美功能，说"有声有色""如见其人"表彰小说的描写功力。这种将知识与审美相结合，使鲁迅的文学课堂显得既知识丰富又有强烈的美学体验。

鲁迅的文学课堂还注意对传统的教学方法的吸收。冯至还回忆说："我还记得鲁迅讲《苦闷的象征》。讲到莫泊桑的小说《项链》时，他用沉重的声调读小说里重要的段落，不加任何评语，全教室屏息无声，等读到那条失去的项链是假项链时，我好像是在阴云密布的寂静中忽然听到一声惊雷。"①显然，对于鲁迅来说，只要能达到良好的教学效果，他并不在意传统诵读的存废。而从冯至的接受来看，课堂显然比起条理清晰的分析来得好——这源于鲁迅有技艺的课堂诵读。"五四"时期北大的教师在引入新式教法时，对诵读也往往保留，但其效果却是不一。比如学生在回忆俞平伯时说："俞平伯先生开的是'词选'和'清真词'等课。……俞先生讲课，很随便但极入神，讲古论今，神采奕奕，不时顺口吟唱得津津有味。印象最深的是讲到某段精彩之处或遇到一些佳词丽句，便不禁一边挠着头皮，一边击节赞叹'好啊！''好啊！'独自欣赏得如醉如痴，但究竟好在哪里、如何好法和该怎样领会，他往往就不说了，让大家各自去咀嚼、体会。"②有些学生能体会到诵读这种传统给予的审美力量，但有些学生则不能。此外，诵读跟读教案区别还较大，周作人以诵读教案代替讲课，其教学效果显然不如鲁迅。梁实秋说："他坐在讲坛之上，低头伏案照看稿子宣读，而声音细小，坐在第一排的人也听不清楚，事后我知道他平常上课也是如此。"③对于传统技巧的现代转化，鲁迅显然是很得其中的

① 赵为民主编：《北大之精神》，世界图书出版公司2008年版，第144页。

② 李瑛：《我的大学生活》，邓九平主编：《文化名人忆学生时代》（下），同心出版社2004年版，第329页。

③ 梁实秋：《忆岂明老人》，《传记文学》1967年11卷3期，引自孙郁、黄乔生主编：《回望周作人：知堂先生》，河南大学出版社2004年版，第34—35页。

鲁迅与20世纪中国研究丛书

韵味，在讲出内容时，能用诵读传递美感，而在传递美感时，又能以冷静的态度解释其所采用的方法与技巧。当然，还有一点很重要，鲁迅的口音并不重，所以讲课清晰："一个江浙籍的人，如果能在北平蹲长久时间，对于北平话再肯留意，那他讲起话来，虽不及老牌北平人讲话清朗，干脆，但后音略带一点江浙味道，而吐字又很真切，听起来也是满好的。鲁迅先生讲话，就是这样的。"[①] 鲁迅显然是对自己的方言口音有所改正，像当时授课者如梁启超，学生回忆说："一生最崇敬他的前北京高等师范学校教务主任兼史学教授王桐龄氏，凡有梁氏讲演，几乎风雨无阻，每次必到，但总是乘兴而往，怏怏而归。问其所以，总是自认对于讲词的某段某节，竟完全听不明白，其他人士，十有五六，亦抱同感。"[②] 梁启超的广东方言的官话不好懂，还可以理解，但与鲁迅同是浙江人的朱希祖，其方言口音则颇让北大学生头痛："那时北京大学的老师，大多是江浙一带的人，如果要学习浙江的方言，再没有比这更好的机会了，……不过要想要明白它的意思，可就不那么容易了。其中有一位名叫朱希祖的老师……他教授文学史方面的课，但他说的话实在太难听明白了。……就问了问旁边的同学，他回答说完全听不懂。……但这位朱希祖教师却不用，上来就讲，所以学生们都听不太懂。不过，'完全听不懂'却还如此镇定自若，我真是十分地惊讶。"[③] 虽然没有直接材料表明鲁迅有意进行这方面的自我锻炼，但从其课堂能受到各方接受来看，他的确改正了浙江口音。正是因为学术造诣、课堂调度、知识传授与审美教育相结合，鲁迅的课堂才会如此受到学生们的追忆和极高评价。

此外，在文学课堂进行知识传播，鲁迅还注意将各种资料与思想介绍进来，这是鲁迅使课堂引人入胜的重要手段，也是学生们最经常回忆的"题外话"。北京女子师大的孙尧姑回忆鲁迅课堂时说："记得有一次好像是讲到六

① 荆有麟：《鲁迅教书时》，1941年，引自中国社会科学院文学研究所鲁迅研究室编：《1913—1983鲁迅研究学术论著资料汇编》第三卷，中国文联出版公司1987年版，第1378页。

② 杨鸿烈：《忆梁启超先生》，夏晓虹编：《追忆梁启超》，生活·读书·新知三联书店2009年版，第240页。

③ ［日］仓石武四郎：《仓石武四郎中国留学记》，荣新江、朱玉麒辑注，中华书局2002年版，第234页。

朝鬼神志怪小说的时候，他曾经这样说：'魔鬼将要向你扑来的时候，你若大惊小怪，它一定会把你吓倒，你若勇猛地向它扑去，它就吓得倒退，甚至于逃掉。'当时我和一个同学说：'他是要我们勇敢，要我们前进，不要我们畏惧怯懦。'"①这个"题外话"除了引起学生注意小说的内容外，还鼓舞学生形成积极向上、反抗黑暗的思想，同时还起到很好的课堂效果。一样是北京女师大的陆晶清回忆说："对鲁迅有过一个过程：未受教前很仰慕，很想看看他是怎样一个人；初受教时，十分敬重，但有畏惧。看到他那严峻的面孔就有些怕。有时他讲了幽默话引得我们笑了，可是当他的脸一沉嘴一闭，我们的笑声就戛然而止。后来，逐渐察觉他并不'怪僻可怕'，才消除畏惧，不仅敢于和他亲近，还敢于对他'淘气'，乃至'放肆'。"②"幽默"这是学生直观的回忆，具体到课堂上，鲁迅的"幽默"是很有针对性。学生回忆《中国小说史略》课堂时曾回忆说："鲁迅先生讲中国小说史第四篇《今所见汉人小说》，在谈到《西南荒经》上有一种什么'讹兽'，人吃了要说谎话时，他很自然地插上了一段生动的故事，说的是在十里洋场的旧上海，有个人走到三岔路口问路，谁知甲说向东，乙说向南，丙说向西，弄得问路者无所适从，啼笑皆非。在这段活灵活现的讲述之后，鲁迅先生紧接着幽默地说：'大约他们都食过讹兽吧！'于是，引起哄场大笑。"③从文字看，很难理解当时课堂为何会大笑，但能想象其课堂师生之间对旧上海人喜欢捉弄这一"典故"有着一致的体验，因而才能会心大笑。而在《变迁》课堂上，更能体会到鲁迅的幽默。例如谈到元稹小说时，认为团圆这结局是中国小说的一个特点，他引申说：

> 大概人生现实底缺陷，中国人也很知道，但不愿意说出来；因为一说出来，就要发生'怎样补救这缺点'的问题，或者免不了要烦闷，要改良，事情就麻烦了。而中国人不大喜欢麻烦和烦闷，现在倘在小说里叙了

---

① 孙尧姑：《回忆北京时期的鲁迅先生》，《山花》1957年第1期。

② 陆晶清：《鲁迅先生在女师大》，陆晶清：《陆晶清诗文集》，四川大学出版社1997年版，第232页。

③ 许广平：《鲁迅回忆录》，作家出版社1960年版，第27—32页。

人生底缺陷，便要使读者感着不快。所以凡是历史上不团圆的，在小说里往往给他团圆；没有报应的，给他报应，互相骗骗——这实在是关于国民性的问题。①

从小说结局联系到现实生活，再到评价国民性，其中转折看似随意，但显然课堂上下肯定会心一笑，明白其中的讽刺意味，因而也对"团圆"这种小说结局有更深的理解。又如在谈到明神魔小说时，在《中国小说史略》里，评价《三宝太监西洋记通俗演义》认为："盖郑和之在明代，名声赫然，为世人所乐道，而嘉靖以后，倭患甚殷，民间伤今之弱，又为故事所囿，遂不思将帅而思黄门，集俚俗传闻以成此作。"而在《中国小说的历史的变迁》的课堂讲演时则补充了一个题外话："但不思将帅，而思太监，不恃兵力，而恃法术者，乃是一则为传统思想所囿；一则明朝的太监的确常做监军，权力非常之大。这种用法术打外国的思想，流传下来一直到清朝，信以为真，就有义和团实验了一次。"②将小说与事实迅速对接，特别是在讲述神魔小说时，突然来这么一个插话，将神魔与现实强烈对比，既引起学生兴致，同时也让学生可以回味其中的批判意味。

鲁迅的文学课堂在学制未定、教材未统一的局面下，展开带有强烈个人色彩的实验，他对传统诵读的吸收，对西方文学史的结构方式的采用，对世态人心的关注，以及对小说审美的重视都是他文学课堂精彩的原因。而在面对教育与写作的两难困境时，他为了更有效、更迅速地介入到国家民族事业之中，放弃了教师职业，但其留下的文学史教学方法、学术态度都值得思考与吸收。

---

① 鲁迅：《中国小说的历史的变迁》，《鲁迅全集》（编年版 第2卷 1920—1924），人民文学出版社2014年版，第793页。

② 鲁迅：《中国小说的历史的变迁》，《鲁迅全集》（编年版 第2卷 1920—1924），人民文学出版社2014年版，第807页。

第五章　鲁迅的形而上诗学思想

　　鲁迅是一个伟大的现实主义者，他几乎所有的作品都表明了这一点，鲁迅终生都在探寻贫弱民族的出路，并与种种非现实主义者、逃避现实主义的思想进行不妥协的斗争。但鲁迅并不仅仅是一位现实主义者，并不仅仅策略性地思考现实问题，他在思考现实问题的时候力求探寻现实中种种问题的根本，直至追问各种问题的形而上学的基础，这种形而上的思考突出地体现在他的诗学思想中。

第一节　鲁迅前期的浪漫形而上诗学思想

　　表现在《摩罗诗力说》《文化偏至论》《破恶声论》等一系列论文中的鲁迅的前期诗学思想，其主要立足点在社会改造，目的是挽救民族危亡，而其手段则在立人。无论是对摩罗诗人的呼唤，还是对新神思宗的倡导，无论是力举个人主义，还是强调"白心""内曜"，其目的都在于纯洁心地，张大精神，昌明人生的意义，使得"人生意义，致之深邃，则国人之自觉至，个性张，沙聚之邦，由是转为人国"[1]。民族国家的命运是鲁迅思考的逻辑归宿。就这一点而言，鲁迅与当时的思想家如严复、梁启超等人思考的目的没有什么两样，长期以来，学术界对鲁迅前期诗学的关注也主要在这些方面。但是，鲁迅与前者的思考在表面目的一致的前提下包含了极大不同的旨趣：不仅鲁迅的立人思

---

[1]　鲁迅：《文化偏至论》，《坟》，人民文学出版社1973年版，第43页。

想获得纯哲学的支撑，而且鲁迅在论述立人思想时提出的一系列范畴如"白心""内曜""灵明""内部生活"与形而上学深刻相连。

（一）"摩罗诗人"的提出具有哲学基础

在鲁迅的社会改造策略中，很重要的一点就是向国外学习，"别求新声于异邦"。在这种寻求中，"摩罗诗人"引起了他的注意。所谓"摩罗诗人"，就是"魔鬼诗人"，这是西方统治阶级对一群富于反抗精神的诗人的称呼，这些诗人的反抗破坏既有的统治秩序，因而招致统治者的憎恨，被称为"摩罗诗人"。这群诗人均受拜伦影响，其中的代表是拜伦、雪莱、普希金、莱蒙托夫、裴多菲等，鲁迅概括这群诗人的特点是："至力足以振人，且语之较有深趣者"[1]，"所遇常抗，所向必动，贵力而尚强，尊己而好战"[2]，"立意在反抗，指归在动作，而为世所不甚愉悦者"[3]，"大都不为顺世和乐之音，动吭一呼，闻者兴起，争天拒俗，而精神复深感后世人心，绵延至于无已"[4]。简言之，他们的特点就是充满力量，富于反抗精神，反传统道德，拒斥庸众而为世所憎恨。拜伦的《海贼》可作为这类诗歌的代表作，在《摩罗诗力说》中，鲁迅以诗一般的激情描绘《海贼》中的英雄康拉德的形象：

> 篇中英雄曰康拉德，于世已无一切眷爱，遗一切道德，惟以强大之意志，为贼渠魁，领其从者，建大邦于海上。孤舟利剑，所向悉如其意。独家有爱妻，他更无有；往虽有神，而康拉德早弃之，神亦已弃康拉德矣。故一剑之力，即其权利，国家之法度，社会之道德，视之蔑如。权力若具，即用行其意志，他人奈何，天帝何命，非所问也。若问定命之何如？则曰，在鞘中，一旦外辉，彗且失色而已。然康拉德为人，初非元恶，内

---

① 鲁迅：《摩罗诗力说》，《坟》，人民文学出版社1973年版，第48页。
② 鲁迅：《摩罗诗力说》，《坟》，人民文学出版社1973年版，第67页。
③ 鲁迅：《摩罗诗力说》，《坟》，人民文学出版社1973年版，第48页。
④ 鲁迅：《摩罗诗力说》，《坟》，人民文学出版社1973年版，第48页。

秉高尚纯洁之想，尝欲尽其心力，以致益于人间。①

　　康拉德强大的意志、反抗的精神、为我的道德、蔑视法度道德的勇气和高尚纯洁的思想，使得他成为拜伦的象征。这种精神使得拜伦当之无愧地成为"摩罗诗人"的代表。摩罗诗人也均具有这些精神，在这些精神品质中，强大的意志和力的精神又居于首位。具有强大的意志和力的精神的人格自然为当时社会所需，鲁迅提出这个主张时也自然也有这样的功利目的；但是，鲁迅在倡导这种"摩罗"精神时并不仅仅在社会的功利层面；摩罗精神同样是鲁迅本体哲学观的一种体现：这就是鲁迅对尼采的权力意志学说的吸纳。

　　尼采把权力意志看成世界的终极本质，而权力意志的本质即是力："你们也知道我的'世界'是什么吗？要叫我把它放在镜子里给你们看吗？这个世界是：一个力的怪物，无始无终，一个钢铁般坚实的力，它不变大，不变小，不消耗自身，而只是改变面目；……作为力无所不在，是力和力浪的嬉戏，同时是一和'众'，在此处聚积，同时在彼处削减，就像翻腾和涨潮的大海，永恒变幻不息，……——这是权力意志的世界——此外一切皆无！你们自身也就是权力意志——此外一切皆无！"②尼采极为推崇强大的力量感，极力倡导主人的道德，反抗奴隶和懦弱的道德。他称强大的力量感是生命健康的感觉，他以这种感觉觉悟欧洲传统思想的病态，因而极力反对既有道德，打倒偶像，宣布上帝的死亡，蔑视庸众，倡导天才，建立健康的新道德。摩罗诗人的一系列特点与尼采的倡导极为相似，这是得益于鲁迅在日本时痴迷尼采的结果。"意志"是尼采从叔本华那里学得，并将后者的"生存意志"发展为"权力意志"。

　　鲁迅在赞颂他的摩罗诗人时具有这种哲学的自觉："固如勖宾霍尔所张主，则以内省诸己，豁然贯通，因曰意力为世界之本体也；尼佉之所希冀，则意力绝世，几近神明之超人也。"③权力意志思想对于他具有本体论意义。鲁

---

①　鲁迅：《摩罗诗力说》，《坟》，人民文学出版社1973年版，第70—71页。

②　尼采：《尼采遗稿选》，虞龙发译，上海译文出版社2005年版，第117—118页。

③　鲁迅：《文化偏至论》，《坟》，人民文学出版社1973年版，第41页。

迅看重尼采对强权的颂扬和尼采颠覆道德的精神："故尼佉欲自强，而并颂强者。""尼佉意谓强胜弱故，弱者乃字其所为曰恶，故恶实强之代名。"①"尼佉不恶野人，谓中有新力，言亦确凿不可移。盖文明之朕，固孕于蛮荒，野人狉獉其形，而隐曜即伏于内。"②鲁迅对尼采的颂美不仅仅是社会功利意义上的，而且与本体论相关。

权力意志对鲁迅的本体论意义不但表现在他以此支撑了他的摩罗诗力理论，还表现在他以这种哲学观来批判传统道家哲学和儒家诗学，并兼及西方传统哲学。如果说鲁迅称引尼采哲学显示了尼采哲学对他的吸引，而鲁迅以尼采哲学为武器来批判他种哲学则深刻显示这种哲学已内化为鲁迅的世界观，只有内化为自己观念的哲学才能成为自己的精神力量。鲁迅吸收尼采哲学的深刻在此。

传统儒道哲学并西方柏拉图哲学在基本观点上与尼采哲学相对，总体表现为"平和"哲学，不尚力量。鲁迅鲜明提出："平和为物，不见于人间。"③明确表示对"平和"哲学的反对。但鲁迅却发现："吾中国爱智之士，独不与西方同，心神所注，辽远在于唐虞，或迳入古初，游于人兽杂居之世；谓其时万祸不作，人安其天，不如斯世之恶浊险危，无以生活。其说照之人类进化史实，事正背驰。"④这种"爱智之士"的哲学基础正在老子哲学，要害在"不撄人心"："老子之辈，盖其枭雄。老子书五千语，要在不撄人心；以不撄人心故，则必先自致槁木之心，立无为之治；以无为之为化社会，而世即于太平。"⑤鲁迅深刻指出，这种不撄人心的哲学带来不撄人心的政治，其目的只是上层统治者借以"保位"或下层百姓借以"安生"："中国之治，理想在不撄，而意异于前说。有人撄人，或有人得撄者，为帝大禁，其意在保位，使子孙王千万世，无有底止，故性解（Genius）之出，必竭全力死之；有人撄我，

①　鲁迅：《摩罗诗力说》，《坟》，人民文学出版社1973年版，第62页。
②　鲁迅：《摩罗诗力说》，《坟》，人民文学出版社1973年版，第46页。
③　鲁迅：《摩罗诗力说》，《坟》，人民文学出版社1973年版，第49页。
④　鲁迅：《摩罗诗力说》，《坟》，人民文学出版社1973年版，第49页。
⑤　鲁迅：《摩罗诗力说》，《坟》，人民文学出版社1973年版，第50页。

或有能撄人者，为民大禁，其意在安生，宁蜷伏堕落而恶进取，故性解之出，亦必竭全力死之。"①柏拉图的理想国对诗人的放逐实同此意："柏拉图建神思之邦，谓诗人乱治，当放域外；虽国之美污，意之高下有不同，而术实出于一。"②故与这些哲学针锋相对，鲁迅提出"撄人心"的诗学观："盖诗人者，撄人心者也。凡人之心，无不有诗，如诗人作诗，诗不为诗人独有，凡一读其诗，心即会解者，即无不自有诗人之诗。无之何以能解？惟有而未能言，诗人为之语，则握拨一弹，心弦立应，其声澈于灵府，令有情皆举其首，如睹晓日，益为之美伟强力高尚发扬，而污浊之平和，以之将破。平和之破，人道蒸也。虽然，上极天帝，下至舆台，则不能不因此变其前时之生活。"③"撄人心"诗学观击中传统诗学和柏拉图哲学的要害，其哲学基础正在于权力意志学说。权力意志学说是尼采由叔本华求生存意志改造而来，尼采谓生存既然已经存在了，就不需要追求，他将生存意志改造为充满支配意志的权力意志，强调了意志的支配性、侵略性和扩张性。这与"平和"哲学针锋相对。

依据这种"撄人心"诗学，鲁迅对儒家诗学进行了批判："如中国之诗，舜云言志；而后贤立说，乃云持人性情，三百之旨，无邪所蔽。"④既许言志，又加以限制阻挠，这是矛盾的，鲁迅反问道："夫既言志矣，何持之云？强以无邪，即非人志。许自繇于鞭策羁縻之下，殆此事乎？"⑤然而就是这样的诗学主张造成中国诗歌无伟美之声："故伟美之声，不震吾人之耳鼓者，亦不始于今日。大都诗人自倡，生民不耽。试稽自有文字以至今日，凡诗宗词客，能宣彼妙音，传其灵觉，以美善吾人之性情，崇大吾人之思理者，果几何人？上下求索，几无有矣。"⑥鲁迅通过对儒道诗学的批判而提出的一系列重要概念如"撄人心""美伟强力高尚发扬""平和之破""伟美""美善性

① 鲁迅：《摩罗诗力说》，《坟》，人民文学出版社1973年版，第51页。
② 鲁迅：《摩罗诗力说》，《坟》，人民文学出版社1973年版，第51页。
③ 鲁迅：《摩罗诗力说》，《坟》，人民文学出版社1973年版，第51页。
④ 鲁迅：《摩罗诗力说》，《坟》，人民文学出版社1973年版，第51页。
⑤ 鲁迅：《摩罗诗力说》，《坟》，人民文学出版社1973年版，第51页。
⑥ 鲁迅：《摩罗诗力说》，《坟》，人民文学出版社1973年版，第52页。

情""崇大思理"均与传统儒道思想相对，显示了鲁迅从哲学根本上对传统哲学和传统诗学进行颠覆。

由以上分析可以看出，鲁迅呼唤摩罗诗人虽然以现实功用为目，但因为鲁迅将这种政治性的诉求深深扎根于权力意志哲学中，使得他的诗学有了坚实的哲学基础，而不是仅仅社会学意义上的功利目的。鲁迅给人的突出印象是，虽然他后来根据现实的需要屡屡调整自己的人生策略（这一点跟现代的许多学者一样），但这种权力意志的思想一直深深潜藏在他的精神深处。鲁迅在后来历次的政治斗争、文学论争中从不屈服，从不持消极的观点，这与尼采的影响深刻相关。他实践了他自己在《破恶声论》所期待的理想人物："反其心者，虽天下皆唱而不与之和。其言也，以充实而不可自已故也，以光曜之发于心故也，以波涛之作于脑故也。"①尼采在现代中国获得广泛的回应，但大多数学者只是利用尼采哲学中的某些范畴临时性地为自己的观念服务，只有鲁迅仿佛将尼采的魂魄置于自己的精神内，一以贯之地以"权力意志"之眼来批评文化、抨击社会、推进国民性改造。（鲁迅后来虽然对尼采颇有微词，但只是针对尼采的过激言论，不影响尼采对于他的本体论意义。）

（二）立人理想的形而上学境界

鲁迅在提出社会改造的理想蓝图时，不是仅仅注目于人的行为的社会效果，相反，他更看重每一个单个的个人，注重个人的内在品质，社会功利只是这种内在品质发挥后的自然结果。（他常常提到："人生意义，致之深邃，则国人之自觉至，个性张，沙聚之邦，由是转为人国。"②"人既发扬踔厉矣，则邦国亦以兴起。"③"中心皆中正无瑕玷矣，于是拮据辛苦，展其雄才，渐乃志遂事成。"④"是故将生存两间，角逐列国是务，其首在立人，人立而后

① 鲁迅：《破恶声论》，《集外集拾遗》，人民文学出版社1973年版，第19页。
② 鲁迅：《文化偏至论》，《坟》，人民文学出版社1973年版，第43页。
③ 鲁迅：《文化偏至论》，《坟》，人民文学出版社1973年版，第32页。
④ 鲁迅：《文化偏至论》，《坟》，人民文学出版社1973年版，第32页。

凡事举。"①"则庶几烛幽暗以天光，发国人之内曜，人各有己，不随风波，而中国亦以立。"②）强调的正是首先改造人的本质，再在此基础上进行社会改造的观点。

在对人的思考中，鲁迅提出一系列立人的理想范畴如"个人""内曜""白心""神思"，当他思考这些范畴时，并不是仅仅以社会功利来衡定这些范畴的意义。相反，他据此标准对社会和历史人物展开深思，以纯知识论的视角来审视文化。他借尼采的话批评社会时说："特其为社会也，无确固之崇信；众庶之于知识也，无作始之性质。"③他称赞雪莱说："况修黎者，神思之人，求索而无止期，猛进而不退转，浅人之所观察，殊莫可得其渊深。"④他称新神思宗："据地极固，函义甚深。"⑤他批判众数的社会"故多数相朋，而仁义之途，是非之端，樊然淆乱；惟常言是解，于奥义也漠然"⑥。从这些话语可以知晓鲁迅是以严肃的、真理求索的态度来从事立人工作的，远远超出了社会实用目的，而且深追人生意义的本质，以求得本源性的真理。诸如此类的纯知识论话语在他前期的美学著作中比比皆是，显示了鲁迅不同于一般学者的哲学家品质。形而上学成为他思考的归宿乃至逻辑的必然。

在立人理想中对纯哲学的关注在他选取的理想代表人物中得到体现。鲁迅在张扬个人主义、抨击物质主义流弊的时候，不是选取其他领域的代表人物，比如政治家、社会活动家、作家、学者等——19世纪的欧洲并不缺乏这样的人物，而几乎都是选取当时欧洲最杰出的哲学家，他们是斯蒂纳、叔本华、克尔恺郭尔、易卜生、尼采等，即所谓"新神思宗"。其中仅仅易卜生以戏剧著名，而易卜生又极度崇奉克尔恺郭尔，以克尔恺郭尔的诠释者著称，哲学修养极佳。这些哲学家（除易卜生外）均有自己独到的哲学理念，思想精深，

① 鲁迅：《文化偏至论》，《坟》，人民文学出版社1973年版，第44页。
② 鲁迅：《破恶声论》，《集外集拾遗》，人民文学出版社1973年版，第21页。
③ 鲁迅：《文化偏至论》，《坟》，人民文学出版社1973年版，第35页。
④ 鲁迅：《摩罗诗力说》，《坟》，人民文学出版社1973年版，第71页。
⑤ 鲁迅：《文化偏至论》，《坟》，人民文学出版社1973年版，第35页。
⑥ 鲁迅：《文化偏至论》，《坟》，人民文学出版社1973年版，第39页。

鲁迅与20世纪中国研究丛书

在世界哲学史上均占据重要地位。他们虽然与社会流俗尖锐对立，但这种对立是他们哲学观念的自然后果。也就是说，他们并不主要在社会学领域反社会，而在于他们的哲学理念为世不容；个人主义主要是他们哲学身份的外在轮廓，他们并不特意打出个人主义旗号（斯蒂纳稍例外？），以期获得政治学意义上的社会效果。如果仅仅着意于社会效果，鲁迅反而不应选取这一批人，而应该像严复那样，选取能更快地产生社会影响的《天演论》的作者赫胥黎那样的人物。但鲁迅不是严复，他的选择恰恰反映了他的旨趣。这种旨趣就是人的终极理想或曰纯哲学。这可从他对新神思宗代表人物的评价中看出："而契开迦尔则谓真理准则，独在主观，惟主观性，即为真理。"[1]"德人斯契纳尔（M. Stirner）乃先以极端之个人主义现于世。谓真之进步，在于己之足下。人必发挥自性，而脱观念世界之执持。惟此自性，即造物主。"[2]"故如勖宾霍尔所张主，则以内省诸己，豁然贯通，因曰意力为世界之本体也。"[3]"尼佉之所希冀，则意力绝世，几近神明之超人也。"[4]在这些评论中，标示形而上终极意义的词语如真理、造物主、本体、神明触目皆是，而对他们的哲学观念造成的社会功利效果倒少有提及。

鲁迅在对立人理想诸多范畴如"神思""白心""内曜""奥义""内部之生活""本原"进行终极追问时，提出了一系列形而上学范畴，涉及形而上学问题、宗教问题、自然哲学问题、神话问题、生死问题、迷信问题等等。

1.明确提出形而上学问题

在对"恶声"的抨击中，鲁迅写了一大段值得注意的文字：

> 夫人在两间，若知识混沌，思虑简陋，斯无论已；倘其不安物质之生活，则自必有形上之需求。故吠陀之民，见夫凄风烈雨，黑云如盘，奔电时作，则以为因陀罗与敌斗，为之粟然生虔敬念。希伯来之民，大观天

---

① 鲁迅：《文化偏至论》，《坟》，人民文学出版社1973年版，第41页。
② 鲁迅：《文化偏至论》，《坟》，人民文学出版社1973年版，第37页。
③ 鲁迅：《文化偏至论》，《坟》，人民文学出版社1973年版，第41页。
④ 鲁迅：《文化偏至论》，《坟》，人民文学出版社1973年版，第42页。

然，怀不思议，则神来之事与接神之术兴，后之宗教，即以萌蘖。虽中国志士谓之迷，而吾则谓此乃向上之民，欲离是有限相对之现世，以趣无限绝对之至上者也。人心必有所冯依，非信无以立，宗教之作，不可已矣。顾吾中国，则凤以普崇万物为文化本根，敬天礼地，实与法式，发育张大，整然不紊。复载为之首，而次及于万汇，凡一切睿知义理与邦国家族之制，无不据是为始基焉。效果所著，大莫可名，以是而不轻旧乡，以是而不生阶级；他若虽一卉木竹石，视之均函有神閟性灵，玄义在中，不同凡品，其所崇爱之溥博，世未见有其匹也。顾民生多艰，是性日薄，洎夫今，乃仅能见诸古人之记录，与气禀未失之农人；求之于士大夫，戛戛乎难得矣。①

　　鲁迅在这里实际上已经明确提出了哲学的核心问题——形而上学："倘其不安物质之生活，则自必有形上之需求。""欲离是有限相对之现世，以趣无限绝对之至上者也。"这是继王国维之后再次明确提出哲学核心问题的中国现代学者。王国维通过钻研西方哲学，悟得形而上学概念。王国维是对纯哲学、纯形而上学怀着固有兴趣的哲学家，不问现实如何，只问人的形而上本质；鲁迅则不同，他关心的终点是民族命运，是现实问题，但他在对民族命运的终极思考中，一直深入到人的形而上本质，正是在这一点上，他与王国维汇合了。王国维与鲁迅是现代中国对哲学本质问题思考最深入、能把握哲学核心问题的两个学者。

　　2.肯定宗教的价值

　　鲁迅对哲学核心问题的提出是通过反思宗教而得出的，他明确肯定宗教的意义："人心必有所冯依，非信无以立，宗教之作，不可已矣。""宗教由来，本向上之民所自建。"②"夫佛教崇高，凡有识者所同可。"③在《摩罗诗力说》中，他也称赞："天竺古有《韦陀》四种，瑰丽幽夐，称世界大

　　① 鲁迅：《破恶声论》，《集外集拾遗》，人民文学出版社1973年版，第23—24页。
　　② 鲁迅：《破恶声论》，《集外集拾遗》，人民文学出版社1973年版，第24页。
　　③ 鲁迅：《破恶声论》，《集外集拾遗》，人民文学出版社1973年版，第25页。

文。"①虽是着眼于诗歌意义，但《韦陀》本质为宗教哲学，在其称颂中暗含对宗教的肯定不言而喻。盛赞创造宗教的"吠陀之民"和"希伯来之民"为"向上之民"。鲁迅对宗教的热情肯定与郭沫若形成了鲜明的差别，也正证明了郭沫若不懂形而上学，不懂宗教。②

还值得注意的是，鲁迅在肯定那种来自西方和印度意义上的宗教时，并不否定中国先民崇拜宇宙万物的宗教意义："设有人，谓中国人之所崇拜者，不在无形而在实体，不在一宰而在百昌，斯其信崇，即为迷妄，则敢问无形一主，何以独为正神？宗教由来，本向上之民所自建，纵对象有多一虚实之别，而足充人心向上之需要则同然。顾瞻百昌，审谛万物，若无不有灵觉妙义焉，此即诗歌也，即美妙也，今世冥通神闷之士之所归也，而中国已于四千载前有之矣；斥此谓之迷，则正信为物将奈何矣。"③可见鲁迅开阔的泛神胸怀。他盛赞中国文化："顾吾中国，则夙以普崇万物为文化本根，敬天礼地，实与法式，发育张大，整然不紊。复载为之首，而次及于万汇，凡一切睿知义理与邦国家族之制，无不据是为始基焉。效果所著，大莫可名，以是而不轻旧乡，以是而不生阶级；他若虽一卉木竹石，视之均函有神闷性灵，玄义在中，不同凡品，其所崇爱之溥博，世未见有其匹也。"④

包括佛教、基督教在内的宗教在现代中国获得广泛的响应，信仰的学者极多，但大都是着眼于人生困境的解脱的目的，而少及真理探索；但鲁迅在此处不同，虽人生问题于他也不可避免，但鲁迅主要从"神思"的角度，张扬的是宗教的宇宙论意义，这正是典型的形而上学的视角和哲学家气派。

3.肯定神话的价值

鲁迅对神话的肯定，与他对宗教的态度一样，是处于形而上学的立场：

---

① 鲁迅：《摩罗诗力说》，《坟》，人民文学出版社1973年版，第45页。

② 郭沫若曾说："形而上学者假拟出一个无始无终的本体，宗教家虚构出一个全能全智的上帝，从而宗仰之，冥合之，以图失了的乐园之恢复；但是怀疑尽了头的人，这种不兑换的纸币，终究要失掉它的效力。"见《郭沫若全集》文学编第15卷，人民文学出版社1984年版，第295页。

③ 鲁迅：《破恶声论》，《集外集拾遗》，人民文学出版社1973年版，第24页。

④ 鲁迅：《破恶声论》，《集外集拾遗》，人民文学出版社1973年版，第23页。

"夫神话之作，本于古民，睹天物之奇觚，则逞神思而施以人化，想出古异，诚诡可观，虽信之失当，而嘲之则大惑也。太古之民，神思如是，为后人者，当若何惊异瑰大之。"①在当时的科学语境中，包括宗教信仰、神话在内的许多涉及抽象精神的事物都受到否定、攻击和破坏，但鲁迅却力挺宗教、神话甚至迷信的意义，认为它们是古民神思的结果；而今人以宗教、神话、迷信为无用，正是庸俗的功利主义的表现。鲁迅痛斥这些人"科学为之被，利力实其心，若尔人者，其可与庄语乎，直唾之耳"②。尖锐指出："以科学所底，不极精深。"③呼唤："伪士当去，迷信可存，今日之急也。"④语极警醒。这是对科学功利观的精到批评，其立场正是形而上的"神思"。出于这样的立场，他肯定了中华古老的神话"龙"："夫龙之为物，本吾古民神思所创造，例以动物学，则既自白其愚矣，而华土同人，贩此又何为者？抑国民有是，非特无足愧恶已也，神思美富，益可自扬。"⑤并指出世界民族皆有自己的"神"物：

> 古则有印度希腊，近之则东欧与北欧诸邦，神话古传以至神物重言之丰，他国莫与并，而民性亦瑰奇渊雅，甲天下焉，吾未见其为世诟病也。惟不能自造神话神物，而贩诸殊方，则念古民神思之穷，有足愧尒（愧耳）。嗟乎，龙为国徽，而加之谤，旧物将不存于世矣！顾俄罗斯枳首之鹰，英吉利人立之兽，独不蒙垢者，则以国势异也。⑥

4.颂扬天然

鲁迅在对雪莱思想的考察中提出"天然"哲学观：

---

① 鲁迅：《破恶声论》，《集外集拾遗》，人民文学出版社1973年版，第26页。
② 鲁迅：《破恶声论》，《集外集拾遗》，人民文学出版社1973年版，第27页。
③ 鲁迅：《破恶声论》，《集外集拾遗》，人民文学出版社1973年版，第25页。
④ 鲁迅：《破恶声论》，《集外集拾遗》，人民文学出版社1973年版，第24页。
⑤ 鲁迅：《破恶声论》，《集外集拾遗》，人民文学出版社1973年版，第27页。
⑥ 鲁迅：《破恶声论》，《集外集拾遗》，人民文学出版社1973年版，第27页。

鲁迅与20世纪中国研究丛书

虽然，其独慰诗人之心者，则尚有天然在焉。人生不可知，社会不可恃，则对天物之不伪，遂寄之无限之温情。一切人心，孰不如是。……修黎幼时，素亲天物，尝曰，吾幼即爱山河林壑之幽寂，游戏于断崖绝壁之为危险，吾伴侣也。考其生平，诚如自述。方在稚齿，已盘桓于密林幽谷之中，晨瞻晓日，夕观繁星，俯则瞰大都中人事之盛衰，或思前此压制抗拒之陈迹；而芜城古邑，或破屋中贫人啼饥号寒之状，亦时复历历入其目中。其神思之澡雪，既至异于常人，则旷观天然，自感神闳，凡万汇之当其前，皆若有情而至可念也。故心弦之动，自与天籁合调，发为抒情之什，品悉至神，莫可方物，非狭斯丕尔暨斯宾塞所作，不有足与相伦比者。①

这里的关键词是"其神思之澡雪，既至异于常人，则旷观天然，自感神闳，凡万汇之当其前，皆若有情而至可念也"，"品悉至神，莫可方物"，可以看出，鲁迅对"天然"看法仍是神秘主义的形而上学观点。这里有中国道家哲学的影子（"天物之不伪"），但主要是西方泛神论意义上的自然观（"旷观天然，自感神闳"，"万汇之当其前，皆若有情而至可念也"）。

5.生死问题

这是对雪莱不幸海上溺亡的哲学思考：

……迨二十二年七月八日，偕其友乘舟泛海，而暴风猝起，益以奔电疾雷，少顷波平，孤舟遂杳。裴伦闻信大震，遣使四出侦之，终得诗人之骸于水裔，乃葬罗马焉。修黎生时，久欲与生死问题以诠解，自曰，未来之事，吾意已满于柏拉图暨培庚之所言，吾心至定，无畏而多望，人居今日之躯壳，能力悉蔽于阴云，惟死亡来解脱其身，则秘密始能阐发。又曰，吾无所知，亦不能证，灵府至奥之思想，不能出以言辞，而此种事，

① 鲁迅：《摩罗诗力说》，《坟》，人民文学出版社1973年版，第71—72页。

鲁迅与20世纪中国文学教育

纵吾身亦莫能解尔。嗟乎，死生之事大矣，而理至闳，置而不解，诗人未能，而解之之术，又独有死而已。故修黎曾泛舟坠海，乃大悦呼曰，今使吾释其秘密矣！然不死。一日浴于海，则伏而不起，友引之出，施救始苏，曰，吾恒欲探井中，人谓诚理伏焉，当我见诚，而君见我死也。然及今日，则修黎真死矣，而人生之闳，亦以真释，特知之者，亦独修黎已耳。[1]

死亡一直是西方哲学的核心问题，西方哲学往往以反思死亡成就大智慧。尼采谓"死亡是一切形而上学中的难题"，雪莱对死亡的观点，也属于西方文化，死亡与真理紧密相连。雪莱谓人生时，不能解释生死问题；而要知晓生死奥秘，"惟死亡来解脱其身，则秘密始能阐发"，他为此不惜主动投身海中，以身试死，可见探索真理的热情。鲁迅对雪莱的热情颂扬，其真理探索的热情自然不减雪莱。

第二节 《野草》中的悖论和虚无

从以上对鲁迅早期诗学思想的解读，我们可以肯定，鲁迅在其从事诗学活动之初就不完全是一个现实主义者，他的精神没有完全为现实所拘，而向最高的存在敞开。固然，鲁迅在张扬他的形而上学思想时怀着青年人的浪漫主义热情，是对无名世界的一种热情向往，其形而上理想是一种浪漫主义的形式，尚没有进入对西方哲学某种具体的精神形态的体验和深思。尽管权力意志被用来作为他的摩罗诗人的哲学基础，但这一形态仍是青年浪漫主义的形式，没有进入对生命复杂深刻的体验。他仅仅用个人主义、神思等几个概念就将斯蒂纳、叔本华、克尔恺郭尔、尼采一网打尽显然是笼统的，甚至是肤浅的。随着鲁迅进入中年和阅历的增长、社会活动的增加和进入实际的文学创作及其导致的体验的深入，前期的浪漫主义热情渐渐沉淀为几种存在主义意义上的精神形式：

---

[1] 鲁迅：《摩罗诗力说》，《坟》，人民文学出版社1973年版，第72—73页。

鲁迅与20世纪中国研究丛书

荒谬和虚无，以及荒谬中的选择、虚无中的抗争。这些形式不再有早期的那种昂扬的精神，而且呈现为一种"负"精神的形式：它们不是像早期那样以丰富生命而存在，而是可疑的、反生命的。正因为这样，才成就了鲁迅的深刻。这就是《野草》。

（一）存在的形态：悖论和虚无

在《野草》里，存在表现为两种状态：悖论和虚无。悖论是背自然常理，虚无是丧失一切价值。这两个概念就其原教旨主义而言，都是纯粹哲学意义上的，均会导致人类精神的无所依归，前者产生于克尔恺郭尔，后者产生于尼采。而鲁迅喜爱的西方哲学家中，没有超过这两位的；在《野草》中，也是这两位哲学家的思想烙印最深。

在克尔恺郭尔的哲学中，存在着某种否定生命本能的力量，这种力量把人打出生存的常规。被打出生存常规的人不但普通的社会伦理对于他没有什么意义，他甚至怀疑存在的那些最基本的规律——普通人在生存背后无可置疑的、潜在起作用的规律对这些人都是一种问题。那种异己的力量无止尽地把他一直打出生活的常规，使得他一直活在尖锐的矛盾中。这就是克尔恺郭尔的精神之刺。简言之，人的自然存在在这样的人身上不是不言自明，而是成为最大的疑问。而正是这样的问题把他带出生存的常规，使得他看清存在的面貌。因为无论对于一个什么东西，如果我们与它浑然同一时我们是看不清它的；只有我们离开它，与它保持了一定的距离时才看清它。存在主义者通过那种异己的力量离开的不是一般的东西，而是整个存在；他看清的也不是一般的东西，而是整个存在。婴儿只有离开母亲时才看清母亲，在娘胎里是不可能看清母亲的。一个真正的存在主义者是一个离开了存在母胎的人。他被置于绝对的荒凉中，绝望而无语，陷入生存悖论。他从根本上失去了存在的安定感，仿佛地球被人从他脚底下抽出一般，悬在绝对的虚空中。他从生活的一切方面看到的都是不可能，因为那太不可思议了！而作为这种不可能的反动，作为存在最大的辩证法，上帝带着"没有什么不可能"出场了。荒诞靠上帝得到拯救。

在《野草》最好的几篇散文诗中，几乎布满了那种荒诞的悖论式的存在状况。死火、无地、不知道时候的时候等悖论式的词语和"然而黑暗又会吞并我，然而光明又会使我消失"①"待我成尘时，你将见我的微笑！"②"于一切眼中看见无所有，于无所希望中得救"③悖论式的句子触目皆是，死火、无地、不知道时候的时候等悖论式的词语均是"有意味的形式"，他们在存在上是难以想象其状的，因而也绝非自然的存在可比。死火即被冰冻住的火，按照自然规律，结冰需在零度以下，火自然也已熄灭；熄灭的火绝无火焰，而死火却有炎炎的形，这是不可能的。但就是这种不可能构成了审美奇观！这种审美奇观与鲁迅主体精神构成同构的关系："死火"事实上就是鲁迅悖论精神状态的象征，死火绝非肉眼的发现，而是精神之眼的发现，简言之，死火的悖论就是精神的悖论。④

这种悖论在《影的告别》中再一次得到表现。影子，如果它一定存在，按照自然规律，则必定有存在的空间和时间；然而，这里的影子却彷徨于"无地"，"在不知道时候的时候"独自远行。这种表达暗示出一种悖论，即主体精神在某种困境中又由于某种宿命的原因绝无可能。

存在的悖论在《墓碣文》中得到集中的表现。墓碣的正文展示了存在悖论："……有一游魂，化为长蛇，口有毒牙。不以啮人，自啮其身，终以殒颠。……"蛇是诗人主体精神的象征——象征了精神的悖论：智慧之蛇咬住自己的尾巴，精神如此，只能在自己的矛盾内无休止地打圈。这条精神之蛇让人想起里尔克的笼中豹（里尔克《在巴黎植物园》）——笼中豹同样是精神矛盾的隐喻，隐喻了精神的困境。⑤存在主义者有别于古典哲学，他们把哲学的核

---

① 鲁迅：《野草》，人民文学出版社1973年版，第6页。

② 鲁迅：《野草》，人民文学出版社1973年版，第41页。

③ 鲁迅：《野草》，人民文学出版社1973年版，第40页。

④ 有人讲："'死火'的主题，即被关在冰的外框中的激情。"（见［美］李欧梵：《铁屋中的呐喊》，尹慧珉译，河北教育出版社2002年版，第98页。）这是不对的，这一观点没能道破死火这一意象所包孕的精神悖论。

⑤ 雷文学：《精神矛盾的隐喻——里尔克〈豹〉的哲学解读》，《世界文学评论》2010年第2期。

心问题带到人的精神内，不考虑宇宙和理念问题，世界观上的外部矛盾转化为内部矛盾。蛇正是存在主义内部矛盾的隐喻。"……于浩歌狂热之际中寒；于天上看见深渊。于一切眼中看见无所有；于无所希望中得救。……"这种矛盾的表达正昭示了生存的悖论。在存在主义那里，天堂和地狱不再是存在的两个明显对立的处境，而在实际上就是同一个情景。克尔恺郭尔的"上帝"即是在人的精神最绝望时出场。现代哲学不再有古典哲学的自明性，表现了前所未有的复杂和荒诞。

碣后的话是对人的本质的追寻。"……抉心自食，欲知本味。创痛酷烈，本味何能知？……"①是讲生命的本来已被痛苦所改变，已不可寻。"……痛定之后，徐徐食之。然其心已陈旧，本味又何由知？……"②是讲本来的生命已在时间之流中陈旧逝去，仍不可寻。综合两句，是讲生命处于时间之流的变幻中，所能感知的只是被现实条件造成的"自我"，本源的自我已无可追寻。这正是丧失形而上支撑的现代人面临的存在困境：无本质的人，生命惶惶无所依，正如《过客》中的那个中年过客，没有名字，不知道从哪儿来，要到哪儿去，明知前面是坟却还要走。

虚无与悖论一样，是笼罩《野草》的主要精神氛围。虚无主义，简言之，就是丧失价值观，生命处于无所皈依的状态。《野草》出现于"上帝已死"后的后形而上学状态。尼采以极端的权力意志学说，看破人类精神史上种种价值形态只是人类意志软弱的结果，上帝、理念等等只是人类寻求安慰和精神支撑的结果，最高价值是不存在的，是人类的虚妄，是意志疲惫的结果，真理是不存在的。尼采是残酷的，他把人类处于潜意识当中最深刻的精神支撑统统拿掉，让人类身处价值荒原，看清自身存在的虚无。"为什么现在就必然出现虚无主义呢？因为迄今为止我们文化中的一切价值都可以从虚无主义中得出最终结论；如果我们对伟大的价值与理想进行最彻底的逻辑思维，那么这种思维的结果就是虚无主义；只有经历过虚无主义这个阶段之后我们才会明白一切旧的

---

① 鲁迅：《野草》，人民文学出版社1973年版，第40页。
② 鲁迅：《野草》，人民文学出版社1973年版，第40页。

'价值'究竟有何价值。"①在尼采之前，人类无论多么痛苦，但总有终极依靠，即上帝、神、理念等，这些人类精神史上最高的价值形态给人类提供了最深刻的心理平衡，此为古典哲学状态。然而，尼采深刻的怀疑精神带着他越过了这些概念，看清了这些概念的虚无本质，指明并无真理。

虚无主义对于尼采而言，还不仅仅是人类价值看破后的状态，它甚至对尼采具有本体论意义。"虚无主义就是，一切价值终无价值"，尼采用虚无主义瓦解了一切价值形态，而将自己的权力意志看作世界的终极形态；但是，尼采又承认，他的权力意志"被'虚无'所缠绕"，②他在晚年承认，权力意志也不是世界的终极形态，"意志自身也还是一个囚徒"。直至彻底否定自己所有的思想："我所有的思想都是宇宙命运之风中的谷壳。"③导致不可知论，陷入彻底的虚无。这正是尼采思想的艰难之处，迄今为止，这一浓重的阴影仍笼罩着哲学史和人类。

鲁迅的思想就处于这种上帝已死的后形而上学状态中，其虚无主义具有广阔的世界文化背景和历史的必然性。鲁迅有很强的虚无感，在带有总结意义的《野草·题辞》中，他对生命的总结就是虚无："过去的生命已经死亡。我对于这死亡有大欢喜，因为我借此知道它曾经存活。死亡的生命已经朽腐。我对于这朽腐有大欢喜，因为我借此知道它还非空虚。"④对死亡和朽腐感到欢喜，是因为借朽腐和死亡证明生命已经存在过——这却从侧面证明了当下的生命的虚无。这种虚无感在《希望》中又得到强有力的表现："我的心也曾充满过血腥的歌声：血和铁，火焰和毒，恢复和复仇。而忽而这些都空虚了……"⑤这是空虚于历史价值；而当作者接着说："但有时故意地填以没奈何的自欺的希望。希望，希望，用这希望的盾，抗拒那空虚中的暗夜的袭来，

① 尼采：《权力意志》，漓江出版社2000年版，第212页。
② 尼采：《尼采遗稿选》，上海译文出版社2005年版，第117页。
③ 尼采：《我妹妹和我》，文化艺术出版社2003年版，第54页。
④ 鲁迅：《野草》，人民文学出版社1973年版，第1页。
⑤ 鲁迅：《野草》，人民文学出版社1973年版，第16页。

虽然盾后面也依然是空虚中的暗夜。"①用希望填充内心，希望并不能充当生命全体的意义，这反证了内心的虚无；而希望背后层层的虚空的暗夜才是生命的本来。

虚无主义就是价值的根本性缺失。《影的告别》中以影子为喻是有意味的：影子的存在本身具有浓重的虚无性。它不愿意去天堂、地狱和黄金世界，不但是对天堂、地狱和黄金世界的否定，而且这种隐喻几乎是对一切价值观的否定，因为根本就没有一个去处可以安顿一个存在主义者，影子的话只是一个存在主义者象征的表达。影子的无地彷徨和西西弗的无尽地推动巨石隐喻的是一个共同的哲理；"过客"隐喻的也是同样的哲理，过客与影子、西西弗一样面临价值的根本性缺失，他不知道自己的来由和本性，自己的去向只是坟——价值虚无的隐喻。

（二）如何面对存在：在荒谬中选择，在虚无中抗争

如何面对存在就是如何面对存在的荒诞和虚无。鲁迅的态度是：在荒谬中选择，在虚无中抗争。

经典存在主义作家面对荒诞的态度是穷尽荒诞以接近上帝。克尔恺郭尔（旧译克尔凯郭尔）在《致死的疾病》中讨论了"绝望"的价值，以为绝望就是不可能，个体处于绝对的困境中，现存的文化对于他的困境毫无用处，他孤零零地悬在宇宙中。但是，如果他敞开自我，就会意识到上帝，上帝就是那拯救的力量，因为上帝意味着没有什么不可能。在极端的绝望处觉悟到无所不能的上帝，这是一种伟大的灵感；克尔恺郭尔又定义了"自我"，自我是自身与自身发生关联的关系：人是一个有限与无限、暂时与永恒、自由与必然的综合，在这二者的关系中，这关系是一个第三者，此即自我。自我，或曰此关系，由上帝建立。②他把自我看作一种有限与无限之间的关联，现实中的有限的必然的自我向无限神性的自我敞开，人要在绝境中才能觉悟这种关联，即觉

悟到上帝。加缪也通过对荒谬的自觉而觉悟到这个世界之外一定还有一种理性来肯定荒谬，简言之，荒谬暗示了某种还未出场的价值观，那就是上帝。

选择是困难的，原因在于荒谬中的人无论选择什么都会落入悖论和虚无的命运，但荒谬中的人又尖锐地面临选择，其选择的迫切性和难度超越一切选择，原因在于它涉及根本价值。鲁迅的做法是，他选择比较接近生命意志的方案。死火处于刚被冰冻而又没有完全熄灭的状态中，这是尖锐的生存状态：假如不给以温热，即马上被冻灭；如果给以温热，则又马上烧完。选择对于死火似乎是没有意义的。然而，两相比较之下，死火选择了烧完，就因为烧完在生命即将结束时又肯定了自己一次，这样的选择就具有了意义。影子不愿意去天堂、地狱和未来的黄金世界，不是不愿意，而是被迫。天堂和黄金世界代表光明，地狱代表黑暗，影子意识到："然而黑暗又会吞并我，然而光明又会使我消失。"这种意识其实暗含了对自我的肯定：影子不愿意成为光明或黑暗，因为无论成为光明还是黑暗，影子都将失去自我，这实际上要确保影子自己的存在。

否定了光明和黑暗，影子接下来面临最艰巨的选择。因为可供他选择的似乎只有光明和黑暗，除开光明和黑暗还有什么留给影子呢？可是他又决绝地否定这两种途径，因此他反复地说："我不如彷徨于无地"①，"我不如在黑暗里沉没"②，"我将在不知道时候的时候独自远行"③，"我将向黑暗里彷徨于无地"④。影子反复纠缠在自己的精神悖论里，就因为潜意识深处有对自我意志的坚守，在寻找到新的价值形态之前绝不放弃自我。在这里，我们可以看见尼采的影子：权力意志将越过虚无向着未知之境进发，权力意志无论在什么情境下都不会丧失对自我的肯定。

影子隐喻了中国人在放弃传统价值观之后向西方学习又没有找到终极价值观的价值缺席状况。

《过客》的主题，学术界定义为"绝望地走"，并被认为是鲁迅的哲学。

---

① 鲁迅：《野草》，人民文学出版社1973年版，第6页。
② 鲁迅：《野草》，人民文学出版社1973年版，第6页。
③ 鲁迅：《野草》，人民文学出版社1973年版，第7页。
④ 鲁迅：《野草》，人民文学出版社1973年版，第7页。

鲁迅与20世纪中国研究丛书

但这种哲学的本体论依据是什么？学界并没有深入的探究。"绝望地走"如果被认为是鲁迅的哲学，这种判断更多也只是诗意的成分，尚缺乏知识论基础。但这种哲学是有本体论依据的，那就是权力意志哲学。在《野草》中，权力意志突出表现为针对虚无、虚妄和荒诞发言，意志力图冲破存在的虚无和荒诞、虚妄，决绝地走向未明，为自己辩护。虚无和权力形成最紧张的辩证关系。

尼采的权力意志与虚无主义是纠缠不清的，二者可同谓尼采哲学之根，均具有本体论意义；而更要命的是，权力意志与虚无主义相互否定，谁也不能说服谁。这种矛盾是惊心动魄的。好几年前，笔者正是醉心尼采哲学的时候，有一天晚上我做了一个梦：梦中发了大洪水，这洪水类似于《圣经》中上帝降大水四十九天，普天之下均被洪水淹没。我和我的哥哥泅游在大洪水中，我看到我的哥哥因为惊惧和绝望而面如炭黑，我大约也面如炭黑。可我不停地对哥哥说："坚持啊！坚持啊！"绝望造成了内心的紧张，我于是醒来，毫不困难地意识到这个梦的主题就是权力意志：梦中我和哥哥的处境是毫无任何希望的，我们不可能泅渡到一个可以赖以生存的一小块陆地——彼岸的象征，我确认这种恐惧和虚无；但我仍对哥哥喊叫坚持，我们没有放弃，因为意志的本性是不放弃。阅读《过客》我想起了这个梦，因为它们是一个共同的主题。过客的前途是坟，没有任何希望；而他又处于人生的中年，困顿，疲惫，举步维艰。但他没有休息，因为前面有声音叫他走，这声音就是权力意志——那种让生命无论在什么情况下都要持续向前的根本力量。①

权力意志针对虚无发言，它在看破一切价值毫无价值后又继续寻找新的价值。然而在寻找到新的价值以前，意志宁愿走向痛苦的未明，在虚无和绝望中泅渡也不愿屈就于任何一种旧价值。《希望》是同样的主题。在空虚于历史价值后，"我"只能以虚妄的希望为盾抗击空虚中的暗夜；而自我也同时清楚地意识到盾后面还是空虚中的暗夜。当这种虚空耗尽"我"的青春时，"我"又

鲁迅与20世纪中国文学教育

---

① 有人认为："'过客'还听见另外一种'常在前面催促我，叫唤我，使我息不下'的声音。虽然不免想到基督教的'旷野的呼唤'，但从人文主义的前后文看，却只能解释为某种责任感的内心呼唤。"（见［美］李欧梵：《铁屋中的呐喊》，河北教育出版社2002年版，第97页。）这种伦理的解读显然削弱了鲁迅哲学本体论的意义。

将希望寄托在身外的青春，然而可悲的是，身外的青春也不存在。当这种里里外外的价值感都陷入虚空时，"我"的选择是"肉搏这空虚中的暗夜"，意志不停留。《影的告别》也是同样的主题。影子否定了天堂、地狱和黄金世界，不愿意依附于任何价值观，宁愿无地彷徨；而又不满足于无地彷徨，终于决定"在不知道时候的时候独自远行"。

权力意志的重要特征是求真。它能拨开历史价值的虚妄走向真实。尼采就是凭借求真的精神看清柏拉图主义、基督教传统、科学理性主义等形形色色价值观的虚妄，而凭意志继续走向对最高价值的寻求。《秋夜》中的天空"奇怪而高"，它没有明确的精神特征和精神价值，却仿佛崇高，给人以压制："仿佛要离开人间而去"，"闪闪地映着几十个星星的眼，冷眼"，"自以为大有深意"，"降繁霜洒在我的园中的野花草上"，这是某种诡诈的形而上学的象征。而枣树面对这样的天空，不像野花一样，"瑟缩地做梦，梦见春的到来"，[①]只是"默默地铁似的直刺着奇怪而高的天空，一意要制他的死命"，"使月亮窘得发白"。[②]意志的不妥协逼着这种虚妄的形而上价值退场。"这样的战士"[③]识辨各种旗帜、各样好名称、各种外套、各种花样，识别敌人点头式的武器，察觉敌人的护心镜，宛如走入无物之阵，知道敌人狡猾的伎俩，也知道自己最终失败，而无物之物最终获胜，但他不停地举起投枪，正显出权力意志在虚无的、虚妄的价值面前的不妥协。

第三节　对存在的超越：呼唤新的价值形态

克尔恺郭尔和加缪在应对存在的荒诞时都觉悟到上帝的存在，他们都以上帝的"没有什么不可能"解救了"没有任何可能"的绝望和荒诞，换言之，终极价值在他们那是存在的。尼采的权力意志也向未来敞开，它虽还没有发现

---

① 鲁迅：《野草》，人民文学出版社1973年版，第3页。

② 鲁迅：《野草》，人民文学出版社1973年版，第4页。

③ 鲁迅：《野草》，人民文学出版社1973年版，第52页。

或曰根本否定终极价值，但并不否认追问的权利；他虽否定终极价值，但仍在呼唤最高价值。《野草》是没有终极价值形态的，作者面对荒诞和虚无虽然在进行紧张的选择和强力的抗争，但笼罩着他的顽强的求乞者的只是"灰土、灰土、灰土……"，跟在过客身后的是夜色，影子最终将沉没在黑暗里。"你还想我的赠品。我能献给你甚么呢？无已，则仍是黑暗和虚空而已。"这是他对自己精神所有的终极表达。

但是，《野草》是否仅仅停留在"无地彷徨"的"黑暗和虚空"状态中，而无超越的努力？表面上看，《野草》确实没有奉献一种积极的精神形态，但是，《野草》深刻地展现了虚空和绝望，并将这种虚空和绝望展现到了极致。当一种黑暗到达最深刻的时候，紧接着出场的可能就是新价值的黎明。鲁迅没有把这种新价值的黎明描画在他的哲学的天际，但这种黎明已经胎动在他的最深刻的黑暗和虚无里，尽管出现在这种黎明天空里的色彩是什么样的尚属完全无知。

这种胎动是可以感受的。《影的告别》和《墓碣文》是整本《野草》虚无和怀疑色彩最浓的两篇，影子在结尾说："只有我被黑暗吞没，那世界全属于我自己。"死尸在结尾说："待我成尘时，你将见我的微笑！"这两句话是整本《野草》少见的有信心地从正面表述自己精神状况的话，影子和死尸生前都处于生存悖论中，它们的抗争都不可能超越自己矛盾的怪圈。面对这种困境，影子选择了与黑暗一起沉没；但这种沉没不仅仅是同归于尽，沉没的结果是影子获得了全世界。这是一种觉悟，而不仅仅是一种态度。同样，死尸觉悟到等到自己与自己的存在悖论一起彻底消失成尘时，它将可能在某种新的存在形态里微笑。从这个意义上讲，《影的告别》和《墓碣文》这样的文本就是一种"召唤结构"：虽然展现的是作者存在的悖论之境，但展现就意味着呼唤。

这种召唤结构在《颓败线的颤动》得到典型地表现。

（一）问题的提出

《野草》里的《颓败线的颤动》是一篇独特的散文，它讲述了"我"的一个梦。一个女人在年轻时因为贫困无告，不得不忍受屈辱，出卖自己的肉体换来银圆，为饥饿不堪的女儿买来烧饼。多年以后，她的女儿有了自己的家庭和孩子，但这时老妇人换来的，不是女儿和女婿的感恩，而是"怨恨鄙夷""冷骂和毒笑"，原因是老妇人当年的行为"害苦"了他们，使他们"没有脸见人"；甚至他们最小的孩子也跟着他们对老妇人喊"杀"。从显在的意义上看，这是一个典型的忘恩负义的故事，可以解读为鲁迅借这个故事批判了老妇人的女儿、女婿以及像他们那样的忘恩负义者；如果进一步推断，女儿、女婿对老妇人的"怨恨鄙夷""冷骂和毒笑"不单是出于他们个人的忘恩负义，而是社会伦理（他们对老妇人的态度在很大程度上是社会伦理作用的结果）造成了他们对老妇人那样的态度，这就可以理解为作者借此表达了他的伦理道德批评。这样的解释对于惯于社会解剖的鲁迅的作品来说，似乎是合情合理、极其自然的，因而这篇文章常被解读为"用她颓败身躯的颤动，向那些忘恩负义的儿女进行着痛苦的复仇"[1]，"母亲的复仇，既是对子女的，也是对社会的"[2]，"对忘恩负义者的反抗"[3]，等等。

这样的解读虽然言之成理，某种程度上可以揭示这篇小说的内蕴，但它们忽略了鲁迅在作品中安置的或隐或显的"言外之意"：

第一，面对女儿、女婿和最小的外孙的责难，老妇人并没有替自己辩解，没有向女儿女婿表达自己的不满或愤怒；相反在外孙说"杀"之后，她"平静"下来，离家出走。作者这样写似乎并不仅仅强调一个对抗性的、批判的姿态，相反，老妇人平静地离家出走暗示了更深的意蕴。

第二，老妇人是在深夜出走，一个人来到无边的荒野，"四面都是荒野，头上只有高天，并无一个虫鸟飞过"[4]。"深夜""荒野"，暗示了此时此地也不可能是进行控诉的时间和地点。老妇人选择这样的时间和地点不是为了向

---

① 孙玉石：《〈野草〉研究》，中国社会科学出版社1982年版，第111页。

② 孙玉石：《〈野草〉研究》，中国社会科学出版社1982年版，第112页。

③ "繁华靡丽，过眼皆空"的博客：http://blog.sina.com.cn/s/blog_49efee8c010007do.html。

④ 鲁迅：《野草》，人民文学出版社1973年版，第44页。

鲁迅与20世纪中国研究丛书

某个对象倾诉自己的不公。

第三，固然，老妇人也似有控诉的行动："她于是举两手尽量向天，口唇间漏出人与兽的，非人间所有，所以无言的词语。"①但这样带有神秘色彩的、没有明确指向的控诉也不是在进行"社会"批判。"控诉"后，老妇人已经荒废的、颓败的身躯全都颤动了。作者描写这样颤动的效果是："空中也即刻同一颤动，仿佛暴风雨中的荒海的波涛。""惟有颤动，辐射若太阳光，使空中的波涛立刻回旋如遭飓风，汹涌奔腾于无边的荒野。"②这种超现实的描写似不是老妇人的不公所引起的"社会"效果。

当然，这一点可能被理解为向天倾诉或控诉的意味，暗示老妇人受到的不公程度之深。中国人如果遇到人间伦理不能解决的问题时，也有向天呼告的传统，显示所遭遇的不公正程度之深。比如《窦娥冤》中，窦娥面对无可控诉的血海深仇只有向天地控诉："天啊！你错勘贤愚枉做天；地啊！你不分好歹何为地。"最后感动天地六月飞雪。这种控诉，虽带有超人世的性质，但这种超现实的手法表达的还是人间伦理批判，控诉人间的不公到了令人发指的程度，希望老天爷为人间主持公道。这是以极端幻想的形式表达现实伦理批判。老妇人在旷野中的向天呼告表面看起来与之类似，但实质不一样。窦娥的向天呼告是由于明确的社会不公，窦娥受到社会的伤害是单向的，亦即，社会伤了她，她却没有任何伤害社会的地方。但是，老妇人的遭遇却不是这样单纯：她虽然受到女儿一家加给她的不公正，但她年轻时的好心确实也在伦理上伤害了她女儿及她女儿的一家，显然女儿及女儿的一家因为老妇人当年的行为会承受社会的歧视，老妇人的女儿对老妇人的指责因之在伦理上具有合理性。在共同的社会伦理下，老妇人要想替自己辩护显然是不可能的，甚至老妇人不可能有替自己辩护的想法。但是，她又该承认自己的"错误"吗？

老妇人该如何评价自己？老妇人悲剧的意义究竟在哪里？

以上疑点表明，从伦理的角度解释《颓败线的颤动》是不够的。那么，文

① 鲁迅：《野草》，人民文学出版社1973年版，第44页。
② 鲁迅：《野草》，人民文学出版社1973年版，第44页。

本暗示的意义究竟是何种思想指向？这一问题在中国传统文化里是很难找到答案的，启示或来自西方。

（二）克尔恺郭尔的启示

克尔恺郭尔在其名著《恐惧与颤栗》中讲述了《圣经》中的一个故事：上帝要考验亚伯拉罕，要他带着他最亲爱的、唯一的儿子以撒登上摩利亚山，把儿子放在上帝指定的地方，制成熟肉作为祭物献上。亚伯拉罕在70岁时才生有他这个儿子，他爱儿子胜过爱他自己，可以想见上帝这样的旨意对于他是何等痛苦。但亚伯拉罕又怀着对上帝的绝对信仰，因此无条件地履行上帝给他的启示。亚伯拉罕以惊人的勇气带着儿子走了三天，来到摩利亚山，正当他准备好柴草，捆绑好以撒，举起尖刀刺向儿子时，神送来了作为祭品的羔羊，代替了以撒。故事似乎以大圆满结局，但这里关键的，不是故事的结局，而是亚伯拉罕执行神的旨意的过程。

为了显现这个故事的宗教哲学意义，克尔恺郭尔比较了小亚细亚战争时希腊联军统帅阿伽门农将女儿献祭给海神的故事。希腊联军远征小亚细亚，大军在渡海时，阿伽门农得到预言家传达的神谕：如果统帅不把自己的女儿献给海神，那么大军将在大海上面临灭顶之灾。在联军的整体利益和对女儿的挚爱之间，统帅同样承受着惊人的痛苦，选择了将女儿献祭给了海神。

克尔恺郭尔比较了这两件事的意义。亚伯拉罕受到神示将儿子献祭给上帝，神示是一种极为私密的传达方式，只有亚伯拉罕一个人知道，所以亚伯拉罕不能向人诉说他行为的意义，人们也永远不会明白他为什么把儿子杀死。相反，联军统帅献祭女儿是来自预言家的神谕，神谕在古希腊时期是人人了解的，因而，阿伽门农杀死女儿这件事就能获得包括他女儿在内的全希腊人的理解。因为这件事体现了联军的利益、民族的利益，因而获得伦理意义。所以阿伽门农虽然死去了女儿，但获得人间的尊敬和安慰；亚伯拉罕却陷于无言的绝望，他无法从人间伦理获得自己行为的意义，他成为局外人，成为人间伦理的移民。但是，克尔恺郭尔认为，恰恰在这一点上，亚伯拉罕又超过了阿伽门农，因为亚伯拉罕的行为是对神负责，具有超越人间伦理的意义，具有最高的宗教哲学意义。

无疑，克尔恺郭尔以为亚伯拉罕的价值超过了阿伽门农，原因就在于前者在宗教哲学——这一人类最高价值上具有意义。但最高价值的体认是艰难的，因为这只有在孤绝的悖论中才可能觉悟，这将直接导致主体作为"个人"的悲剧命运。相对而言，一个人活在"共同"的社会伦理中就会安全得多。克尔恺郭尔的"悖论哲学"某种意义上就建立在这种个体与伦理的紧张关系中：

> 这样的伦理具有普遍性，作为普遍性的东西，它适用于每个人。从另外一个角度来表述这一点，就是：普遍性的东西适用于每一时刻。它建立在其自身的基础上。在它之外，不存在它的任何telos（目的），而它自身却是它以外一切事物的目的，而一旦它达到了这个目的，便不再进一步追求别的东西了。单一个体被视为一种直接的、仅仅能够被感觉到的和心灵的存在（being），是在宇宙里具有其目的的特殊，而个人的伦理任务，就是始终通过这种目的来表现自我，就是取消其特殊性以变为普遍性的东西。只要单一的个人想在其特殊性中强调自我，在直接与普遍性对立的方向上强调自我，他就犯下了罪孽。①

克尔恺郭尔在这里探讨了普遍性（即伦理）和个体存在的关系。一方面，个体要展示其特殊，即"一种直接的、仅仅能够被感觉到的和心灵的存在"，但这种特殊性不能构成伦理意义，个体只有通过自我表现，"取消其特殊性"，"变为普遍性"，这才能获得伦理意义，这种伦理的获得从某种意义上说就是个体的全部意义，是个体存在的"安全感"；反之，如果个体"想在其特殊性中强调自我，在与普遍性对立的方向上强调自我，他就犯下了罪孽"，成为伦理的"外乡人"，排除在普遍性之外，陷于绝望。

很显然，克尔恺郭尔这里所赞同的是单一个体的价值，而对普遍性的伦

---

① 克尔凯郭尔：《恐惧与颤栗》，华夏出版社1999年版，第48页。

理持怀疑态度。个体对普遍性（伦理）的对立和顺从这两种处境，实际上就是亚伯拉罕和阿伽门农所处的两种状况。在基督教历史上，亚伯拉罕一直被视为信仰的典型而受到称颂，但克尔恺郭尔认为，这只是后果认同，在亚伯拉罕被认同之前，他经历了深刻的存在困境——他执行神意的过程所面临的绝望和悖论：亚伯拉罕接到神示献祭自己的爱子给上帝，但这样的神示是用极为私密的语言传达给亚伯拉罕的，是地地道道的"方言"，无法向人类传达，因而亚伯拉罕接收神启的方式就是悖论式的，他无法在伦理中言说自己，获得同类的理解，因而他献祭自己的爱子无异于充当了杀人犯的角色。他用三天时间（对于他来说是怎样的漫长！）走向摩利亚山，然后还要进行准备柴草，回答儿子难堪的疑问，绑缚儿子，亲手杀死儿子等一系列难以忍受的行动，其间，他经历的是怎样的一种绝望！克尔恺郭尔设想，此时，亚伯拉罕可以考虑自杀，这样，他就能以伟大的自我牺牲精神保全儿子（他爱儿子胜过自己，因此自杀从情感和勇气上对他来说都没有什么问题），这样他就能获得别人的理解、同情甚至赞颂，从而获得伦理的安慰。但亚伯拉罕没有这么做，原因只有一个：他怀着信仰，这是最高的目的。这样，亚伯拉罕就把自己置于伦理的对立面，陷于无言的绝望——他无法言说自己的行为在伦理中的合法性。——但正因为如此，他获得了最高的存在意义。这是亚伯拉罕深刻的个体生存悖论。

阿伽门农就不一样。因为有预言家的神谕这一能为普通大众能理解的谕言，因而他获得大众的理解和赞颂；设想如果没有这样的神谕，阿伽门农直接从上帝那里获得私密的启示，则阿伽门农就陷于与亚伯拉罕同样的荒谬境地，但是，阿伽门农比亚伯拉罕幸运。可是，也正因为这样，亚伯拉罕比阿伽门农伟大，因为他是对信仰负责，信仰恰恰就是存在的荒谬，非思想的直接意向。亚伯拉罕的行为超越了伦理，而与上帝直接交流，亚伯拉罕可谓是"信仰义士"，而阿伽门农只能算是"伦理英雄"。"悲剧英雄放弃自我表现以展示其普遍性；信仰义士放弃普遍性因素以实现个体存在。"[1]

克尔恺郭尔实际上借亚伯拉罕的故事强调了悖论和荒谬在宗教中的价值。

---

[1] 克尔凯郭尔：《恐惧与颤栗》，华夏出版社1999年版，第69页。

鲁迅与20世纪中国研究丛书

亚伯拉罕的故事表现了对伦理的怀疑，他并不把伦理作为终极价值，相反，他通过对伦理的弃绝，凭借荒谬之力实现对无限的把握。"他凭借荒谬之力行动，因为他作为单一个体而高于普遍性，这正是荒谬。"[①]"因为这个悖论就是他将自己作为单一个体，放进了与绝对的绝对关系中。"[②]"那么信仰的悖论就是：个体因素高于普遍性因素，个体（它重新唤回了神学家风行一时的细微特质）通过其绝对联系来决定其普遍联系，而并非通过其普遍联系来决定其绝对联系。"[③]这种荒谬、悖论和绝望的哲学境界被舍斯托夫命名为"旷野呼告"，舍斯托夫并且以此命名自己的哲学著作。舍斯托夫从克尔恺郭尔处获得启示，意识到哲学不能仅凭理性思考，哲学逼近存在的方式恰恰就在于突破理性和伦理的束缚，在荒谬和悖论中拓展存在的意义。舍斯托夫为此把自己哲学思考的最佳境界认定为"绝望"，可谓深刻洞察绝望和悖论的价值。

（三）《颓败线的颤动》的宗教意义

我们似乎可从克尔恺郭尔讲述的这两个故事中窥见《颓败线的颤动》的意义所在。老妇人的故事不在于伦理批评，而是精神悖论的隐喻。

第一，《颓败线的颤动》正是采用了"旷野呼告"的形式。老妇人在深夜中尽力地走，一直走到无边的荒野，四面什么也没有，头上只有高天，连一只飞鸟也没有。时间、地点、环境都暗示这是精神旷野的隐喻，此地就是老妇人的"摩利亚山"。老妇人的呼告没有明确的对象，其目的也隐晦不明。老妇人面对的是虚无和无言的绝望，是欲言未能言的深刻悖论。

第二，老妇人的遭遇超越了传统的伦理。首先，老妇人的女儿女婿对前者的指责有社会伦理的支持，这使女儿女婿的行为有社会合理性，也使老妇人在震惊的同时自觉有罪。老妇人的绝望与窦娥不同，她不是单方面受到伤害和不公，她当年的好心行为也的确又给女儿、女婿甚至孙儿造成没完没了的后遗

---

① 克尔凯郭尔：《恐惧与颤栗》，华夏出版社1999年版，第51页。

② 克尔凯郭尔：《恐惧与颤栗》，华夏出版社1999年版，第56页。

③ 克尔凯郭尔：《恐惧与颤栗》，华夏出版社1999年版，第64页。

症，她不能说服自己是有理的或可以被原谅。换言之，她之"有罪"也得到自己内心的认可，老妇人女儿、女婿、外孙女对老妇人的诅咒也可以看成老妇人对自己的诅咒，因为伦理普及于一切人中，当然也存在于老妇人身上。可是她出卖自己的肉体以养活女儿是出于一个母亲至深的本能，具有超社会的合理性，这一点虽然不能得到社会的理解，却要使一个受难的母亲以此彻底否定自己，从本能上则是困难的。老妇人的内心深处存在两种对立的力量：一方面认为自己当年的行为具有合法性，另一方面又认为这一行为有罪。这种矛盾是不可调和的，且无法向人诉说，这是她无言的绝望的重要原因。其次，老妇人的表现体现了对伦理的弃绝。老妇人"赤身露体"站在荒野的中央是弃绝人间伦理的隐喻。她在荒野上精神的嬗变经历四个过程：发抖、痉挛、平静、合并（原文是：饥饿，苦痛，惊异，羞辱，欢欣，于是发抖；害苦，委屈，带累，于是痉挛；杀，于是平静。……又于一刹那间将一切并合：眷念与决绝，爱抚与复仇，养育与歼除，祝福与咒诅）。回忆过往屈辱经历的发抖和面对女儿女婿指责时的痉挛表明老妇人还在伦理阶段挣扎，她此时尚不能完全超越伦理带给她的伤害；孙儿的一声"杀"使得老妇人即刻平静，伦理的作用在她身上顿时失去了反应；又一刹那，她将使得她处于悖论的两极——眷念与决绝、爱抚与复仇，养育与歼除，祝福与咒诅——合并，即不再对它们进行价值评价，此时的老妇人已经绝对地弃绝了伦理，陷于虚无和绝望，她不再寄希望于向天或其他任何人的申诉来平衡伦理带给她的伤害。老妇人与窦娥的不同在于窦娥还寄希望于某种神秘的力量（尽管这是不可能的）来为她的弥天大冤主持公道，窦娥本质上属于人间伦理范畴。老妇人则已经抛弃了凭借任何力量来解决伦理的可能性。老妇人在深夜出走，"遗弃了背后一切的冷骂和毒笑"的同时，也弃绝了人间伦理。

第三，放弃了伦理解决可能性后的老妇人只能陷于绝望。"她于是举两手尽量向天，口唇间漏出人与兽的，非人间所有，所以无言的词语"，老妇人此时的呼告是非人间的无言的绝望。"漏"字表明老妇人的呼告是内心的秘密，是不小心泄露的无言的绝望。其言辞是人与兽的，即人即兽，由人而回归兽的恐惧，是单纯的又无比深刻的精神恐惧感。海子在其名诗《秋》中写道："道路漫长，方向中断，动物般的恐惧充塞着我的诗歌。"是类似的存在战栗的表达，暗示了精神恐惧的深度。

第四，老妇人的绝望暗示了超越绝望的宇宙意义。如果说相对于亚伯拉罕的无言的绝望还有所不同，老妇人的绝望尚可以在伦理的范畴内分析（出卖肉体救助女儿，与救助女儿对女儿、女婿和孙儿的伤害，这一矛盾尚可以用伦理的语言分析；亚伯拉罕的绝望则是不可以分析的，原因在于他承接的是上帝私密的语言，不可言说），"颓败线的颤动"所引起的震荡则彻底超越了这种伦理。"颓败线的颤动"引起"空中也即刻同一颤动，仿佛暴风雨中的荒海的波涛"。"惟有颤动，辐射若太阳光，使空中的波涛立刻回旋如遭飓风，汹涌奔腾于无边的荒野。"① "空中震颤""荒海的波涛""空中的波涛""无边的荒野"暗示了"颓败线的颤动"所引起的宇宙效果，也即暗示了老妇人的绝望的宇宙意义。从表面看，这种超现实主义的描写类似于《窦娥冤》中的"六月飞雪"，但六月飞雪的悖论显然含有借助超现实的力量惩罚人间不公的伦理意义（已如上述），而这里空中颤动回旋的波涛、汹涌于无边的荒野中的波涛则没有拯救的意味，它只是无限扩展了老妇人的痛苦，把老妇人来自人间的痛苦升华为一种宇宙意识。这种表现，正是真正的哲学思维所必不可少的"跳跃"，通过这一跳跃，个体超越现世，进入形而上学。

《颓败线的颤动》展现的不是基于传统社会的伦理人格，而是一种超伦理的受难人格，也就是一种宗教意义上的人格。"颓败"隐喻的是某种现存的价值形态的"历史的溃败"②，以及对某种新的价值形态的呼唤。固然，鲁迅没有像克尔恺郭尔那样，能明确赋予悖论的宗教意义，也没有指出这种可能的新的价值形式，但展示绝望本身即意味着呼唤解决，"不可能"的出场即暗示某种"可能"。在这种新的可能中，现存的悖论转变为合理，正如加缪对俄狄浦斯悖论的认识："'我认为我是幸福的'，俄狄浦斯说，而这种说法是神圣的。它回响在人的疯狂而有限的世界之中。它告诫人们一切都还没有也从没

---

①　鲁迅：《野草》，人民文学出版社1973年版，第44页。

②　郜元宝：《颓败线的颤动》，《当代作家评论》2002年第2期。

有被穷尽过。……它还把命运改造成为一件应该在人们之中得到安排的人的事情。"①悖论一旦得到展示，就意味着现存伦理应该给它让出位置。

《颓败线的颤动》在《野草》中不是孤立的文本，从某种意义上讲，它甚至是《野草》的精神意向之一，我们从"过客"的绝望的走，从影子的无地彷徨，从"长蛇"的自啮其身，以及《墓碣文》中"答我。否则，离开！"的神秘追问都能感觉到某种陌生哲学到来之前的神秘朦胧的身影。鲁迅深染克尔恺郭尔存在主义性质的哲学，他从异域的哲学中窥见到某种灵异之光，这实际上是运用一种悖论形式为中国人呼唤新的哲学作尝试。当然，这种新的哲学到目前为止也还没有到来。

① 加缪：《西西弗的神话》，杜小真译，西苑出版社2003年版，第145页。

第六章　作为文学课程讲授对象的鲁迅：以清华大学、西南联大为考察对象

　　在20世纪文学教育中，鲁迅及其作品在大学中的教学状况，一直是一个重要的问题。近几年出版的有关新文学与大学教育的重要著作，如：陈平原的《作为学科的文学史——文学教育的方法、途径及境界》（北京大学出版社2016年第2版）和《抗战烽火中的中国大学》（北京大学出版社2015年版），沈卫威的《"学衡派"谱系：历史与叙事》（江西教育出版社2007年版）、《大学之大》（人民出版社2007年版）和《民国大学的文脉》（人民文学出版社2014年版），王彬彬主编的《中国现代大学与中国现代文学》（上海人民出版社2011年版）以及近年来的博士学位论文如季剑青的《北平的大学教育与文学生产：1928—1937》（北京大学出版社2011年版）、张传敏《民国时期的大学新文学课程研究》（人民出版社2010年版）和金鑫的《民国大学中文学科讲义研究》（北京大学出版社2016年版）等都立足于原始史料的开掘、整合，梳理出新文学在大学教育中或宏阔或局部性的存在状态。对于鲁迅及其作品在大学文学教育这一问题，这些专著多有涉猎，只不过，诸多著述限于各自的研究框架，未能就此问题展开专题性的探赜。缘此，本文的写作颇多益于前人丰赡的研究著述，但也试图展开更完整的史料梳理和问题探讨。

　　作为"现代文学"课程的拓荒者和经历者，杨振声在1948年追悼朱自清的文章中回顾了新文学在民国大学教育中艰难处境。他说："自新文学运动以来，在大学中新旧文学应该如何接流，中外文学应该如何交流，这都是必然会

发生的问题，也必然要解决的问题。可是中国文学系一直在板着面孔，抵拒新潮。……独有中国文学与外国语文二系深沟高垒，旗帜分明。这原因只为主持其他各系的教授多归自国外；而中国文学系的教授独身于国学，对新文学及外国文学少有接触。"①作为知者之言，杨振声所描述的"抵拒新潮"的保守姿态一直是民国各大学中国文学系的常态。而稍微打破这一局面，将新文学引入大学课程，并起到课程乃至学科示范性作用的，要数清华大学和西南联大。而这也多有赖杨振声、朱自清、闻一多等人的坚守和努力。

1928年8月17日，国民政府议决改清华学校为国立清华大学，以罗家伦为校长，杨振声担任文学院院长兼中国文学系主任。杨振声到任后第二天即去古月堂找朱自清商量"中文系的草创工作"。杨振声说："系中一切计划，朱先生和我商量规定者多。那时清华国文系与其他大学最不同的一点，是我们注重新旧文学的贯通与中外文学的融会。"②"除了国文系的教员全体一新外，我们还决定了一个国文系的新方向，那便是：（一）新旧文学的接流与（二）中外文学的交流。国文系添设比较文学与新文学习作，清华在那时是第一个。国文系的学生必修几种外文系的基本课程，外文系的学生也必修几种国文系的基本课程。中外文学的交互修习，清华在那时也是第一个。这都是佩弦先生的倡导。其影响必会给将来一般的国文系创造一个新前途，这也就是新文学的唯一的前途。"③由于杨振声、朱自清等人的引领以及清华大学的标杆性作用，到了抗战时期，新文学习作之类的课程在许多大学已经添设，"而中外文学的合流，在昆明联大时期，闻一多有更彻底的主张，就是把中外语言与文学，分成

① 杨振声：《为追悼朱自清先生讲到中国文学系》（原载《文学杂志》第3卷第5期，1948年10月1日），收入《杨振声文献史料汇编》，李宗刚、谢慧聪辑校，山东人民出版社2016年版，第395—396页。

② 杨振声：《为追悼朱自清先生讲到中国文学系》（原载《文学杂志》第3卷第5期1948年10月1日），收入《杨振声文献史料汇编》，李宗刚、谢慧聪辑校，山东人民出版社2016年版，第396页。

③ 杨振声：《纪念朱自清先生》（原载《新路》第1卷第16期，1948年8月28日），收入《杨振声文献史料汇编》，李宗刚、谢慧聪辑校，山东人民出版社2016年版，第389页。

语文系与文学系"①。

借助杨振声的描述，我们对新文学在民国大学的生存状态有一整体性了解；但我们的问题是，鲁迅及其文学在民国大学的新文学课程中是如何存在的？也即鲁迅及其作品在中文系的教材，讲授鲁迅文学的师资队伍，具体的讲授过程、内容与观点以及学生的接受与反馈等诸多问题仍需——清理。

第一节　清华大学新文学课程中的鲁迅及其文学（1929—1933）

杨振声是现代中国文学课程的开创者。他对鲁迅作品在大学课堂中的引介功不可没。早在1924至1925年间，杨振声就到武昌师范大学任教授兼预科主任，讲"现代中国文学"②；1926年8月，他被燕京大学聘为中文系教授，主讲"现代文学"；1929年，任燕京大学国文系客座教授，讲授"现代文学"。

1929年，作为燕京大学国文专修班学生的萧乾，旁听了杨振声的"现代文学"课程。萧乾回忆道："今甫师上半年讲的是五四以来的中国新文学：鲁迅、茅盾、蒋光慈、郁达夫以及沈从文等二十年代的作家……"③"每个星期他来两个下午。上半年讲的是中国文学。他从鲁迅讲起，接着就是茅盾、郭沫若、郁达夫、叶绍钧、田汉、王统照、蒋光慈和沈从文等早期作家，每位至少占一个下午。有的讲得更长一些。……无论中国还是外国作家，他都非常有系统地先从生平和文艺倾向讲起。讲作品时总选代表作，随讲随朗读原作片断。"④"在班上，杨先生从来不是照本宣科，而总像是带领我们在文学花园里漫步，同我们一道欣赏一朵朵鲜花。他时而指指点点，时而又似在沉吟思索。他都是先从一部代表作讲起，然后引导我们去读作者旁的作品并探讨作者

①　杨振声：《纪念朱自清先生》（原载《新路》第1卷第16期，1948年8月28日），收入《杨振声文献史料汇编》，李宗刚、谢慧聪辑校，山东人民出版社2016年版，第389页。

②　沈从文：《湘人对于新文学运动的贡献》，《沈从文全集》第17卷，北岳文艺出版社2002年版，第163页。沈卫威：《大学之大》，人民文学出版社2007年版，第163页。

③　季培刚：《扬振声年谱》（上册），学苑出版社2015年版，第174页。

④　季培刚：《杨振声年谱》（上册），学苑出版社2015年版，第176—177页。

的生平和思想倾向。记得国内他着重讲的是鲁迅的《呐喊》，茅盾的《蚀》，蒋光慈的《少年漂泊者》，郁达夫的《沉沦》和沈从文的《月下小景》。对这些作家，他往往是先从他个人的印象谈起，亲切而娓娓动听。"①杨振声的"现代文学"课非常叫座。通过这个课程，萧乾不但对现代中外文学有一个轮廓性的知识，也品尝了名著中的精彩片段。

与此同时，朱自清也在1929年2月（即清华大学1928年度第二学期）开设"中国新文学研究"课。②吴组缃曾选过朱自清"新文学研究"课，他回忆说："给我印象较深的是'新文学研究'。发的讲义有大纲，有参考书目，厚厚一大叠。我们每星期得交一次读书报告……他讲得也真卖劲。我现在想到朱先生讲书，就看见他一手拿着讲稿，一手拿着块叠起的白手帕，一面讲，一面看讲稿……他讲的大多援引别人的意见，或是详细地叙述一个新作家的思想与风格。他极少说他自己的意见……"③另据张清常回忆："那时《中国新文学大系》刚着手编辑。市场上只有一本约二十万字的资料性的大三十二开本，书名记不清了的《中国新文学……》是禁书，偷着卖，偷着传看。我在朱先生'新文学概要'这课考试时借到看过，似乎没有什么违碍的字句。可它还是禁书。由此可见朱先生在大学讲坛上公开宣讲传播'新文学'，是需要一定胆量见识的。……朱先生从打倒孔家店开始讲的，从'五四'运动的产生开始讲的。这在当时才真正是称得起有胆有识。那时敢于当众侃侃而谈《新青年》、《语丝》、陈独秀、鲁迅这名字就不简单。不要看讲坛前面黑压压的一片都是听课的学生，不敢说里面没有混杂着出卖灵魂拿血腥钱的无耻丑类。"④由此可见，1930年代，在大学中讲授新文学仍然困难重重，甚至触犯国民党意识形态统制。

①　季培刚：《杨振声年谱》（上册），学苑出版社2015年版，第178页。

②　赵园曾述："朱先生于一九二九年春首先在清华大学开设此课……以后还曾在师大、燕京两校讲授，但1933年以后，即未开讲。所以讲义所涉及的时代，上溯戊戌，下只讲到三十年代之初。"参见赵园：《整理工作说明》，载《朱自清全集》第8卷，江苏教育出版社1993年版，第99—100页。

③　吴组缃：《佩弦先生》，载郭良夫编：《完美的人格：朱自清的治学和为人》，清华大学出版社2003年版，第143—144页。

④　张清常：《怀念佩弦老师》，载郭良夫编：《完美的人格：朱自清的治学和为人》，清华大学出版社2003年版，第77—78页。

朱自清的"中国新文学研究"课编有讲义《中国新文学研究纲要》，内分总论、各论两部分，共计八章。其中有关鲁迅部分章节胪列如下：

第五章　小说[①]

一、短篇小说

1 初期的理论，翻译与创作

……

d 鲁迅《狂人日记》（原书注：参看沈雁冰：《读〈呐喊〉》[②]。）

（一）"用写实笔法，达寄托的（象征的）旨趣"

（二）"冷隽的句子，挺峭的文调"

（三）"吃人"与"救救孩子"——"中国人一向自诩的精神文明第一次受到了最'无赖'的怒骂"

（四）对于青年最大影响在体裁上——"用新形式，来表现自己的思想"

……

4 鲁迅及其追随者

a 鲁迅

（一）"冷酷的感伤主义者"

（二）"攻击国民性与人间的普通的黑暗方面"

（三）"攻击传统的思想"

（四）"对于人道主义的反顾"

（五）乡村的发现

（六）对于恋爱的嘲讽

（七）两种作风

（八）谨严的结构与讽刺的古典的笔调

---

① 　朱自清《中国新文学研究纲要》有关内容按照原书序号排列，参见朱自清：《朱自清全集》第8卷，江苏教育出版社1993年版，第73—122页。

② 　1923年10月《文学周报》第91期等。

......

第七章　散文

一、"随感录"与"杂感"

1《新青年》——鲁迅

三、《语丝》

四、几个作家

1鲁迅

......①

对于朱自清的这份《中国新文学研究纲要》，王瑶评价说："无论就章节体例的安排，或作家作品的取舍，都可以概略地看出他对中国现代文学发展的观点和评价；它不仅显示了一个'五四'新文学运动的参加者和早期作家对新文学发展的关心和研究，而且有许多地方对于今天治中国现代文学史的专业工作者也仍有启发和参考的意义。……朱先生讲授'中国新文学研究'课程，始于1929年春季。当时距'五四'已有十年，新文学运动已经历了它的倡导和开创的时期，各种文学体裁都出现了许多作者和作品，赢得了读者的爱好，产生了广泛的社会影响。但当时还没有人对这一阶段的历程作过系统的回顾和总结，更没有人在大学讲坛上开过这类性质的课程。……因此朱先生的《纲要》可以说是最早用历史总结的态度来系统研究新文学的成果。当时大学中文系的课程还有浓厚的尊古之风，所谓许（慎）郑（玄）之学仍然是学生入门的先导，文字、声韵、训诂之类课程充斥其间，而'新文学'是没有地位的。朱先生开设此课后，受到同学的热烈欢迎，燕京、师大两校也由于同学的要求，请他兼课；但他无疑受到了压力，一九三三年以后就再没有教这门课程了。在讲授期间，他对内容随时有所补充，例如张天翼的《鬼土日记》和臧克家的《烙印》，就是在作品刚出版他就增入讲稿的，因此这门课程实际上既有文学史的性质，也有当代文学批评的性质，他是

---

① 朱自清：《中国新文学研究纲要》，《朱自清全集》第8卷，江苏教育出版社1993年版，第99—100页。

十分重视新文学的发展和引导同学们关心现实的。'中国现代文学史'今天已经成为大学中文系学生必修的重要课程，它本身也已经成为一门独立的学科，如果我们用历史的观点看问题，朱先生的《纲要》无论从哪一方面说都是带有开创性的，它显示着前驱者开拓的足迹。"[1]

作为朱自清的弟子、中国现代文学课程的开拓者之一，王瑶对朱自清开设"中国新文学研究"课程予以较客观的历史评价。但有两个历史判断需要澄清：一、杨振声早在1925年、1926年就已开过有关现代中国文学的相关课程，虽然课程未见得系统，但开创之功应得到历史铭记；二、1933年之后，朱自清虽然未在清华大学开设新文学课程，但他在北京其他高校尚有兼职课程。比如，1933年秋至1934年夏，应钱玄同之邀，朱自清在北平师范大学国文系兼课，讲授"中国新文学研究"、"五四"以来现代文学发展史及作家作品等课程。他的课排在星期六下午，终年满座。[2]

第二节　西南联大文学课程中的鲁迅及其文学

二三十年代，新文学在民国各大学中屡有开设，但未形成气候。[3]抗战时期，新文学在西南联大顽强生长，甚至影响深远，则与联大主政者和教授成员有莫大关系。

（一）西南联大大一国文课本中的鲁迅作品选目

1938年至1942年间，杨振声、朱自清、浦江清、罗庸等人组成了西南联大大一国文编撰委员会，由杨振声主持《西南联合大学国文选》编订工作。选

---

① 王瑶：《念朱自清先生》，《王瑶全集》第5卷，河北教育出版社2000年版，第607—608页。

② 参见姜建、吴为公：《朱自清年谱》，光明日报出版社2010年版，第122页；张清常：《怀念佩弦老师》，收入郭良夫编：《完美的人格：朱自清的治学和为人》，清华大学出版社2003年版，第76—77页。

③ 参见沈卫威：《现代大学中文系的知识体系与新文学的生存空间——以六所国立大学中文系的课程为中心实证考察》，《大学之大》，人民文学出版社2007年版，第140—173页。

文由全体老师推荐篇目，经过讨论编纂和教学检验，先后历经三次编订，增删内容，选文和文章讲授者皆有所调整。①周定一回忆杨振声时所述："当初成立了一个大一国文编撰委员会，由杨先生主持。从1938年初到1942年，这个读本经过三次改编而定。最后一本包含15篇文言文，11篇新文学运动以来的语体文，44首诗（旧体诗），一篇附录（据罗常培先生的统计文章）。这个读本在中国现代教育史、文学史上具有划时代意义。15篇文言文与11篇语体文的数量对比，显示了以杨先生为首的编撰者的鲜明立场，即语体文与文言文有同等的文学地位。这是很不容易的，是当时大学课程中的创举。从精选的11篇语体文（例如：胡适《建设的革命文学论》，鲁迅《狂人日记》《示众》，徐志摩《我所知道的康桥》，林徽因《窗子以外》，丁西林独幕剧《压迫》，等等）看来，颇能体现今甫先生对新文学的衡量标准。"②

由于《西南联合大学国文选》经过几次改编，文章选目均有所调整。据目前发现并出版的《西南联合大学国文选》版本（出版时改名为《西南联大国文课》）上看，"中篇"部分收入现代文学作品，收入14人作品共17篇，作者有胡适、鲁迅（2篇）、周作人、徐志摩、郁达夫、谢冰心、陈西滢（3篇）、丁西林、茅盾、巴金、林徽因、朱光潜（2篇）、沈从文。鲁迅《示众》和《我怎么做起小说来》入选，这与最后一版的鲁迅入选文章稍微有所差异。

汪曾祺曾如此评价西南联大国文课本。他说："如果说西南联大中文系有一点什么'派'，那就只能说是'京派'。西南联大有一本《大一国文》，是各系共同必修。这本书编得很有倾向性。……这一本《大一国文》可以说是一本'京派国文'。严家炎先生编中国流派文学史，把我算作最后一个'京派'，这大概跟我读过联大有关，甚至是和这本《大一国文》有点关系。这是我走上文学道路的一本启蒙的书。这本书现在大概是很难找到了。如果找得

①　张耀宗：《版本说明》，大一国文编撰委员会编：《西南联大国文课》，译林出版社2015年版，第338—339页。

②　据周定一致杨起原函（2001年7月3日）复印件，转引自季培刚：《杨振声年谱》（下册），学苑出版社2015年版，第492页。

到，翻印一下，也怪有意思的。"① "联大的大一国文课有一些和别的大学不同的特点。一是课文的选择。……《论语》选'冉有公西华侍坐'。……这不仅是训练学生的文字表达能力，这种重个性，轻利禄，潇洒自如的人生态度，对于联大学生的思想素质的形成，有很大的关系，这段文章的影响是深远的。联大学生为人处世不俗，夸大一点说，是因为读了这样的文章。这是真正的教育作用，也是选文的教授的用心所在。……白话文部分的特点就更鲜明了。鲁迅当然是要选的，哪一派也得承认鲁迅，但选的不是《阿Q正传》而是《示众》，可谓独具只眼。选了林徽音的《窗子以外》、丁西林的《一只马蜂》（也许是《压迫》）。……'大一国文'课的另一个特点是教课文和教作文的是两个人。教课文的是教授、副教授，教作文的是讲师、教员、助教。"②
方龄贵1938年考入西南联大社会历史系，他回忆道："在我所上的1938～1939年的大一国文课，主讲的（也就是文章的选者）主要有杨振声、朱自清、刘文典、罗常培、罗庸、闻一多、魏建功、王了一（力）、浦江清、许维遹、余冠英诸位先生。可谓极一时之选。记得当时刘文典先生讲的是《典论论文》，罗庸先生讲的是《论语》，闻一多先生讲的是《楚辞·九歌》，朱自清先生讲的是《古诗十九首》，许维遹先生讲的是《左传·鞍之战》，余冠英先生讲的大概是《诗经》，魏建功先生讲的是鲁迅的《狂人日记》。"③由此可见，在联大最早自印的《西南联合大学国文选》教材里，鲁迅的《狂人日记》是入选的，而且由魏建功主讲。这在下文许渊冲的追忆中亦可补证。

在具体的教法上，"两弹一星"工程获勋者王希季的回忆提供了更丰富的细节："我们那个时候进入西南联大是很幸运的。在大一，教我们的先生都是非常有名的，有的就是大师。国文这方面的大师，例如刘文典、闻一多、朱自清、罗常培，很多先生。每人就选一个课，每人选一篇文章，每个人轮流

① 汪曾祺：《西南联大中文系》，《汪曾祺全集》第4卷，北京师范大学出版社1998年版，第355—356页。

② 汪曾祺：《晚翠园曲会》，《汪曾祺全集》第6卷，北京师范大学出版社1998年版，第206—207页。

③ 方龄贵：《西南联大见闻琐忆》，《云南师范大学学报（哲学社会科学版）》2007年第4期。

教两个星期，然后还作一篇文。我们从现代文学一直到古代文学，一直到《诗经》、《离骚》都学完了。""像国文课是必修的。如果国文不及格，那就不能再学其他的课程。任何系都是这样的。"①许渊冲1938年入西南联大，他说这一年度的"大一国文"是空前绝后的精彩："中国文学系的教授，每人授课两个星期。我这一组上课的时间是每星期二、四、六上午11时到12时，地点在昆华农校的三楼。……如闻一多讲《诗经》，陈梦家讲《论语》，许骏斋讲《左传》，刘文典讲《文选》、罗庸讲唐诗、浦江清讲宋词，鲁迅的学生魏建功讲《狂人日记》，还有罗常培、唐兰等教授，也都各展所长，学生大饱耳福。"②

然而，《西南联合大学国文选》这一文学教育史上的创举并没有延续多久。1942年，在重庆的教育部编了一本《大学国文选目》"饬公私立大学一律遵用"。这个部颁选目，只选了50篇文言文、4首诗（古体诗）。到了1944年，部定选目正式印成读本，颁发到各大学，西南联大也不得不放弃了多年来选有语体文的自编课本，遵用部定读本。但杨振声主持另编了《西南联合大学大一国文习作参考文选》（后改名为《语体文示范》），作为补充教材。这本教材不但收入了原先编选的现代文学作品，还增选了胡适、鲁迅、徐志摩、冰心、宗白华、朱光潜、梁宗岱等人的语体文作品。杨振声还写了一篇序文《新文学在大学里——大一国文习作参考文选序》，发表于《国文月刊》1944年11月第二十八、二十九、三十期合刊。1945年3月《国文月刊》第三十三期上的《西南联合大学大一国文习作参考用书目录》记载篇目如下：胡适《建设的文学革命论》（节录）；鲁迅《狂人日记》《示众》；徐志摩《我所知道的康桥》（节录）、《死城》（节录）；宗白华《论世说新语和晋人的美》；朱光潜《文艺与道德》《无言之美》；梁宗岱《歌德与李白》《诗、诗人、批评家》；谢冰心《往事》（节录）；林徽因《窗子以外》；丁西林《压迫》。这些篇目大体可以反映联大"大一国文读本"语体文的面貌。③

① 张曼菱：《西南联大行思录》，生活·读书·新知三联书店2013年版，第277—278页。

② 许渊冲：《追忆似水年华》，西南联大北京校友会编：《我心中的西南联大：西南联大建校70周年纪念文集》，清华大学出版社2008年版，第388页。

③ 转引自姚丹：《西南联大历史情境中的文学活动》，广西师范大学出版社2000年版，第136页。

（二）杨振声与西南联大文学课中的鲁迅及其文学

作为"现代文学"课程的开创者，杨振声在西南联大继续开设新文学相关课程，并以其一以贯之的精彩授课将新文学以及鲁迅作品讲授给各年级大学生。

杨振声在西南联大所开有关新文学课程[①]

时间	课程名称	学分	选修必修	开设院系	授课教师
1938—1939年度下学期	现代中国文学讨论及习作	2	四年级选修	文学院中国文学系	杨振声
1939—1940年度	现代中国文学	4	文学专业三年级选修	文学院中国文学系	杨振声
	现代中国文学	4	二年级必修	师范学院国文系	杨振声
	现代中国文学	4		师范学院进修班	杨振声
1941—1942年度	国文壹A（读本）	4	一年级必修	文学院中国语文学系	杨振声、赵西陆
	现代中国文学	4	文学专业和语文专业三、四年级选修	文学院中国语文学系	杨振声
	现代中国文学	4	师范教育专业三、四年级选修	师范学院国文系	杨振声
1942—1943年度	国文壹A（读本）	4	一年级必修课	文学院中国文学系	杨振声、赵西陆
1943—1944年度	国文壹A（读本）	4	一年级必修课	文学院中国文学系	杨振声、赵西陆
1943—1944年度上学期	现代中国文学	3	文学专业三、四年级选修	文学院中国文学系	杨振声
1945—1946年度	国文壹（读本）一	4	一年级必修	文学院中国文学系	杨振声、赵西陆

由上表可见，杨振声几乎每年都坚持为大一学生开国文必修课，为三、

---

① 此表根据清华大学档案《国立西南联大学各院系必修选修学程表》，《国立西南联合大学史料：教学、科研卷》（云南教育出版社1998年版）以及张传敏《民国时期的大学新文学课程研究》（人民出版社2010年版，第209—211页）综合整理而成。后文沈从文、李广田等课表亦主要根据上述资料整理而成，不再作注。

四年级学生开"现代中国文学"课，并一直坚持到北大复员后。1946年10月10日，复员后的北大正式开学。该学期，杨振声仍为中文系二、三、四年级学生开选修课"现代文学"（上期）和"传记文学研究"（下期），上课时间为周三第十至十二节，地点在"北6"教室。①1947年上学期（2月），仍为中文系二、三、四年级学生开选修课"现代文学"（上期），上课时间为周三第十至十二节，地点在"北6"教室。②

　　阴法鲁回忆道："1939年在昆明担任'现代文学讨论及习作'课程，我们听过他（指杨振声）对鲁迅作品的很高的评价。……在他的课堂上，暴露社会黑暗的习作受到了表扬。这就给了青年们一点启示：新文学的使命是什么。"③1938年至1940年就读于西南联大历史系的赵捷民说："杨振声教授，是五四时代的作家，……讲'现代文艺'。……他还讲过：'鲁迅先生（是他的老师）短篇小说十分出色，可是后来专写杂文骂人，浪费了不少笔墨。'课后同学们评论这句话，认为他说的后半句是错误的，存有偏见。"④吴宏聪更细致地回忆了杨振声在1941年所开"现代中国文学"课的具体教学过程："他的教学方法是全新的，每次上课都由先生提出一些问题让大家讨论。例如学习鲁迅的《狂人日记》，他便提出为什么鲁迅说他写的《狂人日记》比果戈理的忧愤深广，不如尼采的《超人》渺茫。学习《阿Q正传》时，他便提出阿Q的精神胜利法有哪些表现？是怎样形成的等等。让大家自由讨论，然后先生再针对同学讨论中提出的问题议论开去，做个总结。讨论后跟着要交习作，讨论小说交小说，讨论散文交散文，训练很严格，要求也很高，作业批改更详尽，每次作业都批改得密密麻麻，有时为了示范，先生还替我们加上几行，碰到有人

---

　　① 北京大学档案《国立北京大学文学院中国语文学系课程表》，引自王学珍、郭建荣主编：《北京大学史料》（4），北京大学出版社2000年版，第492页。

　　② 北京大学档案《国立北京大学文学院中国语文学系课程表》，引自王学珍、郭建荣主编：《北京大学史料》（4），北京大学出版社2000年版，第491页。

　　③ 阴法鲁：《追悼杨振声同志》（原载《九三社讯》1956年第4期），转引自季培刚：《杨振声年谱》（下册），学苑出版社2015年版，第497页。

　　④ 赵捷民：《西南联大的师生们》，《文史精华》编辑部编：《文史精华撷珍本》（上卷），内蒙古人民出版社1997年版，第259页。

写出较好的习作，先生便把它推荐到报刊杂志上发表，这是我在西南联合大学学习时感到真正意义上的'讨论与习作'，受益匪浅。"① 另据张源潜讲述："课本中的现代作品我记得的有四篇（可能是当年只讲这些）：鲁迅的《示众》、徐志摩的《我所知道的康桥》、林徽因的《窗子以外》，还有一篇是丁西林的《压迫》。我们班的国文老师杨振声老师讲《示众》时曾说过：'本来打算选鲁迅的代表作《狂人日记》的，考虑到课本的篇幅，才换了这篇短一点的。但鲁迅描写人物的功夫也完全体现出来了。'杨先生大概是主持编选课本的工作的，才知道得那么清楚。"②

　　1946年，西南联大三校迁回平津分别复校，杨振声继续在北大开"现代文学"课。据该年回北大继续上四年级的诸有琼回忆："杨先生讲课，从来不照本宣科，往往像是在话家常。杨先生是中国新文学运动的先驱者之一。他讲现代文学，就好像在讲他自己和周围朋友的故事一样。许多现代作家都是他的熟人，他讲作家，不是千篇一律地讲生平传略、主要作品等等，而常常是通过一篇代表作，引导我们欣赏作品，启发我们思考问题，再联系到作家的经历以及他个人在和作家交往中看到听到的一些不见于文字的轶事、趣事。讲得亲切、生动、活泼，听后觉得他们都似乎活生生地在我面前。"③ 同样在该年冬入读北大中文系一年级的顾文安回忆道："中文系一年级时大一国文主讲老师是杨振声教授，他是中文系的知名人士，我们有幸听到他讲课，感到十分高兴。第一堂课是在红楼教室，杨先生进入教室，只见他是高高的个子，大约五十岁左右，两眼炯炯有神，挺威严的样子，手里拿个烟斗，身穿皮领大衣，头戴皮帽，满有绅士派头。他讲鲁迅《狂人日记》、《阿Q正传》的时代背景……同学们听得入神，老师讲课有个特点，决不用自己的观点强加于人，而是启发同

---

① 吴宏聪：《忆恩师杨振声先生》，《现代教育报》2004年3月19日。

② 张源潜：《大一（1942—1943）生活杂忆》，《云南文史资料选辑：第三十四辑》（西南联合大学建校五十周年纪念专辑），云南人民出版社1988年版，第161—163页。

③ 诸有琼：《忆杨振声老师》，《北京大学校友通讯》第2期，1984年3月。

鲁迅与20世纪中国文学教育

学们自己去思考。"①"杨先生以纯朴而亲切的胶东口音，富于幽默而机智的神态，从鲁迅的《狂人日记》《阿Q正传》等代表作讲起，先讲他个人的印象和感受，娓娓动听，循循善诱，启发学生对中国新文学的兴趣。"②

由以上亲身受教者的回忆可以判断，杨振声在教授有关新文学课程时，多采取作为新文学亲历者讲述文坛人物、问题引导和自由讨论的方式展开；涉及鲁迅及其文学时，主要从鲁迅的描写技巧、鲁迅和中外文学家／思想家在思想倾向与文学描写方面的比较等方面展开。尽管杨振声对鲁迅杂文多有京派一贯的轻视判断，但他充分肯定了鲁迅作品的精神深度和描写技巧。于是，我们不难理解，汪曾祺说联大大一国文选本选《示众》而不选《阿Q正传》，其"独具只眼"之处正在于从描写人物的技巧上着眼的。另外，杨振声的"现代中国文学"课和大一国文中的新文学相关篇目讲授是相辅相成的。因为大一国文课是各系一年级的必修课，其国文选几个版本虽先后选了鲁迅的《示众》《我怎样做起小说来》和《狂人日记》，但限于选文篇幅和课时，讲授者不可能全面讲授鲁迅；而"现代中国文学"是为大三、大四年级开的专业选修课，杨振声则可以综合介绍鲁迅的生平和创作，其中就包括讲授鲁迅的《阿Q正传》，甚至对鲁迅的杂文都有所涉及。

（三）沈从文与西南联大文学课中的鲁迅及其文学

1938年8月，经过西南联大第83次常务委员会议议决，自下学年起遵照教育部部令增设师范学院，并将文学院哲学心理教育系的教育部分，并入该院为教育系；后来云南大学教育系也并入西南联大师范学院。师范学院中文系的系主任以及教员基本由文学院教员兼任。其中，杨振声与朱自清、罗常培、浦江清等兼任教授，副教授有萧涤非等。③同年12月12日，师范学院与本校其他学院一起正式开课。1939年6月27日，西南联大常务委员会第111次会议上，杨振

---

① 顾文安：《沙滩四年》，《北京大学校友通讯·北京大学建校一百周年纪念特刊》，1998年。

② 顾文安：《忆杨振声老师》，《北京大学校友通讯》第17期，1995年5月。

③ 季培刚：《杨振声年谱》（下册），学苑出版社2015年版，第481页。

声提议让沈从文到西南联大师范学院中文系任教，并得到通过。

　　周定一认为："引荐作家沈从文先生到联大任教，这是杨先生为扩大新文学影响的一着好棋。联大本是新文学名流荟萃的学府，除杨先生本人外，有闻一多、朱自清、冯至，等等。但他们教的都是学术性的课（杨先生既教新文学，又开过汉魏六朝诗，有点例外），他们新文学的活动和影响在课堂之外。惟独沈先生在今甫先生的引荐下，是以作家的身份而非以'学者'的身份来联大任教（起初任联大师范学院国文系副教授，后来任文学院中文系教授），教的课程主要就是新文学的历史和语体文的写作（包括教'大一国文'）。他也通过课堂外的讲演，对文学社团的辅导，把新文学的观点和作品加以传播。把一个知名作家汲引到教授岗位去发挥独特的作用，这是杨先生的明智创举。"①1942年，周定一回到西南联大中文系任助教，教"大一国文"，与沈从文合教一个班，因此他对沈从文的授课多有了解。他回忆道："系里规定，每班'大一国文'由一名'教授级'的和一名'讲助级'的合教。我和沈先生合教一班，此后多年如此。联大自编的大一国文教本很有特色，文言选文和'五四'以后新文艺选文（有小说、散文、戏剧）几乎分量上各占一半。沈先生和我商定，他教白话部分，我教文言部分和改作文。虽然合教一门课，却各管各的，只期末合出考题时碰碰头，谈谈教学情况。有次我问起：'白话部分沈先生都讲完了吧？'他笑了笑：'都提到了。'我从这话体会到，他是把新文学运动以来的重要作家和作品作广泛的评介，讲到某个地方就把课本里有关的某篇带进去提一提。这种撒大网似的讲法在联大并不特别。"②

　　除大一国文外，沈从文还开设了各体文习作（白话文）和现代中国文学等与新文学相关课程，具体课程罗列如下：

---

① 周定一致杨起原函（2001年7月3日）复印件，转引自季培刚：《杨振声年谱》（下册），学苑出版社2015年版，第505页。

② 周定一：《沈从文先生琐忆》，载巴金、黄永玉等：《长河不尽流——怀念沈从文先生》，湖南文艺出版社1989年版，第215页。

沈从文在西南联大所开有关新文学的课程

时间	课程名称	学分	必修/选修	开设院系	授课教师
1939—1940学年	《国文一》（读本）	4	一年级必修课	文学院中国文学系	朱自清、沈从文
	《国文二》（读本）	4	一年级必修课	文学院中国文学系	沈从文、朱自清、
	《国文二》（作文）	2	一年级必修课	文学院中国文学系	沈从文
	各体文习作（白话文）	2	二年级必修课	师范学院国文系	沈从文
1940—1941学年	补大一《国文》（读本、作文）	4	一年级必修课	文学院中国文学系	沈从文、吴晓玲
	各体文习作（一）	2	文学专业和语言专业二年级必修课	文学院中国文学系	沈从文
	《中国小说》	4	文学专业三年级选修课	文学院中文系	沈从文
	《各体文习作（一）》	2	二年级必修课	师范学院国文系	沈从文
	《中国小说》	4		师范学院国文系	沈从文
1941—1942学年	国文壹G（读本）	4	一年级必修课	文学院中国语文学系	沈从文、周定一
	各体文习作（一）	2	文学专业和语言专业二年级必修课	文学院中国语文学系	沈从文
	中国小说	4	文学专业三、四年级选修课	文学院中国语文学系	沈从文
	创作实习	2	文学专业三、四年级选修课	文学院中国语文学系	沈从文
	各体文习作（一）	2	师范教育系二年级必修课	师范学院国文系	沈从文
	中国小说	4	师范教育系三、四年级选修课	师范学院国文系	沈从文

学年	课程	学分	年级/专业	院系	教师
1942—1943学年	国文壹G（读本）	4	一年级必修课	文学院中国文学系	沈从文、周定一
	各体文习作（一）	2	文学和语言专业二年级必修课	文学院中国语文学系	沈从文
	中国小说	4	文学专业三、四年级选修课	文学院中国文学系	沈从文
	各体文习作（一）	2	初级部国文科二年级必修课	师范学院国文系、初级部国文科	沈从文
	各体文习作（三）	2	师范教育专业二年级必修课	师范学院国文系初级部国文科	沈从文
	中国小说	4	师范教育专业四、五年级选修课	师范学院国文系初级部国文科	沈从文
1943—1944学年	国文壹M（读本）	4	一年级必修课	文学院中国文学系	沈从文、赵仲邑
	各体文习作（一）	2	文学专业与语言专业二年级必修课	文学院中国文学系	沈从文
	中国小说	4	文学专业三、四年级选修课	文学院中国文学系	沈从文
	各体文习作（三）	2	文学专业三、四年级选修课	文学院中国文学系	沈从文
	各体文习作（一）	2	师范教育专业二年级必修课（注：本课程与中文系合班上课）	师范学院国文系及初级部国文科	沈从文
	各体文习作（三）	2	师范教育专业四年级及初级部国文科三年级必修课（注：中国文学系、师范学院初级部国文科、师范学院国文系合班上课）	师范学院国文系及初级部国文科（国文系本年度的选修课与中文系同开，所以沈从文在中文系开设的选修课国文系的同学也一起选修）	沈从文
1944—1945学年	国文壹B（读本）	4	一年级必修课	文学院中国文学系	沈从文、马芳若
	中国小说		文学专业三年级选修课	文学院中国文学系	沈从文
	现代中国文学	4	文学专业三年级选修课	文学院中国文学系	沈从文

	国文壹（读本）五	4	一年级必修课	文学院中文系	沈从文、李松筠
	各体文习作（二）乙（语体）	2	文学专业三年级必修课	文学院中国文学系	沈从文
	现代中国文学	4	文学专业三、四年级选修课	文学院中国文学系	沈从文
1945—1946学年	中国小说史	4	文学专业和语言专业三、四年级选修课	文学院中国文学系	沈从文
	中国小说史	4	三、四年级选修课（本课程与中文系合并上课）	师范学院国文系	沈从文
	现代中国文学	4	四、五年级选修课（本课程与中文系合并上课）	师范学院国文系	沈从文

早在1929年9月初任吴淞中国公学讲师时，沈从文就开过"新文学研究"（新诗部分）、"小说习作"和"中国小说史"（古代小说）。但沈从文并不擅长上课。1975年，沈从文曾如此记述第一次上课情形："第一堂就约有一点半钟不开口，上下相互在沉默中受窘。在勉强中说廿分钟空话，要同学不要做抄来抄去的'八股论文'……求不做文抄公，第一学叙事，末尾还是用会叙事，才能谈写作。学叙事，叙事是搞文学的基本功，不忘记它，以后将从事实得到证明……感谢这些对我充满好意和宽容的同学，居然不把我哄下讲台。"①那么不擅讲课的沈从文是如何在西南联大讲授与新文学有关的课程呢？

据1945年联大文学院中文系学程说明书，沈从文的"各体文习作（二）乙（语体）"说明如下："凡已选过各体文习作（一），对写作特有兴趣，而能作较深研究之同学，方宜选此课。习作讨论并重。"②而该年沈从文的"现代

①　沈从文：《致阙名朋友》，《沈从文全集》第24卷，北岳文艺出版社2002年版，第259—260页。

②　《国立西南联合大学文学院中国文学系学程说明书（1945年度）》，《国立西南联合大学史料：教学、科研卷》，云南教育出版社1998年版，第407页。该年，各体文习作（一）由李广田开课。学程说明见本章李广田部分。

中国文学"学程说明如下："本课程注重在讨论从五四以来新文学各部分的发展和得失。并提出若干作家的特别成就，及作品所代表倾向，加以分析。俾选习此课者，可对近三十年新文学得一比较具体印象。"[①]可见，在"现代中国文学"课上，沈从文必须对鲁迅等新文学家做出自己的判断。

最值得注意的是1940年沈从文在《国文月刊》上发表总题为"习作举例"的系列文章，其中包括：6月16日，沈从文在《国文月刊》创刊号上发表的论文《从徐志摩作品学习"抒情"》；9月16日，发表的《从周作人鲁迅作品学习抒情》（《国文月刊》第1卷第2期）；10月16日，发表的《由冰心到废名》（《国文月刊》第1卷第3期）。"习作举例"系列文章，是沈从文担任西南联大师范学院"各体文习作"课程时在语体组班上所用的讲义。同样性质的讲稿计十篇，但在《国文月刊》上只发表三篇。[②]从这三篇发表的论文看，我们大致可以了解沈从文在西南联大讲授新文学和各体文习作课程时对徐志摩、周作人、鲁迅、冰心、废名的评介及其文学的审美价值判断和文学技巧分析。

在《从周作人鲁迅作品学习抒情》一文中，沈从文上承《从徐志摩作品学习"抒情"》一文的观点，云：

> 徐志摩作品给我们感觉是"动"，文字的动、情感的动，活泼而轻盈，如一盘圆莹珠子在阳光下转个不停，色彩交错，变幻眩目。他的散文集《巴黎的鳞爪》代表他作品最高的成就。写景，写人，写事，写心，无一不见出作者对于现世光色的敏感，与对于文字性能的敏感。若从反一方面看，同样，是这个人生，反应在另一作者观感上表现出来却完全不相同。我们可以将周氏兄弟的作品，提出来说说。

> 周作人作品和鲁迅作品，从所表现思想观念的方式说似乎不宜相提并论：一个近于静静的独白；一个近于恨恨的诅咒。一个充满人情温暖的

① 《国立西南联合大学文学院中国文学系学程说明书（1945年度）》，《国立西南联合大学史料：教学、科研卷》，云南教育出版社1998年版，第408页。

② 吴世勇编：《沈从文年谱（1902—1988）》，天津人民出版社2006年版，第229—230页。

爱，理性明莹虚廓，如秋天，如秋水，于事不隔；一个充满对于人事的厌憎，情感有所蔽塞，多愤激，易恼怒，语言转见出异常天真。然而有一点却相同，即作品的出发点，同是一个中年人对于人生的观照，表现感慨。这一点和徐志摩实截然不同。从作品上看徐志摩，人可年青多了。[①]

在比较周氏兄弟人生取向和文学风格时，沈从文评论道：

> 周作人的小品文，鲁迅的杂感文，在二十年来中国新文学活动中，正说明两种倾向：前者代表田园诗人的抒情，后者代表艰苦斗士的作战。同样是看明白了"人生"，同源而异流：一取退隐态度，只在消极态度上追究人生，大有自得其乐意味；一取迎战态度，冷嘲热讽，短兵相接，在积极态度上正视人生，也俨然自得其乐。对社会取退隐态度，所以在民十六以后，周作人的作品，便走上草木虫鱼上去，晚明小品文提倡上去。对社会取迎战态度，所以鲁迅的作品，便充满与人与社会敌对现象，大部分是骂世文章。然而从鲁迅取名《野草》的小品文集看看，便可证明这个作者另一面的长处，即纯抒情作风的长处，也浸透了一种素朴的田园风味。如写"秋夜"：
>
> ……
>
> 这种情调与他当时译《桃色的云》、《小约翰》大有关系。与他的恋爱或亦不无关系。这种抒情倾向，并不仅仅在小品文中可以发现，即他的小说大部分也都有这个倾向。如《社戏》、《故乡》、《示众》、《鸭的喜剧》、《兔和猫》，无不见出与周作人相差不远的情调，文字从朴素见亲切处尤其相近。然而对社会现象表示意见时，迎战态度的文章，却大不相同了。如纪念因三一八惨案请愿学生刘和珍被杀即可作例：
>
> ……

---

　　① 沈从文：《从周作人鲁迅作品学习抒情》（原载《国文月刊》第1卷第2期，1940年9月16日），收入《沈从文全集》第16卷，北岳文艺出版社2002年版，第259页。

感慨沉痛，在新文学作品中实自成一格。另一种长处是冷嘲，骂世，如《二丑艺术》可以作例：

......①

在《由冰心到废名》一文中，沈从文继续对徐志摩和鲁迅做出一番异中见同的比较：

从作品风格上观察比较，徐志摩与鲁迅作品，表现的实在完全不同。虽同样情感黏附于人生现象上，都十分深切，其一给读者的印象，正如作者被人间万汇百物的动静感到眩目惊心，无物不美，无事不神，文字上因此反照出光彩陆离，如绮如锦，具有浓郁的色香，与不可抗的热（《巴黎的鳞爪》可以作例）。其一却好像凡事早已看透看准，文字因之清而冷，具剑戟气。不特对社会丑恶表示抗议时寒光闪闪，有投枪意味，中必透心。即属于抽抒个人情绪，徘徊个人生活上，亦如寒花秋叶，颜色萧疏（《野草》、《朝花夕拾》可以作例）。然而不同之中倒有一点相同，即情感黏附于人生现象上（对人间万事的现象），总像有"莫可奈何"之感，"求孤独"俨若即可得到对现象执缚的解放。徐志摩在《我所知道的康桥》、《天宁寺闻钟》、《北戴河海滨的幻想》、《瞑想》、《想飞》、《自剖》各文中，无不表现他这种"求孤独"的意愿。正如对"现世"有所退避，极力挣扎，虽然现世在他眼中依然如此美丽与神奇。这或者与他的实际生活有关，与他的恋爱及离婚又结婚有关。鲁迅在他的《朝花夕拾·小引》一文中，更表示对于静寂的需要与向往。必需"单独"，方有"自己"。热情的另一面本来就是如此向"过去"凝眸，与他在小说中表示的意识，二而一。正见出对现世退避的另一形式。

......

① 沈从文：《从周作人鲁迅作品学习抒情》（原载《国文月刊》第1卷第2期，1940年9月16日），收入《沈从文全集》第16卷，北岳文艺出版社2002年版，第266—271页。

这种对"当前"起游离感或厌倦感，正形成两个作家作品特点之一部分。也正如许多作家，对"当前"缺少这种感觉，即形成另外一种特点。在新散文作家中，可举出冰心、朱佩弦、废名三个人作品，当作代表。①

由上观之，沈从文对鲁迅及其文学的解读，一仍30年代京派对海派的贬抑姿态，虽肯定鲁迅迎战社会的积极态度，却无视鲁迅深刻的启蒙思想，甚至否定其博大而深沉的人间情怀；沈从文独欣赏鲁迅《野草》及部分小说的纯抒情风格和朴素的田园风味，却将鲁迅进行文明批评和社会批判的文章简单地判定为骂世和冷嘲；尽管，沈从文也点出了鲁迅作品的感慨沉痛和孤独感。可见，沈从文始终与鲁迅及其文学精神有一种隔阂，他只能从文学风格上做出自己独到的判断。

沈从文的论文《从周作人鲁迅作品学习抒情》发表以后，聂绀弩即在该年12月1日《野草》月刊上发表反驳文章——《从沈从文笔下看鲁迅》。②聂绀弩主要对沈从文认为鲁迅"充满对人事的厌憎，感情有所蔽塞，多激愤，易恼怒"，因而其作品"大部分是骂世文章"的看法，提出了激烈的批评。

聂绀弩开篇便引沈从文对周作人鲁迅有关退隐与迎战两种人生态度及其文学风格所下的判断，继而云："沈先生不是鲁迅崇奉者是周知的。连沈先生也说鲁迅'代表艰苦的斗士作战'，'迎战态度'，'在积极态度上正视人生'，足见鲁迅崇奉者笔下的鲁迅，并不是什么阿好的私言。从这一意义上看，沈先生的一句当得别人的十句百句。"③接着，聂绀弩分别从沈从文所谓"愤激恼怒，感情蔽塞""骂世""冷嘲""憎厌，憎恨"等方面对鲁迅及其文学展开分析。聂绀弩说："鲁迅既然要'迎战'，既然要'正视人生'，如

① 沈从文：《由冰心到废名》（原载《国文月刊》第1卷第3期，1940年10月16日），收入《沈从文全集》第16卷，北岳文艺出版社2002年版，第272—274页。

② 聂绀弩：《从沈从文笔下看鲁迅》（原载《野草》月刊第1卷第4期，由宋云彬、夏衍、聂绀弩、孟超、秦似编辑，科学书店1940年12月1日出版），收入《聂绀弩全集》第1卷，武汉出版社2004年版。

③ 聂绀弩：《从沈从文笔下看鲁迅》，《聂绀弩全集》第1卷，武汉出版社2004年版，第97页。

沈先生所判断，那就如现在正在前线搏斗生死的战士一样，难免有愤激，恼怒，蔽塞之处，是很难以秋天秋水期望他们的。"①至于"骂世"，聂绀弩直接引用鲁迅《通讯》《七论"文人相轻"——两伤》等文回应②："我想，骂人是中国极普通的事，可惜大家只知道骂而没有知道何以该骂，谁该骂，所以不行。现在我们须得指出其可骂之道，而又继之以骂。那么，就很有意思了，于是就可以由骂而生出骂以上的事情来的罢。""纵使名之曰'私骂'，但大约决不会件件都是一面等于二加二，一面等于一加三，在'私'之中，有的较近于'公'，在'骂'之中，有的较合于'理'的。居然来加评论的人，就该放弃了'看热闹的情趣'，加以分析，明白的说出你究以为哪一面较'是'，哪一面较'非'来。"再说"冷嘲"，聂绀弩先引鲁迅《什么是讽刺》一文对冷嘲的界定："如果貌似讽刺的作品，而毫无善意，也毫无热情，只使读者觉得一切世事，一无足取，也一无可为……这便是所谓'冷嘲'。"接着，聂绀弩挥戈一击："鲁迅的作品是不是毫无善意和热情，使读者只觉得一切世事，一无足取也一无可为呢？不必别求证明，沈先生就说鲁迅'态度积极'，作品'感慨沉痛'。既然态度积极，就不是毫无善意和热情；既然感慨沉痛，就不是读者得到的只是不足取，无可为——也就不是冷嘲。"③对于"憎厌""憎恨"，聂绀弩说："有所爱，就不能不有所憎；只有憎所应憎，才能爱所当爱。"他同样引鲁迅《两伤》和《再论文人相轻》文："在现在这'可怜'的时代，能杀才能生，能憎才能爱，能生与爱，才能文。""文人还是人，既然还是人，他心里就仍然有是非，有爱憎；但又因为是文人，他的是非就愈分明，爱憎也愈热烈……"聂绀弩的反驳观点无疑深刻揭示了沈从文独钟于京派式的审美价值而缺乏反抗绝望和社会批判的思想偏向。

由此看来，沈从文在课堂上对鲁迅思想的分析，未必会如杨振声般通达和

① 聂绀弩：《从沈从文笔下看鲁迅》，《聂绀弩全集》第1卷，武汉出版社2004年版，第98页。

② 以下有关鲁迅引文皆引自聂绀弩《从沈从文笔下看鲁迅》一文。

③ 聂绀弩：《从沈从文笔下看鲁迅》，《聂绀弩全集》第1卷，武汉出版社2004年版，第101页。

深刻，而其对鲁迅文学风格的独到捕捉，却也具一个文体家的别具只眼。

（四）李广田与西南联大文学课中的鲁迅及其文学

在来西南联大任教之前，李广田就已在中学展开以鲁迅为代表人物的新文学讲授工作，后因其进步思想被解聘。由此亦可见，李广田在西南联大展开有关新文学教学工作时已有充分的讲授经验和课程准备。

1939春至1941年春①，李广田在四川罗江县国立第六中学第四分校给初中二、三年级学生教国文。他撇开教科书，选用中外文学名著做教材进行朗诵讲授。李广田讲的第一篇小说是姚雪垠的《差半车麦秸》，后又讲授张天翼的《华威先生》、丘东平的《一个连长的战斗遭遇》《第七连》。②

时为初中生的杨竹剑回忆道："李老师着重向我们讲授的是鲁迅、果戈理、高尔基和收入《苏联作家七人集》中的作品。鲁迅先生的作品，李老师首先是向我们讲授了《呐喊·自序》，使我们初步了解鲁迅先生的事迹，文学的社会作用。以后就陆续讲授《故乡》、《祝福》、《社戏》、《肥皂》，以及《腊叶》、《鸭的喜剧》，我们思想上引起大震动的是《狂人日记》，而在全

① 此时间参考李广田日记。《罗江日记　1940年6月1日—1940年11月6日》12月3日记载："以后的生活都很不愉快，在家劈柴、打水，为小孩所苦，为种种怪消息所苦……寒假中坚欲离校就成都某中学事，终又被留，至三十年四月到叙永联大，至九月五日日记又继续作下去。三十年九月十五日记。时正准备写长篇小说，读十册日记毕。"参见李广田：《李广田文集》第5卷，山东文艺出版社1986年版，第354页。另有梅子《李广田先生年表简编》（收入李岫编：《李广田研究资料》，宁夏人民出版社1985年版，第574页）记载：1941年春，与陈翔鹤、方敬等同志遭解聘，先生暂以写作维生。不久，先生得卞之琳荐介，随后由罗江转叙永，在西南联大叙永分校教书。半年后，联大叙永分校撤销，即迁往昆明总校，在中文系授文学概论课，编拟《文学论》讲义。张维在《李广田》（金城出版社2011年版，第189页）记载："1941年2月，因在学生中传播进步的文艺思想，讲授苏俄作品和鲁迅作品，李广田与陈翔鹤、方敬同时被国民党当局解聘了。"而李少群在《李广田作品系年简编》（收入李岫编：《李广田研究资料》，宁夏人民出版社1985年版，第535页）记载："1940年夏，因向学生讲解鲁迅作品和苏联小说，传播马列主义文艺理论，被学校当局解聘，赴西南联合大学叙永分校任教。"可见不确。李岫在《岁月、命运、人——李广田传》（人民文学出版社2006年版，第141页）中云："1940年11月，联大成立叙永分校，我们全家到达叙永，父亲在联大分校任教，分校所开课程为大一必修课。"时间记载上也较为模糊。

② 杨竹剑：《罗红杂忆——记李广田老师》（原载《抗战文艺研究》1982年第4期），收入李岫编：《李广田研究资料》，宁夏人民出版社1985年版，第473—474页。

鲁迅与20世纪中国研究丛书

文朗诵宣讲《阿Q正传》时，简直成了我们的节日。……接着，李老师便向我们讲授《我怎样做起小说来》、《答北斗杂志社问》，大约是从作品到理论，算是一种小结吧。李老师以崇敬的心情向我们讲授鲁迅先生战斗的杂文和散文，高度评价鲁迅的战斗业绩。讲授了《记念刘和珍君》、《无花的蔷薇》、《热风》的若干随感录，《老调子已经唱完》、《为了忘却的纪念》等等。李老师向我们介绍过瞿秋白同志的《鲁迅杂感选集序言》，但好像没全文讲授。……通过讲授鲁迅，李老师等于向我们简要地介绍了'五四'以来的新文学史。我于是知道了主张'为人生的艺术'的'文学研究会'，提出'从文学革命到革命文学'的'创造社'及'太阳社'，知道了'创造社'和鲁迅的论战，国民党对鲁迅的压迫以及《三闲集》、《二心集》、《准风月谈》、《且介亭杂文》等书名的由来；……讲授鲁迅，李老师不仅是教我们如何作文，而且在教我们如何做人。'一要生存，而要温饱，三要发展。''敢说敢笑敢骂敢打'、'肩住黑暗的闸门，放他们到光明的地方去'、'在这可诅咒的地方，击退可诅咒的时代'、'韧性的战斗'、'打落水狗'、'"费厄泼赖"应该缓行'……我们都是通过李老师的讲授而知道的。"①

教书之余，李广田读了《什么是列宁主义》《列宁的故事》《少年先锋》等书与期刊，并在学生中传播马列主义文艺理论，为国民党反动当局所痛恨，国民党特务到罗江六中四分校"视察"，听了李广田的课，找他谈话，责问他为什么不按国民党政府编的教科书教课，而讲鲁迅文章和苏联小说。之后就将李广田解聘，在国民党特务及托派分子破坏下，学校被迫解散。后来经卞之琳介绍，李广田由罗江转叙永，在西南联大叙永分校教书。②

1940年11月，西南联大成立叙永分校。李广田在分校所开课程为大一必修课，A组由杨振声、陈嘉担任；B组由李广田、吴晓玲、杨周翰、王佐良、查良铮等担任。

① 杨竹剑：《罗江杂忆——记李广田老师》（原载《抗战文艺研究》1982年第4期），收入李岫编：《李广田研究资料》，宁夏人民出版社1985年版，第473—474页。
② 李岫：《悼念我的父亲李广田》（原载《新文学史料》1980年第4期），收入李岫编：《李广田研究资料》，宁夏人民出版社1985年版，第432页。

李广田在西南联大所有关新文学的课程

时间	课程名称	学分	选修／必修	开设院系	授课教师
1942—1943年度	国文壹F（读本）	4	大一必修课	文学院中国文学系	李广田
	国文壹F（作文）	2	大一必修课	文学院中国文学系	李广田
1943—1944年度	文学概论（初三）	3	初级部三年级必修（下学期）	师范学院国文学系及初级部国文科	李广田
	国文教学实习	师16	师范专业五年级必修	师范学院国文学系及初级部国文科	李广田
	国文教学实习	初6	初级部三年级必修	师范学院国文学系及初级部国文科	李广田
	国文教材教法研究	4	师范专业五年级、初级部三年级必修	师范学院国文学系及初级部国文科	李广田
1944—1945学年	各体文习作（一）	2	文学专业和语言专业二年级必修（上学期）	文学院中国文学系	李广田
	文学概论	2	三年级必修课（下学期）	师范学院国文系	李广田
	国文教材教法	4		师范学院国文系	李广田
	现代文选	4	三年级必修课	师范学院晋修班文史地组	李广田
	各体文习作（一）	2		师范学院晋修班文史地组	张清常、李广田
1945—1946学年上学期	各体文习作（一）	2	文学专业、语言专业二年级必修（上学期）	文学院中国文学系	李广田
	文学概论	2	文学专业三、四年级选修（下学期）	文学院中国文学系	李广田
	国文教材教法研究	4	三年级必修课	师范学院国文学系	李广田
	国文教学实习	6	五年级必修课	师范学院国文学系	李广田
	文学概论	2	三年级必修课（下学期）	师范学院专修科文史地组国文科	李广田

1945—1946学年上学期	初中国文教材教法	4	三年级必修课	师范学院专修科文史地组国文科	李广田
	初中国文教学实习	6	三年级必修课	师范学院专修科文史地组国文科	李广田

1945年度，李广田在联大中文系所上"各体文习作（一）"学程说明如下："本课程注重语体文之写作训练。在程序上，上承大一作文之基础，并进一步作为文学创作之准备。至少于每两周内在堂下作文一次。每周上课两小时，除介绍中外作家之写作理论及经验外，并以作品为例，分析其写作过程，批评其优劣得失，以引起学者自动写作之兴趣。"[1]1945年度，李广田也在联大师范学院国文学系上"国文教材教法研究"，学程说明如下："本课程内容，包括以下两项：（一）对于目前中学国文教材教法之批判：说明中学国文程度低落之现象，并指出其历史的因果；（二）对于中学国文教材教法的理想：根据事实，设计中学国文教学的改革方案，并说明国文教学与教育文化诸问题之相互关系。"[2]尽管笔者尚未发现李广田在西南联大课程上讲授鲁迅及其文学的确切史料，但从李广田所开"各体文习作（一）""国文教材教法研究"以及"现代文选"等课程可以看出，李广田充分利用自身的教学优势，将自己在中学讲授现代文学的教学经验和教学方法融入西南联大的课堂教学中，而鲁迅必是其讲授的重点对象。

第三节　西南联大演讲中的鲁迅及其文学

除了文学课堂上的讲授，演讲、文艺晚会、文学社团与刊物的文学活动等亦参与传播新文学，其中自然包括对鲁迅及其文学精神的传播与接受。这与抗战后期政治形势和大学风气的转变有密切的关系。

----

[1] 《国立西南联合大学文学院中国文学系学程说明书（1945年度）》，《国立西南联合大学史料：教学、科研卷》，云南教育出版社1998年版，第406—407页。

[2] 《国立西南联合大学师范学院国文学系学生说明书（1945年度）》，《国立西南联合大学史料：教学、科研卷》，云南教育出版社1998年版，第413页。

1943年起，重庆、桂林和昆明形成了大后方民主运动的中心。特别是昆明，在中国共产党的领导下，联合中国民主同盟等民主党派，利用龙云同蒋介石的矛盾，并充分发挥西南联大和云南大学的进步师生的力量，把反内战、反独裁的民主运动开展得声势浩大。闻一多在《八年的回忆与感想》一文中说，西南联大风气的大转变，应该从1944年算起，那一年政府改3月29日为青年节，引起了教授和同学们一致的愤慨。①西南联大从一个安静的"最高学府"，变为一个坚强的"民主堡垒"。闻一多先生的思想、治学和生活道路的大转变，也开始于这一年。②

1944年5月，为纪念五四运动，西南联大《文艺》壁报社决定组织一次文艺晚会，主题为对"五四"以来新文艺成就的回顾。这次晚会本来邀请了朱自清、闻一多、罗常培、杨振声、冯至、沈从文等分别讲授"五四"以来新文学中散文、诗歌、小说等各方面的成就，由李广田主持晚会并讲授"五四"以来杂文的成就。但因场地空间不足、学生抢座位和三青团分子捣乱等原因，晚会只好改期举行。5月8日，由联大中文系国文学会出面组织，晚会地点改在图书馆前大草坪，由罗常培、闻一多共同主持。晚会除前邀七人外，又邀孙毓棠、卞之琳、闻家驷共十人作讲演，讲题分别为：罗常培《五四前后文体的辩争》、冯至《新文艺中诗歌的收获》、朱自清《新文艺中散文的收获》、孙毓棠《谈现代中国戏剧》、沈从文《从五四以来小说的发展及其与社会的关系》、卞之琳《新文艺与西洋文学的关系》、李广田《新文艺中杂文的收获》、闻一多《新文艺与文学遗产》和杨振声《新文艺的前途》。③联大、云南大学、昆明师范学院等校学生到场约3000人，可谓盛况空前。朱自清讲题为《新文艺中散文的收获》。5月9、10两日昆明《中央日报》以《月夜中畅谈新文艺——记西南联大文艺晚会》为题，对这次晚会和各题讲演内容作了连续报道。

---

① 闻一多：《八年的回忆与感想》，《闻一多全集》第2卷，湖北人民出版社1993年版，第431页。

② 季镇淮：《闻朱年谱》，清华大学出版社1986年版，第103页。

③ 《月夜中畅谈新文艺——记西南联大文艺晚会》，昆明《中央日报》1944年5月9、10日第三版连载。

朱自清在演讲中说：

散文的发展可分三方面说：一，长篇议论文。最早是胡适的文章。他从中国旧小说中学习了句的构造，无形中受外国文章的熏陶，而梁启超的新问题所给他的影响也很大。在今天，要举写议论文，他的文章还是必读的。二，讽刺文。《新青年》中的杂感录就是这类文章，以鲁迅的最锋利，含蓄，这类文章是冷酷的，要用理智控制住，随便发泄个人的感情，只徒痛快一时，是没有什么价值的。三，小品文——美的散文——"五四"在发现个人，小品文多写自我的身边琐事，容易忘记自我以外的事情。以上各种问题都很重要，应该再发展下去，简单扼要的新闻文学也很有发展的必要。①

李广田在会上做题为《鲁迅的杂文》的演讲。②他说：

关于鲁迅的杂文，雪峰在《鲁迅论》中曾说过一句很精辟的话，他说：鲁迅的杂文是诗和政论的结合，是诗人和战士一致的产物。说鲁迅的杂文是政论，已经不会再有人否认。鲁迅的杂文都是对当时的社会、政治而发的，由于他的深透的目光，以及他的老辣而尖刻的文字，他的杂文就成了斗争的武器，成了作肉搏战的匕首，比起堂皇的长篇大论，是更为精锐，更能一针见血的。至于说到鲁迅的杂文中有诗的成分，这一点恐怕还

①　《月夜中畅谈新文艺——记西南联大文艺晚会》，昆明《中央日报》1944年5月9日第三版。

②　参见李岫：《岁月、命运、人——李广田传》，人民文学出版社2006年版，第158页；姜建、吴为公：《朱自清年谱》，光明日报出版社2010年版，第235页。每当一些世界著名作家的诞辰、忌日，也常举行纪念活动。这些活动李广田先生总是应邀参加的，他曾集自1942年春起至1946年春止写于昆明的二十三篇论文，题为《文学枝叶》，由范泉编入"一知文艺丛书"第一辑，于1948年1月由上海益智出版社出版，他在《序》中特别指明："其中：《鲁迅的杂文》、《鲁迅小说中的妇女问题》、《论文学的普及和提高》、《谈报告文学》、《纪念高尔基：论文化工作者应该站在哪一边》，都是演讲稿。"引自王景山：《忆李广田师和西南联大文艺社》，载李岫编：《李广田研究资料》，宁夏人民出版社1985年版，第454—455页。

得加以解释。第一，我们可以说：鲁迅杂文中含有很浓厚的抒情成分。本来抒情的方式很多，鲁迅的抒情方式却与一般的所谓抒情不同，无以名之，只好名之曰"鲁迅的抒情。"

……

这样的，就是鲁迅的抒情。从这里，我们可以看出鲁迅的热诚，鲁迅的强烈的生命，以及他在读者心中所鼓舞起来的是一种什么力量。这和那些风花雪月，卿卿我我的抒情自然是毫无相似之处的。

第二，我们可以说，鲁迅的杂文是形象化的。……

鲁迅的杂文是诗的，是政论的，又因为他的文字之深刻与含蓄而表现为一种特殊的强力，所以我百读不厌，我们每次读它，都感觉到那种热辣辣的鼓舞，而绝不会象普通议论文尤其是普通政论那样使人觉得枯燥无味。至于他的杂文之使我们清楚地认识了我们的时代，这一切功绩，也不是一般的论文所可企及的。

有人以为鲁迅不写小说，而只写杂文是一件很可惜的事。其实这却不见得。因为鲁迅的杂文是应了那时社会的需要而产生的，他的杂文，在时代的意义上说，实在比小说更重要……[1]

李广田的演讲既揭示了鲁迅杂文的时代意义，也分析了鲁迅杂文所具有的政论与诗的艺术特点。结合前述杨振声、沈从文等京派文人的相关观点，我们可以看出，李广田有意无意地（甚至仅仅是潜意识地）在回应有关鲁迅杂文的价值和鲁迅杂文的抒情特点这一曾经引发过论战的焦点问题。对鲁迅思想及其文学的再度认识和评价，充分体现出抗战时期文学家对文学精神更高层面的理解。这在曾经是新月派诗人闻一多身上表现得最为典型。

1944年10月19日晚，文协昆明分会、联大五文艺团体（各壁报联合会）和云南大学学生自治会在云南大学至公堂举办鲁迅逝世八周年纪念晚会。晚会首

---

[1] 李广田：《鲁迅的杂文》，《李广田文集》第3卷，山东文艺出版社1984年版，第120—122页。

由徐梦麟代表文协昆明分会致辞，继由李何林、姜亮夫、楚图南、尚钺、朱自清、闻一多等6人演讲，他们的讲题分别是《鲁迅与中国新文艺》《鲁迅在上海生活点滴》《我所知道的鲁迅》《鲁迅生平》《鲁迅对写作的态度》和《在鲁迅逝世八周年纪念会上的讲话》。李何林首先发言，认为鲁迅是中国最伟大的作家。姜亮夫谈到鲁迅与周作人的关系。楚图南举了两个例子说明鲁迅的"老中国人"品质。尚钺用"儿多母苦"概括鲁迅对青年的爱护和关怀。徐梦麟指出鲁迅的战斗精神。朱自清将鲁迅对中国文言的见解作了一番解析。他们的演讲对鲁迅的生平、作品及精神等均有精到的阐释，特别着重对鲁迅战斗精神的认识。讲演进行了三个半钟头。后由联大五文艺壁报朗诵纪念鲁迅的诗和《华盖集》中的《忽然想到》的几节以及田汉改编的《阿Q正传》剧本第五幕，晚会最后在高唱《义勇军进行曲》后散会。文化界、职业青年和大中学生4000余人参加了晚会。[①]

　　纪念晚会本来开得很好，但轮到姜亮夫教授发言，流露出对鲁迅的不恭，甚至认为"鲁迅也不是什么了不得的"。闻一多当即对姜亮夫的发言做出反驳。他说：

> ……我想，我们大家都会同意，鲁迅是经受得住时间考验的一位光辉伟大的人物。因为他对中华民族的文化事业留下了宝贵的遗产。他是中国历史上最伟大的文学家。
>
> ……
>
> 鲁迅在日本留学，住在十里洋场的上海，他和洋人，和大官打过不少交道。但他对帝国主义、对买办大亨，对当权人物，没有丝毫的奴颜媚骨，宁可流亡受苦，也不妥协。鲁迅之所以伟大，之所以能写出那么多伟大的作品，和他这种高尚的人格是分不开的，学习鲁迅，我想先得学习他这种高尚的人格。

---

① 参见姜建、吴为公：《朱自清年谱》，光明日报出版社2010年版，第242页；田本相：《李何林传》，河北教育出版社2003年版，第114页；闻黎明、侯菊坤编著：《闻一多年谱长编》（下卷），上海交通大学2014年版，第687—688页。

......

　　除了这两种人，也还有一种自命清高的人，就像我自己这样的一批人。从前我们住在北平，我们有一些自称"京派"的学者先生，看不起鲁迅，说他是"海派"。就是没有跟着骂的人，反正也是不把"海派"放在眼上的。现在我向鲁迅忏悔：鲁迅对，我们错了！当鲁迅受苦受害的时候，我们都正在享福，当时我们如果都有鲁迅那样的骨头，那怕只有一点，中国也不至于这样了。

　　骂过鲁迅或者看不起鲁迅的人，应该好好想想，我们自命清高，实际上是做了帮凶帮闲！如今，把国家弄到这步田地，实在感到痛心！现在，不是又有人在说什么闻一多在搞政治了，在和搞政治的人来往啦，以为这样就能把人吓住，不敢搞了，不敢来往了。可是时代不同了，我们有了鲁迅这样的好榜样，还怕什么？纪念鲁迅，我们应该正是这样。①

　　闻一多充分肯定了鲁迅的战斗精神、高尚人格及其为民族留下来的文学与精神遗产。他甚至认为"有人说'鲁迅是中国的孔圣人！'"是不对的，"鲁迅大于孔圣人，是中国的圣人是对的，但他却不是中国的孔圣人。……孔子是□【拉】着时代后退的，鲁迅则是推着时代向前进！……天灾人祸有人说是为了'天命'，鲁先生转移了他，说这是人谋之不臧，这就是鲁迅之所以不同于旧圣人，而是新圣人之点！"。②与此同时，他也出人意料地对京派文人的文化姿态进行了忏悔。当演讲到北平的京派当年如何瞧不起鲁迅，称鲁迅是"海派"时，闻一多忽然转过身来，向台正中的鲁迅木炭画像恭恭敬敬地鞠了一躬，表示道歉。尚土《痛忆闻师》记载道："给我印象最深的还是先生的讲词，他说：'时间愈久，越觉得鲁迅先生伟大，今天我代表自英美回国的大学

　　① 闻一多：《在鲁迅逝世八周年纪念会上的讲话》，《闻一多全集》第2卷，湖北人民出版社1993年版，第391—392页。

　　② 《鲁迅活在青年心里——八周年忌日晚会杂掇》（原载《云南晚报》1944年10月20日），转引自闻黎明、侯菊坤编著：《闻一多年谱长编》（下卷），上海交通大学出版社2014年版，第688页。

教授，至少我个人，向鲁迅先生深深忏悔！……鲁迅先生除了介绍这些到中国来之外（笔者注：指通过日本介绍被压迫的弱小民族的文学），还特别注意东欧和北欧作品的翻译，于是奠定了今天中国的文艺道路。然后再看看从英美回来的贡献些什么成绩呢？我真惭愧！’”①在场的李何林也被闻一多的发言所震撼。他知道闻一多这些京派文人学者，把鲁迅称为海派，对鲁迅怀有成见。即使在抗战时期的西南联大，有些教授依然对鲁迅抱着颇不以为然的态度。姜亮夫的发言不过是一个代表。但是闻一多如此激昂慷慨地给予驳斥，如此沉痛地批评自己，使李何林感到闻一多的人格精神。后来，李何林不止一次地在课堂上对他的学生说：“闻先生的这篇讲演，你们一定好好读。当时可谓石破天惊，在文艺界影响很大。”郭沫若后来就说过，闻一多这篇讲演“是把生命拿来做了抵押品的严烈的自我批判”②。时隔33年之后，李何林依然高度评价闻一多：“昆明文艺界成立了‘中华全国文艺界抗敌协会昆明分会’。我们通过这个会在抗战最后的二三年间，举办过多次千人左右参加的文艺讲演会、文艺晚会、世界著名作家纪念会、诗歌朗诵会、文艺讨论会等等，利用文艺集会的形式，宣传进步思想，抨击落后和反动，反对法西斯主义，反对内战，要求民主等等。在这些集会上的最后发言人常常是闻一多！他的发言像鲁迅的杂文一样，深刻有力，一针见血，有思想的说服力，又有感情的感染力；用他的洪亮的声音和饱含着战斗的思想感情的力量，激励和鼓舞着千万群众！他的威信和他的作用，当时有人称他是‘昆明的鲁迅，继承了鲁迅的战斗精神’。他的不怕牺牲，顽强战斗的精神，永远激励我们前进。”③

闻一多对鲁迅评价的转变典型地反映出抗战烽火中的知识分子价值姿态的转变。从抗战后期西南联大的演讲和诸多运动中我们不难发现，鲁迅及其文学成为文学家们和学生们倚重的重要精神与文学资源。通过对鲁迅思想与文学的

---

① 尚土：《痛忆闻师》（原载《人物杂志》第9期，1947年9月15日），转引自闻黎明、侯菊坤编著：《闻一多年谱长编》（下卷），上海交通大学出版社2014年版，第688页。

② 田本相：《李何林传》，河北教育出版社2003年版，第119页。

③ 李何林、王振华：《四十年代中期的闻一多和昆明民主运动——纪念闻一多被暗杀三十三周年和诞辰八十周年》，《李何林选集》，安徽文艺出版社1985年版，第34页。

再度认知，知识分子群体更加清晰地认识到中国政局的危机、国民党黑暗统治以及知识分子的社会责任，他们不时地反躬自省，强化了斗争精神和民族国家意识。

第四节　结语

从清华大学朱自清的"中国新文学研究"到西南联大大一国文课以及"现代中国文学"的选修课，尽管在民国大学中生存艰难，新文学依然焕发出强劲的生命力，并最终形成燎原之势，成为新中国一支举足轻重的学科力量。这也再次表明，中国现代文学课程和学科建制的发展、壮大与成熟是顺应时代和历史要求的，是现代中国文学教育的必然选择。当然，作为中国现代文学中最重要的一位思想家、文学家，鲁迅及其文学在新文学课堂讲授和学科建制中关系重大。尽管曾经受过轻视和批评，但鲁迅及其文学以其绝然独立的姿态证明了自己的价值。鲁迅思想及其文学也将在新世纪的课堂讲授中碰撞出新的意义和时代精神，引领青年们走向独具时代特色的心灵与思想世界。

鲁迅与20世纪中国研究丛书

第七章　面向"大众"的"立人"：鲁迅的文学教育思想及实践

从广义的角度来看，一切关于艺术的审美接受都属于教育。鲁迅虽然不以教育家名世，但其驳杂而庞大的文学创作体量，经一代代读者的接受与传播，已成为一种丰富的文学教育资源，几乎重塑了现代中国人的精神结构。在20世纪的中国，没有一位作家能够像鲁迅那样，凭借丰富的创作对中国的社会与文化产生持续而深刻的影响。更为重要的是，鲁迅的文学事业从来都不是"为艺术而艺术"的，而是有着深切的现实关怀，他关于"国民性"的批判以及现代民族国家的想象与建构，都使他的文学具有鲜明的"警世"功能和教育意义。事实上，他也以实际行动践行着他的文学教育理念，比如，对"大众语"的探索，提倡汉字的拉丁化，"直译"外国文学名著，都在宣示着他那不为人所关注的文学教育家身份。

但是，无论是文学创作还是文学教育，它们都在鲁迅身上共享着一个精神支点，那就是"立人"思想。在鲁迅丰富的精神遗产中，"立人"观念无疑是其中最为核心的部分，对它的探索几乎贯穿了作为"精神界之战士"的鲁迅的一生。无论是早年对西方科学史、文明史的考察和反思，还是"五四"时期的以文艺改造国民性的努力，以及30年代的"革命文学"行动，鲁迅都从未放弃基于"立人"的种种思考及实践。就此而言，"立人"思想也是鲁迅展开文学教育的原点，从"弃医从文"开始，他就孜孜不倦于通过现代文学教育，培育一种健全的现代人格。这还不够，因为对于所立之"人"，在鲁迅那里并不是一个模糊的概念，而是有着具体所指，即他笔下"哀其不幸，怒其不争"的"庸众"。鲁迅曾提出"任个人而排众数"，但"任个人"并不是提倡极端、狭隘的个人主义，其最终目的在于通过"个人"的觉醒而革除"众数"之弊，挽救沉睡的"大众"，这也是胡适所说的"健全的个人主义"，也是鲁迅文学教育的终极目的。

第一节　"人"的问题及"立人"

　　早在留日时期，鲁迅在其系列文言论文中，就洞察了中国语境下"人"的问题及疗救的可能和方向。在《人之历史》中，青年周树人通过对进化论的学术史梳理，发现生物进化过程中的能动作用，斥责了"彷徨于神话之歧途"①的人类起源学说，提出人类"自卑而高，日进无既，斯益见人类之能，超乎群动，系统何昉"②的科学观念。在《科学史教篇》中，进一步提出精神领域内的"神思""道德""圣觉"之于科学和社会发展的重要性，认为科学与美育应该并行，"盖使举世惟知识之崇，人生必大归于枯寂，如是既久，则美上之感情漓，明敏之思想失，所谓科学，亦同趣于无有矣"，"故人群所当希冀要求者"，不惟牛顿、波尔、达尔文等科学家，还需要莎士比亚、拉斐尔、贝多芬、卡莱尔等艺术家，"凡此者，皆所以致人性于全，不使之偏倚"。③由是，引出了《文化偏至论》中"个人"与"众数"、"物质"与"精神"之辩，批评了中国维新人士重"物质"与"众数"的"偏至"，因为这两者"根史实而见于西方者不得已，横取而施之于中国则非也"④，"欧美之强，莫不以是炫天下者，则根柢在人，而此特现象之末，本原深而难见，荣华昭而易

---

　　① 鲁迅：《坟·人之历史》，《鲁迅全集》第1卷，人民文学出版社2005年版，第9页

　　② 鲁迅：《坟·人之历史》，《鲁迅全集》第1卷，人民文学出版社2005年版，第8页。

　　③ 鲁迅：《坟·科学史教篇》，《鲁迅全集》第1卷，人民文学出版社2005年版，第35页。

　　④ 鲁迅：《坟·文化偏至论》，《鲁迅全集》第1卷，人民文学出版社2005年版，第47页。

识也。"①于是，正式提出"立人"的主张："是故将生存两间，角逐列国是务，其首在立人，人立而后凡事举；若其道术，乃必尊个性而张精神。"②到了《摩罗诗力说》中，鲁迅开始立足于文学艺术强调"立人"的重要性和迫切性，针对当时中国"诗人绝迹""伟美之声，不震吾人之耳鼓者，亦不始于今日"③之现状，呼唤中国的"精神界之战士"或"摩罗诗人"。在《破恶声论》中，鲁迅有感于中国一方面"伪士"横行，"狂蛊中于人心，妄行者日昌炽"，而另一方面"举天下无违言，寂漠为政，天地闭矣"④"心声内曜，两不可期"的境况，呼唤士人"白心"，"荡涤秽恶，俾众清明，容性解之竺生，以起人之内曜。如是而后，人生之意义庶几明，而个性亦不至沉沦于浊水乎"，⑤以此捍卫精神信仰的重要，彰显"人性"之于"奴性""兽性"的可贵。如上所述，鲁迅早期的思想言论，已系统地阐述了"立人"思想，并赋予其鲜明的启蒙意涵，这使鲁迅后来的文学创作不仅仅是一种艺术行为，而且在更大程度上具有了那个时代经久不衰"美育"建设意味。

那谁是鲁迅的"立人"对象呢？回答这个问题，仍然必须回到鲁迅早期的言论中寻找。这里必须指出的是，在"五四"所谓"人的发现"的思想史背景中，"人"常常是一个宽泛、模糊的范畴，诸如"自我""个性""人性""现代人格""日常人生"皆被含纳其中。就鲁迅而言，其所"立"之"人"，大体可以分成两类，一类是"精神界之战士"，如《摩罗诗力说》《破恶声论》中所给予极高评价的叔本华、尼采、拜伦、雪莱、普希金、莱蒙托夫、裴多菲等特立独行的思想者和文人，这类人充满了反抗精神，"立意在

---

① 鲁迅：《坟·文化偏至论》，《鲁迅全集》第1卷，人民文学出版社2005年版，第58页。

② 鲁迅：《坟·文化偏至论》，《鲁迅全集》第1卷，人民文学出版社2005年版，第58页。

③ 鲁迅：《坟·摩罗诗力说》，《鲁迅全集》第1卷，人民文学出版社2005年版，第71页。

④ 鲁迅：《集外集拾遗补编·破恶声论》，《鲁迅全集》第8卷，人民文学出版社2005年版，第25页。

⑤ 鲁迅：《集外集拾遗补编·破恶声论》，《鲁迅全集》第8卷，人民文学出版社2005年版，第29页。

反抗，指归在动作"①，他们思想深刻，能发出最雄壮伟大的声音，激发每个人心中本有的"诗力"，激起国人的"内曜"。他们皆为"不和众嚣，独具我见之士"，"洞瞩幽隐，评骘文明，弗与妄惑者同其是非，惟向所信是诣，举世誉之而不加劝，举世毁之而不加沮，有从者则任其来，假其投以笑侮，使之孤立于世，亦无慑也"②。因此，他们虽"外状至异，各禀自国之特色，发为光华；而要其大归，则趣于一：大都不为顺世和乐之音，动吭一呼，闻者兴起，争天拒俗，而精神复深感后世人心，绵延至于无已"③。鲁迅对这类"精神界之战士"赞颂并非出于"英雄崇拜"的情结，而是想通过"别求新声于异邦"，凭他们"无不刚健不挠，抱诚守真；不取媚于群，以随顺旧俗；发为雄声，以起其国人之新生，而大其国于天下。求之华土，孰比之哉？"④。亦即，鲁迅早年一再推崇此类精神"立法者"，最终指向的是启蒙和救亡的终极目的。我们不能苛求青年鲁迅究其根本，站在社会制度的高度切入时弊，开出"革命"的药方，而且他对理想人格的呼唤亦深受尼采"超人哲学"的影响，具有狭隘性和片面性，但他对国人亟需"摩罗诗人""伟力"的引导和启蒙，改造自身思想意识与价值观念这一点看法，则是相当准确和深刻的，甚至在某种程度上开启了"五四"新文化运动的基本主题，这显然远远超出了同时代先驱者的探索。因此，如果将"摩罗诗人"群体置换到当时的中国语境中，他们其实就是先知先觉的启蒙者，也可说是鲁迅早年的精神映像，参与了鲁迅自我人格和启蒙主体性的建构。

在柏拉图的"洞穴"寓言中，率先走出洞穴的"囚徒"见到了阳光和真实的世界，但他又回到"洞穴"，重新习惯黑暗，试图解救那些浑浑噩噩的其

---

① 鲁迅：《坟·摩罗诗力说》，《鲁迅全集》第1卷，人民文学出版社2005年版，第68页。

② 鲁迅：《集外集拾遗补编·破恶声论》，《鲁迅全集》第8卷，人民文学出版社2005年版，第27页。

③ 鲁迅：《坟·摩罗诗力说》，《鲁迅全集》第1卷，人民文学出版社2005年版，第68页。

④ 鲁迅：《坟·摩罗诗力说》，《鲁迅全集》第1卷，人民文学出版社2005年版，第101页。

他囚徒，却招来了后者的不解与讥笑，直至最后被杀死。①这个寓言说明，启蒙并非是单向度的，而是一个对话与互动的过程，在此过程中充满了困难和曲折。鲁迅虽然充分肯定了启蒙者的作用和重要性，但也指出了与被启蒙者的博弈关系，他的"铁屋子"譬喻未尝不是基于这样的关系提出来的，因此鲁迅对"英哲"之士与"凡庸"之众的紧张关系，一直有着深刻的警醒。但这并没有妨碍他对被启蒙者的眷注，他西绪弗斯般地一次次走进黑暗的"洞穴"，在对后者几近无效又无望的救赎中慢慢消耗自己。或者，启蒙的终极意义也就在于此。

这就涉及鲁迅"立人"的第二种对象：与"精神界之战士"相对立、无处不在的庸众群体。"英哲"之士，从来都只能是极少数，所以一旦出现在败坏了的社会环境之中，就必然面临着数量巨大的凡庸之徒的扼困和侵蚀。因为庸众的肤浅、自私、势利、妒忌，他们往往不能容忍思想深刻、才华卓绝的"英哲"，并对后者展开无端的攻击和迫害，"自尊至者，不平恒继之，忿世嫉俗，发为巨震，与对蹠之徒争衡。盖人既独尊，自无退让，自无调和，意力所如，非达不已，乃以是渐与社会生冲突，乃以是渐有所厌倦于人间"②。对于世人对拜伦的迫害，鲁迅不无痛惜地指出："顾寠戮天才，殆人群恒状，滔滔皆是，宁止英伦。中国汉晋以来，凡负文名者，多受谤毁，刘彦和为之辩曰，人禀五才，修短殊用，自非上哲，难以求备，然将相以位隆特达，文士以职卑多诮，此江河所以腾涌，涓流所以寸析者。东方恶习，尽此数言。然裴伦之祸，则缘起非如前陈，实反由于名盛，社会顽愚，仇敌窥觎，乘隙立起，众则不察而妄和之；若颂高官而厄寒士者，其污且甚于此矣。"③

更为可悲的是，庸众的敌对和孤立，使这些精神引导者失去了施展才华的空间，进而陷入孤独的精神困境，直至最终走向毁灭。在鲁迅看来，雪莱早

① 柏拉图：《国家篇》第七卷，《柏拉图全集》第2卷，人民出版社2003年版，第510—513页。

② 鲁迅：《坟·摩罗诗力说》，《鲁迅全集》第1卷，人民文学出版社2005年版，第81页。

③ 鲁迅：《坟·摩罗诗力说》，《鲁迅全集》第1卷，人民文学出版社2005年版，第78—79页。

年虽然因为叛逆，遭到家人的驱逐和社会的仇恨，使他陷入"顾已孤立两间，欢爱悉绝，不得不与社会战矣"①的困厄，但最终打垮他的主要还是精神上的孤独。雪莱"对天物之不伪，遂寄之无限之温情"，"晨瞻晓日，夕观繁星，俯则瞰大都中人事之盛衰，或思前此压制抗拒之陈迹；而芜城古邑，或破屋中贫人啼饥号寒之状，亦时复历历入其目中。其神思之澡雪，既至异于常人，则旷观天然，自感神閟，凡万汇之当其前，皆若有情而至可念也。故心弦之动，自与天籁合调，发为抒情之什，品悉至神，莫可方物，非狭斯丕尔暨斯宾塞所作，不有足与相伦比者"，但他周围却遍布愚蠢的凡众，"若至下者，乃自春徂冬，于两间崇高伟大美妙之见象，绝无所感应于心，自堕神智于深渊，寿虽百年，而迄不知光明为何物，又奚解所谓卧天然之怀，作婴儿之笑矣"。②最终，他只能"冀自达其所崇信之境；复以妙音，喻一切未觉，使知人类曼衍之大故，暨人生价值之所存，扬同情之精神，而张其上征渴仰之思想，使怀大希以奋进，与时劫同其无穷。世则谓之恶魔，而修黎遂以孤立；群复加以排挤，使不可久留于人间，于是压制凯还，修黎以死，盖宛然阿刺斯多之殒于大漠也"③。令人惊叹的是，对西方"摩罗诗人"遭遇的描述几乎成为鲁迅对自我命运的"预言"。在此后的几十年里，鲁迅以"摩罗诗人"般的高瞻和深邃，远远地走在了同时代人的面前，但也遭受了来自多方的诘难和攻击。

从现在来看，这些不同的声音虽然不尽来自鲁迅所说的"庸众"，但在鲁迅眼里，他们确实组成了一个"无物之阵"，时刻包围着他，他的一生也都是在为此而战斗，即使在他生命终结之际，对于这些庸众，他仍然是"一个也都不宽恕"。显然，我们不能认为是鲁迅为此以"摩罗诗人"自居，而把他的论敌推定为"庸众"。相反，是鲁迅自身的命运证实了这一"预言"。而事实上，鲁迅已深邃地洞察到了中国语境下的庸众之恶，当他发出"今索诸中国，

① 鲁迅：《坟·摩罗诗力说》，《鲁迅全集》第1卷，人民文学出版社2005年版，第86页。

② 鲁迅：《坟·摩罗诗力说》，《鲁迅全集》第1卷，人民文学出版社2005年版，第88页。

③ 鲁迅：《坟·摩罗诗力说》，《鲁迅全集》第1卷，人民文学出版社2005年版，第87—88页。

为精神界之战士者安在"的呼唤时，他又不无悲观地发现："非彼不生，即生而贼于众，居其一或兼其二，则中国遂以萧条。"①可见，在他看来，尽管中国当时还没有像拜伦、雪莱、裴多菲那样追求自由、特立独行的"英哲"之士，但却有大量同样的"凡庸"之众，但他们却以另一种方式在挤压、破坏着中国的精神界。这就是鲁迅一直在反思着的"众数"之害。

鲁迅主要是在"西学东渐"的历史变局中发现中国的庸众之恶的。当时的中国，整体上陷入一种"言非同西方之理弗道，事非合西方之术弗行，掊击旧物，惟恐不力，曰将以革前缪而图富强也"②的狂热，特别是一些"轻才小慧之徒"，"近不知中国之情，远复不察欧美之实，以所拾尘芥，罗列人前，谓钩爪锯牙，为国家首事，又引文明之语，用以自文，征印度波兰，作之前鉴"。③而实际上，这些人"不根本之图，而仅提所学以干天下；虽兜牟深隐其面，威武若不可陵，而干禄之色，固灼然现于外矣！计其次者，乃复有制造商估立宪国会之说。前二者素见重于中国青年间，纵不主张，治之者亦将不可缕数。盖国若一日存，固足以假力图富强之名，博志士之誉；即有不幸，宗社为墟，而广有金资，大能温饱，即使怙恃既失，或被虐杀如犹太遗黎，然善自退藏，或不至于身受；纵大祸垂及矣，而幸免者非无人，其人又适为己，则能得温饱又如故也。若夫后二，可无论已。中较善者，或诚痛乎外侮迭来，不可终日，自既荒陋，则不得已，姑拾他人之绪余，思鸠大群以抗御，而又飞扬其性，善能攘扰，见异己者兴，必借众以陵寡，托言众治，压制乃尤烈于暴君。……至尤下而居多数者，乃无过假是空名，遂其私欲，不顾见诸实事，将事权言议，悉归奔走干进之徒，或至愚屯之富人，否亦善垄断之市侩，特以自长营揖，当列其班，况复掩自利之恶名，以福群之令誉，捷径在目，斯不

①　鲁迅：《坟·摩罗诗力说》，《鲁迅全集》第1卷，人民文学出版社2005年版，第102页。

②　鲁迅：《坟·文化偏至论》，《鲁迅全集》第1卷，人民文学出版社2005年版，第45页。

③　鲁迅：《坟·文化偏至论》，《鲁迅全集》第1卷，人民文学出版社2005年版，第45—46页。

惮竭蹶以求之耳"①。因此，那些所谓的"有识之士""有志之士"，在鲁迅看来，都是肤浅、自私而又善于投机倒把之徒，"是故今所谓识时之彦，为按其实，则多数常为盲子，宝赤菽以为玄珠，少数乃为巨奸，垂微饵以冀鲸鲵"②。他们即使高谈阔论，众声喧哗，但仍改变不了中国社会在溃烂的泥淖里挣扎、轮回的常态，"灵府荒秽，徒炫耀耳食以罔当时。故纵唱者万千，和者亿兆，亦绝不足破人界之荒凉；而鸩毒日投，适益以速中国之隳败，则其增悲，不较寂漠且愈甚与"③。这样一来，鲁迅眼中的中国庸众与拜伦、雪莱等人所面对的又有所不同。首先，他们几乎都是当时中国的统治者或各个阶层的精英，可以左右那个时代中国社会、政治的发展动向，也就是鲁迅后来文学作品中不断给予讥讽和批判的"正人君子""领头羊""奴隶总管"。其次，因为他们有相当的话语权，所以他们所妨害的不是一二"摩罗诗人"，而是整个国家和民族。再次，因着"领头羊"身份，他们把各种"精神疾病"传染至底层各个领域的民众。《风波》中惊慌失措的村民、"高老夫子"的虚伪、阿Q式的革命都可从当时的上层社会中找到摹本。可以说，鲁迅终其一生所要改变的，就是由"庸众"推动起来的"众数"之害，以及整个中国社会由此陷入溃烂这个令人绝望的生存景观，他的文学创作，基本上也是对这一生存景观的书写和反抗。

从鲁迅后来的文学世界中可知，他对"众数"的批判，并不像叔本华、尼采那样，以高高在上的精英姿态，藐视庸众，夸大天才的作用。相反，面对愚昧的"庸众"，他更多的是体现出"衷悲所以哀其不幸，疾视所以怒其不争"④的复杂心态，具有广博的人道主义和爱国主义情怀，这也是1903年6

① 鲁迅：《坟·文化偏至论》，《鲁迅全集》第1卷，人民文学出版社2005年版，第46—47页。

② 鲁迅：《坟·文化偏至论》，《鲁迅全集》第1卷，人民文学出版社2005年版，第47页。

③ 鲁迅：《集外集拾遗补编·破恶声论》，《鲁迅全集》第8卷，人民文学出版社2005年版，第27页。

④ 鲁迅：《坟·摩罗诗力说》，《鲁迅全集》第1卷，人民文学出版社2005年版，第82页。

月，他在《斯巴达之魂》中对斯巴达人"不欲亡国而生，誓愿殉国以死"和"为国民死！为国民死！"①爱国豪情大加赞赏的缘由。由此亦可得知，鲁迅早年所批判的"众数"，虽然主要指向当时中国的精英阶层，但实际上已经开始了他对中国整体"国民性"这一命题的思考，这也使他的批判更多地具有了拯救和建构的意义。据许寿裳回忆，鲁迅早年的"立人"思想，常常伴随思考以下三个问题："一、怎样才是最理想的人性？二、中国国民性中最缺乏的是什么？三、他的病根何在？"②可以说，鲁迅"立人"的构想正是从这三个方面展开的，"国民性"也是"立人"问题的逻辑起点。或者说，鲁迅的"立人"主要面向的不是"精神界之战士"，而是广大"庸众"，他所要取消的是由"凡庸"之士推动形成的"众数"之害，而不是"庸众"本身。正是如此，在鲁迅后来的文学实践中，早年被否定和批判的"庸众"的负面意义慢慢消退，最终成为一个他始终关怀乃至休戚与共的群体："大众"。就此而言，我们甚至可以认为，鲁迅始终将面向"大众"的"立人"与"国民性"改造做同一性的思考。

正是在此意义上，我们认为，鲁迅的文学教育思想及实践路径同样可以从中找到答案。无论是他为大众代言的文学立场，偏重启蒙和功利的文学观念，还是他在汉字拉丁化、"直译"方面的主张和实践，都是一种面向"大众"考量的文学教育。

第二节 "觉世之文"：为大众代言

众所周知，"幻灯片"事件后，鲁迅弃医从文，开始了他"国民性"改造的文学之路。但这只是一个带有偶然性的直接动因而已，为何选取"文学"进行"大众"的教育，以及以什么姿态将之付之行动，却远比这复杂得多。

---

① 鲁迅：《集外集·斯巴达之魂》，《鲁迅全集》第7卷，人民文学出版社2005年版，第11、13页。

② 见许寿裳《亡友鲁迅印象记》和《怀亡友鲁迅》，鲁迅博物馆鲁迅研究室《鲁迅研究月刊》选编：《鲁迅回忆录·专著》上册，北京出版社1999年版，第226、443页。

鲁迅弃医从文之后，在日本主要从事翻译和创办杂志的工作，但《域外小说集》反应的寂寥和《新生》的夭折，使他的文学事业甫一开始就遭受打击。回国后，因为"法文不能变米肉也"①，他为了生计，又不得不在某种程度上弃文从教。于是，在近十年的时间里，他不仅辗转于多地进行实际的学校教育，还在教育部门任职，参与设计、制定教育制度和政策。在此期间，他深刻体会到了自晚清以来教育界的混乱和教育救国的无效性。"教育救国"是晚清以来改良运动的一个重要组成部分。从张之洞的"中学为体，西学为用"、康有为的"百业千器万技，皆出于学"②、梁启超的"亡而存之，废而举之，愚而智之，弱而强之，条理万端，皆归本于学校"③，到陈独秀、胡适等所提倡的家庭教育和女子、儿童教育，无不以救亡图存为本义，这本不应成为问题，但因社会时局羁绊和教育配套设施建设的滞后，这些急切的教育改良理念付诸实施时往往流于急功近利。

鲁迅后来在回忆晚清范源廉所提倡的"速成师范"时说道："但我个人所叹服的，是在他当前清光绪末年，首先发明了'速成师范'。一门学术而可以速成，迂执的先生们也许要觉得离奇罢；殊不知那时中国正闹着'教育荒'，所以这正是一宗急赈的款子。半年以后，从日本留学回来的师资就不在少数了，还带着教育上的各种主义，如军国民主义，尊王攘夷主义之类。在女子教育，则那时候最时行，常常听到嚷着的，是贤母良妻主义。"④鲁迅之所以对此极为不屑，除了"速成教育"的急功近利，还在于各种"主义"导致的教育均等化，而后者正是他所批判的"众数"在教育上的危害："盖自法朗西大革命以来，平等自由，为凡事首，继而普通教育及国民教育，无不基是以遍施。……社会民主之倾向，势亦大张，凡个人者，即社会之一分子，夷隆

---

① 鲁迅：《书信·110307致许寿裳》，《鲁迅全集》第11卷，人民文学出版社2005年版，第344页。

② 康有为：《请开学校折》，童富勇等编：《中国近代教育史资料汇编·教育思想》，上海教育出版社2007年版，第56页。

③ 梁启超：《学校总论》，见罗炳良编：《变法通议》，华夏出版社2002年版，第40页。

④ 鲁迅：《坟·寡妇主义》，《鲁迅全集》第1卷，人民文学出版社2005年版，第278页。

实陷，是为指归，使天下人人归于一致，社会之内，荡无高卑。此其为理想诚美矣，顾于个人殊特之性，视之蔑如，既不加之别分，且欲致之灭绝。更举黮暗，则流弊所至，将使文化之纯粹者，精神益趋于固陋，颓波日逝，纤屑靡存焉。"① 由此可见，鲁迅更为重视的是个性化的教育以及个体的精神启蒙。而这一重任显然只能由他所说的"撄人心"的文学教育才可以承担得起。另一方面，鲁迅也发现了当时教育主体的普遍性缺失。在《破恶声论》中，他就发现"教师常寡学，虽西学之肤浅者不憭，徒作新态，用惑乱人"②。后来又进一步发现，当时的"教育家"是"尽力施行各种麻痹术"的"治人者"，③ 他们只许学生"埋头读书"，而不能有自己的独立思考，"主张学校应该教授看假洋，写呈文，做挽对春联④，他们"膜拜'活佛'，绍介国医"⑤，或者忙于"谋做校长"，在"杯酒间谋害学生"。⑥ 如此一来，鲁迅可悲地发现，这些"教育家"正是他早年所批判的"凡庸"之众，他们不仅不是合格的教育主体，反而是应该被启蒙的教育受体。

面对中国教育界的紊乱和黑暗，鲁迅极为失望和愤怒。1921年，在致宫竹心的信中说："看中国现在情形，几乎要陷于无教育状态，此后如何，实在是在不可知之数。"⑦ 此后，他走厦门、广州，又进一步发现，之前对南方教育界的期待"可谓妄想，大沟不干净，小沟就干净么？"⑧。这使他对"教育

---

① 鲁迅：《坟·文化偏至论》，《鲁迅全集》第1卷，人民文学出版社2005年版，第51—52页。

② 鲁迅：《集外集拾遗补编·破恶声论》，《鲁迅全集》第8卷，人民文学出版社2005年版，第31页。

③ 鲁迅：《坟·春末闲谈》，《鲁迅全集》第1卷，人民文学出版社2005年版，第215页。

④ 鲁迅：《译文序跋集·〈死魂灵〉第二部第一章译者附记》，《鲁迅全集》第10卷，人民文学出版社2005年版，第453页。

⑤ 鲁迅：《南腔北调集·谚语》，《鲁迅全集》第4卷，人民文学出版社2005年版，第557页。

⑥ 鲁迅：《华盖集·"碰壁"之后》，《鲁迅全集》第3卷，人民文学出版社2005年版，第77页。

⑦ 鲁迅：《书信·210816致宫竹心》，《鲁迅全集》第11卷，人民文学出版社2005年版，第411页。

⑧ 鲁迅：《两地书·六〇》，《鲁迅全集》第11卷，人民文学出版社2005年版，第172页。

救国"产生了根本的怀疑，"教界这东西，我实在有点怕了，并不比政界干净"①，于是最终离开广州到上海定居，彻底回归他的文学"志业"。当然，鲁迅作为一名教育工作者的经历远比上文所述的丰富，但不可否认的是，长期的文学家和教育工作者的双重身份，形成了他对文学与教育的切身体认和独特思考。在他看来，教育虽然重要，但如果没有进行更深层次上的精神启蒙，那么所有的学校教育都可能因"众数"和"凡庸"之士的介入而流于功利主义和形式主义，这实际上是对他早年提出的"掊物质而张灵明，任个人而排众数"理念在教育层面上的延伸思考。而"张灵明""任个人"是一种基于感性和具体的教育行为，只有文学教育才可充当此任。事实上，鲁迅很早就发现了这点，并提出了"与热带人语冰"这一命题，即要让热带人知道"冰"为何物，"虽喻以物理生理二学，而不知水之能凝，冰之为冷如故；惟直示以冰，使之触之，则虽不言质力二性，而冰之为物，昭然在前，将直解无所疑沮"②。因此，鲁迅更注重的是"撄人心"的文学家身份，这既是因为文学具有直观、形象的教育功能，更易于启人灵魂，涵养神思；也因为文学教育的施行较为注重受体个性而主体又相对主动和自由，可以免去"众数"的危害和庸众的困恼。这是促使他最终离开教育界，而用文学来表达、实践教育理想的根由。而且，鲁迅的文学实践中也有很大一部分是为了唤醒和培育教育主体而做的。他晚年不顾病体，翻译童话，就是"要将这样的崭新的童话，介绍一点进中国来，以供孩子们的父母，师长，以及教育家，童话作家来参考"③。总之，鲁迅在教育上从不停留于各种"主义"和"口号"，而是始终以精神层面上的"立人"为终极目的。这成为他选择文学作为启蒙教育的根本出发点。

但另一方面，由于对社会整体的绝望，鲁迅对文学教育的启蒙意义同样也产生过怀疑，疑心自己所谓的文学启蒙不过是"做醉虾的帮手"，弄敏了老实

① 鲁迅：《书信·270515致章廷谦》，《鲁迅全集》第12卷，人民文学出版社2005年版，第33页。

② 鲁迅：《坟·摩罗诗力说》，《鲁迅全集》第1卷，人民文学出版社2005年版，第74页。

③ 鲁迅：《译文序跋集·〈表〉译者的话》，《鲁迅全集》第10卷，人民文学出版社2005年版，第437页。

鲁迅与20世纪中国研究丛书

而不幸的青年的脑子，使他们更加痛苦而已。鲁迅的这一怀疑，与他作为一位新旧交替时代或者过渡时代的知识分子身上纠葛着众多文化矛盾有关。

从语文的修习与探索的角度来说，鲁迅一生都是在传统与现代之间穿行。鲁迅6岁就进入家塾，在其叔祖周玉田和周介孚的教导和影响下，接受的是最正统的开蒙教育，此后进入"三味书屋"，师从寿镜吾。在这一时期，鲁迅接受了习字、对课、"十三经"、八股文、试帖诗等旧学的系统训练。在南京新式学堂时期，鲁迅醉心阅读的仍是以古文翻译的新学著作。留日时期，除了师从章太炎学习文字学，还写了系列文言文论文。回国后，在教学和公职工作之余，他还致力于辑录、校勘古书和会稽史地文献，收集金石拓本，研究佛学典籍。尽管鲁迅与旧学的亲密关系是新旧时代交替使然，但也不可否认，旧学积淀对他的文学实践产生了深刻的影响。鲁迅一生未曾中断文言文写作。除了留日时期撰写的文言论文，"五四"以后，鲁迅的许多私信也用纯正的文言文书写，他的旧体诗在数量上不仅超过新诗，影响也不逊于后者；他的学术代表作《中国小说史略》和《汉文学史纲要》也是用文言文立论。即使是白话文写作，鲁迅也善于将文言文的简练语法融入其中，呈隐晦曲折的风格，以至在"革命文学论争"中，这成为他的一个"罪状"。此外，他对古文字学也有着深入的修学。留日期间，曾师从章太炎研究《说文解字》；在藏书方面，古文字学的著作也相当丰富，"且大部分是线装书，可分为训诂、文字和音韵三类，共297卷，119册。其中训诂101卷，29册；文字171卷，71册；音韵25卷，19册"[①]。但另一方面，鲁迅却大力批判旧文学，反对古书和文言。他认为古书充满了各种毒害人的思想观念："中国古书，页页害人"，"我以为要少——或者竟不——看中国书，多看外国书"[②]，甚至说："汉文终当废去，盖人存则文必废，文存则人当亡，在此时代，已无幸存之道。"[③]在他看来，

①　见陈漱渝主编：《世纪之交的文化选择——鲁迅藏书研究》，湖南文艺出版社1995年版，第317页。

②　鲁迅：《华盖集·青年必读书——应〈京报副刊〉的征求》，《鲁迅全集》第3卷，人民文学出版社2005年版，第12页。

③　鲁迅：《书信·190116致许寿裳》，《鲁迅全集》第11卷，人民文学出版社2005年版，第369页。

古书的危害很大程度上在于文言载体的作怪，"我总要上下四方寻求，得到一种最黑，最黑，最黑的咒文，先来诅咒一切反对白话，妨害白话者。即使人死了真有灵魂，因这最恶的心，应该坠入地狱，也将决不改悔，总要先来诅咒一切反对白话，妨害白话者"①。因此，鲁迅曾力主废除汉字和汉字拼音化，早在1913年，他就与马裕藻、许寿裳等共同提议采用章太炎的记音字母方案；到了1930年代，他更是坚决主张汉字拉丁化，认为"汉字和大众，是势不两立的"②，"汉字是愚民政策的利器"，"汉字也是中国劳苦大众身上的一个结核，病菌都潜伏在里面，倘不首先除去它，结果只有自己死"。③"要推行大众语文，必须用罗马字拼音"④，因为拉丁化文字，"只要认识二十八个字母，学一点拼法和写法，除懒虫和低能外，就谁都能够写得出，看得懂了。况且它还有一个好处，是写得快"⑤。事实上，类似于鲁迅身上的这种文化矛盾，在胡适、陈独秀、郁达夫、周作人、林语堂等从旧时代走过来的新式知识分子身上都存在着，但鲁迅表现得尤为明显。个中原因，主要在于，无论是对传统文化、文学的认识，还是对现代性的回应和理解，鲁迅都是以上诸人所无法比拟的，他对两者的认知越是深刻，越是能够发现它们的差异和对立。因此，二者在他身上的并存几乎组成了一对无解的悖论式的矛盾，他的焦虑、彷徨乃至尼采式的孤独、寂寞，无疑与这种深刻的矛盾密切相关。不过，就鲁迅的文学教育思想而言，这对矛盾体无法和平共处，直至"现代"压倒"传统"，主要还在于他急切为大众代言的启蒙意识。

梁启超曾把文章分成"觉世"与"传世"两种不同的形态："传世之文，

① 鲁迅：《朝花夕拾·〈二十四孝图〉》，《鲁迅全集》第2卷，人民文学出版社2005年版，第258页。

② 鲁迅：《且介亭杂文·答曹聚仁先生信》，《鲁迅全集》第6卷，人民文学出版社2005年版，第78页。

③ 鲁迅：《且介亭杂文·关于新文字》，《鲁迅全集》第6卷，人民文学出版社2005年版，第165页。

④ 鲁迅：《且介亭杂文·答曹聚仁先生信》，《鲁迅全集》第6卷，人民文学出版社2005年版，第78页。

⑤ 鲁迅：《且介亭杂文·门外文谈》，《鲁迅全集》第6卷，人民文学出版社2005年版，第99页。

或务渊懿古茂，或务沉博绝丽，或务瑰奇奥诡，无之不可，觉世之文，则辞达而已矣。当以条理细备，词笔锐达为上，不必求工也。"①文学的"觉世"分工，是"新民"启蒙语境下的一种修辞策略，它与传世之文在功能上的区别正如刘师培所说的："一修俗语，以启瀹齐民；一用古文，以保存国学。"②整体观之，前者与中国文人的"立言"情结有关，即所谓的"藏之名山，传之后世"。后者则与近代以来知识分子的启蒙和救亡意识有关。虽然，鲁迅曾多次声言他的写作不是为了"藏之名山"，甚至认为自己那些攻击时弊的文章，应同时弊一同死亡；但作为从传统走过来的知识分子，他在潜意识里仍无法挣脱"立言"的诱惑。在《汉文学史纲要》中，他以几近于迷恋的态度肯定汉字的"魔力"："诵习一字，当识形音义三：口诵耳闻其音，目察其形，心通其意，三识并用，一字之功乃全。其在文章，则写山曰峻嶒嵯峨，状水曰汪洋澎湃，蔽芾葱茏，恍逢丰木，鳟鲂鳗鲤，如见多鱼。故其所函，遂具三美：意美以感心，一也；音美以感耳，二也；形美以感目，三也。"③这虽是对汉字功能的描述，但汉字博大精深的美感，显然已让他倾倒。这也就不难理解，在《汉文学史纲要》《魏晋风度及文章与药及酒之关系》等论著中，他对屈原、庄子、阮籍、嵇康等人的击节叹赏，因为他们清峻、通脱、华丽、壮大、慷慨的文质兼美之作，本身也是鲁迅所追求的。

　　鲁迅曾说自己的文章"写完后至少看两遍，竭力将可有可无的字、句、段删去，毫不可惜"④。但另一方面，他却坚执地站在为大众代言的立场上进行文学创作。1925年5月，在致许广平信中写道："我所说的话，常与所想的不同，至于何以如此，则我已在《呐喊》的序上说过：不愿将自己的思想，传染给别人。何以不愿，则因为我的思想太黑暗，而自己终不能确知是否正确之

① 梁启超：《湖南时务学堂学约》，《梁启超全集》第1卷，北京出版社1999年版，第109页。

② 刘师培：《中国中古文学史·论文杂记》，人民文学出版社1984年版，第110页。

③ 鲁迅：《汉文学史纲要》，《鲁迅全集》第9卷，人民文学出版社2005年版，第354—355页。

④ 鲁迅：《二心集·答北斗杂志社问》，《鲁迅全集》第4卷，人民文学出版社2005年版，第373页。

故。……但我对人说话时，却总拣择光明些的说出，然而偶不留意，就露出阎王并不反对，而小鬼反不乐闻的话来。总而言之，我为自己和为别人的设想，是两样的。"①因此，鲁迅是坚持"觉世"的写作，他的这一立场，并非为了所谓的做"文坛领袖"的欲望，更非为了"卢布"，而是缘于他希望自己"肩住了黑暗的闸门"，放别人"到宽阔光明的地方去"。②正是这种为大众代言的文学姿态，鲁迅身上虽然存在新旧文化的矛盾，但这种矛盾并没有使他像某些现代文人一样，陷入两难的选择，而是促使他更加决绝地践行"'为人生'，而且要改良这人生"③的写作理念。

这样看来，鲁迅那些为大众代言的文学观念，比如废除汉字和"直译""硬译"的主张，都在于面向和介入实际的文学教育问题，即使是激进的，也是应对现实的一种策略，从审美的角度来看，并非其本意，正如他所说的："中国人的性情是总喜欢调和，折中的。譬如你说，这屋子太暗，须在这里开一个窗，大家一定不允许的。但如果你主张拆掉屋顶，他们就会来调和，愿意开窗了。"④对于别人冠以"杂感家"的蔑称，他无奈地说道："自有悲苦愤激，决非洋楼中的通人所能领会"，"这病痛的根柢就在我活在人间"，"救小创伤尚且来不及，那有余暇使心开意豁，立论都公允妥洽，平正通达"。⑤所以，他一再回绝别人的劝告或攻击，始终坚持杂文写作，"也有人劝我不要做这样的短评。那好意，我是很感激的，而且也并非不知道创作之可贵。然而要做这样的东西的时候，恐怕也还要做这样的东西，我以为如果艺术之宫有这么麻烦的禁令，倒不如不进去"，"还是站在沙漠上"，"即使被沙砾打得遍

① 鲁迅：《两地书·二四》，《鲁迅全集》第11卷，人民文学出版社2005年版，第80—81页。

② 鲁迅：《坟·我们现在怎样做父亲》，《鲁迅全集》第1卷，人民文学出版社2005年版，第135页。

③ 鲁迅：《南腔北调集·我怎么做起小说来》，《鲁迅全集》第4卷，人民文学出版社2005年版，第526页。

④ 鲁迅：《三闲集·无声的中国》，《鲁迅全集》第4卷，人民文学出版社2005年版，第14页。

⑤ 鲁迅：《华盖集·题记》，《鲁迅全集》第3卷，人民文学出版社2005年版，第3页。

身粗糙，头破血流"，"也未必不及跟着中国的文士们去陪莎士比亚吃黄油面包之有趣"。①

直到晚年，鲁迅还强调："现在是多么切迫的时候，作者的任务，是在对于有害的事物，立刻给以反响或抗争，是感应的神经，是攻守的手足。潜心于他的鸿篇巨制，为未来的文化设想，固然是很好的，但为现在抗争，却也正是为现在和未来的战斗的作者，因为失掉了现在，也就没有了未来。"②鲁迅认为嵇康阮籍之所以反礼教，主要在于"他们生于乱世，不得已，才有这样的行为，并非他们的本态"③，而实际上，他们"是相信礼教到固执之极的"④。其实，鲁迅反对进入"艺术之宫"，提倡通俗的大众文学，坚持写时代性极强的战斗性的杂感，并非是他不重视文学的审美；相反，他对文学有着深沉的热爱，《野草》的面向自我以及在取象、造境、构思上的独创性，《朝花夕拾》的理性批判和回忆的乌托邦抒情，都在说明，他即使不是有意地创作"不朽之作"，也是在不自觉地走向这一境界。他之所以坚持写"觉世之文"，主要是怕"失掉了现在"⑤，是"为别人设想"⑥，亦即为那些他"哀其不幸，怒其不争"国民大众着想。

第三节 在启蒙与审美之间

"觉世"的写作立场，使鲁迅的文学教育具有鲜明的工具理性。从他早年

---

① 鲁迅：《华盖集·题记》，《鲁迅全集》第3卷，人民文学出版社2005年版，第4页。

② 鲁迅：《且介亭杂文·序言》，《鲁迅全集》第6卷，人民文学出版社2005年版，第3页。

③ 鲁迅：《而已集·魏晋风度及文章与药及酒之关系》，《鲁迅全集》第3卷，人民文学出版社2005年版，第537页。

④ 鲁迅：《而已集·魏晋风度及文章与药及酒之关系》，《鲁迅全集》第3卷，人民文学出版社2005年版，第537页。

⑤ 鲁迅：《且介亭杂文·〈且介亭杂文〉序言》，《鲁迅全集》第6卷，人民文学出版社2005年版，第3页。

⑥ 鲁迅：《两地书·二四》，《鲁迅全集》第11卷，人民文学出版社2005年版，第81页。

的文学救国理想，到后来对革命文学、大众文学的积极回应，都是立足文学的启蒙功能。当然，正如上文所述，这种启蒙始终都是面向大众，也因此曾使鲁迅提出一些趋向于通俗化的文学变革观念。正是如此，无论是同时代的知识分子，还是后来的研究者，特别是一些海外学者，都在这点上对鲁迅有所批评甚至否定。显然，这是对鲁迅文学教育思想的误读。因为，鲁迅虽然重视文学介入现实、服务大众的启蒙功能，但对于二者联姻的方式和路径，他从来不将其看成是简单的对接，而是基于审美的怡悦功能来看取文学的价值。因此，他也很重视"寓教于乐"的文学教育方式。

鲁迅对于文学的价值属性有着清醒的认识，他并没有像某些工具论者那样，把文学的价值过度拔高。在《儗播布美术意见书》，他援用英国文艺评论家科尔温的观点，将"美术"分为两类——"致用美术"与"非致用美术"，并认为："美术之中，涉于实用者，厥惟建筑。他如雕刻，绘画，文章，音乐，皆与实用无所系属者也。"①在《摩罗诗力说》中，他说得更为清楚："文章为美术之一，质当亦然，与个人暨邦国之存，无所系属，实利离尽，究理弗存。故其为效，益智不如史乘，诚人不如格言，致富不如工商，弋功名不如卒业之券。"②这更多的是对文学概念内涵的阐述，主要是对于本体意义上的文学价值的认知，但也基本上奠定了鲁迅非功利性的文学观念。以至于在后来，当他的文学事业遭遇严酷现实的时候，他常常感到绝望。

"三一八"惨案和"四一五"惨案发生后，鲁迅深刻体会到了"这非人间的浓黑的悲凉"③，也让他感叹文学的无效："当我写出上面这些无聊的文字的时候，正是许多青年受弹饮刃的时候。呜呼，人和人的灵魂，是不相通

---

① 鲁迅：《集外集拾遗补编·儗播布美术意见书》，《鲁迅全集》第8卷，人民文学出版社2005年版，第51—52页。

② 鲁迅：《坟·摩罗诗力说》，《鲁迅全集》第1卷，人民文学出版社2005年版，第73页。

③ 鲁迅：《华盖集续编·记念刘和珍君》，《鲁迅全集》第3卷，人民文学出版社2005年版，第289页。

的。"①"泪揩了，血消了；屠伯们逍遥复逍遥，用钢刀的，用软刀的。然而我只有'杂感'而已。连'杂感'也被'放进了应该去的地方'时，我于是只有'而已'而已！"②在《答有恒先生》一文中，他甚至坦陈"我恐怖了"，打算"沉闷"，不再发表议论。因为"我现在发见了，我自己也帮助着排筵宴"，"中国的筵席上有一种'醉虾'，虾越鲜活，吃的人越高兴，越畅快。我就是做这醉虾的帮手，弄清了老实而不幸的青年的脑子和弄敏了他的感觉，使他万一遭灾时来尝加倍的苦痛，同时给憎恶他的人们玩赏这较灵的苦痛，得到格外的享乐"，"所以，我终于觉得无话可说"。③显然，作为一个抱有文艺救国理想的作家，鲁迅的以上言论并不是在否定文学的价值，也不是主张"为艺术而艺术"，而是从文学"非致用"的观点出发，指出文学不能制造物质财富，不能与现实发生直接的联系，甚至现实还可能挤压文学的生存空间。但这其实也隐含了鲁迅的另一层意思，即文学的作用不是在物质层面上，而是在精神层面上，所以他才又说："所以我们的第一要著，是在改变他们的精神，而善于改变精神的是，我那时以为当然要推文艺，于是想提倡文艺运动了。"④至于他对文学的绝望，主要是源自现实，是现实太残酷了，而非文学本身。而他的文学创作，正如汪晖所说的，是在反抗绝望，这种反抗也从另一方面说明，鲁迅对于文学的独特功能仍有着坚执的信念。这也就是他在《摩罗诗力说》中所说的"不用之用"，他的文学教育思想也是基于这种理念而确立起来的。这就是涉及鲁迅对文学价值的另一种认知。

对于文学在精神层面上的价值，鲁迅则寄予了厚望。他援引英国道·登的观点道："美术文章之桀出于世者，观诵而后，似无裨于人间者，往往有之"，认为文学可以在某种程度上满足人的精神需求："文章之于人生，其为

① 鲁迅：《华盖集续编·无花的蔷薇之二》，《鲁迅全集》第3卷，人民文学出版社2005年版，第278页。

② 鲁迅：《而已集·题辞》，《鲁迅全集》第3卷，人民文学出版社2005年版，第425页。

③ 鲁迅：《而已集·答有恒先生》，《鲁迅全集》第3卷，人民文学出版社2005年版，第473—474页。

④ 鲁迅：《呐喊·自序》，《鲁迅全集》第1卷，人民文学出版社2005年版，第439页。

用决不次于衣食，宫室，宗教，道德。盖缘人在两间，必有时自觉以勤劬，有时丧我而惝恍，时必致力于善生，时必并忘其善生之事而入于醇乐，时或活动于现实之区，时或神驰于理想之域；苟致力于其偏，是谓之不具足。严冬永留，春气不至，生其躯壳，死其精魂，其人虽生，而人生之道失。文章不用之用，其在斯乎？约翰穆黎曰，近世文明，无不以科学为术，合理为神，功利为鹄。大势如是，而文章之用益神。所以者何？以能涵养吾人之神思耳。涵养人之神思，即文章之职与用也。"①而且，文学还有一种很独特的功能，即它"能启人生之閟机，而直语其事实法则，为科学所不能言者"。因为"所谓閟机，即人生之诚理是已。此为诚理，微妙幽玄，不能假口于学子"。而文学"缕判条分，理密不如学术，而人生诚理，直笼其辞句中，使闻其声者，灵府朗然，与人生即会。如热带人既见冰后，曩之竭研究思索而弗能喻者，今宛在矣"。"此其效力，有教示意；既为教示，斯益人生；而其教复非常教，自觉勇猛发扬精进，彼实示之。凡苓落颓唐之邦，无不以不耳此教示始。"②在《儗播布美术意见书》中鲁迅甚至认为，包括文章在内的美术可以"长留人世，故虽武功文教，与时间同其灰灭，而赖有美术为之保存，俾在方来，有所考见。他若盛典侅事，胜地名人，亦往往以美术之力，得以永住"。此外，还"可以辅翼道德"，因为"物质文明，日益曼衍，人情因亦日趣于肤浅；今以此优美而崇大之，则高洁之情独存，邪秽之念不作，不待惩劝而国又安"。③在这里，鲁迅不仅指出了文学具有"撄心"的功能，而且还指出"撄心"是一种独特的教育方式，即"教复非常教"。而这种教育方式又是与文学"不用之用"紧密联系在一起的，或者说是文学审美的独特功能，决定了必须采取独特的教育方式。

应该说，鲁迅这一独特的教育理念，对于我们反思目前程式化、"拆解

① 鲁迅：《坟·摩罗诗力说》，《鲁迅全集》第1卷，人民文学出版社2005年版，第73页。

② 鲁迅：《坟·摩罗诗力说》，《鲁迅全集》第1卷，人民文学出版社2005年版，第74页。

③ 鲁迅：《集外集拾遗补编·儗播布美术意见书》，《鲁迅全集》第8卷，人民文学出版社2005年版，第52页。

式"的语文教育仍具有重要的警醒意义。当然，对于文艺这一功能的理解并非是鲁迅所独创的，从康德的"无目的的合目的性"，到王国维、朱自清等人所提出的"无用之用"，皆与此观念有相似之处。但以上诸人主要还是立足于文学的审美，对于审美"之用"及其"教示"，他们并未将其引向现实考量作更深入的思考，或者说并未赋予具体的目的，而鲁迅则是始终如一地强调文学可通过审美熏陶发挥启蒙大众的教育功能。

现在，需要追问的是，鲁迅"不用之用"的文学教育思想又是基于何种审美机制而展开的呢？在此，鲁迅以"游泳"作为譬喻，即："吾人乐于观诵，如游巨浸，前临渺茫，浮游波际，游泳既已，神质悉移。而彼之大海，实仅波起涛飞，绝无情愫，未始以一教训一格言相授。顾游者之元气体力，则为之陡增也。"① 可见，在鲁迅看来，文学教育的"不用之用"不是外在宣教，而是基于内在的"神质悉移"。因此，文学的教育是潜在的、感性的、直观的，而非直接的、理性的、生硬的，所以在《中国小说史略》和《中国小说的历史的变迁》中，鲁迅高度赞扬了唐传奇和宋话本，以及《三言》《二拍》《聊斋》《阅微草堂笔记》《儒林外史》《红楼梦》等作品，而对于宋传奇、《阅微草堂笔记》后的众多笔记、《官场现形记》、《二十年目睹之怪现状》等作品的整体评价并不高。个中原因，主要在于前者少教训、多述事描摹，"所有叙述"，"皆现身纸上，声态并作，使彼世相，如在目前"，② 而后者则具有浓厚的政治、道德意识，"诰诚连篇，喧而夺主"，不是"溢善"就是"溢恶"，"盛陈祸福，专主劝惩，已不足以称小说"。③ 他认为："文艺之所以为文艺，并不贵在教训，若把小说变成修身教科书，还说什么文艺。"④ 因此，鲁迅虽认同革命文学，赞成文学的通俗化写作，但并没有为迁就大众的审美品位而让文学成为空洞的"标语"和"口号"，他在那个著名的关于文学与

① 鲁迅：《坟·摩罗诗力说》，《鲁迅全集》第1卷，人民文学出版社2005年版，第73页。

② 鲁迅：《中国小说史略》，《鲁迅全集》第9卷，人民文学出版社2005年版，第229页。

③ 鲁迅：《中国小说史略》，《鲁迅全集》第9卷，人民文学出版社2005年版，第224页。

④ 鲁迅：《中国小说史略》，《鲁迅全集》第9卷，人民文学出版社2005年版，第329页。

宣传关系的论断中指出："一切文艺固是宣传，而一切宣传却并非是文艺"，"革命之所以于口号，标语，布告，电报，教科书……之外，要用文艺者，就因为它是文艺"。①因此，对于那些"发抒自己的意见，结果弄成带些宣传气味了的伊孛生等辈的作品"，他"并不发烦"，"但对于先有了'宣传'两个大字的题目，然后发出议论来的文艺作品，却总是有些格格不入，那不能直吞下去的模样，就和雒诵教训文学的时候相同"。②由此可知，在鲁迅眼里，文学创作是一种精神行为，文学教育也应遵循文学的本体特性，即教育受体通过阅读体验和感悟深入作品的内核，使自身思想情感受到熏陶和浸润，精神境界得到提升。即使他所面对的是文化水平比较低的"大众"，他也不愿放弃这种教育方式，"成为大众的新帮闲"③。

基于这种原则，鲁迅很重视文学教育的娱乐性。鲁迅所说的文学娱乐功能，不是指自娱自乐，即像"那些了不得的作家"那样，以"谨严入骨，惜墨如金"的做作姿态，"要把一生的作品，只删存一个或者三四个字，刻之泰山顶上，'传之其人'"，④而是"寓教于乐"。鲁迅认为："诗歌起于劳动和宗教。其一，因劳动时，一面工作，一面唱歌，可以忘却劳苦，所以从单纯的呼叫发展开去，直到发挥自己的心意和感情，并偕有自然的韵调；……至于小说，我以为倒是起于休息的。人在劳动时，既用歌吟以自娱，借它忘却劳苦了，则到休息时，亦必要寻一种事情以消遣闲暇。这种事情，就是彼此谈论故事，而这谈论故事，正就是小说的起源。——所以诗歌是韵文，从劳动时发生的；小说是散文，从休息时发生的。"⑤这虽然是鲁迅关于文学起源的一种

① 鲁迅：《三闲集·文艺与革命》，《鲁迅全集》第4卷，人民文学出版社2005年版，第85页。

② 鲁迅：《三闲集·怎么写》，《鲁迅全集》第4卷，人民文学出版社2005年版，第20页。

③ 鲁迅：《且介亭杂文·门外文谈》，《鲁迅全集》第6卷，人民文学出版社2005年版，第104页。

④ 鲁迅：《且介亭杂文二集·"题未定"草（六至九）》，《鲁迅全集》第6卷，人民文学出版社2005年版，第444—445页。

⑤ 鲁迅：《中国小说史略》，《鲁迅全集》第9卷，人民文学出版社2005年版，第312—313页。

学说，但认为文学起源于劳动中的作乐和休息，本身就暗指着文学生产与大众娱乐有着莫大关系，也说明文学面向大众的启蒙教育不应是教条化的宣传和扫盲式的灌输，而应立足于发掘其中的乐趣。沿着这样的逻辑，鲁迅对于革命文学、大众文学，并没有像其他的革命作家和左翼作家那样，忽略文学的趣味性，而是指出"文学总是一种余裕的产物"，文艺必须讲趣味。但他之所以不怕被别人攻击为"趣味中心"派，是因为他对文学趣味的追求，跟林语堂提倡幽默、周作人提倡闲适和性灵有所不同，不是借此"将屠夫的凶残化为一笑"，或者躲在象牙塔里喝茶、吃点心。

　　文学教育的娱乐性和趣味性之于鲁迅，更多是一种手段而非目的。在文学大众化的年代，鲁迅将文学教育的娱乐性喻为劳作前的"休息"，在《小品文危机》中，他如此说道："生存的小品文，必须是匕首，是投枪，能和读者一同杀出一条生存的血路的东西；但自然，它也能给人愉快和休息，然而这并不是'小摆设'，更不是抚慰和麻痹，它给人的愉快和休息是休养，是劳作和战斗之前的准备。"①从进化论转向阶级论后，鲁迅几乎停止了小说的创作，而把大量精力用于杂文的写作上，对此，鲁迅的解释是："写新的不能，写旧的又不愿"，如果强行向"新的文学的潮流"靠拢，就有可能"邯郸学步"，结果是"竟没有学好，但又忘却了自己原先的步法，于是只好爬回去了"。②李长之说得更直接，认为是乡土题材的枯竭迫使鲁迅不得不从小说创作转向杂文的写作。但联系鲁迅将小品文（杂文）说成是匕首和投枪，又认为它是"劳作和战斗"之前的准备和休息的说法，我们认为，他更多的是看重杂文在面向大众进行文学教育时，凭借其特殊的文学体式和功能，在娱乐性和启蒙教育合二为一方面，具有的更大灵活性和可行性。正如瞿秋白所说的："鲁迅的杂感其实是一种'社会论文'——战斗的'阜利通'（Feuilleton）。……急遽的剧烈的社会斗争，使作家不能够从容的把他的思想和情感溶铸到创作里去，表现在

　　① 鲁迅：《南腔北调集·小品文的危机》，《鲁迅全集》第4卷，人民文学出版社2005年版，第592—593页。

　　② 鲁迅：《集外集拾遗·英译本〈短篇小说选集〉自序》，《鲁迅全集》第7卷，人民文学出版社2005年版，第412页。

具体的形象和典型里；同时，残酷的强暴的压力，又不容许作家的言论采取通常的形式。作家的幽默才能，就帮助他用艺术的形式来表现他的政治立场，他的深刻的对于社会的观察，他的热烈的对于民众斗争的同情。"①从这个角度来看，鲁迅在30年代大量创作杂文，与其大众化的文学教育取向有着紧密的关联。

有论者指出："鲁迅说希望自己的文字与他所抨击的那些痼疾一起速朽，却又极认真地编定自己的每一本文集。这两者看似矛盾，其实却都合乎鲁迅对'杂文'的期待。"②因为正是杂文的因时而作，使其作为一种教育资源具有更鲜明的针对性和有效性。因此，他谦虚地说其文"不敢说是诗史"，他"只在深夜的街头摆着一个地摊，所有的无非几个小钉，几个瓦碟"，"但也希望，并且相信有些人会从中找出合于他的用处的东西"。③在这里，鲁迅显然已超越了创作纯文学或"伟大作品"的精英构想，而专心致志于耕耘最适合于大众启蒙教育的文学体式。

第四节　"大众语文"与新语言的创设

"言为心声"是一个古老的命题。语言是文学最为重要的质料，也是进入文学最重要的通道。就此而言，作家创作的意义就在于探索通过"言"抵达"心"的无限可能。而当这种表达"心声"的创作指向"启蒙"的时候，其意义已不仅是呈示自我的"心声"，而是在为被启蒙者代言。鲁迅认为："凡人之心，无不有诗，如诗人作诗，诗不为诗人独有，凡一读其诗，心即会解者，即无不自有诗人之诗。无之何以能解？惟有而未能言，诗人为之语，则

① 瞿秋白：《〈鲁迅杂感选集〉序言》，《瞿秋白文集》第3卷，人民文学出版社1989年版，第96页。

② 何英：《鲁迅语文观及其实践》，南开大学2013年博士学位论文。

③ 鲁迅：《且介亭杂文·序言》，《鲁迅全集》第6卷，人民文学出版社2005年版，第4页。

握拨一弹，心弦立应，其声澈于灵府，令有情皆举其首，如睹晓日。"①而鲁迅笔下的"大众"，不仅"无不有诗"，而且常常是"失语"的，彻底沦为"愚民"。他们脱口而出的往往是统治者话语的嵌入。比如，华老栓店里的茶客认为革命者夏瑜"发了疯了"；孔乙己腿被打折的时候，酒客们说他是"自己发昏，竟偷到丁举人家里去了。他家的东西，偷得的么？"②；泼辣的爱姑不由自主地说出"我本来是专听七大人吩咐"③。这些话从小说人物的立场来看，合情合理，而且已成为公论，但却非说话者独立思考的结果，而是源自统治者的愚民思维，或者说是统治者制定的"话语"在表述，而非他们"心声"的传达。鲁迅对此有深刻的警醒，在他看来："人是有的，没有声音，寂寞得很。——人会没有声音的么？没有，可以说：是死了。倘要说得客气一点，那就是：已经哑了。"④正是从这个认识出发，鲁迅在思考大众语文的时候，特别关注语文的现实性、普适性问题，即如何打破广大国民失语的状态，从而摆脱权利话语的控制，摆脱被压迫和被奴役的命运。

而造成中国广大民众几千年来"失语"和被奴役的根源，主要在于他们被剥夺了识字的权利。这一点，鲁迅已深刻认识到。在《风波》中，村民们面对"三十里方圆以内的唯一的出色人物兼学问家"⑤赵太爷引经据典的逼问，"村人们呆呆站着，心里计算，都觉得自己确乎抵不住张翼德"⑥，因为"他有十多本金圣叹批评的《三国志》，时常坐着一个字一个字的读；他不但能说出五虎将姓名，甚而至于还知道黄忠表字汉升和马超表字孟起"⑦。可以说，正是失去识字的能力，村民们才无力"发声"，只能受赵太爷的欺骗和蛊惑。

---

① 鲁迅：《坟·摩罗诗力说》，《鲁迅全集》第1卷，人民文学出版社2005年版，第70页。

② 鲁迅：《呐喊·孔乙己》，《鲁迅全集》第1卷，人民文学出版社2005年版，第460页。

③ 鲁迅：《彷徨·离婚》，《鲁迅全集》第2卷，人民文学出版社2005年版，第156页。

④ 鲁迅：《三闲集·无声的中国》，《鲁迅全集》第4卷，人民文学出版社2005年版，第12—13页。

⑤ 鲁迅：《呐喊·风波》，《鲁迅全集》第1卷，人民文学出版社2005年版，第494页。

⑥ 鲁迅：《呐喊·风波》，《鲁迅全集》第1卷，人民文学出版社2005年版，第497页。

⑦ 鲁迅：《呐喊·风波》，《鲁迅全集》第1卷，人民文学出版社2005年版，第494页。

因此，鲁迅认为，"文明人和野蛮人的分别"，首要就表现在"文明人有文字，能够把他们的思想，感情，藉此传给大众，传给将来"。①而统治者对民众识字权利的剥夺主要是通过"言文分离"的手段来实现的。虽然晚清有过"言文一致"运动，但成效和影响并不大。"五四"以后，白话文虽然获得了长足发展，但在公文等应用语文中，文言的使用还相当普遍。同时，白话文的使用也基本上停留在书面层面上，并没有真正实现"言文一致"，故白话文学并没有真正在广大民众中普及开来，也没有形成预期的启蒙效果，所以又有了后来的革命文学和左翼文学运动。上文所提及的鲁迅提倡少读中国书，倡导大众语、汉字拉丁化，都是在归还民众识字权利和培育识字能力这一背景下提出来的。

1934年，得益于普罗大众文化的提倡，陈望道等发起"大众语"运动得到了广泛响应。鲁迅对此积极回应，连续写了《答曹聚仁先生信》《门外文谈》《汉字和拉丁化》《中国语文的新生》《关于新文字》等文章。鲁迅首先要做的是打破统治阶层对"文字"的垄断。他认为，文字本来"在人民间萌芽"，后来却"为特权者所收揽"。②特权者为了控制民众的思想、保持自己的统治地位，竭力把文字和文章弄得晦涩难懂，使大众难于掌握。虽然，"将文字交给大众的事实，是从清朝末年就已经有了的"③，"但那主意，是只要大家听得懂，不必一定写得出。《平民千字课》就带了一点写得出的可能，但也只够记账，写信。倘要写出心里所想的东西，它那限定的字数是不够的。譬如监牢，的确给了人一块地，不过它有限制，只能在这圈子里行立坐卧，断不能跑出设定了的铁栅外面去"④。因此，他提出："必须有一批人，立刻做浅显的

① 鲁迅：《三闲集·无声的中国》，《鲁迅全集》第4卷，人民文学出版社2005年版，第12页。

② 鲁迅：《且介亭杂文·门外文谈》，《鲁迅全集》第6卷，人民文学出版社2005年版，第94页。

③ 鲁迅：《且介亭杂文·门外文谈》，《鲁迅全集》第6卷，人民文学出版社2005年版，第97页。

④ 鲁迅：《且介亭杂文·门外文谈》，《鲁迅全集》第6卷，人民文学出版社2005年版，第97—98页。

文章，一面是试验，一面看对于将来的大众语有无好处。"①鲁迅虽然没有直接用大众语进行创作，但却很关注当时文坛运用"大众语"的写作，只不过他对此并不满意。他批评《民众文艺》"到现在印行的为止，却没有真的民众的作品，执笔的都还是所谓'读书人'。民众不识字的多，怎会有作品，一生的喜怒哀乐，都带到黄泉里去了"②。为此，他特地到民间去寻找大众自己的文字和文章。

在《匪笔三篇》《某笔两篇》《一个"罪犯"的自述》等文中，鲁迅积极推介了他从报刊上摘抄来的"民间语文"，并说明"原文本有圈点，今都仍旧；错字也不少，则将猜测出来的字用括弧注在下面"③。对于这类文字的价值，他认为，"在我的估计上，这类文章的价值却并不在文人学者的名文之下"，"要夸大地说起来，则此类文章，于学术上也未始无用"。④仅就这几篇文章的水平和价值来看，鲁迅显然有点高估，但对于当时大众语写作的普遍失望，使他不得不另辟蹊径，这对于一个长期受文言文和精英式白话浸染的作家来说是非常难能可贵的。这也从另外一个侧面说明，鲁迅对底层民众具有深入的体察与理解，少有启蒙者的优越感。

但鲁迅也认识到了大众语推广的困难。对于当时有人以地方性"土话"写文章的做法，鲁迅指出："每一个方块汉字，是都有它的意义的，现在用它来照样的写土话，有些是仍用本义的，有些却不过借音，于是我们看下去的时候，就得分析它那几个是用义，那几个是借音，惯了不打紧，开手却非常吃力了。"⑤从汉字的音义关联可能造成的歧义来审视大众语推广可能存在的困

---

① 鲁迅：《书信·340729致曹聚仁信》，《鲁迅全集》第13卷，人民文学出版社2005年版，第188页。

② 鲁迅：《集外集拾遗·一个"罪犯"的自述》，《鲁迅全集》第7卷，人民文学出版社2005年版，第288页。

③ 鲁迅：《集外集拾遗·一个"罪犯"的自述》，《鲁迅全集》第7卷，人民文学出版社2005年版，第288页。

④ 鲁迅：《集外集拾遗·一个"罪犯"的自述》，《鲁迅全集》第7卷，人民文学出版社2005年版，第288页。

⑤ 鲁迅：《花边文学·汉字和拉丁化》，《鲁迅全集》第5卷，人民文学出版社2005年版，第585页。

难，可以见出鲁迅对汉字的特性有着深刻的认识，也说明鲁迅对于中国文字改革的思考始终立足于是否有助于推进民众的学习、表达与交流。正是如此，他才不无偏激地提出废除汉字："大众语文的音数比文言和白话繁，如果还是用方块字来写，不但费脑力，也很费工夫，连纸墨都不经济。为了这方块的带病的遗产，我们的最大多数人，已经几千年做了文盲来殉难了，中国也弄到这模样，到别国已在人工造雨的时候，我们却还是拜蛇，迎神。如果大家还要活下去，我想：是只好请汉字来做我们的牺牲了。"[1]汉字不仅是一种语言工具，还承载着中华民族独特的审美心理思维，废除汉字事实上也意味着根绝母体文化。对此，鲁迅显然不是没有考虑过，但为了"最大多数人"，他仍坚定地支持这一运动，充满了休戚与共的沉重和悲壮。

虽然废除汉字的主张并不可行，最后也没有付诸实施，但鲁迅对汉字得失的分析以及国人在识字能力缺失方面的深刻洞察，无疑对后来大众语文改革及教育具有方法论意义，上个世纪30年代以来的历次汉字简化运动基本上就是依据鲁迅等文人的语言文字学观念而展开的。另外，虽然鲁迅因过分强调降低识字难度而一度走入误区，但对于我们今天普及"识字"教育也具有重要的参考价值。

在进行本土语文改造的同时，鲁迅也注意吸取异域的语文资源，其设想是通过"直译"的方式输入新词汇和新句法，改造中国语言的表达方式及其承载的民族思维。

留日时期，鲁迅就开始运用雅驯的文言文从事翻译，其翻译方法基本追随严复、林纾、梁启超一路。严复虽然提倡翻译要"信、达、雅"，但基本上还是偏重于"达"和"雅"，而忽视了"信"，这就是鲁迅所说的："严又陵自己却知道这太'达'的译法是不对的，所以他不称为'翻译'，而写作'侯官严复达恉'。"[2]严复如此，遑论林纾的"曲译"。总之，晚清民初的翻译

---

① 鲁迅：《花边文学·汉字和拉丁化》，《鲁迅全集》第5卷，人民文学出版社2005年版，第585页。

② 鲁迅：《二心集·关于翻译的通信》，《鲁迅全集》第4卷，人民文学出版社2005年版，第390页。

相对倾向于"顺而不信"，受此影响，鲁迅早年的翻译不仅求"顺"，而且重"雅"。但后来通过对中国古代佛经翻译方法的关注和思考，他对严复所代表的翻译方法有了更深的认识："他的翻译，实在是汉唐译经历史的缩图。中国之译佛经，汉末质直，他没有取法。六朝真是'达'而'雅'了，他的《天演论》的模范就在此。唐则以'信'为主，粗粗一看，简直是不能懂的，这就仿佛他后来的译书"，"看得'信'比'达雅'都重一些"。①显然，鲁迅开始对早年所追崇的翻译方法有所反思，并逐渐将之抛弃，确立起"信而不顺"的翻译取向和翻译方法，亦即后来被广为争论的"直译"。

所谓的"直译"就是翻译过程中绝对尊重原作，不仅要尽量还原原作的内容，也要不改变原文的句式和表达方式，即译者要严格按照原作的话语逻辑及其情感逻辑来进行翻译。对此，鲁迅在谈及《"题未定"草（一至三）》中有较为详细的阐释："动笔之前，就先得解决一个问题：竭力使它归化，还是尽量保存洋气呢？日本文的译者上田进君，是主张用前一法的。他以为讽刺作品的翻译，第一当求其易懂，愈易懂，效力也愈广大。所以他的译文，有时就化一句为数句，很近于解释。我的意见却两样的。只求易懂，不如创作，或者改作，将事改为中国事，人也化为中国人。如果还是翻译，那么，首先的目的，就在博览外国的作品，不但移情，也要益智，至少是知道何地何时，有这等事，和旅行外国，是很相像的：它必须有异国情调，就是所谓洋气。其实世界上也不会有完全归化的译文，倘有，就是貌合神离，从严辨别起来，它算不得翻译。凡是翻译，必须兼顾着两面，一当然力求其易解，一则保存着原作的丰姿，但这保存，却又常常和易懂相矛盾：看不惯了。不过它原是洋鬼子，当然谁也看不惯，为比较的顺眼起见，只能改换他的衣裳，却不该削低他的鼻子，剜掉他的眼睛。我是不主张削鼻剜眼的，所以有些地方，仍然宁可译得不顺口。"②

---

① 鲁迅：《二心集·关于翻译的通信》，《鲁迅全集》第4卷，人民文学出版社2005年版，第390页。

② 鲁迅：《且介亭杂文二集·"题未定"草（一至三）》，《鲁迅全集》第6卷，人民文学出版社2005年版，第364—365页。

鲁迅之所以提倡"直译"，主要缘于他对中国语言缺陷的深刻认知。首先，他认为中国语言在词汇上较为贫乏："中国的言语（文字）是那么穷乏，甚至于日常用品都是无名氏的。中国的言语简直没有完全脱离所谓'姿势语'的程度——普通的日常谈话几乎还离不开'手势戏'。自然，一切表现细腻的分别和复杂的关系的形容词，动词，前置词，几乎没有。"[①]其次，他又指出中国语言在句式和表达方式上的不足："中国的文或话，法子实在太不精密了，作文的秘诀，是在避去熟字，删掉虚字，就是好文章，讲话的时候，也时时要辞不达意，这就是话不够用，所以教员讲书，也必须借助于粉笔。这语法的不精密，就在证明思路的不精密，换一句话，就是脑筋有些胡涂。倘若永远用着胡涂话，即使读的时候，滔滔而下，但归根结蒂，所得的还是一个胡涂的影子。要医这病，我以为只好陆续吃一点苦，装进异样的句法去，古的，外省外府的，外国的，后来便可以据为己有。这并不是空想的事情。远的例子，如日本，他们的文章里，欧化的语法是极平常的了，和梁启超做《和文汉读法》时代，大不相同；近的例子，就如来信所说，一九二五年曾给群众造出过'罢工'这一个字眼，这字眼虽然未曾有过，然而大众已都懂得了。"[②]"这种情形之下，创造新的言语是非常重大的任务。"[③]而要完成这个任务，鲁迅认为需要依靠翻译："翻译——除出能够介绍原本的内容给中国读者之外——还有一个很重要的作用：就是帮助我们创造出新的中国的现代言语"，"可以帮助我们造出许多新的字眼，新的句法，丰富的字汇和细腻的精密的正确的表现"。[④]

　　先不说鲁迅对于中国语言语法的批评是否公允，但不同的语言文字在句法

　　① 鲁迅：《二心集·关于翻译的通信》，《鲁迅全集》第4卷，人民文学出版社2005年版，第380页。

　　② 鲁迅：《二心集·关于翻译的通信》，《鲁迅全集》第4卷，人民文学出版社2005年版，第391—392页。

　　③ 鲁迅：《二心集·关于翻译的通信》，《鲁迅全集》第4卷，人民文学出版社2005年版，第380页。

　　④ 鲁迅：《二心集·关于翻译的通信》，《鲁迅全集》第4卷，人民文学出版社2005年版，第380页。

和表达思维上确实有互补的可能，正如本雅明所认为的，单一的语言中的意义从来不是相对独立的，而是处于与别种语言的互补中，"语言的不完满表现在它的多元性中；……世上习语的多样性阻止人们说出那原本会一下子具体化为真理的语言"，翻译就是指向这种真理的语言，使原作和译作作为一个更大的语言的部分相互体认，如同一个容器的碎片可以完全拼合成一个整体。这样，翻译指向的就不是单一语言的独特性，而是语言的互补性和普遍性。[①]鲁迅的翻译观显然是看到了欧洲语言在语法建设上对于汉语所具有的修正意义。

当然，就文学性而言，鲁迅所提倡的硬译确实有很多不足之处，正如梁实秋所说的："读这样的书，就如同看地图一般，要伸着手出来寻找句法的线索位置。"[②]对此，鲁迅当然很清楚："但因为译者的能力不够和中国文本来的缺点，译完一看，晦涩，甚而至于难解之处也真多；倘将仂句拆下来呢，又失了原来的精悍的语气。在我，是除了还是这样的硬译之外，只有'束手'这一条路——就是所谓'没有出路'——了，所余的惟一的希望，只在读者还肯硬着头皮看下去而已。"[③]因此，鲁迅仍然坚持"直译"，有其不得已的苦衷，主要是想通过翻译"创造中国现代的新的言语"，把"绝对的正确和绝对的中国白话文"和"新的文化的言语"介绍给大众。[④]所以，他对于异域语文资源的借鉴，其目的并不是从学术的角度纯化、提升中国的语言文字，而是站在大众的立场，力图创造一种活的、能为普通民众所使用的语言工具，使文字变革真正惠及大众，或者说，这仅仅是他文学启蒙理想在语言文字方面的延伸。

因此，对于赵景深提出"宁错而务顺，毋拗而仅信"的观念，鲁迅认为这是"明明白白的欺侮中国读者，信口开河的来乱讲海外奇谈。第一，他的所

①　[德]本雅明：《翻译者的任务》，陈永国、马海良编：《本雅明文选》，中国社会科学出版社1999年版，第283—285页。

②　梁实秋：《论鲁迅先生的"硬译"》，《新月》第二卷第六、七号合刊，1929年9月10日。

③　鲁迅：《译文序跋集·〈文艺与批评〉译者附记》，《鲁迅全集》第10卷，人民文学出版社2005年版，第329—330页。

④　鲁迅：《二心集·关于翻译的通信》，《鲁迅全集》第4卷，人民文学出版社2005年版，第381页。

谓'顺'，既然是宁可'错'一点儿的'顺'，那么，这当然是迁就中国的低级言语而抹杀原意的办法。这不是创造新的言语，而是努力保存中国的野蛮人的言语程度，努力阻挡它的发展。第二，既然要宁可'错'一点儿，那就是要朦蔽读者，使读者不能够知道作者的原意。所以我说：赵景深的主张是愚民政策，是垄断智识的学阀主义，——一点儿也没有过分的"。①但必须指出的是，正是基于创设大众语文的立场，鲁迅更多的是将"信而不顺"的翻译方法看作是一种更新民族语文的手段，而不是终极目的。所以他又追加说明："这情形也当然不是永远的，其中的一部分，将从'不顺'而成为'顺'，有一部分，则因为到底'不顺'而被淘汰，被踢开。"②

正是如此，鲁迅认为翻译这事，"无产阶级必须继续去彻底完成这个任务，领导这个运动"③。而且，"我们的译书，还不能这样简单，首先要决定译给大众中的怎样读者"④，因为同为大众，文化水平也参差不齐，翻译文学只能为他们其中能够识字的、文化水平较高的一部分而作。在鲁迅看来，大众可分成三类："甲，有很受了教育的；乙，有略能识字的；丙，有识字无几的"，但只有甲类才可以读得懂"直译"文学。⑤而对于"为乙类读者译作的方法"，鲁迅则认为，因为他们文化水平比较低，必须采取一种"特别的白话"的翻译语言，即"采说书而去其油滑，听闲谈而去其散漫，博取民众的口语而存其比较的大家能懂的字句，成为四不像的白话。这白话得是活的，活的缘故，就因为有些是从活的民众的口头取来，有些是要从此注入活的民众里面

①　鲁迅：《二心集·关于翻译的通信》，《鲁迅全集》第4卷，人民文学出版社2005年版，第381页。

②　鲁迅：《二心集·关于翻译的通信》，《鲁迅全集》第4卷，人民文学出版社2005年版，第392页。

③　鲁迅：《二心集·关于翻译的通信》，《鲁迅全集》第4卷，人民文学出版社2005年版，第380页。

④　鲁迅：《二心集·关于翻译的通信》，《鲁迅全集》第4卷，人民文学出版社2005年版，第390—391页。

⑤　鲁迅：《二心集·关于翻译的通信》，《鲁迅全集》第4卷，人民文学出版社2005年版，第391—392页。

去"①。在这里，鲁迅并没有像其他左翼作家那样，直观地将"大众"看成是一个无差别的群体，而是注重实际分析，"因材施教"，因此他的翻译理念及实践，对于文学大众化的推进更具有建设性意义。

有人曾将周氏兄弟的翻译方法加以比较，认为："周作人不但在语言上找到一种口语化的崭新的工具，在翻译理论上也趋于成熟。他在翻译上倾注很大功夫，译希腊神话、译日本古典作品等等，都是很艰难的工作，而他取得了卓著的成绩。在这方面，应该说周作人比鲁迅的成绩大一些。鲁迅虽也不间断地致力于翻译，但他不像周作人那样顺利地完成了从文言向白话的转变。这种情况一方面给鲁迅带来一种奇特的风格，另一方面也造成了不良影响，特别是在翻译方面。一些文言词句加上欧化的句式使译文读起来夹缠不清，意义晦湿，其最致命的缺点是不圆润，不平易，因此不大受欢迎。"②这一论断显然没有区分周氏兄弟从事翻译的出发点和落脚点。因为语言作为一种交流工具，不仅是为了表达思想内容，还承载着一个民族思考和表达世界的方式，整体来看，前者是可以翻译的，而后者在翻译过程中需要被转换，而这种转换，虽然具有本雅明所说的互补之意义，也使原著和译本有了一定的隔阂。周作人的翻译更多的是从文化传承的角度出发，不必过多考虑翻译过程中表达方式转换带来的负面影响，因此可以"圆润"。而鲁迅的翻译目的在于通过汲取异域语文资源，更新民族语言的表达方式，为大众创设一种新的白话文，因此他更加重视保存被译语种的语文资源，两种语言的碰撞，也就导致他的译文"不大受欢迎"。

①　鲁迅：《二心集·关于翻译的通信》，《鲁迅全集》第4卷，人民文学出版社2005年版，第393页。

②　万晓：《鲁迅收藏的周作人译作简述》，孙郁、黄乔生主编：《回望周作人：周氏兄弟》，河南大学出版社2004年版，第160页。

第八章　鲁迅的文学教育思想及其当代启示

　　鲁迅的文学教育思想是在他长期的文学创作与社会实践中，经过总结和深化得出的，主要体现为遵从"与实用无所系属"的审美规律，创造独特的审美形式对国民加以启蒙教育，激发其自强和救亡热忱。这一兼容审美与人文的双重教育思想构成对20世纪中国产生了深刻影响。作为一笔珍贵的精神遗产，它对当今中学语文教育依然具有不可忽视的镜鉴和启迪作用。

第一节　作为文学教育路径的审美方式

　　从教育的角度而言，鲁迅毕生致力的文学事业，亦可视为某种文学教育。以文学来施行教育，即以文学特有的审美方式来达成教育目的。文学的审美显然是一个作者与读者共同参与的过程，只有作者不顾利害地创作与读者无功利目的地阅读，文学审美的过程才会真正地产生，文学的审美教育价值才会显现。鲁迅认为："好的文艺作品，向来多是不受别人命令，不顾利害，自然而然地从心中流露的东西；如果先挂起一个题目，做起文章来，那又何异于八股，在文学中并无价值，更说不到能否感动人了。"①因此优秀的文学作品之所以能在阅读时带给读者精神上的愉悦，究其原因是作者在创作时抱有一颗"不顾利害"的赤子之心，是作者内心情感真诚的流露。"假使以意为之，那

---

　　① 鲁迅：《而已集·革命时代的文学》，《鲁迅全集》第3卷，人民文学出版社2005年版，第437页。

就决不能真切，深刻，也就不成为艺术。"①

当然，一部好的文学作品没有读者阅读与欣赏，离开接受过程，那它的意义也无从谈起。康德说过："一个关于美的判断，只要夹杂着极少的利害感在里面，就有偏爱而不是纯粹的欣赏判断了。"②在他看来审美应该是主体与对象无利害关系的一种纯粹的"自由的快感"。在这里康德所指的审美是一种广义上的带有普遍意义的审美，其审美对象包括了文学、音乐、舞蹈、美术、建筑等一切具有美的事物。所谓的"自由的快感"是指审美主体不带功利目的地欣赏事物时内心所流露出的美好的感觉。由此可见文学审美的发生不仅需要作者参与，同时也离不开读者无功利地阅读。在文学审美的过程中，"凡人之心，无不有诗，如诗人作诗，诗不为诗人独有，凡一读其诗，心即会解者，即无不自有诗人之诗"③。也就是说读者阅读文学作品时还会与作者发生情感上的共鸣，心灵上感悟，从而使审美的过程得到升华，最终对读者起到"疏瀹五藏，澡雪精神"的感染教育作用。

一部优秀文学作品的产生来自一个完整的文学审美过程，也正是这个过程，使得读者在阅读过程中不仅被文学作品里丰富的形象和真挚的情感所吸引，同时还对读者精神起到了一定的教育作用，这也是鲁迅为什么利用文学而不是其他形式对国民精神进行教育的重要原因。

1913年，鲁迅于《儗播布美术意见书》中曾提到，文学实际上是"与实用无所系属"。在书中他以人类的切身物质利益为标准，将美术分为两类：一种是可实用类的"美术"，只有建筑一项；一种是不可实用类的"美术"，如雕刻、绘画、文章（按：指纯文学）、音乐等。从以上的分类可以看出，文学并不属于可实用类的"美术"，它不像建筑艺术在带给人类以视觉享受的同时还提供居住的功能。那么文学究竟是什么呢？它又能带给人们什么呢？显然，文

①　鲁迅：《书信·350204致李桦》，《鲁迅全集》第13卷，人民文学出版社2005年版，第372页。

②　[德]康德：《判断力批判》，《十八世纪末—十九世纪初德国哲学家》，商务印书馆1960年版，第86页。

③　鲁迅：《坟·摩罗诗力说》，《鲁迅全集》第1卷，人民文学出版社2005年版，第70页。

学是一种看不见摸不着的精神文化。它的存在更多是带给读者一种形而上的精神感悟，也只有这样文学才能在无形当中潜入人们的心灵，带给人们以精神上的慰藉，最终起到文学教育的作用。其次，文学在"经世致用"上所具有的功用就更微乎其微了。正如鲁迅在《摩罗诗力说》中所言："故其为效，益智不如史乘，诚人不如格言，致富不如工商，弋功名不如卒业之券。""与个人暨邦国之存，无所系属，实利离尽。"①由此可见，如若将文学作为获取实利的方法，不仅起不到实质的效果，还会间接地扼杀文学的审美性，使文学彻底变成获取实际利益的工具。

文学之所以为文学，正因其与实用有着一定的距离，带有审美的无功利性，使得人们在进入文学的世界时，能够放下生活中的一切烦恼，沉浸在文学的世界中。这样不仅会让其精神上得到放松与调整，还会在无形中起到文学教育的作用。因此文学虽然"与实用无所系属"②，无法在现实中满足人们的实际生活需求，但对人类的精神却能起到一定的教育意义。它不但能让人类不会盲目地沉浸于利益的角逐中，而且能够通过文学阅读不断地反省自身，保持精神的独立与丰富。

"涵养人之神思，即文章之职与用也。"③鲁迅认为文学虽然"与实用无所系属"，与现实世界"不顾利害"，但在涵养人的神思方面"决不次于衣食，宫室，宗教，道德"。④又如："盖缘人在两间，必有时自觉以勤动，有时丧我而倘恍，时必致力于善生，时必并忘其善生之事而入于醇乐，时或活动于现实之区，时或神驰于理想之域；苟致力于其偏，是谓之不具足。严冬永留，春气不至，生其躯壳，死其精魂，其人虽生，而人生之道失。文章之不用之用，其在斯乎？"⑤鲁迅认为一个完整的人必须具有"现实之区"与"理想之域"。所谓的"现实之区"是指人活在世界上应该具有一些基本的现实活

① 鲁迅：《坟·摩罗诗力说》，《鲁迅全集》第1卷，人民文学出版社2005年版，第73页。
② 鲁迅：《坟·摩罗诗力说》，《鲁迅全集》第1卷，人民文学出版社2005年版，第74页。
③ 鲁迅：《坟·摩罗诗力说》，《鲁迅全集》第1卷，人民文学出版社2005年版，第74页。
④ 鲁迅：《坟·摩罗诗力说》，《鲁迅全集》第1卷，人民文学出版社2005年版，第73页。
⑤ 鲁迅：《坟·摩罗诗力说》，《鲁迅全集》第1卷，人民文学出版社2005年版，第73页。

鲁迅与20世纪中国研究丛书

动，当然除此之外应该还有精神上的追求，这是他所说的"理想之域"。如果一个人只沉溺于精神方面的追求而忽视了人类的现实活动，那么他就会失去基本的生活保障从而走向精神的虚无。反之如果只注重现实活动而忽略了精神上的追求，那么无异于行尸走肉。

文学作为人类精神文化的一部分，虽然对人的基本现实活动起不到作用，但在精神的涵养上却起到至关重要的作用。"由纯文学上言之，则以一切美术之本质，皆在使观听之人，为之兴感怡悦。文章为美术之一，质当亦然。"① 作为艺术的文学它不仅具有审美性，同时它还是人类生活的浓缩，使得读者在阅读文学作品时能够产生精神上的愉悦。再者"美术之目的，虽与道德不尽符，然其力足以渊邃人之性情，崇高人之好尚，亦可辅道德以为治"②。由此可见文学作品在带给读者以精神上愉悦的同时，在不知不觉中，也会被作品里所表现出优秀品格的所陶冶，最终对读者的精神产生"疏瀹五藏、澡雪精神"的教育作用。

综上所述，文学一方面是"不顾利害""与实用无所系属"，带有审美的无功利性；另一方面文学又具有"涵养人之神思"的精神功用，而这种精神功用往往又是在潜移默化中产生的。正如鲁迅所言："其教复非常教，自觉勇猛发扬精进，彼实示之。"③ 也就是说，文学作品所产生的精神功用，不是靠有意说教使人接受，而是在阅读中带给人以精神愉悦而起到教育目的。文学之用的微妙之处正是"为科学所不能言"。正如鲁迅以为："惟文章亦然，虽缕判条分，理密不如学术，而人生诚理，直笼其辞句中，使闻其声音者，灵府朗然，与人生即会。"④ 文学的精妙之处是表达科学的语言所不能表达的，它绝不是和学术一般将严密的道理一一阐释给读者。它的绝妙之处在于将人生的哲理用富有美感的文学形式进行表达，使读者在阅读过程中不仅可以体验到文学

① 鲁迅：《坟·摩罗诗力说》，《鲁迅全集》第1卷，人民文学出版社2005年版，第73页。

② 鲁迅：《集外集拾遗补编·儗播布美术意见书》，《鲁迅全集》第8卷，人民文学出版社2005年版，第52页。

③ 鲁迅：《坟·摩罗诗力说》，《鲁迅全集》第1卷，人民文学出版社2005年版，第74页。

④ 鲁迅：《坟·摩罗诗力说》，《鲁迅全集》第1卷，人民文学出版社2005年版，第74页。

的艺术之美，还可以由此领悟到作品所传达的思想、哲理。因而文学看似"无用"，实则有"大用"，因为他对人类精神的教育是在不知不觉中进行的。如《药》中，作者不仅没有正面地描写革命党人夏瑜，还让群众对他进行充满敌意的议论，认为他是一个不要命的"怪物"。即便如此，我们还是能从文章中体会到夏瑜作为一个革命党人坚定的信念和不屈不挠的精神。

在《孔乙己》中作者没有一句提到封建科举制对知识分子的毒害，但透过孔乙己最后的悲惨遭遇，读者会发现如果不进行一场深入的变革，人民不仅无法获得"人"的尊严，同时还有可能失去"生"的权利。这些道理虽然没有在书中阐明，但读者却可以通过作者所刻画的人物形象深刻地感受到。以此看来，这种无意为之的文学教育显然比刻意的思想教育更有效果。

第二节　文学教育的启蒙价值

关于文学的启蒙，鲁迅如此说道："'为什么'做小说罢，我仍抱着十多年前的'启蒙主义'，以为必须是'为人生'，而且要改良这人生。"[①]可见鲁迅是想利用文学的"无用之用"来对民众进行启蒙教育，以达到"揭出病苦，引起疗救的注意"[②]的效果。

1906年1月，鲁迅在课间观看"日俄战争教育片"时见到国人围观被杀头的同胞时神情麻木，表情呆滞，他为此深受刺激。鲁迅如此写道："因为从那一回以后，我便觉得医学并非一件要紧事，凡是愚弱的国民，即使体格如何健全，如何茁壮，也只能做毫无意义的示众的材料和看客，病死多少是不必以为不幸的。所以我们的第一要著，是在改变他们的精神，而善于改变精神的是，我那时以为当然要推文艺，于是想提倡文艺运动了。"[③]这便是鲁迅弃医从文

① 鲁迅：《南腔北调集·我怎么做起小说来》，《鲁迅全集》第4卷，人民文学出版社2005年版，第526页。

② 鲁迅：《南腔北调集·我怎么做起小说来》，《鲁迅全集》第4卷，人民文学出版社2005年版，第526页。

③ 鲁迅：《呐喊·自序》，《鲁迅全集》第1卷，人民文学出版社2005年版，第241页。

的初衷，要想使国家强盛不受欺凌，必须从改造国民性做起，而改造国民性必须从事文学创作，因为只有文学才能将国民愚昧落后的劣根性生动地描绘出来，从而起到"揭出病苦，引起疗救的注意"的教育意义。

其次，鲁迅也意识到处于底层社会的人民文化水平较低，用文学的方式进行启蒙教育比进行直接的说教更具效果。"盖胪陈科学，常人厌之，阅不终篇，辄欲睡去，强人所难，势必然矣。惟假小说之能力，被优孟之衣冠，则虽析理谭玄，亦能浸淫脑筋，不生厌倦。"①例如普通的民众可能读不懂的《道德经》《论语》《史记》中训诫世人的道理，但他们却津津乐道于《梁祝》《白蛇传》《孟姜女》等凄美的爱情传说，他们不仅热爱这些带有文学色彩的传说，而且会以口耳相传的方式将其一代又一代地传承下去。

选择文学作为启蒙教育的方式，让愚昧的国民在开启智慧同时也可以起到"为人生"的作用。鲁迅在日本留学期间曾如此说道："想起来，大半倒是为了对于热情者们的同感。这些战士，我想，虽在寂寞中，想头是不错的，也来喊几声助助威罢。首先，就是为此。自然，在这中间，也不免夹杂些将旧社会的病根暴露出来，催人留心，设法加以疗治的希望。"②辛亥革命失败之后，革命的果实被袁世凯窃取，全国重新陷入一片黑暗，这使得原先从黑暗中醒来的人们走向了绝望。而鲁迅作为文学革命的先锋，以文学的方式进行呐喊，目的是为了让黑暗中前行的人获得更多力量不致绝望，同时也希望通过呐喊让更多人能清醒地意识到自身的病根，激发自我疗救的冲动。

鲁迅的文学教育启蒙思想在作品中得以充分表现，如"沉重的铁屋子"使国民精神麻醉而致昏睡，但也有人从昏睡中醒来成为破毁"铁屋子"的"觉醒者"。这些文学形象的创造使得旧社会中的人们不断地从黑暗中觉醒，从而为破毁"铁屋子"增加了希望。

鲁迅曾在《呐喊·自序》里描写到他与"金心异（钱玄同）"的一次谈

---

① 鲁迅：《译文序跋集·〈月界旅行〉辨言》，《鲁迅全集》第10卷，人民文学出版社2005年版，第164页。

② 鲁迅：《南腔北调集·〈自选集〉自序》，《鲁迅全集》第4卷，人民文学出版社2005年版，第468页。

话："假若一间铁屋子是绝无窗户而万难破毁的，里面有许多熟睡的人们，不久就要闷死了，然而是从昏睡入死灭，并不感到死的悲哀。现在你大嚷起来，惊起了较为清醒的几个人，使这不幸的少数者来受无可挽救的临终的苦楚，你倒以为对得起他们么？"

上文中所提到的"铁屋子"主要包括两层意思：第一层是指长期的封建统治致使生活在"铁屋子"里的人从未有过正常人的权利，中国几千年的封建文明，不过是"想做奴隶而不得的时代"和"暂时坐稳了奴隶的时代"的循环。在《故乡》中，读者可以看到成年前的闰土与成年后的闰土前后的对比。成年前的闰土是个长着紫色圆脸，头戴一顶小毡帽，会在雪地捕鸟的少年；成年后的闰土却是一副灰黄脸，头戴破毡帽，唯唯诺诺的中年人。在见到"我"之后不再像少年时以哥弟称呼，而是称"我"为老爷。这显然是一副"奴隶"的写照，失去了纯真，丢失了对美好生活的憧憬。当其面对着时局混乱，收成不佳，让他不能在现实生活中做一个安守本分的"奴隶"时，只好将希望转向神灵，以求在精神上能做一个安稳的"奴隶"。

致使闰土前后转变的重要原因就是"铁屋子"对国民的精神麻醉，它不仅使人民渐渐地失去人的意识，还让人甘愿沦为任人摆布的"奴隶"。鲁迅深知封建思想对国民精神所产生的危害，这也便引出了"铁屋子"象征的另一层含义：超稳定的封建文化结构使生活在"铁屋子"里的人们互相奴役、互相制约，谁也不想跨出奴隶的门槛。如在《药》中面对就义的革命者夏瑜，人们不仅不同情他，反而加入刽子手的行列。《离婚》里的爱姑，她是鲁迅笔下较有反抗精神的妇女之一，可当她面对着"七大爷"的威严之时，也怕得将原先准备好的话咽回了肚子。这些都是儒家文化对人的麻醉，它不仅使人失去反抗的意识，还使人有可能成为儒家文化"吃人"的帮凶。《狂人日记》如此写道："前面的一伙小孩子，也在那里议论我；眼色也同赵贵翁一样，脸色也都铁青。我想我同小孩子有什么仇，他也这样。"[1]这便是儒家文化的厉害之处，

① 鲁迅：《呐喊·狂人日记》，《鲁迅全集》第1卷，人民文学出版社2005年版，第445页。

它在侵蚀着成年人思想的同时还有可能将天真可爱的孩子带成奴隶，所以才会有"狂人"在末尾的呼喊"救救孩子……"①。鲁迅正是以这种形象性的文学教育，让国民深刻地意识到只有尽快地破毁"铁屋子"，从沉睡中醒来，个人、民族和国家才有重生的希望。

生活在"铁屋子"里的昏睡者，他们是沉默的国民的大多数，他们背负着沉重的奴隶意识，只求坐稳奴隶，只求在"非奴隶的时代"苟活。单四嫂子，一个生活在社会底层的劳动妇女。丈夫去世后，她努力抚养宝儿将其作为活着的一个希望，可是宝儿却被庸医误诊身亡，理想破灭的她，最后只能将对孩子的思念寄托于明天。孔乙己，一个深受儒家文化毒害的旧式知识分子。仕途上的不得意导致生活上的不如意，帮他人抄书，靠偷窃过日子，唯一穿着长衫站着喝酒的穷人，最后被丁举人打断了腿，成为一个只能用手爬着去喝酒的可怜人。祥林嫂是一个深受封建礼教迫害的农村妇女，两度守寡，历尽生活的艰辛，却被人说成是不祥之人，到最后她只能在绝望中死去。这就是"铁屋子"里"昏睡者"的悲惨遭遇，鲁迅一点一点地解剖着国人麻木的灵魂，企图以这样的方式来教育国民，让他们能够在文学教育的催化下，奋起争得做人的权利。

面对亡国灭种的危机，在中国这个黑暗的"铁屋子"中，部分先觉者开始在沉睡中苏醒。他们是《药》中的夏瑜、《孤独者》里的魏连殳、《在酒楼上》的吕纬甫等，然而他们在黑暗中觉醒，又被黑暗所吞没。夏瑜为革命奔走呼号，最后却众叛亲离，死于愚昧的民众手中。魏连殳，一个新式的知识分子，面对着牢不可破的"铁屋子"，他由原先的特立独行，最后走向了"复仇"式的陨灭。吕纬甫，原先是一个敢到城隍庙拔神像胡子的革命闯将，到后来却变成一个教"子曰诗云"的老先生。这些觉醒者，刚从黑暗中醒来时都对摧毁"铁屋子"充满了激情，他们尝试着用自己的力量去破毁它，好惊醒昏睡中的人们，但都一一失败，或葬身于革命信仰的迷失，或在黑暗中沉沦。

这就是鲁迅在面对封建社会对国人的迫害时所开的药方，他利用文学创

① 鲁迅：《呐喊·狂人日记》，《鲁迅全集》第1卷，人民文学出版社2005年版，第455页。

作的方式来教育麻木的国民，让他们意识到只有进行不断斗争，才会有生的希望。他说："以前的文艺，好象写别一个社会，我们只要鉴赏；现在的文艺，就在写我们自己的社会，连我们自己也写进去；在小说里可以发见社会，也可以发见我们自己；以前的文艺，如隔岸观火，没有什么切身关系；现在的文艺，连自己也烧在这里面，自己一定深深感觉到。"①鲁迅通过深入反省，不仅找出了国民精神的病因所在，还以新的文艺方式来对国民进行精神上的教育。他所创作的每一篇作品都有着新的表现形式，如日记体《狂人日记》、手记体《伤逝》，更有采用古今杂糅的神话传说《故事新编》等。他以新的文艺形式对国民劣根性进行了深入的挖掘，以至于人们在读他的文学作品时，常常在惊叹是否在写自己。如当年《阿Q正传》在期刊上连载时，有不少人以为作者在写自己，可见鲁迅刻画国人灵魂之逼真，确实起到了惊醒的作用。也正是这种深入的教育方式使得那些受封建思想毒害的人得以反省自己，从而加入到破毁"铁屋子"的行列，这就是鲁迅文学教育的实质所在。

鲁迅曾经说过他做小说不是为了纯粹地进行文学艺术的创作，只是为了提出一些问题来改良社会。由此可见鲁迅的文学创作更多的是为了对国民进行启蒙教育，而文学审美只是作为一种艺术的表达方式以便更好地达到启蒙教育的效果。

作为一个文学家的鲁迅，在面对着文学是启蒙还是审美的性质时，他可能更倾向于文学作为艺术的审美本质。在谈到文艺"主美"还是"主用"时，他认为"主美者以为美术目的，即在美术，其于他事，更无关系"，"然主用者则以为美术必有利于世，镜其不尔，即不足存"，"发扬真美，以娱人情"，而不是一味的强调"实用"。②同样的道理，强调文学的功用性可能在当时会被时局所接受，但随着的局势的变化，这类文艺作品也就失去了它原来的色彩。时代和国家性质的不同，意识形态也可能不同，但对于艺术的追求却有着相通之处，因而文学的艺术性也就是文学的生命力之所在。同样，读者在鲁迅的作品中也能体会到作者对于文学艺术性的重视，如他对人物形象的刻画，经常运用画龙点睛的手法。鲁迅如此描写阿Q在被闲人们打了之后的心理状态："我总算被儿子打了，这世界真不像样……"①然后便心满意足地走了。这一个细节的描写让阿Q的形象立刻跃然于纸上，而"精神胜利法"也被大家记在心里，成为阿Q精神世界的典型代表。同时鲁迅的文学语言简洁、凝练，极富有感染力。如在《药》中，作者在描写群众围观革命者被杀头的情景时，如此写道："颈项都伸得很长，仿佛许多鸭，被无形的手捏住了的，向上提着。静了一会儿似乎有点声音，便又动摇起来，轰的一声，都向后退……"②虽然只有短短的几行字，却把围观的场景写得生动逼真，如在目前。这就是鲁迅的作品独有的艺术魅力，生动形象，简洁质朴，深入人心。

在单独谈论文学的教育价值时，鲁迅是既重视文学的审美价值，又重视文学的启蒙价值。然而当他作为一个思想家时，他所创作的文学作品的重心还是放在对国民的启蒙教育上。当然突出文学的启蒙教育，并不代表完全忽视或无视文学的审美价值，只不过由于时代的需要，文学审美更多的是作为手段而存在。

鲁迅创作中"突出启蒙，弱化审美"充分体现为鲁迅在小说创作中渗入了杂文笔法。杂文是一种完全不同于小说的创作手法，它具有非常强的现实针对性，具有主观性和功利性。在小说中掺入杂文笔法，虽然能够增强小说的现实性，但在一定程度上也会破坏小说在艺术上的和谐性，作为文学家的鲁迅自然会懂得其中的利弊。他的这种杂文笔法在小说中主要有以下的体现：在《狂人日记》中他突然提到了"胡适之先生"然后又随手讽刺了他一句；在《风波》中对大文豪的调侃，明显与小说的行文风格不符合。还有一类就是鲁迅在《呐喊》中所提到的"曲笔"，在《药》的结尾给夏瑜的坟上添上一个花环；在《明天》中没有让单四嫂子梦到宝儿。从表面上看，他的这些曲笔相对于在小

---

① 鲁迅：《呐喊·阿Q正传》，《鲁迅全集》第1卷，人民文学出版社2005年版，第517页。

② 鲁迅：《呐喊·药》，《鲁迅全集》第1卷，人民文学出版社2005年版，第464页。

说中渗入杂文笔法并没有那么突兀，但实际上也暗含作者的功利化的思想。在《呐喊·自序》中他写道："因为在那时的主将是不主张消极的。至于自己，却也并不愿将自以为苦的寂寞，再来传染给也如我那年青时候似的正做着好梦的青年。"①因此那看似艺术化的结尾实际却是为了迎合当时的"遵命文学"的主题。这就是鲁迅的启蒙教育与文学审美进行相互撞击的结果。作为作家的鲁迅，他不可能没有意识到，这种主观化的议论和改写势必会破坏文学的艺术规律，但隐藏在鲁迅内心深处启蒙教育的动机是如此强烈，以至他不惜损伤文学的艺术性来达到启蒙教育的效果。

总体而言，在鲁迅小说的创作中，启蒙教育与文学审美产生了对立。虽然作为文学家的鲁迅势必会修复在创作的过程中的启蒙化的表达，使文艺创作不至于成为传播思想观念的工具，但是作为一个启蒙教育意识如此强烈的思想家，文学的审美性在作品中还是处于被弱化的状态。

第三节　文学教育与救亡宗旨

在鲁迅的文学教育中，启蒙教育虽然压倒了文学审美，但从20世纪的国内外形势来看，文学启蒙教育的根本宗旨又是为了更好地进行救亡。20世纪前后的中国处于风雨飘摇之中，外有帝国主义的入侵，内有尖锐的阶级矛盾。无论是从器物学习上还是从制度变革上都没能使中国成为独立的现代化国家，随着探索的深入，人们将目光投向了文化上的变革。此时，文学教育就以启蒙的方式走向了救亡的道路。

李泽厚认为五四运动中包含着两种不同性质运动：一种是"新文化"运动，一种是爱国反帝运动，前者为"启蒙运动"，后者为"救亡运动"。从20世纪的历史现状分析来看，"启蒙运动"与"救亡运动"是同时进行的，他们共同目的都是使中国成为一个独立的现代化国家。而"启蒙运动"更多的是作

① 鲁迅：《呐喊·自序》，《鲁迅全集》第1卷，人民文学出版社2005年版，第441—442页。

为一种思想与理论来指导"救亡运动",随着救亡运动的展开它又将启蒙的思想带向全国各地,从而增强了当时的知识分子以启蒙教育进行救亡的信心。

身处20世纪的中国知识分子,他们自小就接受了具有忧患意识的传统文化教育,使得他们对落后的中国怀着极强的历史责任感。因此当其面对日益严重的外敌入侵以及变本加厉的封建统治时,不得不正视眼前的危机。此外,随着帝国主义的入侵,也让中国的知识分子得以接触西方的启蒙教育思想。当他们以西方的"实用理性精神"观照中国社会时,对中国的封建统治有了更加清醒的认识。但他们在面对着外敌的不断入侵,家国即将灭亡之时,中国知识分子固有的"先天下之忧而忧"的思想又让他们走向救亡。

而鲁迅作为一个有着历史责任感的新式中国知识分子,处于这样的环境当中自然不敢忘记自己身上所肩负的责任。作为一个既接受了传统教育又接受了新式教育的思想家,一方面他清醒地意识到封建统治对人民的奴役,唯有推翻它的统治,人民才有可能成为国家的主人;另一方面他也意识到西方殖民的入侵势必会导致中国走向亡国灭种的悲剧,因此救亡图存成为鲁迅进行文学教育的最终目的。或许鲁迅在不同的场合对文学是启蒙还是审美有着不同的理解和定义,但如果从他所处的时代进行分析,"救亡"无疑是文学教育的核心之所在。

中国经历了两千多年的封建统治,作为被统治人民无论是从政治上还是思想上都彻底沦为统治者的"奴隶"。正如《狂人日记》里写道:"我翻开历史一查,这历史没有年代,歪歪斜斜的每页上都写着'仁义道德'几个字。我横竖睡不着,仔细看了半夜才从字缝里看出字来,满本都写着两个字'吃人'。"[1]由此可见两千多年的封建史其实就是一个"吃人"的历史。而这"吃人"的利器正是上文中所提到的儒家文化,儒家文化作为中国封建社会的正统思想,其消极的一面长期控制着人们的思想,吞噬人的生命、尊严和权利。

---

① 鲁迅:《呐喊·狂人日记》,《鲁迅全集》第1卷,人民文学出版社2005年版,第447页。

鲁迅作为20世纪伟大的思想家，他以文学教育的方式向人们揭示了中国几千年的封建社会其实不过是一个"吃人"的社会。他说："所谓中国的文明者，其实不过是安排给阔人享用的人肉的筵宴。所谓中国者，其实不过是安排这人肉的筵宴的厨房。"① "……因为古代传来而至今还在的许多差别，使人们各各分离，遂不能再感到别人的痛苦；并且因为自己各有奴使别人，吃掉别人的希望，便也就忘却自己同有被吃掉的将来。于是大小无数的人肉的筵宴，即从有文明以来一直排到现在，人们就在这会场中吃人，被吃，以凶人的愚妄的欢呼，将悲惨的弱者的呼号遮掩，更不消说女人和小儿。"② 而且，"这人肉的筵宴现在还排着，有许多人还想一直排下去"③。

面对着这血腥的统治，鲁迅自觉地承担起了反封建的重任。他以文学教育作为战斗的武器，勇敢地揭穿了封建统治者伪善的面具。如在《阿Q正传》中，赵太爷原本是一个压迫和剥削贫苦农民的封建地主，对于阿Q这样的底层人物，赵太爷不仅连他的吃穿要剥夺，就连他的姓氏也要剥夺。可当他看到阿Q从城里带回他所需要的物资时，对阿Q的态度立刻就变得殷勤起来。再者在《狂人日记》中狂人的大哥从表面上看是一个义正词严的一家之长，暗地里却是个"食人"的恶魔，就连还没成年的妹妹也成了他嘴中的食物。这就是封建社会"吃人"的本质，他们装着友好的面孔，实际上却有可能是一头食人的饿狼。鲁迅以其锐利的笔，触到了中国几千年来封建社会统治病根，将其一一解剖，从而对国民的精神起到了深刻的教育作用。

在鲁迅看来，唯有"扫荡这些食人者，掀掉这筵席，毁坏这厨房"，国民才有可能从昏睡中醒来，成为一个真正的人。然而中国几千年来的封建统治不是一朝一夕便可以毁坏的，要国人从奴隶成为一个现代意义上的"人"，它不仅需要在政治上进行反封建，同时在思想上也需要进行彻底地清洗，否则一个在政治上成为国家主人的国民在思想上还仍然是一个"奴隶"。在鲁迅认为，要让一个奴隶转变成一个具有现代意义上的人，必须"要自己和别人，都纯洁

---

① 鲁迅：《坟·灯下漫笔》，《鲁迅全集》第1卷，人民文学出版社2005年版，第227页。
② 鲁迅：《坟·灯下漫笔》，《鲁迅全集》第1卷，人民文学出版社2005年版，第229页。
③ 鲁迅：《坟·灯下漫笔》，《鲁迅全集》第1卷，人民文学出版社2005年版，第229页。

聪明勇猛向上。要除去虚伪的脸谱。要除去世上害人害己的昏迷和强暴"①;
"要除去于人生毫无意义的苦痛。要除去制造并赏玩别人苦痛的昏迷和强暴";"要人类都受正当的幸福"。因此要挽救民族危亡,最终走向成功,仅仅从政治制度上反封建显然不够,还需要在文化上通过文学教育的方式给予民众以精神启迪,让他们能够清醒地意识到自身处境,加入反封建阵营。当然这样的救亡活动是离不开像鲁迅这样的文学家的"呐喊",也离不开文学教育的开展。

鲁迅认为"文艺是国民精神所发的火光,同时也是引导国民精神的前途的火"②。由此可见,旧文学正是旧社会国民精神的外化,它具有毒害和麻痹人的思想功能。然而旧文学为什么会具有这样的功能,那是因为文学是具有审美意识形态的语言艺术。封建统治者将"吃人"的意识形态用文学审美的外衣包裹起来,以"优美的语言"向人民大众进行传播。在鲁迅看来旧文学就是"瞒和骗"的文学,其核心就是中国的封建礼教。因此要对民众进行文学教育,新文学的创作就必须与旧文学划清界限。

"用瞒和骗,造出奇妙的逃路来,而自以为正路。在这路上,就证明着国民性的怯弱,懒惰,而又巧滑。一天一天的满足着,即一天一天的堕落着,但却又觉得日见其光荣。"③由此可见,"瞒和骗"的文学不仅使国人养成了逃避问题的习惯,同时还将国民的精神日益引向堕落,最终沦为封建统治者的奴隶。在鲁迅看来这种"瞒和骗"的文学自古以来便有:"《颂》诗早已拍马,《春秋》已经隐瞒,战国时谈士蜂起,不是以危言耸听,就是以美词动听,于是夸大,装腔,撒谎,层出不穷。"④其中最为显著的就是"大团圆的结局",无论其文艺作品优秀与否,最后要是没有一个大团圆的结局就是一个不受欢迎的作品,因此这便培养出了国民缺乏正视问题的勇气,便有了阿Q的

① 鲁迅:《坟·我之节烈观》,《鲁迅全集》第1卷,人民文学出版社2005年版,第130页。

② 鲁迅:《坟·论睁了眼看》,《鲁迅全集》第1卷,人民文学出版社2005年版,第254页。

③ 鲁迅:《坟·论睁了眼看》,《鲁迅全集》第1卷,人民文学出版社2005年版,第254页。

④ 鲁迅:《伪自由书·文学上的折扣》,《鲁迅全集》第5卷,人民文学出版社2005年版,第62页。

"精神胜利法"，来欺骗和麻痹自己的神经。

鲁迅作为接受了新式教育的中国知识分子，深知旧文学对国民精神所产生的毒害，因此他在通过新文学创作来对国民进行精神教育时就很自觉地与旧文学划清了界限，在文学创作的形式内容和文学所表达的思想上都进行一番革新。如在他打破了旧文学固有的"大团圆结局"，其中最为明显的就是阿Q的"大团圆"，这是一个极具讽刺意味的大结局。因为阿Q的死，事实上是一个悲剧性的结局，而鲁迅却用"大团圆"作为小说的结尾。他的这种写法实际上既是对"瞒和骗"的旧文学的一种讽刺，也是对阿Q的不觉悟感到无奈和痛惜。再者，鲁迅作品不再像以往的旧文学以帝王将相、才子佳人作为文学创作的重心，他创作的重心，更多的是投向贫苦社会中不幸的人们。如在创作《阿Q正传》时他就在作品中提到自古只有名人才可以立传，而阿Q作为一个名不见经传的小人物，作者却要给他写传。如《明天》中的单四嫂子、《孔乙己》中的孔乙己、《祝福》中的祥林嫂等，这些都是生活在社会底层不被人关注的小人物，但在鲁迅的文本中却成了主角。可见在鲁迅的心目中，人没有高低贵贱之分，任何人都有自己存在的价值。

虽然在《故事新编》中多以古代的名人神话为题材，但我们可以看出作者的用意并不是为了替他们立传，相反他是以带有批判性的眼光对他们进行重新考量。在《采薇》中，他描写伯夷、叔齐不是为了赞扬他的骨气，而是以他们为原型讽刺那些消极避世的今人。

从上文可以看出，封建社会的旧文学是封建统治者用来麻醉国民精神的毒药，它会使国民日益失去人的意识从而沦为统治者的奴隶。因而为了对国民进行精神上的教育，鲁迅的文学创作在形式及思想上锐意革新，以便国民大众易于接受新文学的思想教育，在蒙昧中觉醒，投身救国救民的时代洪流。

第四节　鲁迅文学教育思想的当代意义

如上文所述，文学是具有审美意识形态的语言艺术，因此鲁迅的文学创作在突出启蒙思想的同时，也在努力地提高文学审美的形式，使文学作品不至于沦为宣传思想的工具。然而以鲁迅的文学教育思想来反观当今社会的文学教育，就会发现后者存在着大的不足。当代的文学教育最突出的问题主要表现在这三个方面：文学教育的泛语言化、泛审美化以及泛思想化。

1.文学教育的"泛语言化"

文学是人学，文学是人类思想的精华，然而在当今的语文课堂，文学却被当成了训练语言的工具。这种"泛语言化"的语文教育以张志公的主张为主要代表。张志公认为："语文课要搞语言训练，而文学作品是'语言的艺术'，优秀的文学作品的语言是丰富的，运用得一般是比较精到的，像曹雪芹的《红楼梦》，像鲁迅的作品，像朱自清、叶圣陶、老舍、曹禺、巴金、赵树理的一些作品，还有许多其他作家的作品，在语言运用方面，都足以作为学习的楷模。"[①]诚然语文教育的基础是语言，文学创作的基础也是语言，但若极力推崇语言化的教育，就会使语文的教育变得过于程式化，这种过于呆板、枯燥的语文教学势必使文学失其特有魅力。

当今的中学语文教育中，"泛语言化"的语文教学模式十分常见。如在鲁迅的《孔乙己》中，中学的语文教育一般是："鲁迅以怎样的语言塑造了孔乙己的形象？"可见中学的语文教育是将文学作品作为学生学习语言的范本。把文学作品当成一种语文教学的工具，不仅使文学失去了它固有的魅力，同时也易使学生对语文课程产生厌学情绪。

陈思和在《文学教育窥探两题》里谈到一个复旦大学物理学专业的学生在接受文学教育后发出了这样的感叹："作为一个纯正的理科学生（物理系），开学以来我却花了大量的时间，在文科图书馆看书，甚至开始占用学习物理的时间，我总没想到看书成为了最大的快乐，这样的改变，完全是由于这门我深爱的课。……第一周的课开始了，我惊讶地发现，我竟然如此快地就被深深吸引住了，老师他谈的内容，有些是我闻所未闻的，但是忍不住频频点头，好像几十年前（真的是这个感觉！！）有人和我说过这些话，我只是记不太清

---

① 张志公：《张志公语文教育论集》，人民教育出版社1994年版，第35页。

了，今天老师让我想起来了，而且更直接，更精彩，感觉无比熟悉，深深陶醉……"①从这个理科生的感言中读者可以看到，文学教育正在带给他精神上极大的快乐。由其所说的"有些是闻所未闻的"可以隐见我们中小学阶段语文教育的缺失。语文教育中"泛语言化"的教学方式，使学生误以为文学作品只是一种作为学习和运用语言的工具，从而过早地失去了对文学的兴趣。而文学作为一种具有人文关怀的学科，它对学生在青少年时期的教育是极为重要的，它不仅能够培养学生的文学素养，同时在人文精神的培养方面也有积极的作用。

"语言"和"言语"显然不同，语言作为一种人类交流的工具而存在，它具有客观性；而言语更多的是作为个体情绪和观点的表达，具有主观性。文学作品大都是属于作家个人创作，是作家的一种内在表达，因而它应该属于言语的范畴。现今中学语文教育将文学作品作为学习语言的工具，也就意味着将文学作为一种类似"数学""物理""化学"的学科进行教学。"数理化"专业教育者更多的是将其知识进行"点"的划分来教授，而文学作品具有整体性和连贯性，如果进行知识点式教学，那么文学将不再是文学，它只能作为一种工具而存在。

这种"泛语言化"的工具式教学，不仅使文学和语言丧失了自主性，同时也使被接受者对文学和语言产生抵触心理，从而使语文的教育效果适得其反。

2.文学教育的"泛思想化"

当今文学教育的另一个极端就是"泛思想化"，认为文学的主要功能就是思想的传播，因此在这类教育者看来青少年应该在阅读文学作品时多关注作品中所传递出的精神。按钱理群的理解就是"给人建立一种精神底子"，"一个人的精神是要有一定的底子的。我个人认为这种精神底子应当是浪漫主义和理想主义的，即给人的生命一种亮色。……在青少年时期一定要为对真善美的追求打下底子。这种教育是以后任何时期的教育所无法补偿的。人若缺少这种底

① 陈思和：《文学教育窥探两题》，《天津师范大学学报（社会科学版）》，2007年第2期，第42页。

子是会有问题的"。①在"泛思想化"的文学教育者看来，青年不仅是身体成长的关键时期，同时也是精神成长重要阶段，而文学这门具有审美性与思想性的学科，自然就成为培育青少年精神最好的"教科书"。如上文中所提到的文学是一门对"真善美"不懈追求的学科，让青少年接触它，自然会给精神上带来积极的影响。然而这些对文学的精神过于重视的教育者们，会让学生错误地以为文学只是一门思想教育的工具，从而忽略了文学的审美性。

这种"泛思想化"的教育主要包括两个方面：一种是培养学生的爱国主义和无私奉献的精神。就如梁启超于1902年发表的《论小说与群治之关系》中所说："欲新一国之民，不可不先新一国之小说。故欲新道德，必先新小说；欲新宗教，必新小说；欲新政治，必新小说；欲新风俗，必新小说；欲新学艺，必新小说；乃至新人心，欲新人格，必新小说。"②在梁启超看来，要想在培育一个具有社会责任感的公民，首先要做的是将小说从文学末流提升到振兴国民的高度。至于何以要提倡兴盛小说，他认为："小说有不可思议之力支配人道。"也就是说，小说内含着意识形态宣扬和建构的性质。梁启超利用小说特有的审美意识形态，将其作为培育公民精神的一种工具，使国民能够在小说思想的启蒙下，洗脱蒙昧从而益于国家复兴，这与用文学教育培养学生的爱国主义以及对社会的奉献精神有异曲同工之妙。

另一方面就是对学生个人精神素质的培养，如前文所提到的"真善美""理性精神""人道主义"等。这种文学教育的方式无疑是让学生在思想上接受启迪，从而在阅读文学作品的过程中能够不断发现自我，反省自我，使学生精神更为充实。例如在阅读奥地利作家卡夫卡的《变形记》时，我们会发现资本主义社会对人性的摧残，以及对人际关系的破坏。格里高利变为大甲虫看似是一次荒诞不经的经历，但经过细细思考就会发现，他的变形处于资本主义社会中人类自我的"异化"。在阅读罗曼·罗兰的《约翰·克利斯朵夫》时，读者会被主人公不屈的灵魂和对艺术真诚的热爱所打动。主人公约翰·克利

① 钱理群：《钱理群谈语文教育的弊端及其背后的教育理念》，《语文教学论坛》2009年10月12日。

② 梁启超：《论小说与群治之关系》，《新小说》第1号，1902年11月4日。

斯朵夫原本只是一个德国小城市的平民，但由于他对音乐的热爱和通过自身的不断努力，克服了人生中的种种，困难最终成为一个杰出的艺术家。这些关于"人"精神与处境的文学，通过文学的教育必定会根植于学生的精神世界里，对于"人"的思考会更加理性和客观，从而成为一个在精神上真正"大写"的人。

文学的思想教育虽然能够带给学生精神上的启迪，使得他们在对待国家和民族的问题上有更多的责任感；在对自我以及他人的认识上能够更加合理和深刻，但如果一味地强调文学的思想功能就会使其沦为说教的工具，这在无形当中会极大地损害文学艺术性的一面，同时也会让学生对文学教育产生反感。因此教育者在进行文学教学时，不能一味地脱离文本空谈思想，而是应该结合文本进行分析，在发掘作品所要表达的思想的同时，也不能忽略文本中所表现的情感性与艺术性。

3.文学教育的"泛审美化"

德国思想家、文学家席勒最早将文学教育提高到审美的层面，他认为资本主义工业化的发展给人类的精神带来了单一化和片面化。因此在他看来只有经过审美教育，人类才能变成全面发展的人，而具有审美意识形态的文学首先成为进行审美教育的先锋。王国维在《教育偶感四则》中谈到："生百政治家，不如生一文学家。何则？政治家与国民以物质上之利益，而文学家与以精神上之利益。夫精神之于物质，二者孰重？且物质上之利益，一时的也；精神上之利益，永久的也。"[①]王国维作为一个美学家，他显然知道以文学审美的方式向大众传递精神会比直接的思想宣传更加合理有效。

何谓审美？在秉执"泛审美化"的文学教育者看来，"所谓审美，既是指鉴赏者怀以审美的心态，带以审美的眼光，也指鉴赏者努力地从文学作品中发现美"[②]。其认为审美是文学的核心，而审美的技巧却好比文学教育的视觉和触感。文学审美的技巧也就是文学鉴赏的能力，即对文学作品进行感受、分

---

① 王国维：《教育偶感四则》，《王国维遗书》第3册，上海古籍书店1983年版。

② 刘真福：《建国以来中学文学教育述评》，《课程·教材·教法》2001年第6期，第39页。

析和评论的能力。叶圣陶在《文艺作品的鉴赏》中提到："文艺中间讲到一些事物，我们就得问：作者为什么要讲到这些事物？文艺中间描写风景。表达情感，我们就得问：作者这样描写和表达是不是最为有效？我们不但说了个'好'就算，还要说得出好在哪里，不但说了个'不好'就算，还要说得出不好在哪里。这样，才够得上称为文艺鉴赏。这样，从好的文艺得到的感动自然更深切。文艺方面如果有什么不完美的地方，也会觉察出来，不至于一味照单全收。"①深入体味叶圣陶这段话，就会发现拥有文学鉴赏的能力就是拥有进入文学审美世界的钥匙。

因此文学审美教育者要想让学生进行文学审美鉴赏就必须教授这两种能力：一种是对学生进行文学审美技巧的教育，另一种就是文学审美情感的教育。文学审美技巧的教育深受古代文章学的影响，它多注重文本的"起承转合"和文学作品的艺术形式以及美学特点。文学作品之所以具有审美性，正是由于它对这些规则的不断突破。例如鲁迅的《野草》之所以具有较高美学价值，正是其突破了诗与小说的文体界限，从而形成了独具一格的散文诗；同样汪曾祺《受戒》的成功不只在于小说所反映的思想内容，其中"诗化的意境"也是其创作成功不可忽略的因素。而这种"诗化的意境"的生成正是作者突破了散文与小说的界限，从而形成了具有独特审美价值的文学作品。如果这些文学的创作者严格遵循文学教育者所教授的文学审美技巧，那么中国文学的创作必将变得单一乏味，文学创作也就变成了一种机械化的写作，缺乏创新和深度。另一方面"泛审美化"的文学教育者还重视对学生进行审美情感的培育。

王富仁认为："情感性是文学教育的基本特点，这是由文学作品的审美属性决定的，我们说文学教育是情感教育、审美教育，就是从这个角度说的，这也是我们开展文学教育的切入点。"②王富仁之所以认为文学教育是情感教育，在他看来，是因为人需要理性，但仅仅拥有理性是不够的，人还需要情感，因为情感能让人和人之间产生联系，同时也只有既拥有理性又拥有情感的

----

① 中央教育科学研究所编：《叶圣陶语文教育论集》，教育科学出版社1980年版，第265—268页。

② 王保升：《试析文学教育的基本内涵》，《陕西广播电视大学学报》2002年第1期。

人，才是一个"完整的人"。然而，情感并不是如科学一般需要经过理性的思考才能产生的，它的产生常常是悄无声息的，因为情感具有直观性、直觉性和审美性，使得读者在阅读作品时常常会被作者真挚的情感所打动。例如回族作家霍达在创作《穆斯林的葬礼》时常常会为作品中的人物遭遇而悲伤不已，以至于中断写作，同时也正是有了作者这种真挚的情感的注入，使得读者在阅读之时常常为之落泪。刘白羽在阅读这部小说后说："看到新月之死，我实在无法抑制，不能不流下眼泪。如果不是把人生的真谛写得如此深邃，如此动情，能有如此摧肝裂胆的艺术魅力吗？"[1]由此可见，正是这种强大情感催动力，使得这些"泛审美化"的教育者在教授给学生文学审美技巧的同时还重视其在情感上的体验。

以上三种文学教育的价值取向，既有它们自身的优点，但也存在过于片面化极端化的倾向。如果一味地强调文学作品中的语言教育就会使文学教育流于形式，从而变成一场机械化的教学，最终使学生对文学失去兴趣。当然，语言作为文学创作的基础就好比建筑里的方砖，缺少了它的积累和提炼，文学作品将无法生成，其审美性和思想性更无从说起。同样的道理，重视文学的思想性虽然能带给读者以精神上的启迪，但是如果过于强调文学作品中的思想性就会忽视其文学审美的一面，从而沦为说教的工具。再者文学的审美性虽然能够带给读者在艺术和情感上的享受，但如果忽略了文学思想性的一面就会使得文学作品缺乏深度，过于情感化。

鲁迅的文学作品之所以能成为文学的经典，是源自他对文学语言、审美思想的平衡把控。在文学创作的语言方面，鲁迅无疑是语言运用大师。通过阅读鲁迅的文学作品我们就会发现，他的语言随着文体的变化会有不同的表现，其中最为显著的特点是：简洁、准确、生动、具有穿透力。正如他在《我怎么做起小说来》中所说："我力避行文的唠叨，只要觉得够将意思传给别人，就宁可什么陪衬拖带也没有。"[2]例如："秋天的后半夜，月亮下去了，太阳还

---

[1]　刘白羽：《穆斯林诗魂》，《光明日报》1990年7月29日。

[2]　鲁迅：《南腔北调集·我怎么做起小说来》，《鲁迅全集》第4卷，人民文学出版社2005年版，第526页。

没有出，只剩一片乌蓝的天；除了夜游的东西，什么都睡着。华老栓忽然坐起身，擦着火柴，点上遍身油腻的灯盏，茶馆的两间屋子里，便弥满了清白的光。"①"擦着火柴，点上遍身油腻的灯盏"这看似很平常的一句描写人物动作的话，却让读者明白华老栓是一个处在底层的人物。再如："孔乙己是站着喝酒而穿长衫的唯一的人。"②这样简短的一句话就逼真地还原了处在旧社会里的读书人的处境，穷苦却依然要高摆着读书人的姿态。这种"白描"的手法虽然只有短短的几句，却能让所写的事物形象逼真。这就是鲁迅深厚的文学功底的运用，他的语言初看时平淡无奇，再看却有着深切的意味。

上文中虽有提到，鲁迅的文学作品"突出启蒙，弱化审美"，但这不等于鲁迅的文学作品中只有思想没有审美。就如鲁迅所言："一切文艺固是宣传，而一切宣传却并非全是文艺。"③鲁迅在给许广平的信中也谈到了审美对于文学创作的重要性，他写道："'诗歌具有永久性'，'极锋利肃杀的诗，其实是没有意思的，情随事迁，即味同嚼蜡。我以为感情浓烈的时候，不宜做诗，否则锋芒太露，能将"诗美"杀掉。'"④信中所提到的"诗美"也就是文学的审美性，鲁迅认为在情感强烈的时候不适宜作诗，因为主观的思想在创作的过程中会扼杀诗歌的审美性。就连带有极强的思想主观性的杂文，鲁迅也没有简单地为论述而论述。在阅读鲁迅杂文时，读者发现他会运用一些形象生动的比喻来阐述自己观点，常常给人以醍醐灌顶之感。如在《小品文的危机》中读者会发现他运用了许多形象生动的比喻，而直接对小品文的议论甚少。如将"生存的小品文"比作"匕首和投枪"，将帮闲文学比作"已经不能在弄堂里拉扯她的生意，只好涂脂抹粉，在夜里蹩到马路上来"的"烟花女子"。这样的比喻贴切、妥当，在带给人会心一笑的同时还能让读者更加深刻地体会到作者的用心。这就是鲁迅作品文学审美的一面，他在突出自己的思想同时，并没有将文学进行简单化的处理，相反他极其重视且小心地保护着文学艺术性的一面，这就是鲁迅不只是一个杰出的思想家同时也是一个出色的文学家的重要原因。当然文学教育也不能仅仅为了追求鲁迅作品中文学性的一面，而忽略了其思想性的一面。鲁迅的作品之所以能历经半个多世纪而不衰，其中最为重要的原因还是他的作品所传递出的思想启蒙性。

如果说语言是文学的基石，那么审美就是文学固有的本质特征，而文学作品所传递出的思想则是其不灭的灵魂。文学永远不能失去批判精神，因为文学来源于现实，现实生活是文学创作之根。鲁迅的文学作品之所以拥有顽强的生命力，这源于他对现实深入的理解及其理性的批判精神。因此，在进行文学教育时，教育者们不能持片面化极端化的观点进行教学，而是应该站在一种更为全面的客观的角度进行文学教育，让学生辩证地看待问题，而不是一味人云亦云，使其成为思想的跑马场。再者，在分析文学作品的同时还应该让学生多关注现实，体会人生，从而让学生对社会、对国家能拥有更多的责任感，让其成长为一个德智体美全面发展的人。文学教育绝不仅仅是一场简单的语言教育、审美教育或思想教育，因为文学是拥有审美意识形态的语言艺术，它的存在是一个有机互动的整体，无论缺少哪一方，都不能称之为文学。

随着市场经济的发展，文学已经由80年代的中心位置走向了边缘，文学不再成为人们热衷的话题。今天人们更加关注的是电影、电视、明星八卦等具有娱乐性质的话题，而那些所谓的文学经典已然陷入无人问津的尴尬境地。在笔者看来，这其中有几个方面的原因：第一，随着信息化时代的到来，媒体传播渠道的增多，人们已经不再局限于纸质化的阅读，在空暇时间，人们更多的会选择"视听说"全方位的电影和电视剧来进行消闲和放松。而文学作品的载体仍然是以纸质的书籍、报纸、杂志为主，读者对它的接收是单向的。因为首先读者需要对作品中的文字进行理解，分析；其次再将文字的意义转为声音、画面；最后再将这些声音和画面化为信息存入大脑。比起直接阅读图片和视频来说，阅读文字显然会变得更加地费力费时，因此人们会更倾向于没有压力地接收信息。第二，随着市场化进程的加快，人民素质普遍提高，脑力劳动者变得越来越多，社会竞争也变得日益激烈。这些脑力劳动者在经过一天的工作后，如果再进行长时间的文字阅读，会让精神变得更加疲劳，不利于他们第二天的工作，因此他们会更加热衷于快餐化、娱乐化的阅读。第三，中国还是发展中国家，民众生活水平还较低。根据马斯洛需求层次理论，人的需求应该分为：生理需求、安全需求、社交需求、尊重需求和自我实现需求。因此人应该先满足生理需求也就是基本的吃穿住行，然后才会进行精神上的追求。而文学是属于精神文化的范畴，它的发展是需要建立在经济相对发达基础上，因而经济基础相对薄弱是导致精神文化相对滞后的重要原因。

以上这些都是当代文学教育产生困境的外部原因，致使当代文学教育走入困境的根本原因还是在于它自身发展的不足。如上文中所提到的，文学教育的基本内涵模糊不清，文学教育到底是应该坚持语言教育、审美教育，还是思想教育？文学教育者各持己见，没有一个明确统一的说法，致使学生在接受教育时对文学缺乏整体性的认识。再者，教育形式的呆板、单一，也是致使文学教育走入困境的重要原因。教育者们往往将文学课程当成文体知识或语言知识进行传授，严重地消解了文学作品中的人文性，让学生由主动的学习变成被动的读、写、背，由此丧失了对文学学习的热忱。此外教育者在解读文学作品时往往只局限于作品本身，使得学生阅读视野受到局限，缺乏创新精神。而一部好的文学作品往往涉及社会生活的方方面面，教育者们在分析作品、阐述文学理论的同时，还应拓展学生的知识面，可以利用电影、电视等方式让学生更好地体验文学作品中所传递的情感与思想。

面对着当代文学教育的困境，我们是否就真的束手无策了呢？当我们再次回归到鲁迅的那些文学作品中，我们就会发现，文学教育的生命力不但没有消失而且还在不断地蓬勃生长着。鲁迅认为人具有"受""作"二性，面对着优美的事物，只要他不是个白痴、傻瓜，都会被其所打动，因此在文学教育中他坚持着"教复非常教"的教学原则。他认为文学与那些直接传递思想的哲学、理学等不同，文学具有形象性和直观性。文学教育者在教学的过程中应该利用文学这种特有的审美属性，让学生自主地去体验文学作品中所传递的情感和思想，显然这种主动的学习比被动地接受思想灌输效果会更好。此外坚持"教复非常教"的原则，还有助于培育学生对文学的兴趣，鲁迅认为："由纯文学上言之，则以一切美术之本质，皆在使观听之人，为之兴感怡悦。"①正是这种"兴感愉悦"使得学生对文学作品产生兴趣进而主动地阅读，而在阅读的过程中文学作品中所具有的人文思想、理性的精神又渐渐地影响着学生，从而达到了教育者的最终目的。

  鲁迅除了进行"教复非常教"的教学原则外，在文学教育的实践中他还坚持着多种的教学方法。首先，"理论与实际相联系"教学方法是鲁迅在进行文学教学的一大特点，他的讲学绝不局限于文学教材的讲解，他将文学课本中的所提到的知识和当时的社会局势联系起来，从而启发学生进行独立的思考。魏建功就读北大中文系二年级时曾经选修过鲁迅的小说史课程，他说鲁迅在"讲课的时候并不是'照本宣科'"，"我们那时候听先生讲课实在是在听先生对社会说话。先生的教学是最典范的理论联系实际的。他为着自己的理想，整个精神灌注在教育青年的事业上，我们就幸福地当面受到他伟大的思想教育"。②其次，鲁迅在进行文学教学时不仅仅局限于课堂，在课余的时间他还会给前来请教的学生进行额外的辅导，尚钺说鲁迅上课一般都会提前半个小时，只要他一到，"许多早已在等候他的青年，便立刻把他包围起来。于是他便打开手巾包将许多请校阅、批评及指示的稿件拿出来，一面仔细地讲解着，散发着，一面又接收着新的"，"先生每次下课时，许多同学都挤着跟他到休息室去发问，甚至一连几个礼拜我的一个问题还没有挤到他面前去求得解答的机会"。③正是有着像鲁迅这样对青年尽职尽责的教育者，当时的新文学得以以崭新的姿态屹立于世界文学的殿堂中。此外鲁迅所进行的文学教育方式就是他的文学创作，这也是他一生中最伟大的成就。

① 鲁迅：《坟·摩罗诗力说》，《鲁迅全集》第1卷，人民文学出版社2005年版，第73页。

② 魏建功：《忆三十年代的鲁迅先生》，《鲁迅回忆录·散篇》上册，北京出版社1999年版，第172页。

③ 尚钺：《怀念鲁迅先生》，《鲁迅回忆录·散篇》上册，北京出版社1999年版，第233页。

第九章　鲁迅与小说家孙犁的生成

时至今日，鲁迅已然成为中国现代文学史、思想史乃至文化史中一个被符号化了的巨大存在。鲁迅被符号化、象征化的过程背后，一直隐现着特定的文化政权对鲁迅的选择、阐释，这是不该被遮蔽的事实。同样不该被遮蔽的另一个事实是：鲁迅首先是一位有重要成就和影响的文学家，然后才有可能获得重视和阐释。这应成为我们今天解读鲁迅的基本前提。且不说当下的语文教材中鲁迅是常客，以致每一次教材改革对鲁迅篇目的增删都会引发不同程度的争议；其实，早在1920年代初，鲁迅的作品就已被选入中学国文教材。①在近一个世纪的历程中，鲁迅作品以其无可替代的典范意义，成为中国文学教育的重要资源。尽管宣称要告别或反叛鲁迅的声音一直不绝于耳，但这类姿态不仅显现出"影响的焦虑"之根深蒂固，而且实际效果往往近于"为了忘却的记念"。

可以说，1920年代以后开始读书求学的中国作家，没有谁不曾读过鲁迅。但这并不是说，所有后代作家都是由于语文课堂上受到鲁迅作品的启蒙而走上了创作之路。事实上，教材中所呈现的鲁迅毕竟是有限的，而在鲁迅身后得到亲友、学生及研究者妥善整理、系统出版的《鲁迅全集》（以及其他作品集）才是始终开放的、无比广阔的文学课堂。我们不能说鲁迅作品惠及了每一位作家，但确实有许多作家终生都在坚持阅读、学习和阐释、宣传鲁迅。他们未

---

① 即便是在港澳台地区以及东南亚和欧美国家，鲁迅的作品也不同程度地进入了教材或课外读物。关于鲁迅作品入选教材的具体情况，参见陈漱渝主编：《教材中的鲁迅》，福建教育出版社2013年版。

必亲聆鲁迅的谆谆教诲，却因缘际会，在课堂以外与鲁迅相遇，从而以自己的方式走进了鲁迅的文学世界，并在长期的阅读和写作过程中不断地"发现"鲁迅——对他们而言，鲁迅的作品是一个没有铃声的文学课堂。孙犁，正是这课堂中从未缺席的学员之一。其小说创作从发端到"终结"，从思想命题到审美表现，均可见出鲁迅的影响。倘若没有鲁迅，孙犁未必不会成为小说家，但肯定不是"这一个"小说家。

第一节　文学家鲁迅形象的显现

只要粗粗翻阅《孙犁全集》，研究者们即可发现，孙犁对鲁迅的阐释与宣传在抗战期间就已开始，并一直持续到其晚年。这一发现不得不使人对通行的文学史仅将孙犁叙述为"荷花淀派"开创者或"京派"继承者产生不满足感。更令人感到不满足的是：尽管研究者们在一定程度上注意到了1950年代以后孙犁与鲁迅之间的关联，但普遍忽略了抗战以前的情况。比较有代表性的说法是："他的进入鲁迅的世界，恰是抗战的时期。"[①]事实上，鲁迅的身影很早就出现在孙犁眼前；只是要经历一番艰难的辨认，孙犁才能初步认清文学家鲁迅的形象。对鲁迅形象复杂性的充分认识，则贯穿了孙犁的一生，如影随形。

孙犁的语文课本上是否有以及有多少鲁迅的作品，他自己既未明言，我们也就不得而知。但"课外"阅读鲁迅，却伴随了他的大半生：青少年阶段，他就时常在学校阅览室的《申报·自由谈》中读到鲁迅，还读过鲁迅翻译的小说、散文，并关注鲁迅与创造社的论战文字；[②]参加工作以后，由于热爱鲁迅的散文，他甚至省吃俭用以购买鲁迅的书，还一度订阅过鲁迅主编的《译文》杂志；[③]战争结束，进城工作之后，孙犁不只全面地搜集和阅读鲁迅的书信、日记，更对照鲁迅日记中的书账买书和读书。到了晚年，孙犁不无满足地说

---

① 孙郁：《孙犁的鲁迅遗风》，《新文学史料》2014年第2期。

② 孙犁：《芸斋琐谈·我中学时课外阅读的情况》，《孙犁全集》第7卷，人民文学出版社2004年版，第214—215页。

③ 孙犁：《关于散文》，《孙犁全集》第3卷，人民文学出版社2004年版，第531—532页。

道："《鲁迅日记》，我购有人文两种版本，并借阅过影印本，可以说是阅读多遍，印象甚深。"①印象最深的还是战争年代：家中的《中国小说史略》幸免于难，孙犁隆重为之包装，封为"群书之长"；后来"在禾场上，河滩上，草堆上，岩石上，我都展开了鲁迅的书。一听到继续前进的口令，才敏捷地收起来。这样，也就引动我想写点文章，向鲁迅先生学习。这样，我就在鲁迅精神的鼓舞之下，写了一些短小的散文"②。实际上，孙犁被鲁迅"引动""鼓舞"而写文章，早在中学时代就已经开始。

1930年，孙犁以孙树勋的原名，在其所就读的保定育德中学的同学会所办刊物《育德月刊》上连续发表了小说《孝吗？》和《弃儿》。前者写朝鲜青年秋影为反抗日本侵略者，逃亡俄国留学，但"他是有意志的青年，不是轻举妄动的，他知道那时候朝鲜的灵魂，已经麻醉了"，于是"他潜入本国，联合同志，努力宣传，以唤醒民众"。③文中的灵魂麻醉、唤醒民众之说，不论从命意和措辞上都明白无误地显示出鲁迅的影响。后者则写众人在冷天里一边围观可怜的弃儿，一边非议有人做出有伤礼教风化之事。其中有一位正骂得起劲的举人老先生，突然得到通报说：家里的大儿媳妇死了。自然又有人随往一探究竟。原来，那位不幸青春丧夫的大少奶奶本是守节不嫁的，也因此得过不少贞节牌匾，不知为何竟有了身孕。娘家不容，婆家痛骂，生下孩子被迫丢弃，她竟然死了。小说用情节陡转的方式，表现出对封建礼教观的讽刺。文末更附上一首诗，谴责礼教之徒杀死了"可怜的嫩芽"，并高呼"我们要杀死那些旧礼教之徒，将旧礼教焚化"，"使那可爱的有希望的嫩芽任意生长，在这黑暗的世界上，多开几朵光明的花"。④这篇小说的主题忠实地体现出对鲁迅《狂人日记》的模仿：批判"吃人"的旧礼教，呼吁"救救孩子"。其中所采用的"看与被看"的模式，也早已被鲁迅多次用于批判人性之麻木与无聊。至于

① 孙犁：《理书四记·日记总论》，《孙犁全集》第9卷，人民文学出版社2004年版，第480页。

② 孙犁：《关于散文》，《孙犁全集》第3卷，人民文学出版社2004年版，第532—533页。

③ 孙犁：《孝吗？》，《孙犁全集》第10卷，人民文学出版社2004年版，第3页。

④ 孙犁：《弃儿》，《孙犁全集》第10卷，人民文学出版社2004年版，第8—9页。

情节陡转的设置及其讽刺意味，又颇近于鲁迅的《高老夫子》。这两篇小说尽管意图太过急切，内涵缺少回味，但这背后却隐现着鲁迅的身影。他以觉醒者和反抗者的目光，引导着一个年仅十七岁的青年去关注现实、反思历史、关怀弱小、反抗强权。《孙犁全集》另收一部剧本《顿足》，同样发表于《育德月刊》，同样意在表现弱国子民的反抗意识。如果说《育德月刊》是小说家孙犁出发的阵地①，那么鲁迅就是孙犁文学道路上的领路人。

1938年春，孙犁正式参加了抗日宣传工作。出于动员一切艺术力量为抗战服务的意识，他写成了《民族革命战争与戏剧》。耐人寻味的是，在艰难的物质条件和有限的写作篇幅中，孙犁在提倡对话要"简单""乡土化"和"明确"时，竟然闲笔讽刺一下素无冤仇的梁实秋："我们反对一切饶舌，或文字上的卖弄。莎士比亚的哈姆雷特、歌德的浮士德，留着打走了日本，在'古典文学院'请梁实秋先生来导演吧！"②情况很可能是这样：在需要反面典型的时候，孙犁"急中生智"，想起了鲁迅的一大论敌。随后，孙犁在冀中区党委机关报《冀中导报》用整整一个版面的篇幅发表了《鲁迅论》，被誉为"冀中的吉尔波丁"。③由此可见，孙犁已经开始思考，如何在救亡图存的背景下认识鲁迅的意义。次年，在晋察冀社集体讨论、孙犁执笔的《论通讯员及通讯写作诸问题》中，就以如下文字阐发了何为"行动的修养"：

> 记起中国文学伟人鲁迅吧，我们说他是一个伟大的灵魂，这不是偶像崇拜，而是一个真实。在他一生的文章里，汹涌着，号啸着的正义感和对

---

① 晚近有研究者发现，孙犁当年在《育德月刊》发表的作品还有另外两篇，其内容都是写青年追求自由恋爱、反抗旧礼教。这五篇作品被认为以"现实主义方法"为日后的文学事业"打下了坚实的基础"。参见刘宗武：《孙犁与〈育德月刊〉》，《新文学史料》2014年第2期。

② 孙犁：《民族革命战争与戏剧》，《孙犁全集》第3卷，人民文学出版社2004年版，第9页。

③ 关于此文的发表，可参见孙犁的《平原的觉醒》（《孙犁全集》第5卷，人民文学出版社2004年版，第5页），也可参见《〈善闇室纪年〉摘抄》（《孙犁全集》第8卷，人民文学出版社2004年版，第7页）。

人类的热爱，记起那些充溢着血泪、抗议、热情的文章吧。①

但是，要让抗战军民时时记起文学伟人鲁迅，这并不容易。在当时的条件下，并非所有人都能读到鲁迅，也并非所有人都能从鲁迅作品中读出"血泪、抗议、热情"。甚至可以说，鲁迅作品的沉郁冷峻，与战争年代所需要的明快果敢之间，并非毫无扞格。孙犁自己很快也意识到，抗战宣传工作对写作的要求是：通俗易懂；紧紧地配合政治，配合工作；主题的明朗及乐观性。②这就迫使孙犁思考一个严峻的问题：如何从鲁迅的文学作品中，提取当下所需的精神资源？

在1940年写出的小说《邢兰》（这也是孙犁参加抗战工作后写的第一篇小说）中，孙犁迈出了尝试的第一步。他笔下的邢兰虽有三十多岁，却瘦弱得像个孩子，"说话不断气喘，像有多年的痨症"③。他家境贫寒，但还有妻女，生活可谓十分艰难。但是，抗战的爆发却激活了邢兰瘦弱身躯里的顽强意志，他像拼命三郎般夜以继日地参加各种工作，却还能趁着修理树枝的空，从怀里掏出口琴，颇为享受地吹奏一番。若是在鲁迅写作《药》的时代，这个从小病弱的邢兰，很可能只是又一个华小栓。如今，华小栓"变成"了邢兰，此中的奥秘不是苟延残喘，也不是与时俱化，而是孙犁对鲁迅文学遗产的传承与改造。对于鲁迅所塑造的"典型"（这是孙犁在30—40年代教书时最爱用的一个概念），孙犁无疑是十分欣赏的。但问题恰恰在于：从鲁迅所刻画的华小栓等老旧中国的愚弱国民形象身上，人们或许能轻易读到斑斑"血泪"，却很难直接读出"抗议"和"热情"。于是，孙犁转向了对中国贫苦农民的生命意志和爱国热情的直接表现，在抵御外侮、救亡图存的极端境遇中，他期待看到中国人民的抗议和热情，并乐于写出他们焕发生机以至脱胎换骨。这当然是一种乐

---

① 孙犁：《论通讯员及通讯写作诸问题》，《孙犁全集》第3卷，人民文学出版社2004年版，第42—43页。

② 孙犁：《写作问题手记》，《孙犁全集》第10卷，人民文学出版社2004年版，第308—309页。

③ 孙犁：《邢兰》，《孙犁全集》第1卷，人民文学出版社2004年版，第145页。

观的斗争信念，也是一种相对纯粹的文学理想。葆有这样的信念和理想，当然是幸福的；而且，我们有充分的理由相信，战争年代里闪现着的团结亲爱、舍己为公、坚强勇敢等动人品质，会一再强化上述信念和理想。但是，以明朗而单纯的乐观主义看取现实并迎候未来，显然不是鲁迅文学世界的情感底色。这或许就决定了孙犁还要走很长的路，甚至经历一些不幸的挫折，才能真正走进鲁迅的精神世界，品味鲁迅的复杂与深刻，并与之产生共鸣。

孙犁的确是时时牢记着鲁迅的。他几乎是抓住一切机会来谈鲁迅。在谈儿童文艺创作时，他首先想到的是鲁迅对叶圣陶《稻草人》的评价；[①]谈到文学遗产的接受，他不会忘记列出鲁迅；[②]即便论及报告文学，孙犁也还是对鲁迅念念不忘。在他看来，报告文学可以借助联想力，"当然联想力也不是神经过敏，想入非非，忘记主题……而鲁迅指明一些中国人会从女人手背上的肉想到道德问题，是卑鄙的联想"。报告文学应该追求战斗的力量，而"鲁迅创造的形式——杂感，把现实主义运用到白刃战的功能的成绩，对报告文学是搬运不完的弹药局"，因为鲁迅有着"把一个个文字在人民的感情和希望的溶液里浸染着，把握住现实的纲领，曲折迂回，针针见血"的本领。[③]鲁迅杂感所具有的"把握住现实"的立场和"针针见血"的能力，固然值得报告文学效法，但鲁迅杂感思维的"曲折迂回"可能是无益于报告文学的简洁明快的。孙犁在此显现的偏颇之处，显示出其记住并宣传鲁迅的急切意图。还是在这一年，孙犁先后做出了几个大举动，不仅较为全面地呈现了他对鲁迅的理解，也可明白见出他如何努力地让大家时时"记起"鲁迅。

其一，是《鲁迅、鲁迅的故事》的写作。据专门整理过孙犁作品的冉淮舟所说，这本小册子最早是"单行本，新华书店晋察冀分店'青年儿童文艺丛

---

① 孙犁：《谈儿童文艺创作》，《孙犁全集》第2卷，人民文学出版社2004年版，第436页。

② 孙犁：《接受遗产问题》，《孙犁全集》第2卷，人民文学出版社2004年版，第441页。

③ 孙犁：《报告文学的感情和意志》，《孙犁全集》第7卷，人民文学出版社2004年版，第343、346页。

书'第一辑，1941年9月出版"①。孙犁在80年代初曾动念将其收入文集，但因"字迹漫漶已甚，我几次想整理修改，都知难而退，因之不能再版"，只留下"后记"一篇，"说明当时所做的这件事，也是启蒙之一种"。②此后出版的《孙犁全集》及其他各类文集，均不收存该作。而据学者刘运峰的访查所得，该作之所以未能入集，主要原因是孙犁觉得当年文字太粗糙。刘运峰还从天津孙犁研究会秘书长刘宗武处得到了该书复印本，并撰文对该书作了评介："这本书的取材，主要是鲁迅的小说集《呐喊》、《彷徨》和散文集《朝花夕拾》，也包括鲁迅去世后亲友的回忆文章。"③我们现在所能看到的，只是孙犁在1941年写下的"后记"：

> 毛泽东同志说，鲁迅的方向就是中国新民主主义文化的方向。从这些故事，读者不难发见一些鲁迅的脚印。我们一定要把这些故事，当作对我们，也就是对我们社会的教育。不能够像听平常故事一样，随便听过便罢，我们要拿这些故事做镜子，照一照我们自己或我们身边的人，还有没有像鲁迅在故事上批评指责的那种情形……
>
> 在故事里，鲁迅同意了一些事情，反对着一些事情，这不用一个一个下注脚。大家可以研究，可以领会。能从这些故事想远些，想多些，那就是我们继承了鲁迅的精神和广大他的精神了。④

不难看出，孙犁引述了毛泽东1940年在《新民主主义论》中对鲁迅的评价，但这并未取代或完全淹没他自己对鲁迅的理解，至少是帮助他明确了宣

① 冉淮舟：《孙犁作品单行、结集、版本沿革表》，《孙犁文集》（补订本）第10卷，百花文艺出版社2013年版，第341页。

② 孙犁：《〈青春遗响〉序》，《孙犁全集》第7卷，人民文学出版社2004年版，第250页。

③ 刘运峰：《关于孙犁的〈鲁迅、鲁迅的故事〉》，《鲁迅研究月刊》2013年第1期，第53页。刘运峰在该文中曾建议将孙犁《鲁迅、鲁迅的故事》收入百花文艺出版社的《孙犁文集》（补订本），但该版文集最终还是只收孙犁的《〈鲁迅、鲁迅的故事〉后记》。

④ 孙犁：《〈鲁迅、鲁迅的故事〉后记》，《孙犁全集》第10卷，人民文学出版社2004年版，第399页。

传、普及鲁迅的方向。方向既已明确，他就可以发挥自己的文字专长，以讲故事的方式，转述鲁迅的作品和生活经历；以鲁迅之所是所非，教育广大民众认识社会和生活。这里的鲁迅，是以启蒙者的形象出现的。

其二是《少年鲁迅读本》的写作。这些文字最初在1941年的《教育阵地》连载，1946年和1949年还曾以单行本出版。"读本"用语平易，叙述生动，依然是以故事转述鲁迅的作品和经历，但力求贴近少年的生活现实和接受能力。与此前稍有不同的是，孙犁前后共用了十四"课"讲述鲁迅的成长历程，试图勾画出鲁迅作为追求独立的战斗者的形象。在他笔下，鲁迅在十几岁时，就"下决心离开了家，去开辟他的新的、有意义的生活道路。直到后来，他写文章、做事、革命，都是把家庭看得很轻，把事业看得很重，绝不肯叫家庭牵累坏了自己的前途。这样，他的身子是自由的，意志是向上的，才胜利了"①。由于孙犁授"课"的对象是青少年，所以他着力突出了"知识"对于鲁迅成长为战斗者的巨大作用："鲁迅一生性格很刚强，自己开创生活的大道，就因为他能时时刻刻追求新的知识，那些对生活有用的知识，书本上的，或者是社会上的"②；"虽然先生这样，父亲那样，鲁迅还是开辟了自己求真的知识、活的知识的道路"③；"鲁迅讲过很多故事，是为了叫我们从这里知道科学的知识，人生的知识，自然界的知识，对我们的生活和工作，都有用处"④；"我们说鲁迅是一个文学家，但他这个文学家也是在科学上给中国启蒙的人，他很重视科学，他介绍了许多科学知识"⑤。在革命战争年代里宣传鲁迅，却着力刻画出知识者鲁迅的形象，这不能不说是孙犁做出的一个独到贡献。但是，孙犁还不至于忘记当时是战争的年代。所以，在勉励少年们要"努力知道生活上的各种现象、自然界、物理化学的道理"时，他就有意提醒大家去

① 孙犁：《少年鲁迅读本》，《孙犁全集》第1卷，人民文学出版社2004年版，第3、4页。

② 孙犁：《少年鲁迅读本》，《孙犁全集》第1卷，人民文学出版社2004年版，第6页。

③ 孙犁：《少年鲁迅读本》，《孙犁全集》第1卷，人民文学出版社2004年版，第10页。

④ 孙犁：《少年鲁迅读本》，《孙犁全集》第1卷，人民文学出版社2004年版，第14页。

⑤ 孙犁：《少年鲁迅读本》，《孙犁全集》第1卷，人民文学出版社2004年版，第17页。

"问问老师，地雷怎样做，为什么鬼子一走近它，它就发了脾气，连肚皮也气破？"①。更耐人寻味的，是孙犁借鲁迅之口，向少年们发出战斗的号召：

> 他反对那些教育家，把孩子们训练成绵羊似的，不知道自己的仇恨，不敢去报仇雪恨。他就翻译了爱罗先珂的和别人的童话，那里面讲说鹰的故事，虎的故事，争自由的故事，不愿居住在牢笼里的故事。②

> 当中国受到日本的侵略，政治和国家需要改革和建设的时候，他就又讲了儿童们怎样学习作战，怎样建立工厂，繁荣村庄的故事。③

> 鲁迅说：中国的少年和儿童，为了祖国的复兴，拼着稚弱的心力和体力，奔走在风沙泥泞中，冒死在枪林弹雨中，真是不知有若干次了。

> 他愿意中国的少年们刚强勇猛地前进，在解放祖国的征途上壮大起来，像一只充满战斗力量的小狮子。④

孙犁以"战术"为题结束了最后一课。他写道："毛泽东同志说：'无产阶级的最尖锐最有效的武器只有一个，那就是严肃的战斗的科学态度。'看看鲁迅的传记，看看鲁迅的书，鲁迅就是名副其实的这样一个战士。"⑤在"读本"的末尾，孙犁还用讲故事的口吻，总结了鲁迅的"壕堑战"以及"打落水狗"的战术。尽管孙犁自己后来说"此书虽幼稚浅陋，然可见我青年时期，对鲁迅先生爱慕景仰之深情"⑥，我们还是不难看出，孙犁对鲁迅"打落水狗"战术的描述，与毛泽东1937年纪念鲁迅逝世周年会上的说法别无二致。孙犁所引毛泽东关于"严肃的战斗的科学态度"这一论断，则出自1941年5月在延安干部会上所作的报告，从时间上看距离孙犁当时写作很近。由此可见，此时的

---

① 孙犁：《少年鲁迅读本》，《孙犁全集》第1卷，人民文学出版社2004年版，第18页。

② 孙犁：《少年鲁迅读本》，《孙犁全集》第1卷，人民文学出版社2004年版，第8页。

③ 孙犁：《少年鲁迅读本》，《孙犁全集》第1卷，人民文学出版社2004年版，第14页。

④ 孙犁：《少年鲁迅读本》，《孙犁全集》第1卷，人民文学出版社2004年版，第26页。

⑤ 孙犁：《少年鲁迅读本》，《孙犁全集》第1卷，人民文学出版社2004年版，第27页。

⑥ 孙犁：《书衣文录·为姜德明同志题所藏〈少年鲁迅读本〉》，《孙犁全集》第7卷，人民文学出版社2004年版，第324页。

孙犁正在努力地、及时地将自己对于鲁迅的理解，向毛泽东对鲁迅的阐释靠拢。不可否认，在这个靠拢的过程中，知识者和启蒙者鲁迅的形象无形中黯淡了；战斗者鲁迅的形象得以凸显。但是，这种靠拢却未必是被动的，而更像是主动的。因为，正是在这个靠拢的过程中，孙犁学生时代头脑中那个觉醒者、反抗者鲁迅的形象明朗起来了，鲁迅文章里"汹涌着，号啸着的正义感和对人类的热爱"以及"血泪、抗议、热情"也找到了出路——向着"中国新民主主义文化的方向"而去。所以，向政治权威的论断靠拢，不仅无损于孙犁对鲁迅的"爱慕景仰之情"，反而是为这爱慕景仰找到了更坚实的政治基础。于是，孙犁更为自觉地、全面地开展了阐释和宣传鲁迅的工作。

其三是《文艺学习》的写作。1941年初，"为更好地反映冀中人民抗日斗争的伟大史实"，冀中文化界决定效仿高尔基主编《世界一日》、茅盾主编《中国的一日》，开展"冀中一日"的写作运动。经过几个月的辛苦劳作，孙犁等人在众多来稿中选出了200多篇作品，计约35万字，以《冀中一日》为题印行。[①]"《冀中一日》有两个副产物，其一是《纪念鲁迅先生特辑》，这特辑发给《冀中一日》发表作品者每人一份，其中说明农村题材的写法，和鲁迅先生对农村题材的模范，贯彻了鲁迅先生解放农村的热情精神。末附一篇《为了忘却的记念》，则是为的使今天的战斗员学习、回忆、记事。"[②]另一个副产物则是冀中地区克服各种困难印行了不少苏俄文学作品，而这些作品几乎都是由鲁迅翻译或参与其事的。事实上，最有意义的副产物，却是孙犁根据看稿经验写成的《文艺学习——给〈冀中一日〉的作者们》（初名《区村连队文学写作课本》）。就鲁迅在《文艺学习》中出现的频率之高而言，这本书与其说是"给《冀中一日》的作者们"的写作指导，不如说是孙犁自己学习鲁迅的心得体会。谈到怎样的作家值得人民尊重，孙犁写道：

> 最可贵的是那样的作家，他爱人民和生活，他真正研究和观察了人

---

① 参见郭志刚、章无忌：《孙犁传》，北京十月文艺出版社1990年版，第142—144页。

② 孙犁：《关于"冀中一日"写作运动》，《孙犁全集》第2卷，人民文学出版社2004年版，第452页。

生，他有革命的、科学的理想，向这理想坚定的努力。不只有为人生的热情，而且有为人生的行动……在中国，鲁迅先生便是这样的作家……鲁迅成为这样的作家……是因为他在这个道路上，不断和旧社会、封建思想、前清遗老、洋场恶少、虚伪假面的人战斗。因为他把人民所愿的看成自己的所愿，把人民所憎的看成自己的所憎。因为他最后看出世界上最有前途的人是无产阶级，于是老当益壮，斗争到死……①

　　这样的鲁迅不只有"热情"，还有"行动"，而这行动的内容便是持续不断的"战斗"——这是孙犁第一次最明确地对战斗者鲁迅作出革命化的阐释。但他对于鲁迅的认识，毕竟还是以文学家鲁迅为底色的，这在《文艺学习》的每一篇章都能得到体现。凡是要举出文学创作的榜样，他总是毫不迟疑地提及鲁迅。甚至可以说，他几乎是言必称鲁迅：谈到"人类的大作家们，在一生的工作里，会创造出不朽的人物形象"，他立即以阿Q、孔乙己、闰土和祥林嫂等为例，指出"作家表现了这些人，也就表现了时代和社会"②；论及描写对象要准确，他举出了《鸭的喜剧》与《兔和猫》③；分析"好语言的例子和坏语言的例子"，他以《故乡》为例，说明"语言不能素朴，不能形象，便也不能明确"④；比较"口语和文学的语言"，他深刻体会到鲁迅提取生活口语并将之与中国旧小说及外来文学的语言、语法加以融化创造的能力；探讨如何克服语言上的毛病，他热烈赞扬《药》的"这些语言都是板上钉钉，不能更易"⑤；谈典型人物的创造，他细致地分析了《阿Q正传》；谈结构问题，他

　　① 孙犁：《文艺学习——给〈冀中一日〉的作者们》，《孙犁全集》第3卷，人民文学出版社2004年版，第110页。

　　② 孙犁：《文艺学习——给〈冀中一日〉的作者们》，《孙犁全集》第3卷，人民文学出版社2004年版，第121页。

　　③ 孙犁：《文艺学习——给〈冀中一日〉的作者们》，《孙犁全集》第3卷，人民文学出版社2004年版，第125—126页。

　　④ 孙犁：《文艺学习——给〈冀中一日〉的作者们》，《孙犁全集》第3卷，人民文学出版社2004年版，第155页。

　　⑤ 孙犁：《文艺学习——给〈冀中一日〉的作者们》，《孙犁全集》第3卷，人民文学出版社2004年版，第164页。

又以《孔乙己》为例，论证了鲁迅"艺术的谨严"[①]；谈到爱好书籍，他举出的榜样是鲁迅；倡议多读文学名著，他推举的阅读对象还是鲁迅……

从30年代初到40年代初，鲁迅曾先后以觉醒者、反抗者、启蒙者、知识者的形象现身于孙犁的精神世界，"引动"和"鼓舞"着孙犁不断地去思考、去表达。至于鲁迅被阐释为"战斗者"，这在文学成为宣传的年代，恐怕是不可避免的；借用鲁迅自己的话，就是"势所必至，理有固然"[②]。孙犁自然也不能置身事外，但他在《文艺学习》中通过对鲁迅小说语言创造、结构艺术、描写技巧及人物塑造等方面的细致解读，仍然看出了战斗者鲁迅的底色：他首先是一个值得尊重的大作家。经过这番不无艰难的辨认，文学家鲁迅的形象显出了较为清晰的轮廓，并成为小说家孙犁此后成长道路上的重要向导。

第二节 "表现"和"推进"：小说家孙犁的生成

孙犁在《文艺学习》中高度评价了《呐喊》和《彷徨》，认为"这是中国革命的一个时代的镜子。从这里你可看见、回想中国旧社会的种种样相，疾苦和病源，战斗和改革的迫急要求，引起我们对旧社会的仇恨和奋斗的勇气"[③]。到此为止，孙犁似乎从理论上初步认清了鲁迅文学遗产的思想意义。在孙犁看来，鲁迅对旧社会的批判是深刻的，但这批判并不能直接用于当下，因为"鲁迅回忆的，写的，是战斗动员的时代，我们是处在战斗正酣热的时代"，所以，若要继承和发扬鲁迅精神，当下的"文学工作者一定要比任何人更清楚、深刻、具体地认识我们所处的时代与社会，认识新的人群。我们的任

① 孙犁：《文艺学习——给〈冀中一日〉的作者们》，《孙犁全集》第3卷，人民文学出版社2004年版，第206—207页。

② 鲁迅：《集外集拾遗补编·势所必至，理有固然》，《鲁迅全集》第8卷，人民文学出版社2005年版，第425页。

③ 孙犁：《文艺学习——给〈冀中一日〉的作者们》，《孙犁全集》第3卷，人民文学出版社2004年版，第250页。

务是：要表现，更要推进！肯定、确保我们的胜利，发展斗争"。[①]

当孙犁从鲁迅的作品中读出"战斗和改革的迫切要求"，又从当下情势中感受到"认识新的人群""要表现，更要推进"的必要性时，他应该是十分兴奋的。他在一年前所写的《邢兰》，不正是表现了迫切的抗战现实所需要的"新的"人物吗？如果说当初写邢兰还只是牛刀小试，那么从现在开始，他可以大显身手了。事实上，孙犁从40年代初到50年代的小说创作历程，同时也是由"认识"邢兰一人而扩大到"认识新的人群"的过程。打开孙犁的小说画卷，首先映入读者眼帘的是战士形象：其中有身负重伤却坚持回到前线杀敌的勇士（《战士》），也有不为家仇而为国恨奋勇作战的柳英华（《杀楼》），更有大义灭亲又慷慨赴死的猛士（《新安游记》）。其次，在《芦花荡》和《碑》等作品里，孙犁刻画了老当益壮的老人形象，他甚至将那个固执地在河边打捞烈士的老人塑造为一座"碑"（《碑》）。再次，黄敏儿（《黄敏儿》）、小星（《村落战》）和小炮手马承志（《种谷的人》）等机灵能干、敢于斗争的青少年形象也在孙犁心头留下了深刻烙印。而孙犁写得最多的，还是女性的形象。她们勤劳，能干，识大体，顾大局，积极参加抗日事务，学会保护自己、照顾伤员，并以自己的劳动生产成果为战争提供源源不断的物质支撑。这类女性所共同具备的时代美，用孙犁一篇小说的标题来说就是："光荣"。其中的水生嫂（《荷花淀》《嘱咐》）、二梅（《麦收》）、秀梅（《光荣》）、小胜儿（《小胜儿》）、妞儿（《山地回忆》）和吴召儿（《吴召儿》）等，都让人过目不忘。[②]

孙犁所写的这些人物形象，一扫鲁迅笔下旧中国儿女的愚弱与卑怯，以振奋、昂扬的姿态，呼应了时代的审美需求。作为一种表现角度，这无可厚非。正如鲁迅说过，尽管"确切的相信无阶级社会一定要出现"，"但在创作上，则因为我不在革命的旋涡中心，而且久不能到各处去考察，所以我大约仍然只

---

① 孙犁：《文艺学习——给〈冀中一日〉的作者们》，《孙犁全集》第3卷，人民文学出版社2004年版，第223、224页。

② 当然也有为数极少的"落后"者，如马兰（《懒马的故事》）、张秀玲（《麦收》）和小五（《光荣》）等。这点容后再论。

能暴露旧社会的坏处"，这同样无可厚非。①不过，鲁迅与孙犁所取角度的区别，也是不言自明的。孙犁却坚持认为自己是在继承和发扬鲁迅的战斗性，他后来不仅把新中国的诞生视作"完成了先生的遗志"，还明确地指出："在先生的作品里，在封建主义的重压下，妇女多是带着伤疤，男人多是背着重荷的。解放了的新的农夫和农妇，现在用战斗的伟大成果纪念先生！"②如果天假以年，鲁迅有幸置身于"革命的旋涡中心"或是"到各处去考察"，他会不会写出"解放了的新的农夫和农妇"呢？我们无从得知。但在孙犁这里，他确实曾在革命战争的旋涡里，将自己的斗争信念与审美理想锻造为一体。由此也就不难理解，何以直到"文革"结束以后，孙犁仍然强调：在40年代，是因为"看到真善美的极致，我写了一些作品"③。他甚至这样回顾《荷花淀》的写作情形："可以自信，我在写作这篇作品时的思想、感情，和我所处的时代，或人民对作者的要求，不会有任何不符拍节之处，完全是一致的。"④这不由得让人想起他对赵树理早年创作的评价："正当一位文艺青年需要用武之地的时候，他遇到了最广大的场所，最丰富的营养，最有利的条件。"⑤这话其实也可用作对孙犁40年代"抗日小说"的注解。在战斗正酣热的年代，孙犁追随着自己心目中的战斗者鲁迅形象，刻画着眼前的战斗者；他从现实斗争中确立了自己的审美理想，又以这审美理想去表现新的现实斗争。他是幸福的。

或许是受限于战争环境下创作时间的紧迫以及物质条件的短缺，孙犁的不少作品都以简短明快为特色。1950年，当他的一组"人物素描"以《农村速写》为题结集出版时，他甚至说自己的小说"其实严格讲来，也只是较长的速

①　鲁迅：《且介亭杂文·答国际文学社问》，《鲁迅全集》第6卷，人民文学出版社2005年版，第19页。

②　孙犁：《人民性和战斗性——纪念鲁迅逝世十三周年》，《孙犁全集》第3卷，人民文学出版社2004年版，第331、334页。

③　孙犁：《文学和生活的道路——同〈文艺报〉记者谈话》，《孙犁全集》第5卷，人民文学出版社2004年版，第241页。

④　孙犁：《关于〈荷花淀〉的写作》，《孙犁全集》第5卷，人民文学出版社2004年版，第57页。

⑤　孙犁：《谈赵树理》，《孙犁全集》第5卷，人民文学出版社2004年版，第110页。

写"①。从孙犁的创作实际来看，这不完全是自谦。孙犁作品中行动描写的简洁、叙述语言的明快、人物语言的性格化、情感倾向的鲜明，往往给人以蜻蜓点水般的轻灵明快之感，但也难免在一定程度上缺少回味。当然，这简短明快，也可能是一种有意为之的艺术追求；只不过，既是追求，也就可能有得有失。这里还是说说他的"得"。

孙犁很早就从鲁迅对杨二嫂的刻画中悟到："大作家的形象都是质朴又单纯的。不求形容词的奇巧华丽，一笔一笔用力把这个东西画出来，一笔不苟，不多也不少，恰好把这件东西活现出来。"②这里所说的，正是鲁迅常用的白描手法。至于鲁迅所总结过的"画眼睛"的写法，孙犁虽然没有专门引述，但他肯定是深以为然的。在这类具体细节方面，孙犁对文学家鲁迅的学习与追随，不仅比他对战斗者鲁迅的阐释与宣传，表现得更为真切可感，也更能表现出他对鲁迅的"爱慕景仰之情"以及文学家鲁迅对他的惠泽。比如，"他那黄蒿叶颜色的脸上，还铺着皱纹，说话不断气喘，像有多年的痨症。眼睛也没有神，干涩的"③，笔墨不多，却写出了邢兰的体质羸弱。再看孙犁描写在家饱受压抑的王振中："只是在说话中间，有时神气一萎，那由勇气和热情激起的脸上的红光便晦暗下来，透出一股阴暗；两个眉尖的外梢，也不断簌簌跳跃，眼睛对人有无限的信赖。"这是挣脱家庭束缚后置身广阔天地中的王振中："她的脸更红、更圆，已经洗去了那层愁闷的阴暗；两个眉梢也不再那样神经质地跳动，两片嘴唇却微微张开，露着雪白的牙齿，睁着大眼望着台上讲话的程子华同志的脸，那信赖更深了。"④通过眼神的前后不同来写人物的变化，孙犁在此体现出对鲁迅刻画祥林嫂技法的忠实模仿。又如"老头子浑身没有多少肉，干瘦得像老了的鱼鹰。可是那晒得干黑的脸，短短的花白胡子却特别精

---

① 孙犁：《农村速写·后记》，《孙犁全集》第2卷，人民文学出版社2004年版，第229页。

② 孙犁：《文艺学习——给〈冀中一日〉的作者们》，《孙犁全集》第3卷，人民文学出版社2004年版，第127页。

③ 孙犁：《邢兰》，《孙犁全集》第1卷，人民文学出版社2004年版，第145页。

④ 孙犁：《走出以后》，《孙犁全集》第1卷，人民文学出版社2004年版，第334、340页。

神，那一对深陷的眼睛却特别明亮"①，还是着力以画眼睛来传神。再如"李同志觉得在他的面前，好像有两盏灯刹的熄灭了，好像在天空流走了两颗星星"②，这尽管是以他人的视角来写当事者大绢的失落，但着眼点还是眼睛。

在名篇《嘱咐》中，孙犁这样写水生夫妻阔别八年后猝然相见的情形：

他在门口遇见了自己的女人。她正在那里悄悄地关闭那外面的梢门。

他亲热地喊了一声：

"你！"

女人一怔，睁开大眼睛，咧开嘴笑了笑，就转过身抽抽搭搭地哭了。③

只有一个"你"字，却胜过千言万语。由于水生是顺道回家，女人却毫无心理准备，所以当水生喊出声之后，立即转写女人的反应。睁眼、咧嘴、转身，语言平实、简练，不用任何比喻，却蕴含了情感的波澜。这可以说是纯熟的白描技巧了。

前面说过，孙犁是时刻将鲁迅牢记在心的。《芦花荡》里那个"过于自信和自尊"的老头儿，被敌人所激怒，竟然独自一人将鬼子诱下布满钩子的水中，然后"举起篙来砸着鬼子们的脑袋，像敲打顽固的老玉米一样"④。这种描写，简直就是对孙犁自己四年前介绍过的鲁迅的"打落水狗战术"的小说化再现："敌人跌到了水沟里，就成了一个落水狗。狗在水里挣扎，鲁迅站在岸上，用长竿再把它按进水底，一直到狗停止了呼吸，再不会陷害人、出坏主意。"⑤

当孙犁以"留在记忆里的生活，今天就是财宝"的心态深情追忆战争年

① 孙犁：《芦花荡》，《孙犁全集》第1卷，人民文学出版社2004年版，第137—138页。

② 孙犁：《秋千》，《孙犁全集》第10卷，人民文学出版社2004年版，第20页。

③ 孙犁：《嘱咐》，《孙犁全集》第1卷，人民文学出版社2004年版，第211页。

④ 孙犁：《芦花荡》，《孙犁全集》第1卷，人民文学出版社2004年版，第143页。

⑤ 孙犁：《少年鲁迅读本》，《孙犁全集》第1卷，人民文学出版社2004年版，第27页。

代的经历时，他一定是想起了鲁迅回忆幼时"乐园"所用的著名句式（"不必说……，也不必说……，单是……就……"），才会如此写来：

> 关于行军：就不用说从阜平到王快镇那一段讨厌的沙石路，叫人进一步退半步；不用说雁北那趟不完的冷水小河，登不住的冰滑踏石，转不尽的阴山背后；就是两界峰的柿子，插箭岭的风雪，洪子店的豆腐，雁门关外的辣椒杂面，也使人留恋想念。①

在这样流利的句式中，艰难的行军和平常的吃食，并不给人粗劣的体验。这正印证了普希金那句著名的诗："而那过去了的，就会成为亲切的怀恋。"

从学生时代到战争年代，孙犁对鲁迅形象的理解当然是有所变化的，但他在创作过程中追随和学习文学家鲁迅的志向却一直未变。当然，鲁迅之于孙犁的意义，绝不只表现为细微的技法指导，更有创作观念和方法论的启示。鲁迅在总结短篇小说的创作经验时曾经说过："宁可将可作小说的材料缩成Sketch，决不将Sketch材料拉成小说。"②或许是因为战争年代手边缺少文献资料，孙犁在40年代没有提过Sketch这个说法，但他在50年代得以全面阅读鲁迅之后，无疑认真琢磨过鲁迅提出的这条经验。这样也就可以解释，为何他不仅在1950年用"速写"来评价自己的创作，直到1977年还说"短小精悍是文学艺术的一种高度境界……鲁迅先生翻来覆去地劝告初学，要把文章缩短，不要把它拉长，要把稿子放一放，多改几遍，把可有可无的字、句、段删去。可惜能体会这一点的人并不十分多"③。如果说，孙犁40年代初期的作品之所以成为"速写"，主要是受限于战争年代写作环境的不安宁以及受制于自身创作经验的相对不足，那么，他在40年代中后期的写作，不管是从外在条件和自身经验方面，都有可能告别相对粗糙的速写形态，甚至臻于艺术上的成熟。孙犁的名

---

① 孙犁：《吴召儿》，《孙犁全集》第1卷，人民文学出版社2004年版，第263页。

② 鲁迅：《二心集·答北斗杂志社问——创作要怎样才会好？》，《鲁迅全集》第4卷，人民文学出版社2005年版，第373页。

③ 孙犁：《关于短篇小说》，《孙犁全集》第3卷，人民文学出版社2004年版，第503页。

篇《荷花淀》和《芦花荡》均诞生于1945年的延安，《嘱咐》和《光荣》问世于解放战争期间，《山地回忆》和《吴召儿》则写成于新中国成立之初，就都说明了这一点。

在相对安宁的写作环境中，孙犁自觉不自觉地对曾用过的写作素材加以重新审视，以至于出现这样的情形："有一些地名和人名，后来也曾出现在我写的小说里……但内容并不重复。是因为我常常想念这些人和这些地方，后来编给它们一个故事，又成一篇作品。"①比如，他在《琴和箫》中写过，有一对夫妇先后为革命或牺牲或奔赴延安，而"我"曾受托照顾过他们的孩子大菱和二菱。分别之后，音信全无。后来却无意中听一位老船夫说起，曾有两个女孩儿在他船上死得很惨。老船夫非常悲痛，立志此后与敌人斗争到底。正是以这则素材为基础，孙犁后来又"编"了一个故事，写成了《芦花荡》。在后来的故事中，老船夫护送两姐妹时，大菱意外负伤，而二菱则在第二天见证了老头儿只身复仇的英雄行为。从素材变为故事的改写过程中，战争年代的残酷似乎被过滤了，抒情的意味却从快意但并不惨烈的复仇场景中漫溢开来。如此这般的"改造"生活现实，显然是孙犁"要表现，更要推进"的创作意图所致。再如《第一个洞》写杨开泰斗志昂扬，一面从事劳动生产，一面又趁夜间挖凿地洞，每次都是天亮时分才精疲力竭回到家里，等着老婆伺候吃喝。女人怀疑、气恼甚至跟踪他。最终真相大白，双方消除误会，归于理解与相互支持。小说《"藏"》只是将人物换成了新卯和浅花夫妇，但多出了浅花临盆的细节。新卯顾不上体贴待产的妻子，浅花身怀重孕反而要体贴丈夫，这就突出了新卯在抗日事务上的心无旁骛，也写出了浅花作为乡村女性在这背后的付出与坚韧。那个最终在地洞里出生的孩子被命名为"藏"，以及她所发出的"悲哀和闷塞的"哭声，也就成了冀中人民在深重苦难中不懈斗争的高度象征。此外，出身贫苦、敢于斗争又积极生产劳动的香菊姑娘，先后在《香菊》《浇园》和《村歌》中多次出现。与此相似的是，张秋阁在《张秋阁》中首次出现，而到了

---

① 孙犁：《农村速写·后记》，《孙犁全集》第2卷，人民文学出版社2004年版，第229页。

《种谷的人》中改为"秋格"。出身不好却要求进步的大妮，起初是随张秋阁一同出场，后来成为中篇小说《村歌》的主角双眉。远的爱人深夜转移时，陷落水井而牺牲；这一不幸的结局，后来又落在《风云初记》的李佩钟身上。[①]《光荣》曾叙述秀梅和原生从一个来路不明的逃兵那里"卡枪"，这是他们斗争生涯的光荣起点：自此，原生扛起枪去打仗，而秀梅则在村里劳动生产、参加各种抗日工作。《风云初记》重现了卡枪的细节，但改为春儿用粮食和衣物换取了逃兵的枪。春儿的善良和勇敢得到了体现，而逃兵的来历也交代得更清楚——他是被不抵抗的命令从前线拉下来的。由此，这个细节就生长出了丰富的内涵：以春儿为代表的贫苦农民子弟，以自发的抗敌热情，从有枪却不抵抗的人那里接过了革命的武器，这无疑是对不抵抗政策的嘲讽。不仅如此，这个逃兵后来又随着"中央军"回到子午镇，还窜入老大娘家索要"慰劳"。据他自述，他本来是要回东北参加抗日联军的，半路上又被国民党抓住并骗去"北上抗日"。由于他深感自己有负当年送他粮食衣服的姑娘，所以经过老大娘的一番开导教育，他立即如梦初醒，羞惭而退。这个去而复来、来而复去的逃兵，固然体现了孙犁在小说结构上的某种严谨，但更多地透示了意识形态对于抗日叙事的潜在改造。

孙犁的改造或改写在意识形态层面的得失，本文暂不深究。应该指出的是，经过多次"旧事重提"或"故事新编"式的历练，孙犁自觉不自觉地接过了鲁迅所提炼出的两个创作命题："杂取种种人，合成一个"和"选材要严，开掘要深"。再以《山地回忆》为例，孙犁曾回忆，当初行军到达一个小村庄，他去大锅里洗碗，差点被突然飞起的大锅重伤，而去河边洗脸又与在下游洗菜的一个妇女发生了争吵，为此心情很是不快。《山地回忆》也写到了"我"在河边洗脸与人发生争吵，但对方已变成一个姑娘；争吵之后不只有相互理解，还引出了"我"与她家人的相识相处，进而表现了军民鱼水情深。对此，孙犁解释道："小说里那个女孩子，绝不是这次遇到的这个妇女。这个妇女很刁泼，并不可爱。我也不想去写她。我想写的，只是那些我认为可爱的

① 孙犁：《远的怀念》，《孙犁全集》第5卷，人民文学出版社2004年版，第86页。

人，而这种人，在现实生活中间，占大多数。她们在我的记忆里是数不清的。洗脸洗菜的纠纷，不过是引起这段美好的回忆的楔子而已。"又说："我虽然主张写人物最好有一个模特儿，但等到人物写出来，他就绝不是一个人的孤单摄影。《山地回忆》里的女孩子，是很多山地女孩子的化身。"①这就很自然地让人联想起鲁迅对于人物塑造的看法。鲁迅总结"作家的取人为模特儿，有两法"："一是专用一个人，言谈举动，不必说了，连微细的癖性，衣服的式样，也不加改变"；另一种，也是常为鲁迅本人所用的，则是"杂取种种人，合成一个"。鲁迅不无幽默地指出，第一种虽"比较的易于描写"，但若直接将生活原型搬入小说中，恰好此人在书中又是"可恶或可笑的角色"，则作者恐怕容易被认为是在报私仇。②这里看似说笑，实则表达了严肃的艺术见解：生活是生活，小说是小说；生活要写进小说，必得经历一番改造。然而，对初学写作者来说，他们最初可能都会近乎本能地采用"专用一个人"的写法，也即从身边最熟悉的人和事写起。等到语言表达渐趋熟练，艺术感觉渐趋敏锐，艺术的触角才有可能从当下熟悉的生活伸进相对陌生的领域。他们可能都得经历一段或长或短的时间，才能完成从"专用一个人"到"杂取种种人，合成一个"的艺术转变。这个转变的过程，也就是从贴近、观察、摹写、反映现实到想象、虚构、融合、创造形象的过程。这个过程的展开和推进，自始至终都要求严肃专精的艺术态度——这就是鲁迅所说的"选材要严，开掘要深"。也就是说，"杂取种种人"和"开掘要深"，是同一过程的两个方面。孙犁的上述表现，正好证明了这一点：每一次对既往人事的重写或改写，都伴随着更多的审美诉求。

由上可见，孙犁的小说不只在人物塑造与刻画技巧方面表现出与鲁迅之间的深切关联，更在不断开掘生活的过程中接近并传续了鲁迅的文学命题。不妨说，小说家孙犁的生成过程，正是其不断体认并实践鲁迅文学经验的过程。

---

① 孙犁：《关于〈山地回忆〉的回忆》，《孙犁全集》第5卷，人民文学出版社2004年版，第50、54页。

② 鲁迅：《且介亭杂文末编：〈出关〉的"关"》，《鲁迅全集》第6卷，人民文学出版社2005年版，第537—538页。

第三节　女性之美与出走的娜拉

一个女孩子是许多女孩子的化身，孙犁此话当然是对鲁迅"杂取种种人，合成一个"经验的服膺与再现。然而，也正是这句话，显示了孙犁特有的审美偏好：他是十分善于感知、发现、捕捉并呈现年轻女性之美的。这点不仅区别于鲁迅，也区别于同时代许多作家。孙犁的"抗日小说"中，几乎每一篇都跃动着年轻女性的倩影。他所说的"极致"之美中，固然有抗日战争所激发的军民团结、御侮杀敌的道德正义之美；也有无私忘我、甘于奉献的人性人情之美；但必然不可缺少勤劳、贤惠、柔韧、灵动的年轻女性之美。甚至可以说，这种年轻女性之美，乃是"极致"之美最重要的构成因素。前文已经论及，孙犁在众多年轻女性形象身上，发现了抗日战争所赋予她们的共同的时代美。对于年轻女性之美的发掘与表现，使得孙犁的"抗日小说"获得无可替代的明媚秀丽的抒情品格，这是孙犁对于抗战小说乃至整个中国现代小说的一个突出贡献。但要说到这类小说终究缺乏慷慨悲歌之气，或者苛刻地说，根本无法与冀中军民抗战的悲壮惨烈相配，其重要根源，恐怕还是得追究到孙犁的审美倾向。

对于这一点，孙犁自己其实是有所意识的。1950年初，孙犁写完《小胜儿》（这篇小说照例表现了女性之美）之后，在给同为作家的好友康濯的信中说道："此后，我想有意识地不再写关于女孩子的故事了，我要向别的生活和别的心灵伸一伸我的笔触，试探试探。愿这是我写作生活的一个划界，以后或是能写得更多更广宽有力，或是不能再有所施为——这些决绝之辞——我想也只能对你讲讲。"[①]孙犁似乎正在反省，自己作品的格局相对窄小，可能与多写女性形象有关。所以他才对知己表露出决绝的意图：哪怕什么都写不出来，他也要以写得更广宽有力为追求。两个月之后，他在另一处又公开表示，对于那些萦绕心头的人物，希望今后能"写出比较全面的，比较符合他们伟大的面貌的作品"[②]。这显然是对"写得更广宽有力"的再次表达。然而，从孙犁的

---

① 孙犁：《致康濯》，《孙犁全集》第11卷，人民文学出版社2004年版，第29页。

② 孙犁：《农村速写·后记》，《孙犁全集》第2卷，人民文学出版社2004年版，第229页。

写作实际来看，他在这年所发表的小说如《正月》《看护》和《秋千》等，仍然是在"写关于女孩子的故事"。即便是后来完成的长篇小说《风云初记》和中篇小说《铁木前传》，也很难说是以"壮阔"的历史画卷取胜，而仍是以对女性形象的细腻刻画见长。这初看上去有些讽刺意味，但实际上不过是说明：长期以来所形成的创作个性，并不是一个决心就能轻易改变的；孙犁如此，其他作家也是如此。

孙犁之所以爱写、善写柔美而不失坚韧的女性形象，至少有以下几方面的原因：自幼病弱，气质逐渐趋于沉静；从小好读《红楼梦》，由此结识了许多可亲可爱的女性，也培养了善于发现女性美的眼力；战争年代多在"二线"从事文化宣传工作，所接触者多为女性。鲁迅虽也曾塑造过单四嫂子、祥林嫂、爱姑和子君等女性形象，但终究是以对农民和知识分子的普遍关注为特色。粗略看去，孙犁所建构的女性形象长廊，与鲁迅的文学遗产之间并无直接关联，但鲁迅所提出的"娜拉走后怎样"的命题，却在孙犁这里得到了一定程度的接续和发展。

早在1942年，孙犁就写成了《走出以后》。这篇小说不只从标题上使人想起鲁迅的命题，其主人公更是一个战争年代出走的娜拉。南郝村的小姑娘王振中，由于家境穷苦，很小就被许给黄家；娘家看着兵荒马乱，赶紧送她过门。她公公曾经是个恶霸，当时迫于形势，阳奉阴违，成了村里"有名的顽固分子"。王振中在婆家听的是闲言碎语，在外面也不能理直气壮，于是她决意离开这个家，请求"我"写信推荐她去投考军队卫校。当被问及是否和婆家妥善沟通过，她虽红了脸，回答却很坚定："这是我情甘乐意，谁也管不了我。"[1]这回答像极了鲁迅笔下的子君："我是我自己的，谁也没有干涉我的权利！"王振中就这样走了，还如愿考上了。婆家千方百计要她回去，就连队长也建议她先回去看看，她都是坚决拒绝；而且，她已经想好了彻底解决问题的办法——向县政府提出解除婚约。王振中最后会怎样呢？孙犁没有给出回答。从小说的叙述语调来看，他对王振中的走出是欣赏的。同年写成的《老胡

① 孙犁：《走出以后》，《孙犁全集》第1卷，人民文学出版社2004年版，第336页。

的事》中也有一个年仅十七岁的姑娘，可她参加军队已经四年了。小说借老胡之口，对这个姑娘和房东家的姑娘发出了高声礼赞："在老胡心里，那个热爱劳动的小梅和热爱战斗的妹妹的形象，她们的颜色，是浓艳的花也不能比，月也不能比；无比的壮大，山也不能比，水也不能比了。"①这样热烈而几乎毫无保留的言辞，在孙犁的所有作品中都是空前绝后的。表面看来，这似乎意味着孙犁在女性审"美"标准方面的宽容：他既欣赏那些敢于走出家庭并在广阔天地绽放青春活力的女性，又欣赏那些坚守家中从事劳动生产的温顺贤良的女性。然而细究起来，前者之美属于张扬的美，后者之美属于保守的美；前者之美须以现代启蒙话语为支撑，后者之美则归附于传统美德。这两者非但不可能等量齐观，反而有着潜在的相互矛盾。但是，在动员一切力量为抗战服务的时代大背景下，孙犁用"光荣"作为至高无上的、无可置疑的价值标准，消弭了那种潜在的矛盾。

情况正是如此：无论是在外奔波作战还是在家劳动生产，只要是热情而积极的，就都是光荣的。但凡"光荣"的女性，孙犁必定能在她身上发现年轻女性青春洋溢、活力四射之美。与此相对的则是"落后"的女性，她们很难从孙犁笔下获得女性的美感。他很早就在《懒马的故事》里写过一个懒婆娘：她不只好吃懒做还刁蛮撒泼；分配她为军队做一双鞋，她竟然花了十天；大家做成五百双鞋一起送到军队，就她这双无人愿领。小说的叙述者毫不掩饰地说，这个马兰应该倒过来叫"懒马"。这样的女人，当然只配有一副"每日里是披头散发，手脸不洗，头也不刮"②的尊容。后来，虽然孙犁改正了这种漫画式的笔调和略显粗暴的语气，改为多用"落后"一词，但在相当长的一段时间内，他笔下的落后女性仍然无法有幸获得美貌。她们要么就像《麦收》里的张秀玲一样容貌不详，要么就像小五一样毫无光采："就是在她高兴的时候，她的眼皮和脸上的肉也是松鬈地耷拉着。"③

孙犁所着力表现的女性美，既非仅仅合乎启蒙话语的女性自由解放之美，

① 孙犁：《老胡的事》，《孙犁全集》第1卷，人民文学出版社2004年版，第356—357页。
② 孙犁：《懒马的故事》，《孙犁全集》第10卷，人民文学出版社2004年版，第16页。
③ 孙犁：《光荣》，《孙犁全集》第1卷，人民文学出版社2004年版，第175页。

也不是纯然的性别特征之美感，而是由传统道德观念和现实功利需求混合生成的特殊美感。这种混合生成的机制，本来颇可见出孙犁审美心理的复杂以至矛盾之处，却因为"光荣"的掩盖，而被诸多论者评价为明朗而单纯的抒情倾向。实际情形是：一旦至高无上的"光荣"相对淡化，这种复杂以至矛盾之处，就无可回避地显露出来。

小说《钟》较早触及女性解放命题的复杂性。孙犁选取年轻的尼姑慧秀作为表现对象，叙写她在恶毒师父的粗暴对待和恶霸林德贵的觊觎之下的艰难生存，这本身就"天然地"具备"反封建"的启蒙意义。正处妙龄的慧秀毫无保留地爱上了一无所有的大秋，大秋却在突如其来的革命风潮中当上了农会主席。在慧秀艰难地决定生下孩子的夜晚，林德贵恶作剧地敲响了钟。钟声提醒了大秋，他本想去看慧秀，却又以"这不是正确的，不要再做这些混账事"[①]阻止了自己。孩子夭折了，大秋当上村长了，慧秀也还俗了，还参加了抗日工作。但她为了保护那口钟，也为了保护大秋，身负重伤。慧秀的敢于斗争、不怕牺牲，与其说是为了"光荣"，还不如说是出于对大秋的爱。或许是为了安慰这个孤独而坚强的追求者，小说最后安排"大秋提出来和她结婚。组织上同意，全村老百姓同意"[②]，而毫不叙及大秋如何完成巨大的心理转变。这个突兀而光明的尾巴说明：对于慧秀这样勇敢地追求解放的女性，孙犁尚未想好该让她走向何处。在这个意义上，结婚或许不失为一种"出路"。可是，这就是女性追求解放之路的终点吗？原本要"改过自新"的大秋，又是如何回心转意，同意与慧秀结婚的呢？这些问题，在作品中都无法获得圆满解答。

在新中国成立以后写成的《村歌》《风云初记》和《铁木前传》等作品中，孙犁延续了对女性解放命题的思考。《村歌》叙述张岗村在新中国成立前夕发动斗地主、分果实、成立互助小组的过程。这里自然有香菊这样贫农出身的积极分子，也有大顺义、小黄梨这样的落后分子，但双眉的出现，突破了孙犁以往惯用的"光荣／落后"二元对立模式。双眉一出场，就故意以笑声引起

① 孙犁：《钟》，《孙犁全集》第1卷，人民文学出版社2004年版，第302页。
② 孙犁：《钟》，《孙犁全集》第1卷，人民文学出版社2004年版，第311页。

老邴区长的注意："这姑娘细长身子，梳理得明亮乌黑的头发，披在肩上；红线白线紫花线合织的方格子上身，下身穿一条短裤，光脚穿着薄薄的新做的红鞋。"她对自己的吸引力是很自信的，所以"准备好一个姿势，才回过脸来。她好像早就测量好了方位距离，一眼就望到区长的脸上，笑了笑"，施施然离去。老邴似乎为"她的脸在太阳地里是那么白，眼睛是那么流动"所魅惑，跟了出去，却见她又回头一望。这样公然招引领导干部的行为，显然并不"光荣"；可是从小说的描写来看，她又分明有某种惑人的美。等老邴跟进她家之后，她却先问了一句："你有事吗，区长？"看老邴讪讪欲退，她才主动出击，提出要和他"讨论讨论"。①直到老邴带着疑惑回来，小说才借香菊之口道出双眉的问题：她出身不好，却很好胜，说话刻薄；她参加过剧团演过戏，又因爱说笑、好打闹、讲打扮而被人造谣说是"流氓"；她做活利落，却没有生产组愿意吸纳她……在老邴的坚持下，县里下来的王同志破例允许双眉与一班"落后"的女性单独成立一个小组。双眉果然如老邴所愿，赌气做出了一番成绩：她努力克服自己的刻薄，团结同组的成员，积极参加劳动和斗争；她先是当上了"秋收大队长"，后又提出申请入党。她可能永远都无法完全改正自己的缺点，如同任何流言都无法完全遮没她张扬的美。小说在结尾处写到，因为要演戏慰劳伤兵，双眉再次登上戏台绽放了她的美："双眉唱着，眼睛望着台下面。台下的人，不挤也不动，整个大广场叫她的眼睛照亮了。她用全部的精神唱。她觉得：台上台下都归她，天上地下都是她的东西。"②如果说王同志等人对双眉的非议，是出于老旧的道德观念，那么老邴区长对双眉的帮助和支持，却是出于政治正确的考虑。两者的共同点则是，双眉有着张扬的美，令人无法忽视。唯有叙述者正视了这种张扬的美，并写出它在双眉追求独立、改变自我形象的过程中达到了某种"极致"。笔者以为，在这错综复杂的关系背后，不仅显示出孙犁对于女性真正获得解放的思考，也表现出对于启蒙话语的价值认同。孙犁在此隐约传达出某种极端的观念：女性之获得解放的过程，也

---

① 孙犁：《村歌》，《孙犁全集》第2卷，人民文学出版社2004年版，第4—5页。

② 孙犁：《村歌》，《孙犁全集》第2卷，人民文学出版社2004年版，第75页。

就是其张扬女性之美的过程。

小说《风云初记》中的女性形象，依然可分为几种类型：一是以秋分为代表的光荣之美、传统之美。她与高庆山结婚不久，丈夫就因为革命暴动失败被迫出逃。丈夫一去十年全无音信，她毫无怨言，日夜守望。丈夫以红军干部的身份回到家乡动员备战，她又是深明大义，全力支持。二是以俗儿为代表的落后形象。她明明有着迷人的外表，却风流成性不务正业；她也一度参加革命，但终因难改根性而蜕化堕落，甚至破坏抗日大局。这是一种堕落的"美"。三是以春儿和李佩钟为代表的解放的美。春儿虽是穷苦出身，却聪明灵动，富有远见。她明明与芒种情投意合，但并不急于收获爱情之果，还全力鼓舞芒种去当兵打仗。她不只在村里积极参加抗战工作，努力学习文化，且终于成功申请入党，更勇敢地走向了广阔天地，在革命队伍里成长为一名八路军女干部。到此为止，春儿作为女性的解放历程，似乎到达某种"极致"了。不过，孙犁仍然注意到她作为年轻女性的心理复杂性，所以他会让春儿在行军转移的过程中止不住地想念芒种："这种牵挂使她痛苦地感到：她和芒种的不分明的关系，是多么需要迅速地确定下来啊！"[①]耐人寻味的是，虽然她后来以区委干部的身份回村参与斗争，但她并没有等到与芒种确定关系的那一天。确切地说，是因为小说后来戛然而止，以致读者无法看到那一天。更有意味的是，小说的叙述者在最后一节提到了春儿和芒种的事，终究还是未给出结局。他不无歉意又像是自我辩解地写道：

> 我们的整个故事，好像并没有结束。但故事里的人物，将时时出现在我们的眼前，走在我们的身边。你尽可以按照你自己的学识和见地、阅历和体会、心性和理想，去判断他们每个人在将来的遭遇和结果。
>
> 不过，有些关于李佩钟的故事，我想在这里告诉读者一下。李佩钟，在我们的故事里，并不是头等重要的人物。但是，一篇故事的作者，对待

---

① 孙犁：《风云初记》，《孙犁全集》第4卷，人民文学出版社2004年版，人民文学出版社2004年版，第367页。

他的人物，似乎不应该像旧社会戏班的班主对待他的演员，有什么重视和忽视的分别。有些细心的读者，除去关心芒种和春儿是否已经结婚，也许还关心着她的命运。[①]

笔者以为，这种"开放式的"结局，主要不是出于留下悬念的考虑，[②]而是孙犁对于女性解放命题的持续思考所致。从慧秀温顺地以结婚作为女性解放的终点，到双眉一直不无骄傲地张扬自己的女性美，再到革命者春儿和李佩钟的解放的美，孙犁笔下的女性在追求解放的道路上越走越远，形象也越来越完美。这样也就使得孙犁为她们的"结局"而费尽心思、辗转反侧。孙犁的苦心，充分地体现在对李佩钟的塑造上。这可以说是孙犁笔下真正的娜拉。戏班主出身的李菊人，霸占了唱青衣的演员，生下了她；又因李菊人与大地主田家是朋友，所以很早就给她与田耀武定了亲。这样的出身使她带有某种阶级"原罪"，可她又考进了师范，并因阅读文艺书籍而向往革命。抗日运动兴起，她先参加了救国会，又从政治训练班毕业，并被新政权任命为县长。与春儿等工农大众出身的革命者相比，李佩钟不仅要以背叛"双重的封建家庭"为出走的前提，每前进一步还得经受如当堂审判公公这样的严峻考验。春儿的爱情伴随着革命风潮而自然趋于成熟，李佩钟却只能将情感的苦痛深埋心底，因为她爱的是有妇之夫高庆山。更严重的是，李佩钟固然诀别了封建旧家庭，但作为知识女性，其言行举止又不可避免地流露出一定程度的"小资产阶级"的气息：在返乡任职的路上，她唱了一路的歌；她讲究吃穿打扮，还有情趣养花；她很容易就为每一次新的变化、新的体会而感动落泪；如同她对革命的浪漫憧憬萌

---

① 孙犁：《风云初记》，《孙犁全集》第4卷，人民文学出版社2004年版，第444页。

② 另一个值得重视的原因是，在写作《风云初记》期间，孙犁的"病"与时代的"病"之间的关系。（可参见程桂婷：《当也论孙犁的病》，《文艺争鸣》2009年第6期。）再看《风云初记》最末所署之日期，可以推知，这本书并非一气呵成之作。事实上，该书是边写边出的，这从它曾出过第一集单行本、第二集单行本、第三集单行本、一二集合本、一二三集合本以及全本等多个不同的版本（见《孙犁全集》第4卷之"本卷说明"）即可得到证明。总之，这个时断时续、边写边出的过程，既体现了孙犁严肃谨慎的写作态度，也是"病"的干扰和所致。《风云初记》之没有"后记"，《铁木前传》之没有"后传"，恐怕也都与"病"有关。限于本文论题，此处不再深入探究。

发于文艺书籍，她对高庆山的感情，也很难说没有被对方身为长征干部所体现的"光荣的革命传统"所吸引的成分……但她毕竟是勇敢的，她孤独而艰难地走在女性寻求自身解放的路上。由此也就不难理解，尽管孙犁没有让她作为主要人物，还是掩饰不住对她的偏爱，甚至在尾声部分以"不过""也许"这样委婉的措辞，提醒读者顺带关心她的命运。尽管他坦承"用了很多的讽刺手法"去写"她的性格带着多少缺点"，但他终究用了抒情的笔墨描画她的美："她那苗细的高高的身影，她那长长的白嫩的脸庞，她那一双真挚多情的眼睛，现在还在我脑子里流连。"①

再说李佩钟的死。由于敌人的扫荡，地委机关被冲散，她独自一人携带一包机密文件谋求转移，失足陷落于旷野的水井中。她在冻死前还用手掘出一个小洞，使机密文件得以完好保存，但她自己的尸体直到次年才被人发现。尽管孙犁后来曾经交代，落井而死这一细节是挪用自朋友的爱人的真实悲剧，但多数读者恐怕还是会觉得，这样的牺牲来得有些突兀，甚至不太必要。李佩钟的死固然令人惋惜，但从孙犁探求女性解放的历程来看，这实在有某种必然性。她既然不可能以结婚作为幸福的终点，②又同时带有封建家庭出身的原罪和小资产阶级知识分子的气息，③那么，让她牺牲而将她的名字刻在抗战烈士纪念碑上，就是孙犁对她最好的呵护与成全：虽说死于非命，但她的女性之美得以存留，她的追求解放之路并未终止。

与此相映成趣的，是《铁木前传》对小满儿的刻画。与李佩钟一样，小满儿也远非小说中的主角。她出身于"一户包娼窝赌不务正业的人家"④，又承受了不幸的包办婚姻，但她竟敢离家出走，躲到姐姐家，再不回去。她的精

---

① 孙犁：《风云初记》，《孙犁全集》第4卷，人民文学出版社2004年版，第445页。

② 她对母亲说过："我自己已经饱尝婚姻问题的痛苦，我不愿再将这痛苦加给别人。"见《孙犁全集》第4卷，人民文学出版社2004年版，第172页。

③ 从50—60年代的文学规范来看，这类带有双重阶级"原罪"的人物，只有经历漫长而艰难的"改造"过程，才能被时代政治所认可。比如《青春之歌》中的林道静，其家庭出身和感情经历，都与李佩钟颇为相似。但是，杨沫不仅让她在残酷的考验中不断改造自我，还非常配合地根据小说初版后的批评意见，让林道静进一步接受改造。相比于杨沫的"勇敢"，孙犁的抒情气质显然要"柔弱"得多。他不太可能忍心让李佩钟她们去走林道静那样的路。

④ 孙犁：《铁木前传》，《孙犁全集》第2卷，人民文学出版社2004年版，第97页。

灵古怪中带着点泼辣，又使她的俊俏美丽愈发招人耳目。她是凡事都不关心的"落后分子"，却对村里宣传婚姻法非常关注。她无可遮掩的美以及并不"积极"的表现，显然与自幼备受老父宠爱、长大后"不务正业"的六儿非常相配。这两人的结合，显然冲散了六儿与九儿青梅竹马的良缘，而小说的叙述者并未流露"责怪"任何人的意思。但是，孙犁对小满儿（顺带也包括六儿）的偏爱是显而易见的。当黎老东带着发家致富的梦想，精心打造了一架大车，让六儿出远门去拉货的时候，孙犁安排小满儿抱着一个小包裹在路边等候。小满儿与六儿一道驾车去了远方。他们还会回来吗？会获得属于他们的幸福吗？孙犁只是以对"青春"的"舵手"的礼赞结束了全篇："你希望的不应该只是一帆风顺，你希望的是要具备了冲破惊涛骇浪、在任何艰难的情况下也不会迷失方向的那一种力量。"①孙犁并不试图批评这种行为，只是善意地提醒她不要迷失方向。令人讶异的是：如果要确认小满儿形象的美感，则必须借助"五四"以来的启蒙话语，而绝非传统道德观念；即便是孙犁一度熟练运用的"光荣"，对此也无能为力。在持续探求女性解放和表现女性之美的道路上，孙犁无疑表现出了突破自我的艰巨努力。在个性解放的声音几乎被现实政治功利话语完全淹没的年代，孙犁的这种努力实属鹤立鸡群。

　　但小满儿毕竟不同于李佩钟，如果身边没有情投意合的六儿，她的步子可能就不会迈得更远。所以，小满儿终究不是出走的娜拉。事实上，在当时的条件下，小满儿与六儿的大车能驶向何处，是很值得追问的。鲁迅在阐释"娜拉走后怎样"时指出，娜拉"不是堕落，就是回来"②。集体化的时代政治当然不会坐视小满儿"堕落"，何况她身边还有六儿可以依靠。但是，万一他们竟然"回来"了，则他们先前的出行就不过是一次任性的旅游。鲁迅还曾以《海上夫人》为例说明，假如女性能得到自由选择爱与不爱的自由，那么她或许也可以不出走的。小满儿逃到姐姐家，拒绝再回婆家，并与六儿相爱，这实际上已近于争得某种"自由"。她本来可以不走的，但周围的闲言碎语以及新来干

---

①　孙犁：《铁木前传》，《孙犁全集》第2卷，人民文学出版社2004年版，第149页。

②　鲁迅：《坟·娜拉走后怎样》，《鲁迅全集》第1卷，人民文学出版社2005年版，第166页。

部对她的"帮助",又使她不得不走。不过,我们必须看到,这个时代既然不会坐视小满儿和六儿的"堕落",也就不会放弃对他们的"帮助"。从这个意义上说,孙犁为他们安排的这次出走,其根本原因,不可能是出于一种彻底的启蒙理念,而不过是尝试着在集体化的政治时代探求着别样的可能。这别样的可能,就是以较为宽松和温和的人性人情,去理解小满儿和六儿的行为选择。不妨设想,倘若小满儿不被视为落后分子了,或者她从开头就未承受不幸的家庭出身和包办婚姻,则她无论去往哪里,就都只是旅游而不是出走。

因此,小满儿形象塑造的意义及效果,并不在于宣示决绝的启蒙姿态,而在于唤醒温热的人性人情。由此上溯,孙犁此前所刻画的出走的女性身上,都有这种温热的抒情的气息。也就是说,孙犁在表现女性之美的途中,虽一度与鲁迅所提出的"娜拉走后怎样"命题相会,但他们的方向终究是不一样的。鲁迅极力"揭出病苦,引起疗救的注意"[1],孙犁却要表现"光荣"并发扬人性人情之美;鲁迅往往是沉郁冷峻的,孙犁却是温热和煦的;鲁迅时常被安特莱夫式的阴冷所环绕,孙犁的抒情则让人感到屠格涅夫式的明丽……但是,他们都写出了属于各自时代的"充溢着血泪、抗议、热情的文章"[2]。甚至可以说,孙犁之"血泪、抗议、热情"的精神源头,正是鲁迅。

第四节 "杂文思维"与小说家孙犁的"转型"

孙犁在上世纪50年代以前的作品,总体上以明快清丽为特色,但这并不意味着他缺乏感知复杂生活的能力。如《村歌》就在民众斗争胜利、亟待组织生产的背景下,触及了现实的复杂性:诸如老邴区长和王同志不同的工作方式所产生的不同结果;人们一方面有意无意地谣传双眉是"流氓"另一方面又本能地欣赏她所演的戏;如何帮助"落后分子";如何既保证"斗争果实"公平分

---

① 鲁迅:《南腔北调集·我怎么做起小说来》,《鲁迅全集》第4卷,人民文学出版社2005年版,第526页。

② 孙犁:《论通讯员及通讯写作诸问题》,《孙犁全集》第3卷,人民文学出版社2004年版,第43页。

配又不损害群众的积极性；等等。《铁木前传》写黎老东和傅老刚由知交到交恶，这一令人遗憾痛心的变化，实际上源于农民在翻身之后的不同心态：黎老东家境日佳，所以要走发家致富的个人道路；傅老刚从未真正好转，所以不会拒绝共同富裕的集体道路。《石猴》和《女保管》都以"平分杂记"为副题，前者写老侯同志在群众分浮财时未遑多虑，接受了别人送他的一个小石猴儿，用作烟荷包的装饰。这事不仅被领导老邴说是"侵占了农民的斗争果实"，还引发群众的猜疑和谣传。老侯竟因此被调到党校整风，而老邴被迫向贫农团代表作公开检讨。后者则借立场坚定、大公无私的女保管刘国花之口，提醒主持平分工作的李同志要深思熟虑、原则分明，不能随便"点头"。《秋千》也反映了硬性划定阶级成分的粗暴做法给热情上进的姑娘大绢所造成的精神伤害，所幸工作组重新学习领会了上级的报告精神，大绢才又活泼起来。

总体来看，这些作品都不同程度地揭示了某些现实问题，而孙犁的应对办法要么是求救于光明的尾巴，要么是以政治正确来弥合裂缝，唯有《铁木前传》暂无解答。孙犁在发现问题时所表现出的某种敏锐度，证明他不愧是鲁迅的追随者，而他的应对办法则说明他毕竟与鲁迅不同。这当然不是说孙犁必须以鲁迅为归趋方能修成正果，而是说他尚未与自己爱慕景仰的鲁迅产生真正的共鸣。而鲁迅早已理清文学与革命、政治之间的复杂纠葛："文艺和革命原不是相反的，两者之间，倒有不安于现状的同一。惟政治是要维持现状，自然和不安于现状的文艺处在不同的方向。"①这里的第一句话，很适合用来阐释孙犁那些"抗日小说"与革命年代的关系。第二句话，则可用于理解孙犁的"问题式小说"与抗战胜利以后的现实政治之关系。

在文艺和革命的方向"同一"的"光荣"年代，很少有作家能就文学与其周边之关系，作出鲁迅那样超越性的思考；孙犁也不例外。事实上，孙犁虽然在40年代初即已着手大规模地宣传鲁迅，但在战时环境下，他能掌握和读到的鲁迅著作及相关资料是极为有限的。比如，《鲁迅、鲁迅的故事》的下部，

① 鲁迅：《集外集·文艺与政治的歧途》，《鲁迅全集》第7卷，人民文学出版社2004年版，第115页。

"就是凭借我记忆的，别人写的有关鲁迅的材料，编写成鲁迅日常生活、日常言行的小故事"①。孙犁当时就遗憾地说，这是"一本极不完全，不能表达我对鲁迅先生的敬爱于万一的小书"②。幸运的是，新中国成立以后，孙犁终于有机会补救当年的遗憾了。

孙犁的补救工作，首先就是大量地阅读。他不仅全面地搜集、研读鲁迅的著作、书信和日记，还有意识地遵照鲁迅的"书单"去购买和阅读。鲁迅读书之"渊博"让孙犁叹为观止，使他的敬爱之心又增了几分，以至于将鲁迅书账奉为自己的购书指南：购入与否，购何版本，必以鲁迅之所是为是。如此日积月累，他终于不无欣喜地写道："昨日又略检鲁迅日记书账，余之线装旧书，见于账者十之七八，版本亦近似。新书多账所未有，因先生逝世后，新出现之本甚多也。因此，余愈爱吾书，当善保存，以证渊源有自，追步先贤，按图索骥，以致汗牛充栋也。"③他不仅自己有志于"追步先贤"，还多次劝告年轻作家多读鲁迅。孙犁另有一类"读作品记"，往往有意从年轻作家的作品中读出他们与鲁迅的关联，这一方面固然是"追步先贤"的必然结果，另一方面又有"昭示后人"的良苦用心。此外，尽管鲁迅并非职业编辑，孙犁却是不折不扣的职业编辑，但孙犁在编辑工作的态度、方法以至办刊的具体细节方面，仍是以鲁迅为"榜样"的。

从上世纪50年代直至90年代，孙犁对于鲁迅的阅读、学习和传扬，几乎是全方位的；借用他自己的话，就是"全面的进修"④。鲁迅不仅一直是孙犁借以阐释文学作品的光辉榜样，也是他借以看取现实的重要参照，更是他借以穿越幽暗、面对灾厄的精神支柱。得益于对鲁迅文学世界的全面观照（读鲁迅的

---

① 孙犁：《耕堂读书随笔·读〈文人笔下的文人〉》，《孙犁全集》第9卷，人民文学出版社2004年版，第398页。

② 孙犁：《〈鲁迅、鲁迅的故事〉后记》，《孙犁全集》第10卷，人民文学出版社2004年版，第399页。

③ 孙犁：《书衣文录·近思录》，《孙犁全集》第2卷，人民文学出版社2004年版，第431页。

④ 孙犁：《全面的进修——纪念鲁迅先生逝世十七周年》，《孙犁全集》第3卷，人民文学出版社2004年版，第447—451页。该文所谓"全面的进修"，指的是鲁迅既有思想方面也有行动方面的启示意义，具体表现在鲁迅的读书、创作、翻译和待人接物方面。

作品）及对鲁迅精神源头的努力探寻（读鲁迅读过的古书），孙犁重新发现了鲁迅。

极少有人注意到，孙犁自1950年起就一直表现出对杂文的特别重视。在一则表示要增多报纸副刊"读者来信"栏目的短文中，他竟然以"严峻的和实际的精神"，指出"我们很多作品是一种徒然的反映，空洞的颂歌"[①]。这不由让人想起鲁迅的判断：革命成功后，"也许有感觉灵敏的文学家，又感到现状的不满意，又要出来开口"[②]。那么，究竟该如何避免徒然和空洞呢？孙犁写道："因为我们对杂文的概念还局限在'旁敲侧击'、'幽默讽刺'这一狭隘的概念上，因此使得我们的杂文不能联系当前社会上主要的前进的现实动向，使得我们的思想漫谈只限于抽象地为小资产阶级思想意识诊病开方上……我们提倡和继续刊登杂文和思想漫谈，但对杂文，我们认为无论在这一文体上，无论在其反映的生活来说都是广泛而要求实际。鲁迅先生曾把生活速写、通信、读书笔记都列入杂文，其目的不过是说明：通过具体生活、具体事件人物，集中地尖锐地表达一种思想而已。在今天它更不限于幽默讽刺、旁敲侧击，这种表现法，实际上并不合乎我们伟大的建设的严肃的时代精神和工作要求。"[③]孙犁认为杂文的外延应该尽可能广泛，这点无须多说。[④]但是，他批评那种与当下需求不符的"表现法"，并不是说"旁敲侧击"和"幽默讽刺"对杂文是多余的；而是说，杂文若不能就具体人事现象集中而尖锐地表达思想，那么它就会流于无谓的"旁敲侧击"和"幽默讽刺"——孙犁这般迂回曲折，实际上是在辨识杂文的独特内涵，并努力为它在当下找到一个合法的位置。

在上世纪50年代初期的政治语境中，能够"合法"地探讨杂文及其内涵

① 孙犁：《关于"读者往来"》，《孙犁全集》第3卷，人民文学出版社2004年版，第367页。

② 鲁迅：《集外集·文艺与政治的歧途》，《鲁迅全集》第7卷，人民文学出版社2005年版，第120页。

③ 孙犁：《关于"读者往来"》，《孙犁全集》第3卷，人民文学出版社2004年版，第367—368页。

④ 在1977年的《关于散文》（《孙犁全集》第3卷，人民文学出版社2004年版）和1986年的《谈杂文》（《孙犁全集》第8卷，人民文学出版社2004年版）中，孙犁依然一如既往地强调杂文外延要广。

的机会是不多的。1952年，孙犁先后在两篇文章中谈到鲁迅的"讽刺"，这应当不是偶然。在纪念果戈理逝世时，孙犁写道："果戈理自然是一位杰出的讽刺作家。什么是讽刺？根据鲁迅先生的界说，讽刺的生命是热情，是对祖国和人民的爱，是对民族弱点的慈善智慧的鞭策，是对未来幸福生活的热烈的仰望。"①事实上，鲁迅的原话是"'讽刺'的生命是真实"，"如果貌似讽刺的作品，而毫无善意，也毫无热情，只使读者觉得一切世事，一无足取，也一无可为，那就并非讽刺了，这便是所谓'冷嘲'"。②孙犁这时正在全面研读鲁迅作品，本来不应当引错文字，但他却把鲁迅所说的"真实"改换成"热情"，并对鲁迅用作补充说明的"善意"和"热情"大加发挥：这颇能见出孙犁在当时情境下措辞的微妙和迂回之处。与此相似的是，他在另一篇纪念鲁迅的文中也谈到"讽刺"，这部分内容尽管只在文章末尾占据极少篇幅，仍然显示了孙犁重新认识鲁迅的努力。③再往后，孙犁自身的"病"与时代的"病"，都消磨了他继续探究"讽刺"的锐气与可能。

在小说创作方面，孙犁自1956年写完《铁木前传》，很长时间内再无新作问世。④他自己称之为"十年荒于疾病，十年废于遭逢"⑤。"文革"结束后，孙犁复出，大量写作散文，但极少写小说。他自己的解释是"我不愿意改变我原来的风格，因此，我暂时决定不写小说"⑥，或者说"看到邪恶的极致，我不愿意写"⑦。自80年代以来，孙犁断断续续发表了若干总题为"芸斋

---

① 孙犁：《果戈理——纪念他逝世一百周年》，《孙犁全集》第3卷，人民文学出版社2004年版，第394—395页。

② 鲁迅：《且介亭杂文二集·什么是"讽刺"？——答文学社问》，《鲁迅全集》第6卷，人民文学出版社2005年版，第340、341—342页。

③ 孙犁：《鲁迅的小说——纪念先生逝世十六周年》，人民文学出版社2004年版，《孙犁全集》第3卷。该文依次从思想、题材、白描、新鲜、讽刺几个方面探讨鲁迅的小说艺术。

④ 《风云初记》文末署有"一九六二年春季，病稍愈，编排章节并重写尾声"（《孙犁全集》第4卷，人民文学出版社2004年版，第446页），但这严格说来并非新作。

⑤ 孙犁：《信稿（二）》，《孙犁全集》第5卷，人民文学出版社2004年版，第132页。

⑥ 孙犁：《戏的梦》，《孙犁全集》第5卷，人民文学出版社2004年版，第164页。

⑦ 孙犁：《文学和生活的道路——同〈文艺报〉记者谈话》，《孙犁全集》第5卷，人民文学出版社2004年版，第241页。

鲁迅与20世纪中国研究丛书

小说"的作品。这批作品不仅数量上^①远远不及他此前的小说，风格上也迥异于此前：其取材叙事都有现实根据，不以"开掘要深"为追求，反而每每借篇末的"芸斋主人曰"直抒胸臆。若以孙犁一贯强调的广义杂文的概念来看，"芸斋小说"其实应该看作杂文。孙犁自己后来说："我晚年所作小说，多用真人真事，真见闻，真感情。平铺直叙，从无意编故事，造情节。但我这种小说，却是纪事，不是小说。强加小说之名，为的是避免无谓纠纷。"^②之所以"强加"杂文以小说之名，除了避免无谓纠纷，可能还有不甘彻底放弃小说创作的心理因素。然而，这些"小说"已不是当年的小说了。孙犁自己其实看得非常清楚："鲁迅晚年不再写小说，他自己说是因为没有机会外出考察……他心里是十分明白，小说创作与人生进程的微妙关系的。虽雄才如彼，也不能勉强为之的。他就改用别的武器，为时代战斗。"^③这话当然不只是孙犁对写不出小说的自我宽慰，还有他对杂文重要性的体认。从鲁迅的创作实际来看，他晚年不再写小说，却在杂文创作方面收获颇丰；孙犁也是如此。但若因此认为"杂文思维"会入侵甚至阻遏小说的创作，恐怕也是武断的。杂文与小说在创作思维上确实会有极大不同，但两者也可互相生发。即以鲁迅而论，其小说中"表现的深切"，未尝不可用于杂文，借以洞幽烛隐。其杂文所常用的"砭痼弊常取类型"笔法，则是训练有素的小说家自然而然的举动：敏锐地观照现实，熟练地刻画形象。以小说家"出身"而写杂文，孙犁运用得最为娴熟的技法也是捕捉类型、针砭时弊，即"取眼之所见、身之所经为题材；以类型或典型之法去编写"^④。散文要"以类型或典型之法去编写"，这与其说是孙犁重新发现鲁迅的结果，不如说是孙犁被鲁迅所发现的结果；或者说，是他们互相发现的结果。

---

① 据笔者统计，《孙犁全集》中被冠以"芸斋小说"名目的作品，共有22篇。写作时间从1981年至1991年为止。

② 孙犁：《小说杂谈·读小说札记》，《孙犁全集》第7卷，人民文学出版社2004年版，第238页。

③ 孙犁：《小说杂谈·小说与时代》，《孙犁全集》第6卷，人民文学出版社2004年版，第269页。

④ 孙犁：《无为集·后记》，《孙犁全集》第8卷，人民文学出版社2004年版，第463页。

从1979年的《晚华集》到1995年的《曲终集》，孙犁陆续出版了10部散文集。其中被冠以"小说"名目的文字共计22篇，不到20万字；就连孙犁自己也说过，这只是"强加小说之名"。我们当然不能由这组数据得出小说家孙犁的"终结"，但要说小说家孙犁已经完成了某种"转型"，应当是可以的。在此转型过程中，孙犁全面地研读鲁迅，并表现出对鲁迅杂文的特别重视，这与他以往阐释鲁迅的出发点、方式、归趋都有了极大不同。要而言之，孙犁每每以鲁迅为镜，洞察现实，反躬自省，以至形成一种特殊的"杂文思维"。也就是说，"杂文思维"的凸显，导致了小说家孙犁的"转型"。至于以"理书记""芸斋琐谈""耕堂读书随笔""耕堂题跋""书衣文录"等系列作品发扬光大了鲁迅的杂文体式；重视鲁迅的观点，但并不将之奉为圭臬；甚至明确指出"不能把鲁迅树为偶像"①；这些都是研究"杂文家孙犁"时的重要内容。

孙犁在他最后一本文集的后记中写道："人生舞台，曲不终，而人已不见；或曲已终，而仍见人。此非人事所能，乃天命也。孔子曰：天厌之。天如不厌，虽千人所指，万人诅咒，其曲终能再奏，其人则仍能舞文弄墨，指点江山。细菌之传染，虮虱之痒痛，固无碍于战士之生存也。"②一方面有人去曲终、听天由命的感伤，另一方面又努力以鲁迅式的战士精神自勉。这实在是一个意味深长的句号。就孙犁的整个创作历程来看，尽管他从早年的小说习作开始就有意学习鲁迅，但晚年的杂文创作才可能是他对鲁迅文学遗产的真正传承；尽管他一生都在追随鲁迅，但他可能直到"文革"结束以后，才真正地与鲁迅产生了共鸣；尽管他一直认为鲁迅是一名战士，但他终究未能成为鲁迅式的战士。但是，孙犁不必为此遗憾。事实上，鲁迅的精神世界正是以其丰富、复杂的可能性，召唤着不同的后来者与之对话，并因此激发更多的可能。我想，这正是鲁迅作为文学教育资源的重要意义所在。

① 孙犁：《谈杂文》，《孙犁全集》第8卷，人民文学出版社2004年版，第333页。

② 孙犁：《曲终集·后记》，《孙犁全集》第9卷，人民文学出版社2004年版，第609—610页。

第十章 "儿童"之发现：鲁迅与中国现代儿童文学

　　"谁都觉得儿童作为客观的存在是不证自明的。然而，实际上我们所认为的'儿童'不过是晚近才被发现而逐渐形成的东西。"[①]柄谷行人在《日本现代文学的起源》中论及"日本儿童文学"时，指出"儿童"乃是一个"风景"，这样的"风景"是不曾存在过的，它乃是在一个颠倒之中被发现的。而"所谓风景乃是一种认识性的装置，这个装置一旦成形出现，其起源便被掩盖起来了"。"'风景之发现'并不是存在于由过去至现在的直线性历史之中，而是存在于某种扭曲的、颠倒了的时间性中。已经习惯了风景者看不到这种扭曲。"[②]只有认识到这一装置并以此进行思考，我们才可能意识到"儿童之发现"包含着怎样多层的意义。诚如柄谷行人批判性地指出："儿童文学家不但不怀疑'孩子'这一观念，反而试图追求'真的孩子'，这是因为儿童作为事实就存在于我们的眼前。与风景一样，儿童也是作为客观性的存在而存在着，并且被用于观察与研究。……但是有关儿童的'客观的'心理学研究越发展，我们越看不到'儿童'本身的历史性。当然，儿童在过去就存在了，但是我们所思考的对象化了的'儿童'在某个时期以前是不存在的。问题不在于有关儿童的

---

　　① ［日］柄谷行人：《日本现代文学的起源》，赵京华译，生活·读书·新知三联书店2003年版，第112页。

　　② ［日］柄谷行人：《日本现代文学的起源》，赵京华译，生活·读书·新知三联书店2003年版，第9、12页。

心理学探索弄清楚了什么，而在于'孩子'这个观念隐蔽了什么。"①当我们切换视角，将目光投射进20世纪初的中国，是否也有必要对"儿童"这一"风景"进行再发现？在中国独特的历史经验之中，关于"儿童"的观念与形象的形塑又凸显或遮蔽了什么？通过对这一装置的有效拆解，我们能否发现什么异样的"风景"？

毋庸置疑，当我们置身于20世纪初期的中国社会语境之中，一系列纷繁复杂的问题必然汹涌而来，如：中国的儿童文学是如何诞生的？大量的西方儿童文学译介如何促进了中国儿童文学的诞生？"儿童文学"对于近现代的中国而言意味着什么？它扮演了何种角色？它的理论变迁史又说明了什么？而鲁迅作为20世纪中国文学不可逾越的一座高峰，他振聋发聩般"救救孩子"的呼唤声依然跨世纪地回荡着，他所塑造的闰土、迅哥儿的形象依然深入人心，那么，他的"儿童之发现"构成了何种独样的"风景"？而且，他的这些发现与"风景"之于当下中国又有何种意义？

第一节　"儿童之发现"及鲁迅"儿童观"之建构

事实上，"儿童文学"这一概念在中国的援引与接受是相当晚近的事情。即使在西方，根据伊娃·库什纳在《文学的历史结构》一文中的考证，作为"副文学"体裁的"儿童文学"被纳入文学殿堂亦是18世纪下半叶以来的事情。②在16世纪之前，欧洲其实根本不存在"儿童"这个概念。周作人曾经说过："据人家传闻，西洋在十六世纪发现了人，十八世纪发现了妇女，十九世

① ［日］柄谷行人：《日本现代文学的起源》，赵京华译，生活·读书·新知三联书店2003年版，第114页。

② 参见［加拿大］伊娃·库什纳：《文学的历史结构》，［加拿大］马克·昂热诺等主编：《问题与观点——20世纪文学理论综论》，史忠义、田庆生译，河南大学出版社2010年版，第114页。

纪发现了儿童。于是人类的自觉逐渐有了眉目，我听了真不胜欣羡之至。"①
事实上，"儿童的发现"与现代专业学科的发展有着不可割裂的联系，正是有
了现代教育学、心理学、人类学、儿童学等学科的发展，才会从真正意义上关
注并意识到"儿童是人类的希望，是世界的未来"，也才会有了有意识地为儿
童创作的"儿童文学"的诞生。"十八世纪，儿童文学第一次以一种明显和独
立的文学样式出现。在此之前，它还只处于萌芽期。"而学界一般将安徒生在
1835年出版的第一本童话集《讲给孩子们听的故事》视为西方儿童文学诞生的
里程碑，它宣告了"现代儿童文学的诞生"。菲力浦·阿利斯在其享有盛名的
《"儿童"的诞生》一书中明确地阐述了"儿童是一个历史概念"的观点。不
言而喻，"儿童"作为一个历史概念，是一个随着人类历史的发展而建构起来
的概念，因此，梳理与探寻"儿童文学"观念的演变与发展进程就需要将其放
置于历史性的社会构建中加以考察。那么，"儿童的发现"是如何展开的呢？

　　不言而喻，"儿童的发现"显然是现代儿童观形成的关键。而所谓的"儿
童的发现"，已然不仅仅是传统生物学意义上的儿童，而更重要的是其还是
一个可被人们认知和想象的"儿童共同体"②。换而言之，原来我们所认知的
"儿童"更多的只是生物学意义上的孩子，而"儿童的发现"则使"儿童"的
文化意义得到了凸显，它成为一个可以不断被想象与建构的对象。或许，我们
可以这样表述现代意义上的"儿童"：他是具有独立人格的完全的个人。儿童
的这样一种再发现过程，显然凸显了"儿童"在两个层面上的意义：一是儿童
是"完整的个人"，二是儿童并非"小大人"，要尊重儿童与大人不一样的独
立人格。高尔基认为："儿童文学需要的不是匠人，而是大艺术家。儿童文学
不是成人文学的附庸，而是具有主权和法规的一个独立大国。"③这恰恰也从
某种程度上印证了这样一种观念。瑞典教育家爱伦·凯在其享誉盛名的《儿童
的世纪》一书中认为，人类文明史发展到19世纪，儿童已经被发现了，儿童的

---

① 周作人：《论"救救孩子"——题长之〈文学论文集〉后》，《大公报》1934年12月8日。

② 吴其南：《20世纪中国儿童文学的文化阐释》，中国社会科学出版社2012年版，第15页。

③ 高尔基：《给孩子们的文学读物》，见周忠和编译：《俄苏作家论儿童文学》，河南少年儿童出版社1983年版，第139页。

地位终于逐渐得到了社会的确认，他展望并提出了著名的"20世纪是儿童的世纪"的论断。诚然，儿童的发现也并非是一种偶然的历史事件，不可否认"儿童的出现及适合其需要的文学的出现，与许多历史因素联系在一起，其中有思想启蒙运动、中产阶级的兴起、妇女运动的开始和浪漫主义运动，与此同时还出现了几个无法预言的天才如W.布莱克、E.利尔、L.卡罗尔、马克·吐温、柯罗迪、安徒生等。如果没有他们，儿童还是不被发现。儿童一旦被认为是独立的人，一种适于他的文学便应运而生，因此，到了18世纪中叶，儿童文学终于开始发展起来"[①]。

将目光转换至中国的社会历史场域，中国对"女性与儿童的发现"也迟于"人的发现"。诚如周作人所认为，在中国，"人的问题，从来未经解决"，因此要想在中国"发现"儿童，还必须从头做起，"从新要发见'人'，去'辟人荒'"。[②]"五四"时期对"人"的启蒙正是一场"辟人荒"的运动，"五四运动的最大的成功，第一要算'个人'的发见"。[③]或许我们可以继续溯源，而梁启超则是一个不容忽略且耳熟能详的关键点。他认为"学校、报刊、演说"是作为传播文明的三大利器，这三大利器所针对的对象不仅仅是"士夫"，也有"童孺"与"愚民"，而且他认为最为重要的启蒙对象应该是"童孺"和"愚民"。而其家喻户晓的名篇《少年中国说》无疑是这一思想的集中体现：

> 欲言国之老少，请先言人之老少。老年人常思既往，少年人常思将来。惟思既往也故生留恋心，惟思将来也故生希望心；惟留恋也故保守，惟希望也故进取；惟保守也故永旧，惟进取也故日新。惟思既往也；事事皆其所已经者，故惟知照例；惟思将来也，事事皆其所未经者，故常敢破格。老年人常多忧虑，少年人常好行乐。惟多忧也故灰心，惟行乐也故盛

---

① 参见《简明不列颠百科全书》（第2卷）"儿童文学"条目，中国大百科全书出版社1985年版，第794页。

② 周作人：《人的文学》，见《新青年》第5卷第6号，1918年12月。

③ 郁达夫：《中国新文学大系散文二集·导言》，郁达夫编选：《中国新文学大系散文二集》，上海良友图书印刷公司1935年版，第5页。

气；惟灰心也故怯懦，惟盛气也故豪壮；惟怯懦也故苟且，惟豪壮也故冒险；惟苟且也故能灭世界，惟冒险也故能造世界。老年人常厌事，少年人常喜事。惟厌事也，故常觉一切事无可为者；惟好事也，故常觉一切事无不可为者。老年人如夕照，少年人如朝阳；老年人如瘠牛，少年人如乳虎。此老年与少年性格不同之大略也，梁启超曰：人固有之，国亦宜然。①

自晚清以来，诸如梁启超、黄遵宪等一大批先贤的论述已经开始关注儿童文学以及儿童发展等理论话题。"诗界革命"中，他们尤其关注儿童诗歌的发展，将"儿童诗歌"视为"改造国民之品质"的"精神教育要件"。然而，他们对儿童的关注与阐发并没有形成现代意义上的"儿童"观念，他们的论述并没有概念、学理上的探讨，也没有建立起系统的儿童文学研究的理论框架。直到1912年，周作人所作的《童话略论》与《童话研究》往往被视为具有自觉意识的中国现代儿童文学理论文本的开山之作。张建青在《晚清儿童文学翻译与中国儿童文学之诞生——译介学视野下的晚清儿童文学研究》中言："中国儿童文学作为文学中的一个独立分支确实是在'五四'时期确立的，但是其作为一种相对独立的文学样式却是'初步诞生'于晚清。正是在晚清翻译尤其是域外文学翻译繁盛之下，晚清时期成人逐渐萌生了鲜明的'儿童文学意识'，因之也催生了中国儿童文学。"②这样一种判断，虽然肯定了域外文学翻译对现代儿童文学的影响，但是却在一定程度上遮蔽了中国现代儿童文学兴起的内在复杂性，诚如柄谷行人在论及对日本儿童文学兴起的论争时清醒地告诫道："日本的儿童文学家不管怎样读到西欧的儿童文学而受其影响，也不能断定日本的儿童文学会从其'影响'中立刻产生出来，这从'文学'的形成过程来观之亦是明白无误的。"③或许，这样的情况也可适用于我们的分析与判断。

① 梁启超：《饮冰室文集》第五册，中华书局1936年版，第7—8页。
② 张建青：《晚清儿童文学翻译与中国儿童文学之诞生——译介学视野下的晚清儿童文学研究》，复旦大学2008年博士学位论文。
③ ［日］柄谷行人：《日本现代文学的起源》，赵京华译，生活·读书·新知三联书店2003年版，第112—113页。

尽管中国儿童文学的诞生与晚清的儿童文学译介有着千丝万缕的关联，比如陈平原认为"域外小说的输入，以及由此引起的中国文学结构内部的变迁，是二十世纪中国小说发展的原动力"①，但是我们应该清醒地发现：中国的儿童文学不可能从其"影响"中立刻产生出来，更重要的是我们应该深刻意识到这些译介所引起的"中国文学乃至中国社会结构内部的变迁"②。茅盾1935年在其《关于"儿童文学"》一文中明确指出："'儿童文学'这名称，虽然始于'五四'时代。我们有所谓'儿童文学'却是早在三十年以前。"③"'五四'时代的开始注意'儿童文学'是把'儿童文学'和'儿童问题'联系起来看的。"④将"儿童文学"和"儿童问题"联系起来看待，这从某种程度上表明了"五四"时期在看待儿童及儿童文学上并没有将之简化为单纯的年龄特征和文学特征，而是将之作为一种社会问题和现象，看作是诸多因素的综合表现。可以说，20世纪初在中国，儿童的发现和儿童文学的创立是由诸多社会力量共同作用的结果，是社会环境和社会欲求共同诱导和催生的。

综观"五四"时期的文化先驱者们关于儿童文学的论述，我们可以发现他们大多基于民族国家的论述立场，将儿童问题与当时中国的民族国家问题、社会问题结合起来考虑，将儿童问题视为是国家问题、社会问题的一个重要方面。换而言之，他们关注的"儿童"已并不仅仅是儿童本身，"儿童"更是一种符号，一种媒介，一种视角，一种认识当时世界、社会的象征性存在，它成为当时知识分子想象中国的一种方式。⑤或许，郭沫若对儿童文学的论述颇具代表性，他在《儿童文学之管见》一文中这样论述道："人类社会根本改造的步骤之一，应当是人的改造。人的根本改造应当从儿童的感情教育、美的教育

---

① 陈平原：《二十世纪中国小说史》，北京大学出版社1989年版，第43页。

② 陈平原：《二十世纪中国小说史》，北京大学出版社1989年版，第43页。

③ 茅盾：《关于"儿童文学"》，《茅盾全集》第20卷，人民文学出版社1990年版，第361页。

④ 茅盾：《关于"儿童文学"》，《茅盾全集》第20卷，人民文学出版社1990年版，第361页。

⑤ 当前学界朱自强等人认为"儿童"是一代文人想象中国的方式，而王文玲认为"儿童"在某些特定的时期是象征性存在。本文参考了两位作者的表述。

着手。有优美醇洁的个人才有优美醇洁的社会。因而改造事业的组成部分，应当重视文学艺术。""儿童文学的提倡对于我国社会和国民最是起死回春的特效药，不独职司儿童教育者所当注意，举凡一切文化运动家都应当别具只眼以相看待。今天的儿童便为明天的国民。"①由此可见，儿童文学在20世纪初的中国社会场域中取得了前所未有的"崇高地位"，聚焦了前所未有的关注与期望——"'儿童的文学'与'人的文学'成为五四时代汹涌澎湃的文学主潮"，"中国儿童文学从她发生的那一刻起就与中国新闻学的发展同呼吸共命运"。②

鲁迅对"儿童"的发现及其"儿童观"的确立，正是在这样一种大的背景下的掘进与深化。鲁迅的三篇论文《人之历史》《摩罗诗力说》与《文化偏至论》往往被视为其早期重要的思想源泉，同样，我们也可以或隐或显地找到他关于儿童文学的某些论述。《人之历史》作为鲁迅早期借用达尔文进化学说观察社会问题的论文，鲁迅明确指出："我一向是相信进化论的，总以为将来必胜于过去，青年必胜于老年"，"进化论对我还是有帮助的，究竟指示了一条路。明白自然淘汰，相信生存斗争，相信进步，总比不明白不相信好些"。③而《摩罗诗力说》是鲁迅第一篇系统介绍西欧文学流派的论文，从中可以发现鲁迅"别求新声于异邦"的激情和借文艺启蒙国人的主旨，这也是其后来关心儿童文艺教育的思想源泉。而在《文化偏至论》一文中，他更是将建立"文明之邦国"的重任寄托于年轻一代，欧美强盛之由"根柢在人"，而要与各国竞争求存"首在立人，人立而后凡事举"④。1919年11月，鲁迅在《我们现在怎样做父亲》一文中，从进化论的角度论述了新生命的价值："后起的生命，总比以前的更有意义，更近完全，因此也更有价值，更可宝贵；前者的生

①　郭沫若：《儿童文学之管见》，《民铎》1921年1月15日。

②　韩进：《从"人的文学"到"儿童的文学"——从六个人与中国儿童文学的关系说起》，《文艺报》2009年12月5日，第004版。

③　鲁迅：《三闲集·序言》，《鲁迅全集》第1卷，人民文学出版社2005年版，第5页。

④　鲁迅：《坟·文化偏至论》，《鲁迅全集》第1卷，人民文学出版社2005年版，第58页。

命，应该牺牲于他。"①然而就中国的现实情形却是"中国似向未尝想到小儿也"②，恰如他在《上海的儿童》一文中所描绘的那种景象：儿童们或则与苍蝇为伍，只知口出秽语，打闹捣乱，或则衣衫不整，精神萎顿，如同影子，是一种多么可厌的形象，一种多么可悲的精神状态呵！鲁迅充分意识到了："童年的情形，便是将来的命运。"③因此，他对于中国的儿童教育问题非常重视，在《我们怎样教育儿童的？》一文中，他这样论述道："倘有人作一部历史，将中国历来教育儿童的方法，用书，作一个明确的纪录，给人明白我们的古人以至我们，是怎样的被熏陶下来的，则其功德，当不在禹……下。"④而在《热风·随感录二十五》中，鲁迅更为明确地阐述道："看十来岁的孩子，便可以逆料二十年后中国的情形；看二十多岁的青年……便可以推测他儿子孙子，晓得五十年后七十年后中国的情形。"而"童年的情形，便是将来的命运"。⑤鲁迅从日本回国后不久，便从日本翻译了多篇有关儿童学的论文，如《艺术玩赏之教育》《社会教育与趣味》《儿童之好奇心》等，它们涉及了儿童艺术的重要性、呵护儿童的好奇心以及儿童玩具问题。尤其是《儿童之好奇心》这篇译文不仅直接影响到鲁迅的儿童观及教育思想，而且对他其日后的文学创作也具有一定的启发意义。他还节译了高岛平三郎《儿童学纲要》的一部分《儿童观念界之研究》，侧重于探讨儿童心理特征。从鲁迅的一系列译文作品、杂文和小说创作来看，鲁迅对"儿童"的发现及其观念的建构特别突出了"儿童本位"，他从理论建构与创作实践两个维度卓有成效地推进了中国现代儿童文学的发展与蓬勃壮大。鲁迅并非是一个儿童文学家，但是他的作品却居

① 鲁迅：《坟·我们现在怎样做父亲》，《鲁迅全集》第1卷，人民文学出版社2005年版，第137页。

② 鲁迅：《坟·我们现在怎样做父亲》，《鲁迅全集》第1卷，人民文学出版社2005年版，第137页。

③ 鲁迅：《南腔北调集·上海的儿童》，《鲁迅全集》第4卷，人民文学出版社2005年版，第581页。

④ 鲁迅：《准风月谈·我们怎样教育儿童的？》，《鲁迅全集》第5卷，人民文学出版社2005年版，第271页。

⑤ 鲁迅：《热风·随感录二十五》，《鲁迅全集》第1卷，人民文学出版社2005年版，第311页。

于中国现代儿童文学经典之列，这显然并非"因为鲁迅对儿童观的阐释具有专业性和系统性，而是因为他体验的独特性，思想的深刻性、矛盾性和复杂性，由此，鲁迅开启并探索了中国现代儿童观的多重要义"①。换而言之，鲁迅超越于同时代作家的深刻之处在于，他不仅从儿童身上看到了"儿童性"，而且还看到了儿童性中的"人性"，如此深邃的洞察力是中国儿童文学研究的"后来者"所无法逾越的。

韩进在《从"人的文学"到"儿童的文学"——从六个人与中国儿童文学的关系说起》一文中指出，"五四"时期对儿童文学贡献最大的有六位先驱，分别是两个安徽人：陈独秀、胡适；两个浙江人：鲁迅、周作人；两个外国人：美国的实用主义教育家杜威、丹麦的文学家安徒生。他认为如果没有这六人的共同影响，就无从谈起中国的儿童文学。②这样的判断或许遗落了很多曾为此做过贡献的其他学者，但却从三个层面高度概括了中国现代儿童文学的缘起。中国现代儿童文学的缘起与发展，或许可以描述为一个从发现儿童"重要性"——到发现"儿童"及儿童文学本身的现代化历程。从发现"儿童是人"到发现"儿童是儿童"，人们对儿童的思考重心由以成人为本位转向了以儿童为本位，儿童文学作品也从成人文学中分离、独立出来，由比较被动的盲目性的译介到积极性的创作尝试，由模糊混杂的观念表达到具体形象的文学展现，由边缘形态逐渐净化为纯文学形态，最终完成了中国现代儿童文学的独立与成熟。③显然，中国现代"儿童观"的发展以及儿童文学的诞生，可以视为中国文学现代化进程的关键环节，也是现代启蒙精神感召下"人的发现"的重要组成部分。

---

① 徐妍、孙巧巧：《鲁迅，为何成为中国现代儿童观的经典中心》，《中国海洋大学学报（社会科学版）》2013年第5期。

② 韩进：《从"人的文学"到"儿童的文学"——从六个人与中国儿童文学的关系说起》，《文艺报》2009年12月5日，第004版。

③ 孙永丽：《中国现代儿童文学的萌芽期研究——从晚清到"五四"》，《中国现代文学研究丛刊》1997年第1期。

第二节　鲁迅的儿童文学翻译及与创作之关联

鲁迅的翻译作品之于我们全面深刻地审视鲁迅有着非凡的意义与价值。秦弓在《鲁迅的儿童文学翻译》一文中指出："在承续近代脉络的现代儿童文学翻译中，鲁迅在对象选择与翻译风格上颇具个性，其儿童文学翻译不仅对中国儿童文学的创建，乃至包括翻译文学在内的整个现代文学的发展起到了积极的推动作用，而且对其自身的创作亦不无影响。"[1]鲁迅不仅开启了中国现代文学翻译的新风气，而且其翻译的著作数量如此之多、涉及面如此之广亦实属罕见——"其中文艺论集5本，文艺政策1本，美术史专集1本，文艺随笔1本，杂文集1本，童话5本，长篇小说2部，短篇小说64篇，科技小说2篇，中篇小说2篇，剧本2本，童话剧1本，诗歌10篇，杂文20篇。至于他在创作、书信、日记中涉及的外国作家作品就更多，大约有25个国家和民族的380位作家，总数达500万字之多"[2]。通过对这些数量众多的译作梳理，我们不难发现：儿童文学占了很大的比重。[3]对于儿童文学的关注，显然与其"儿童观"的建构有着重要的关联。对外国儿童文学的大量译介，或许我们可以将之视为其践行儿童文学理想的批判性实践之一。文学作品的翻译是译者的再创造，无论是文本的选择还是翻译技巧的应用，都灌注了译者自身的思想与判断眼光。因此，对翻译作品的有效考察有助于洞察鲁迅儿童文学翻译与其创作之间的奥秘。

（一）鲁迅儿童文学翻译的三个阶段

历时性地梳理鲁迅的儿童文学翻译历程与系谱[4]，目前学界较有共识地将

---

① 秦弓：《鲁迅的儿童文学翻译》，《山东社会科学》2013年第4期，第78页。

② 谢天振、查明建主编：《中国现代翻译文学史》，上海外语教育出版社2004年版，第82页。

③ 鲁迅一生共翻译了6部童话集：荷兰F.W.霭覃的长篇童话《小约翰》；匈牙利至尔·妙伦系列童话集《小彼得》，收童话故事6篇；俄国的《爱罗先珂童话集》，包括童话故事13篇；爱罗先珂的童话剧《桃色的云》；苏联班苔莱耶夫的中篇童话《表》；苏联高尔基的《俄罗斯的童话》，包括童话故事6篇。

④ 秦弓在《鲁迅的儿童文学翻译》一文中对鲁迅的儿童文学翻译的阶段划分做了较为详细的探讨，本文参照其划分方法，在时段划分的基础上，结合《鲁迅全集》第18卷的"鲁迅生平著译简表"更为翔实地梳理了鲁迅的儿童文学翻译状况。

其大致划分为三个阶段：

第一阶段：萌芽准备期（1903—1920）

1903年

10月，根据日本井上勤的译本重译法国小说家儒勒·凡尔纳著的科幻小说《月界旅行》，日本东京进化社出版，署"中国教育普及社译印"。书名原属"自地球至月球在九十七小时二十分间"意，今亦简略之曰《月界旅行》。

1909年

3月，《域外小说集》第一册出版，收有周作人译怀尔特（王尔德）的《安乐王子》。

7月，《域外小说集》第二册出版，末页登出将陆续出版的篇目预告，其中有怀尔特（王尔德）的《杜鹃》、安兑然（安徒生）的《寥天声绘》（通译《无画之画帖》）和《和美洛斯坡上之华》（通译《荷马墓上的蔷薇》）。

由于第一、二册销路不佳，《域外小说集》未能继续出版，预告也就未能兑现。

1913年

5月至11月，先后翻译日本上野阳一的论文《艺术玩赏之教育》《社会教育与趣味》《儿童之好奇心》，发表于本年《教育部编纂处月刊》。

1914年

2月6日，搜集儿歌6首。

11月27日，译日本高岛平三郎的论文《儿童观念界之研究》毕。

1915年

3月，鲁迅译文《儿童观念界之研究》（日本高岛平三郎作）收入《全国儿童艺术展览会纪要》，为儿童心理之研究。

1919年

10月，译有岛武郎小说《与幼小者》，表现了母亲对孩儿的忘我慈爱与父亲对幼者的殷切期许。

这一时期可以视为鲁迅儿童文学翻译的萌芽准备期，他从日本留学归国后主要致力于翻译《域外小说集》以及上野阳一的《艺术玩赏之教育》《社会教育与趣味》《儿童之好奇心》、高岛平三郎的《儿童观念界之研究》等论文。此阶段，他任教育部社会教育司第一科科长，于1913年创作了《儗播布美术意见书》，1914年组织了全国儿童艺术展览会，并主持编辑了《全国儿童艺术展览会纪要专刊》，重视儿童的审美教育，强调通过"儿童所心营手造"来展示儿童的精神。于是鲁迅也开始积极翻译西方儿童文学作品，并首先选择了颇为少年儿童乐读的科幻小说。

第二阶段：译介高峰期（1921—1927）

1921年

7月27日，鲁迅在写给当时在北京西山碧云寺养病的周作人的信里谈到拟订购爱罗先珂的《夜明前之歌》。

8月30日，鲁迅收到托李宗武在日本购寄的爱罗先珂童话集《夜明前之歌》。

9月10日，鲁迅据日文版《夜明前之歌》译出《池边》，由此正式开始了其儿童文学翻译。

1922年

2月，爱罗先珂辗转来到北京，住在鲁迅、周作人共居的八道湾家里，1923年4月回国。鲁迅先是翻译爱罗先珂的童话，边译边在报刊上发表，1922年7月结集为《爱罗先珂童话集》，由商务印书馆初版印行。这个集子收鲁迅译《狭的笼》《鱼的悲哀》《池边》《雕的心》《春夜的梦》《古怪的猫》《两个小小的死》《为人类》《世界火灾》，还有愈之译《我的学校生活的一断片——自叙传》《为跌下而造的塔》，馥泉译《虹之国》。

4月30日起，应爱罗先珂之请，鲁迅翻译其三幕童话剧《桃色的云》，5月25日译毕。

5月15日至6月25日，连载于《晨报》副刊，1923年7月北京新潮社初版，1926年改由北新书局再版，1934年由上海生活书店印行。

1923年

7月，鲁迅所译俄国爱罗先珂的童话剧《桃色的云》由北京新潮社印行，列为该社"文艺丛书"之一。

1924年

鲁迅还译过爱罗先珂的童话《"爱"字的疮》《小鸡的悲剧》《红的花》《时光老人》，先在《小说月报》等处发表，除《小鸡的悲剧》之外的三篇，连同《世界的火灾》，结集为《世界的火灾》，商务印书馆1924年12月初版。

1927年

5月2日，开始整理《小约翰》译稿；5月26日，译文整理完毕；5月30日，作《引言》；6月14日，作《动植物译名小记》，译稿"全书具成"。1928年1月由北京未名社初版印行。

第三阶段：定居上海时期（1928—1936）

1929年

9月8日，校匈牙利至尔·妙伦的童话《小彼得》译本毕；15日作序。该书由许遐（许广平）译，鲁迅校改，本年11月上海春潮书局出版。

1934年9月至1935年4月，鲁迅翻译高尔基《俄罗斯的童话》，前9篇陆续发表于《译文》月刊第1卷第2、3、4期（1934年10—12月）、第2卷第2期（1935年4月），后7篇因检察官批为"意识欠正确"而未能刊出。

1935年

3月16日，《译文》月刊第2卷第1期刊载鲁迅译L．班台莱耶夫的《表》。

8月8日，作《〈俄罗斯的童话〉小引》。鲁迅自1934年9月开始译高尔基《俄罗斯的童话》，本年4月17日译毕。本月由上海文化生活出版社出版，列为《文化生活丛刊》之一。

9月14、15日，将所译俄国契诃夫的小说八篇集为《坏孩子和别的奇闻》，并作《前记》及《译者后记》。次年由上海联华书局出版，列为《文艺连丛》之一。

定居上海时期，鲁迅为推动中国现代儿童文学翻译做了不少工作：一方面，他持之以恒地坚持译介了诸如《小彼得》和高尔基的《俄罗斯的童话》等最重要作品；另一方面，他与茅盾发起了专门从事翻译与介绍外国文学的《译文》①杂志，尤其倾注了对儿童文学的关注与支持。有学者指出，鲁迅对外国儿童文学的关注与译介可以从其日记中所记录的书账找到强有力的证据。②或许，通过以上的梳理，我们可以较为系统地发现鲁迅关于儿童文学翻译所付出的努力，进而为我们进一步思考鲁迅为何如此倾心于此，他的翻译动机为何，翻译文本的选择策略如何，以及儿童文学翻译与其文学创作之间存在着怎样的关联提供参考。

（二）鲁迅的儿童文学翻译动机及文本选择策略

鲁迅为什么要选择翻译儿童文学？他是出于一种什么样的动机？他翻译的文本选择是基于怎样的一种策略和眼光？或许，这些问题的答案我们可以从鲁迅的诸多序言或者附记中找到答案。在《二十四孝图》一文中，鲁迅曾经祖露了这样的心声："每看见小学生欢天喜地地看着一本粗拙的《儿童世界》之类，另想到别国的儿童用书的精美，自然要觉得中国儿童的可怜。但回忆起我和我的同窗小友的童年，却不能不以为他幸福，给我们的永逝的韶光一个悲哀

① 《译文》杂志是由鲁迅和茅盾发起的大型文学月刊，1934年9月16日创刊于上海，前三期由鲁迅编辑，之后交给黄源负责编辑事务。《译文》最初由上海生活书店印行，至1935年9月出至第十三期停刊。1936年3月复刊，改由上海杂志公司发行，至1937年6月出到新三卷第四期停刊，前后共出二十九期。《译文》刊登了大量欧美作家，尤其是东欧国家作家的作品，为推动社会进步的力量。该杂志介绍了普希金、托尔斯泰、波德莱尔、莎士比亚、高尔基、果戈理等百余位世界著名作家及其作品，译者有黎烈文、傅东华、胡风、巴金、曹靖华、茅盾、唐弢、孙用、孟十还、陈占元、徐懋庸、丽尼、耿济之、陈望道、黄钟、胡愈之、金人、沈起予、马宗融、王统照、方光焘、赵家璧、姚克、萧干、许天虹、周学普、刘盛亚、卞之琳、冯至、刘思慕等，以"创作与评论并重"为宗旨，是20世纪30年代上海最有影响力的文学杂志之一。

② 此处仅列举鲁迅到上海后所购或受赠的儿童文学书籍目录：1927年，《日本童话选集》；1928年，《童谣及童话の研究》，《日本童话选集》（二），《支那英雄物语》，《伊索寓言》画本；1929年，《日本童话选集》（三），《全訳グリム童话集》（《格林童话》）4本，《グリム童话集》（五），《ハウフの童话》（《豪夫童话》），王尔德的《渔夫とその魂》（《渔夫与其灵魂》）；1930年，《グリム童话集》（七），《千夜一夜》（一至十二，即《一千零一夜》）12本；1932年，"世界宝玉童话丛书"3本，俄译《一千一夜》（一至三）3本；1933年，适夷赠《苏联童话集》；1934年，《金时计》（即《表》），《海の童话》，黎烈文寄赠《红萝卜须》；1935年，风沙赠《给少年者》；还有与儿童文学关系较为密切的作品，如《昆虫记》、《儿童剪纸画》、《儿童的版画》、《日本玩具史篇》、《日本玩具图篇》、《世界玩具史篇》、《西洋玩具図篇》、《乡土玩具集》（十）、《土俗玩具集》（一至五、九、十）、《土俗玩具集》（六、九）、"玩具丛书"、《南华乡土玩具集》等。

的吊唁。"①而在关于《表》的《译者的话》中，他这样论述道："人说，点心和儿童书之多，有如日本的国度，世界上怕未必再有了。然而，多的是吓人的坏点心和小本子，至于富有滋养，给人益处的，却实在少得很。所以一般的人，一说起好点心，就想起西洋的点心，一说起好书，就想到外国的童话了。""所以我想，为了新的孩子们，是一定要给他新作品，使他向着变化不停的新世界，不断的发荣滋长的。"②鲁迅曾言："在开译以前，自己确曾抱了不小的野心。"其目的包括两个层面：第一，是要将这样的崭新的童话，绍介一点进中国来，以供孩子们的父母、师长，以及教育家、童话作家来参考；第二，想不用什么难字，给十岁上下的孩子们也可以看。③事实上，关于鲁迅为什么做起翻译来这一问题，他显然有着更高的站位——不仅仅是为了儿童，而且是为了"改造社会"。在《域外小说集序》中这样我们可以发现这样的叙述："我们在日本留学时候，有一种茫漠的希望：以为文艺是可以转移性情，改造社会的。因为这意见，便自然而然的想到介绍外国新文学这一件事。"④

　　而在1932年1月16日致增田涉信中，鲁迅将《域外小说集》的翻译动机直白地阐明："当时中国流行林琴南用古文翻译的外国小说，文章确实很好，但误译很多。我们对此感到不满，想加以纠正，才干起来的。"⑤相对于当时盛行的林纾体翻译风格，鲁迅更追求的是"迻译亦期弗失文情"。而关于翻译文本的选择问题，鲁迅曾在《域外小说集》的略例中谈及："集中所录，以近世小品为多，后当渐及十九世纪以前名作。又以近世文潮，北欧最盛，故采译

① 鲁迅：《朝花夕拾·〈二十四孝图〉》，《鲁迅全集》第2卷，人民文学出版社2005年版，第259页。

② 鲁迅：《译文序跋集·〈表〉译者的话》，《鲁迅全集》第10卷，人民文学出版社2005年版，第436页。

③ 鲁迅：《译文序跋集·〈表〉译者的话》，《鲁迅全集》第10卷，人民文学出版社2005年版，第437页。

④ 鲁迅：《域外小说集·域外小说集序》，《鲁迅全集》第10卷，人民文学出版社2005年版，第176页。

⑤ 鲁迅：《域外小说集·序言》，《鲁迅全集》第10卷，人民文学出版社2005年版，第169页。

自有偏至。惟累卷既多，则以次及南欧暨泰东诸邦，使符域外一言之实。"①
《域外小说集》所译的多为短篇小说，事实上，它"初出的时候，见过的人，往往摇摇头说，'以为他才开头，却已完了！'"，以为短篇便等于无物。周氏兄弟当时能够选择并不流行的短篇小说文体，足见他们的学术眼光与前瞻性。鲁迅的"硬译"风格独具一格，而且他所选择的翻译对象也另辟蹊径，他没有选择当时名声很大的格林、安徒生等名家，而是选择了诸如爱罗先珂、望·霭覃、班台莱耶夫等并不大知名的儿童文学作家的作品。当然，鲁迅之所以进行这样的文学文本选择，有其自身的出发点与目的：一方面，他的选择是源于其内心的共鸣；另一方面，这些作品凸显了世界儿童文学的多样性与丰富性，同时也折射出时代的潮声与回响。

（三）鲁迅的儿童文学翻译与创作之关系

关于鲁迅的翻译与创作的关联，近来不断得到学界的关注，诸如孙郁等人认为："鲁迅首先是个翻译家，其次才是文学家。"②这样的论断是有现实依据的，它是基于鲁迅翻译作品数量大于其创作作品的数量。但如果只是简单地判断鲁迅首先是文学家还是翻译家显然并没有太大意义，更重要的问题是考察这一判断背后所隐藏的重要问题：鲁迅的翻译与创作到底构成了怎样的一种关系？

秦弓曾在《鲁迅的儿童文学翻译》一文中对儿童文学翻译与鲁迅的创作关系进行了三个层面的考察。一是鲁迅的创作有效借鉴了"童话"的形式。正如他在翻译《俄罗斯的童话》时，在《后记》里特别提到："虽说'童话'，其实是从各方面描写俄罗斯国民性的种种相，并非写给孩子们看的。"③从某种意义上而言，"童话"未尝不是一种反讽——更是对现实世界的一种认识与表达的隐秘形式。以童话来反讽社会政治，鲁迅一系列杂文有效地借鉴了"童话"这一形式，

---

① 鲁迅：《域外小说集·略例》，《鲁迅全集》第10卷，人民文学出版社2005年版，第170页。

② 孙郁：《鲁迅首先是翻译家》，《北京日报》2008年9月27日。

③ 鲁迅：《译文序跋集·〈俄罗斯的童话〉》，《鲁迅全集》第10卷，人民文学出版社2005年版，第441页。

他于1936年所写的《写在深夜里》一文，即是以"童话"的名义来揭露白色恐怖的真实的典型。二是所翻译的外国儿童文学作家、意象成为创作素材。爱罗先珂是鲁迅翻译最多且保持深厚友情的作家，他在鲁迅的文学世界里不时现身，从《为"俄国歌剧团"》到《鸭的喜剧》，爱罗先珂由感叹寂寞的人的无名者登场成为主角。三是儿童文学翻译对于鲁迅创作在自然描写、动物描写、儿童描写等方面产生了重要影响。为了更好地说明鲁迅的儿童文学翻译对其创作的启迪，我们不妨以更为直观的表格形式将部分相关的作品加以呈现：

翻译作品及时间	创作作品及时间
《世界的火灾》，1921年12月1日 《两个小小的死》，1921年12月25日 《古怪的猫》，1921年12月 《为人类》，1922年2月 《桃色的云》，1922年5月 《小鸡的悲剧》，1922年9月 《时光老人》，1922年12月1日刊 《红的花》，1923年4月21日 《小约翰》，1926年7月6日开始翻译 《小约翰》，1926年8月13日译成初稿 《小约翰》，1927年5月26日整理完成 为《小约翰》作《动植物译名小记》，1927年6月14日	《白光》，1922年6月 《兔和猫》，1922年10月 《鸭的喜剧》，1922年10月 《社戏》，1922年10月 《秋夜》，1924年9月15日 《长明灯》，1925年2月28日 《狗·猫·鼠》，1926年2月21日 《阿长与山海经》，1926年3月10日 《二十四孝图》，1926年5月10日 《五猖会》，1926年5月25日 《无常》，1926年6月23日 《从百草园到三味书屋》，1926年9月18日 《范爱农》，1926年11月18日

　　如果从翻译者的身份来看，可以将文学翻译分为翻译家的翻译和文学家的翻译，而鲁迅显然是属于文学家的翻译类型。诚然，文学家的翻译与创作在某种程度上将产生互相交融与映射。鲁迅即是一个典型。不可否认，鲁迅的外国儿童文学译介产生了多维效应，既为中国儿童的童心、童趣打开了新的文学天地，也为中国现代儿童文学的发展提供了有效的经验与样板，甚至为中国现代文学的整体创作产生了或隐或显的积极影响。鲁迅开创了意义深远的儿童叙事视角，《故乡》中那位深蓝天空金黄圆月下项带银圈手捏钢叉充满活力的闰

土，《社戏》中无拘无束、自由自在的迅哥儿，《药》中吃人血馒头的小栓，等等，他所塑造的一系列或憎或爱，或哀或怒，或纯真或病态的儿童形象，都成为中国现代文学史上的典型人物。关于鲁迅塑造的儿童形象研究成果已十分丰硕，限于篇幅，在此我们就不予以展开论述。

第三节　鲁迅艺术世界中的儿童图像叙事

鲁迅对中国现代儿童文学的发展所做的贡献是多元的、多维度的：从外国儿童观念的理论译介到本土儿童观念理论建构，从外国儿童文学作品的译介到自身的儿童文学创作。他不仅仅在儿童文学的理论建构史上具有里程碑意义，而且在文学史长廊中留下了一系列经典的儿童形象。鲁迅本身是一个复杂而丰富的世界，诚如郑家建在《论鲁迅的六种形象：一次演讲》中从文本世界、艺术实践、文学翻译、古典学术研究、人生阅历和精神传承等六个方面建构了鲁迅的六种形象，而每一种形象的解读就是打开一把扇子的过程。作为艺术家的鲁迅，其一生与现代美术具有深厚的渊源。如若我们透过鲁迅的艺术世界，或者通过对"艺术世界中的鲁迅"加以观照，我们或许将发现其所建构的有别于文学世界中的"儿童"及其形象塑造。正因为"有一个特别的鲁迅形象，就存在于光影、色彩、明暗、线条所构成的艺术世界之中，而这个艺术世界中的鲁迅，常常把他在文学世界中所不能表达的情感、思想独特地传递出来"[1]。儿童文学中经常配有栩栩如生的插画或者图像，图像往往被视为再现、认识并理解现实世界的透明窗口。鲁迅将图像视为对儿童启蒙的利器，一方面是由于图像的直观性，容易看懂；另一方面，鲁迅显然更看重的是图像的透明、照亮、看见等可视化特征，可以有效达到"去蔽"的启蒙目的。

鲁迅身体力行倡导儿童美术，他对于连环画也予以密切的关注，"倘要启蒙实在也是一种利器"，他甚至为了推广插画而为儿童翻译童书。鲁迅大力驳斥攻击连环画的言论，确立图像叙事的合法性。"欢迎插图是一向如此的，

---

[1]　郑家建：《论鲁迅的六种形象：一次演讲》，《东南学术》2016年第2期，第164页。

记得十九世纪末，绘图的《聊斋志异》出版，许多人都买来看，非常高兴的。而且有些孩子，还因为图画，才去看文章，所以我以为插图不但有趣，且亦有益。"①鲁迅在《朝花夕拾》中多次提及儿时看图画的情景与乐趣。"我的床前就贴着两张花纸，一是'八戒招赘'，满纸长嘴大耳，我以为不甚雅观；别的一张'老鼠成亲'却可爱，自新郎新妇以至傧相，宾客，执事，没有一个不是尖腮细腿，像煞读书人的，但穿的都是红衫绿裤。"②插图本《山海经》便是他少年时魂牵梦绕的书，插图本《毛诗品物图考》和《秘传花镜》使他获得了关于花草虫鱼的最初知识。鲁迅童年时常"用一种叫作'荆川纸'的，蒙在小说的绣像上一个个描下来，像习字时候的影写一样。读的书多起来，画的画也多起来；书没有读成，画的成绩却不少了，最成片断的是《荡寇志》和《西游记》的绣像，都有一大本"③。可见，图画对于儿童文学的影响意义重大。也正因此，鲁迅才对那些剥夺孩子生趣的行为大加批判，"自从所谓'文学革命'以来，供给孩子的书籍，和欧，美，日本的一比较，虽然很可怜，但总算有图有说，只要能读下去，就可以懂得的了。可是一班别有心肠的人们，便竭力来阻遏它，要使孩子的世界中，没有一丝乐趣"④。

他又满怀敬意地指出："孩子是可以敬服的，他常常想到星月以上的境界，想到地面下的情形，想到花卉的用处，想到昆虫的言语；他想到飞上天空，他想潜入蚁穴……所以给儿童看的图书就必须十分慎重，做起来也十分烦难。即如《看图识字》这两本小书，就天文，地理，人事，物情，无所不有。其实是，倘不是对于上至宇宙之大，下至苍蝇之微，都有些切实的知识的画家，决难胜任的。"⑤或许，正是基于这样的思想引领，鲁迅还亲自为书籍

① 鲁迅：《鲁迅书信集》，人民文学出版社1976年版，第65页。

② 鲁迅：《朝花夕拾·狗·猫·鼠》，《鲁迅全集》第2卷，人民文学出版社2005年版，第243页。

③ 鲁迅：《朝花夕拾·〈二十四孝图〉》，《鲁迅全集》第2卷，人民文学出版社2005年版，第258页。

④ 鲁迅：《朝花夕拾·〈二十四孝图〉》，《鲁迅全集》第2卷，人民文学出版社2005年版，第258页。

⑤ 鲁迅：《且介亭杂文·〈看图识字〉》，《鲁迅全集》第6卷，人民文学出版社2005年版，第37页。

设计封面，手绘插图，并把视觉技术运用到文学创作中，使他的作品有着极强的画面感、色彩冲击力。由其翻译出版的《小彼得》《小约翰》《表》等儿童文学作品都附有精美的插图。鲁迅原想为《朝花夕拾》寻找几幅插画，结果就有了一篇探讨各种画像优劣的"后记"，他认为《二十四孝图》中"老莱子娱亲"，不论怎么画都无趣。鲁迅还对收集到的各种"活无常"的版本仔细比较、研究、考证，觉得还是自己童年时见到的"活无常"形象最有趣，于是就直接动手画了一幅"活无常"，旁边题曰："哪怕你，铜墙铁壁。"鲁迅对插图以及版画等艺术的推动，从某种意义而言，它也有效助推了中国儿童文学的现代化进程。

　　插画艺术对于儿童文学之重要性，鲁迅认为怎么强调都不过分。在《致杨晋豪》的信中，鲁迅这样表述了他对儿童文学与插画的关系："我向来没有研究儿童文学，曾有一两本童话，那是为了插画。"[①]甚至在其生命中的最后几年，鲁迅翻译了八篇配有苏联木刻家玛修丁插图的契诃夫小说。他强调说："这回的翻译的主意，与其说为了文章，倒不如说是因为插画……这种轻松的小品，恐怕中国是早有译本的，但我却为了别一个目的：原本的插画，大概当然是作品的装饰，而我的翻译，则不过当作插画的说明。"[②]通过鲁迅的艺术世界，我们可以发现鲁迅对儿童文学所开拓的新空间与进行艺术实践的努力。诚如其所言，他是为了插画而翻译童书，他更希望通过这样一种艺术将乐趣带给儿童，为孩子的世界与生活增添更多的亮色。

　　鲁迅一生珍藏与创作的艺术作品非常丰富，如若只是对其儿童文学的图像艺术作品进行概论式的介绍，或许会对摇曳多姿的图像艺术造成了极大的遮蔽，同时也可能遮蔽了儿童文学中文字与图像之间巨大的想象与言说空间。鉴于该问题的复杂性，在此暂不展开，另文进行深入阐述。

---

　　① 鲁迅：《书信·360311致杨晋豪》，《鲁迅全集》第14卷，人民文学出版社2005年版，第43页。

　　② 鲁迅：《译文序跋集·译者后记》，《鲁迅全集》第10卷，人民文学出版社2005年版，第448页。

第四节　鲁迅儿童文学教育的当代意义

　　"鲁迅以他全部的人格承担了20世纪中国面临的无比复杂的问题，他以自身的复杂性证明了中国和世界的当代困境和抉择的艰难。"①诚如汪晖在《反抗绝望：鲁迅及其文学世界》所言："鲁迅的深刻之处在于：他代表了所处时代的理想，却又表达了对这种理想的困惑，换言之，他没有试图用简单化的方式解决他所面临的一切问题，相反，面对复杂的世界，他努力使自己也变得'复杂'起来：既从世界，也从中国，既从民族，也从个人，既从理论，也从经验，既从历史，也从未来……把握这广阔、深邃、变动的世界。"②显然，"儿童"问题之于鲁迅也有着深刻性与复杂性。而如何有效把握鲁迅的儿童文学与思想于当代中国儿童文学教育的重大意义，如何使之成为历久弥新的精神资源与思想武库，这是摆在当代文学教育工作者面前具有深远意义的一大现实命题。鲁迅为我们开创了儿童文学创作与教育的传统，我们不仅要总结这一历经近百年的重要传统与经验，更要立足于当代中国的社会现实，以批判的精神探索出一条更具中国经验、更适合新一代中国儿童精神成长与复杂性表现的儿童文学发展与教育之路。在我看来，重启鲁迅的思想资源，探索关于鲁迅与当代中国儿童文学及教育关系的研究，具有以下几方面重要意义：

　　（一）重塑当代儿童观及教育理念。当下社会正处于转型时期，诸如独生子女的教育问题、啃老族、被宠坏的年轻一代等社会问题不断浮现出来，而这些问题归根结底是儿童观念及教育问题。《我们现在怎样做父亲》一文对我们今天的家庭教育仍不失现实意义，诚如鲁迅所言：即使"已经达到了继续生命的目的。但父母的责任还没有完，因为生命虽然继续了，却是停顿不得，所以还须教这新生命去发展"，"父母对于子女，应该健全的产生，尽力的教育，完全的解放"，"自己背着因袭的重担，肩住了黑暗的闸门，放他们到宽阔光

---

①　汪晖：《反抗绝望：鲁迅及其文学世界》（增订版），生活·读书·新知三联书店2008年版，第14页。

②　汪晖：《反抗绝望：鲁迅及其文学世界》（增订版），生活·读书·新知三联书店2008年版，第14页。

明的地方去；此后幸福的度日，合理的做人。这是一件极伟大的要紧的事，也是一件极困苦艰难的事"。①重启鲁迅的儿童教育观念，有助于我们纠正与完善我们对儿童发展及学校、家庭教育，促进儿童的良性健康成长。

（二）促使儿童文学有效把握并书写当代中国儿童经验。自上世纪90年以来，随着市场经济与消费文化大潮的历史洗礼，儿童文学创作与出版被推向市场化。这一方面有利于将儿童文学推向新的发展空间，儿童的审美需求与阅读期待受到前所未有的关注，儿童的主体性得到了极大彰显。但是，另一方面，市场化的商业运作也使当代儿童文学创作与出版变成了一种机械化复制与拼凑，一些作家和出版机构为了追求发行量和经济效益，出现了以迎合市场需求导向的创作、出版倾向，导致了部分儿童文学的书写粗制滥造，从而放逐了儿童文学作品应有的思想内涵。此类的儿童文学作品将儿童引向了娱乐化、浅薄化，将儿童读者推向了大众娱乐的狂欢。因此，重启鲁迅的儿童文学观念与儿童文学书写，有利于今天儿童文学作家在创作中更好地去把握当前独特的社会经验与儿童体验。

（三）批判性反思当下儿童文学发展现状，重塑当代儿童形象。如何重塑当下社会的儿童形象是一个非常重要的问题。因为一个时代的儿童形象之塑造，折射着这个时代的社会、历史与文化在儿童这一共同体乃至更大群体之上投下的光影。童年的存在是一种"精神的存在"，是一种"文化的存在"，它对人类精神的传承与发展具有至关重要的意义。②"儿童文学不但书写着童年的现实，更塑造着这一现实。我们选择什么样的方式表现童年，不但意味着我们想要把一种什么样的童年生活告诉给孩子，也意味着我们想要把一种什么样的童年精神传递给这些孩子。"③因此，重启鲁迅的儿童文学观念与思想资源，有助于重塑当代中国儿童形象，以文学的力量冲破现实的桎梏。

---

① 鲁迅：《坟·我们现在怎样做父亲》，《鲁迅全集》第1卷，人民文学出版社2005年版，第134—144页。

② 丁海东：《儿童精神：一种人文的表达》，教育科学出版社2009年版，第2页。

③ 方卫平：《中国式童年的艺术表现及其超越——关于当代儿童文学写作"新现实"的思考》，《南方文坛》2015年第1期。

后　记

　　2011年秋，收到谭桂林老师的邀约，让我主持国家社科基金重大项目"鲁迅与20世纪中国研究"中的一个子课题的研究，这部《鲁迅与20世纪中国文学教育》，就是在这个子课题的结项成果基础上修订出版的。应允之后，我立即组建研究团队，召集成员研讨、开题，并定下工作日程。到2016年底，大部分成员都顺利完成初稿。2017年初，著作定稿并交付出版。整个研究与写作过程，我只是承担策划组织的任务，全书的所有内容均是成员们分工完成的。作为主编，我深感愧疚，但合作的过程，对我们彼此来说，都是一次愉快的学术之旅。

　　参与这项研究的团队成员都是与我相处多年的同事。就各自的学术领域而言，鲁迅研究并非他们的专长，然而，这正是我的期望之所在。鲁迅作为当代中国思想界所共享的最重要的知识背景和参照框架之一，尽管团队成员的研究专长不一，但相信没有人能够完全回避或拒绝鲁迅。在设计这项研究思路时，我的一个初衷就是：希望有着不同知识结构的成员，能够从迥然相异的角度切入该论题，进而使最终的成果，呈现为一场多元、交响的对话。

　　谭老师的邀约，让我有一个重新进入鲁迅世界的机会。无论何时，这个世界都会使我心驰神往，常读常新。这部著作的顺利出版，离不开团队成员们对这项研究的大力支持。他们在繁忙的教学、科研工作之余，抽出时间和精力，出色地撰写出专业领域之外的学术成果，实属不易。他们的成果，不仅对我本人启迪良多，更拓宽了当代鲁迅研究的视野。百花洲文艺出版社的责编认真的编校工作，则让这部著作更臻完善。

在此，我对玉成此书的每一位朋友，致以最诚挚的谢意。

郑家建

2018年3月于福建师范大学